徳間文庫

空色勾玉

荻原規子

徳間書店

カバー・本文イラスト　佐竹美保
カバー・口絵・目次・扉デザイン　百足屋ユウコ（ムシカゴグラフィクス）

目次

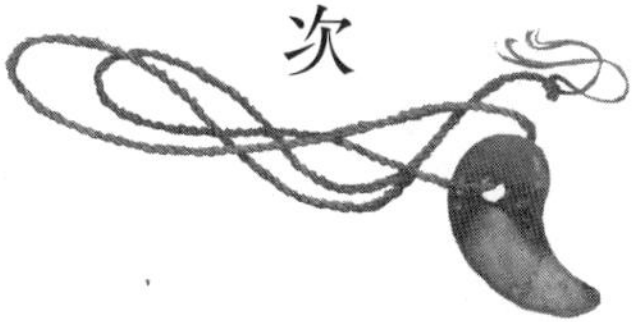

第一章　水の乙女

瀬をはやみ　岩にせかるる　滝川《たきがわ》の
われても末に　あはむとぞ思ふ

『詞《し》歌《か》和歌集』崇徳院《すとくいん》

1

夢の中では、狭也《さや》はいつも六つだった。

暗闇のはてに、遠く火の手が上がっており、そこだけ空が焼けて見える。火は、それまで狭也がこの世で一番たしかなもの、逃げ帰ればいつもやさしく受けとめてくれると思っていたすべてのものの上に、意地悪い鬨《かちどき》を上げて燃えさかっているのだ。暖かくくすぶる炉ばた——なべの料理と人肌のにおいにみちた狭い部屋——狭也専用の木のお椀——粗い布目の下の柔らかくふくよかなひざ——それらがみんな燃えていた。

そして少女は、村はずれの沼地までのがれてきたものの、手をひいてくれる人もなく、もうどこへも行けなかった。枯れかけた葦《あし》の茂みにうずくまり、のどもとに恐怖のかたまりをつかえさせ、泣くことすらできずに縮こまっていた。

夜の沼地は重くるしい泥のにおいと、死んだ蛙《かえる》のにおいとでよどみ、怯《おび》えた小さな少女をうちひしがせた。地面はじくじくと水っぽく、長くしゃがんでいたせいで足指のきわに水がたまりはじめる。いつのまにかお尻も冷たくぬれてしまい、みじめなことこの上なかった。それでも、その場所を動くわけにはいかなかった。葦の葉のすぐ向こうに何人もの鬼がおり、少女を求めてうろつきまわっているのだから。

青白いかすかな明かりによって、狭也は葉の陰に彼らをすかし見ることができ、彼らが大きさのひどくばらばらな五体の化けものであることを知っていた。今は気づかれていないものの、いつなんどき葦の茂みをおしわけて、見つけたぞと叫ぶかしれない。それを思うと生きた心地もしなかった。待ちかまえているのがあまりにつらく苦しいので、いっそ見つけてほしいと願ったりもした。

鬼たちは永遠に右往左往しているかに見えた。墨を流したような沼の水に、鬼のともす青い明かりが映り、淋しい虫のように水の上をすべった。

ふと気がつくとあたりの情景は一変して、狭也は今度は広々とした屋内にいた。ひのきの見事な丸柱が数間《すうけん》おきにならび、木目のあざやかな廊《ろう》を奥まで導いている。鉄《くろがね》の灯籠《とうろう》にたいまつが輝き、目に快く燃えさかって闇《やみ》をはらっている。結局どうにかして鬼のあぎとをのがれ、この大きな宮に逃げこむことができたらしい。ただ、心細いことにここにもまったく人気《ひとけ》がない。狭也は高い天井を見上げ、自分のはだしの足を見下ろしたが、決意して前を見すえると奥へ歩きだした。

柱をいくつもぬけるあいだ、物音といえば、狭也自身の足音とたいまつのはぜる音ばかり、動くものといえば、灯籠のわきを通るたびに飛びはねる狭也自身の影ばかりだった。しかし、ついに廊ははて、行きどまりに明々《あかあか》と照り輝く部屋が見えていた。その奥の壁は祭壇となっているらしく、濃い緑の榊《さかき》の枝が、まるで森のように供えられ、目に痛いほど白い幣《ぬさ》をかざりつけたひのきの壇の前に、正座する人の姿があった。

ひと目で巫女《みこ》とわかる純白衣装のその人は、顔は見えないものの美しいらしいと狭也は思った。白いすそのあまりを周囲いっぱいにうち広げ、細《ほそ》よかな後ろ姿は、まるで光にひたっているかのようだ。長い黒髪もつややかで、頭《こうべ》に肩に明かりを宿し、滝のように流れて床《ゆか》をさまよっている。だが、どこかで妙な不安がつのった。ためらい、落ちつかなげに後ろをふり返った狭也は、自分の足もとから黒々とのびる影を見てそのわけを知った。

巫女には影がなかったのだ。

狭也は自分がわなに落ちたうさぎだと気づいた。狐から逃げたつもりで、わなの中へ飛びこんだのだ。叫び声を上げようとして、声の出ないことに気づき、いっそう恐怖の底へつきおとされた。

(お願い。ふりむかないで)

巫女の顔を見てはならなかった。それは禁忌《きんき》だ。見てしまったら、身の毛のよだつことがおこるのを止められない。見てはいけない。なのに、狭也は目を閉じることもそらすこともできないのだった。

（ふりむかないで。鬼にくわれてしまう）

絶望する狭也の前で、それまで彫像のようだった巫女が、ゆっくりとふりむきはじめた。額髪《ひたいがみ》がかすかにゆれ——白い横顔がほの見え——それから目見《まみ》が——まなざしが——

　鬼にくわれる！


汗もしとどに飛びおきると、冷気が顔をなでた。上掛けを頭からかぶっていたらしい。あたりは暗く、西の小窓にはまだ星が消えのこっている。隣の母が寝返りをうち、くぐもった声でどうかしたのかいとたずねた。父は静かないびきをかき続けている。

「なんでもない。ちょっとねぼけたの」

狭也は小声で言い、悲鳴を上げなかったことにほっとしながら、再び上掛けをひきよせ、まくらにほおをつけた。

「あの夢かい？」

「ちがうよ」

母の問いに思わず答えた。狭也は小さいころからたびたび大声を上げて目ざめ、泣きわめくことがあった。けれども大人になったら怖い夢も見なくなるものだね、と話しあったのはついこのあいだのことだったのだ。本当は、それは嘘だった。大きくなればなるほど、夢は細部まであざやかに、ますます容赦なく狭也にまとわりついたのだ。

気苦労のない狭也の、唯一の弱点がこの悪夢だった。自分がこの羽柴《はしば》の生まれではなく、年老いた両親が実の父母ではないという、おぼえていてもしかたのないことを何度もくり返しつきつけられる。沼地のふちの家など知らず、父母の顔もとっくに忘れはてているのに——

顔にかかった髪の房をいらだたしげにかきのけ、狭也はくちびるをかんで泣くまいとした。泣きたくなるのは怒りのためだった。こんな夢を見続ける自分に腹が立つのだ。

(あたしは今年、十五になった。もうこの村ですごした年月のほうがずっと長い。ここ以外の暮しなど、思いうかべることもできないのに)

くやしまぎれに狭也は考えた。

(いまだに沼地をうろうろしているような、のろまなまぬけは、いったいどこの子だろう。あたしじゃないわ、あたしじゃない。あたしは一人で逃げのびて、このとおり、とうさん、かあさんを見つけたわ)

それは記憶していることではなかった。餓死寸前で山をさまよい、たまたま山入りしていた乙彦《おとひこ》たちに救い出されたいきさつは、あとからきかされたものだ。数日続いた高熱のうちに、慈悲深い大きな御手《みて》が、小さな子どものなめた苦しみを何もかもいっしょにぬぐい去ったのだった。だから、東の戦《いくさ》に追われてきたらしいと知っても、ほとんど実感がわかなかった。

東方では——もう戦地はずっと遠くなったが——今でも土着の氏族が、高光輝《たかひかるかぐ》の大御神《おおみかみ》を拝することを潔《いさぎよ》しとせずに、御子《みこ》、照日《てるひのおおきみ》王・月代《つきしろのおおきみ》王の討伐軍《とうばつぐん》と戦っている。そのこともやはりひとごとにしか思えなかった。羽柴の郷《くに》は、もう先々代の長《おさ》の時代にまほろばの統治を受け入れ、鎮守《ちんじゅ》の森には輝《かぐ》の大御神の御影《みかげ》にまします銅鏡《どうかがみ》を祀《まつ》った社《やしろ》が建てられていた。そしてみのりは豊かで争いごともなく、人々はおだやかに日々の幸《さち》を祝っている。

（ここなら、鏡に守られて鬼もやってこないだろうに。どうしてあの子はここへたどりつけないいんだろう）

夢の中の鬼の恐怖が急によみがえり、ひどく生々しかったので、狭也はふとんの中で身ぶるいし、目がさめたことに感謝した。このふとん、このかやぶきの家、この羽柴の郷にいる狭也が本当の狭也だ。ここで大人になり、婿《むこ》を迎え、両親をいたわって暮すのだ。もう十五歳。それもそれほど先のことではない——

しかし、心のすみでは狭也もうすうす勘づいていた。あの女の子が鬼から逃げ続けているあいだは、狭也もまた逃げ続けていることを。だがどうすればいいのか、いっそ鬼にくわれてしまえばいいのか——それがいったい何を意味するのか、狭也には思いつくことができなかったのだ。

川霧も晴れると、天気は上々だった。ふりそそぐ日の光に水はたわむれ、金銀のあやをくりひろげ、川原の石はぬくもって、思いがけぬときに石英《せきえい》の鋭い光を放つ。洗濯に集まった女たちは朝のあいさつを交わすと、日ざしが強くなったと口々に言いあった。人々の着物はまだ藍染《あいぞ》めの紺や橡染《つるばみぞ》めの茶をした冬着だが、対岸の崖の上には若葉がうるおい、山ツツジの花があざやかな朱《しゅ》をそえている。夏はもうすぐそこまで来ていた。おろしたての白い麻衣《あさごろも》に袖を通す、衣替えの日も間近だ。

「おはよう」

狭也が籠《かご》をかかえて川原に降り立つと、いつものお仲間がもうおおかた顔をそろえていた。

「おはよう、狭也。さあ一人で悩んでいないで、胸の痛みをあたしたちにお話しなさいな」

しょっぱなから言われて狭也は目をぱちぱちさせた。娘たちはまぶしい照り返しの中で、朝から若鮎《わかあゆ》のように元気いっぱい、競ってえさとなる笑いの種をさがしもとめている。

「なんの話?」

「隠してもむだよ。今朝のあんたの歩き方ったら、ふぬけみたいよ。さあ言わせるぞ、その胸を悩ます人の名前を——」

狭也が思わず返事につまると、それだけでもう、みんなは笑った。

「そんなのじゃないわ。ただ夢見が悪かっただけよ」

「夢見? よしよし、おまじないをしてあげるわ。『刀賀野《とがの》の鹿《しか》も夢のまにまに』。考えすぎてはだめよ。悪く考えれば悪いことをもたらすものよ」

「どんな夢? いいように占ってあげるから、言ってごらんよ」

「だーめ」

狭也はとりあわず、籠の衣類を出して水にすすぎだした。この夢ばかりは、雑談にまぎらせられるものではなかった。

「狭也って、意外と口が固いのよね」隣の家の娘が言った。

「燿歌《かがい》のお目あてがだれだかわからないのは、この中で狭也だけよ」

「そうそう、だからあたしたち、一致協力して狭也の思い人を探り出そうって誓ったのよね」

次の満月の夜に燿歌をひかえているとあって、娘たちの話題がよるとさわるとそちらへむかうのは、無理もないことだった。真新しい夏衣をまとったその日、郷中《くにじゅう》の村人たちは老人と子どもをのぞき、こぞって近郊の最も高い山、井築山《いつきやま》の峰に登るのだ。そして中腹の原に夜通しかがり火をたき、髪に花を飾って踊り歌う。男たちはふところに小さな献上品――櫛《くし》や、飾り玉や、小箱など――を隠し持っていって、歌を歌いあった相手の女性にささげる。それが儀式だった。開放的な、だれにとっても心のはずむ祭りだったが、ことに年頃の男女にとっては、ここ一番の勝負どきでもあった。歌垣《うたがき》で歌を交わすことは、事実上婚約の前段となったのだ。

「あたしの思い人がわからないですって。みなさん、なんてにぶいんでしょう」

狭也は言った。

「目つきやそぶりで、察してくれないの？」

娘たちは色めきたった。十を越える候補者の名前が飛びかった。

「残念、はずれ」

狭也は笑った。もういつもの調子をとりもどしていた。若い仲間のはつらつとした空気がふさいだ気分を追いやったのだ。手で口を隠し、狭也はささやいた。

「月代王《つきしろのおおきみ》様です」

そしてたちまち数人の手でどやされた。

「ずるいぞ」

「ばちあたり」

「だいいち、燿歌《かがい》に来られるかたじゃないでしょう」

　髪をひっぱられて、おさえながら狭也は言った。

「わからないわよ。燿歌の誓いは神様が見ていてくださるって言うじゃない。ひょっとしたら、神様の御子もお姿を現すかもしれないわ」

「豊葦原《とよあしはら》の中つ国のすべての燿歌に出ていたら、お体がいくつあってもたりないでしように」

「それに、今は戦を指揮していらっしゃるわ」

「銀《しろがね》のよろいかぶとでね」狭也はうっとりと言った。

「ひと目でいいからこの目で見たいわ、そのお姿。満月よりお美しいそうじゃない。この地上を、神様の御子が本当に歩いていらっしゃるなんて、すばらしくない？」

「お社《やしろ》の巫女様《みこさま》のようなことを言って。輝《かぐ》の神様に操《みさお》をささげて一生独り身で暮すとでも言うの？」

「あたしたちただの村娘は、一生待ってたって鏡の御影《みかげ》をさずかりはしないわよ」

　狭也は笑った。

「まさかね、夫を見つけなくちゃ。あたしは一人娘だし」

「そうよ、夢は夢」

しかし、現実を見なくてはと思うのに、狭也にはさっぱり婿とりのことを本気で考えられないのだった。若者はいくらでもいるのに、だれ一人夫としてうかんでこない。そんなことがありえるとさえ思っていない友人たちの中で、狭也は急に後ろめたくなった。

「もし、どうしても夫が見つからなかったら、そのときは巫女様にお願いして、お社の下女にしてもらうの」

狭也が口にするなり、まわりの友人はきめつけた。

「やっぱり今朝はおかしいわよ。失恋したんでしょう。そうだと思ったわ——」

再びかしましくさわぎたてているときだった。彼女たちのやや下手からどなる声がした。そちらは、もっと年かさの女たちの集会所になっている。中の一人が川面《かわも》を指さして声をはりあげていた。

「あんたたち、口ばかり動かしていないで身を入れなさい。気をつけないから、そら、流しているじゃないか」

少女たちがいっせいに顔をふりむけると、指さす方の浅瀬に、萌黄《もえぎ》の色をした飾りひもが一本、きれいな蛇《へび》のように下流へただよっていくのが見えた。あわてて飛びあがったのは、狭也だった。

「いけない、あたしだわ」

ほとんどためらわず、狭也はすぐさま衣のすそをももまでまくり上げた。そして、流れに入ると、あきれ顔の年配者をしり目に、大胆に足をひらめかせて流れるひもを追いかけはじめた。娘たちはその勇敢な後ろ姿を見送ったが、顔を見あわせると吹きだした。

「あれでは、お社づとめはまず無理だわ」

すぐに追いつくと思ったのはまちがいで、萌黄色のひもは、意外なほど岩にも草にもかからず、するすると流れ、狭也をひき離した。しかし、色つきの飾りひもは村娘にとっては貴重なぜいたく品である。狭也は断じて失うつもりはなかった。

流れは浅く、ひざより上へはこなかったが、川床《かわどこ》の石はころがりやすく、へたに足をかけると踏みはずす危険がある。だがすばしっこいのは狭也のとりえのひとつだったから、ころぶことを恐れてためらいはしなかった。踊るような敏捷《びんしょう》な足どりで、銀のしぶきを上げながらきらめく流れを渡っていく。そんな狭也の姿には、若いけものの奔放《ほんぽう》さを思わせるものがあった。腰まである束《たば》ね髪も、快活な尾のように背中ではね躍《おど》っている。

年ごろの娘たちの中ではきゃしゃなほうだったが、紺の野良着《のらぎ》からすんなりのびた手足は健康そのもので、疲れを知らないように見えた。表情豊かな瞳をもつ卵型の小さな顔は人をひきつけたが、いくらか落ちつきなげな、気まぐれな印象もあたえる。だが、狭也が奔放そうでいて一点利発な用心深さを隠しもっていることは、注意深い人なら見てとれた。それは、ひろわれて養女になった彼女の生《お》いたちから身についた知恵だった。目上の前では礼儀正しくひかえめに、できるだけ目立たなくしていることを知っていた。

狭也を、しとやかで感心な娘だと信じている大人もいる。だが一方で、村の腕白《わんぱく》たちが、狭也の大将顔まけのふるまいを、いまだに語りぐさにしている。どちらも狭也の一面だ。そして、それらの顔の陰に、不安定で淋しがりやの、いつも居場所をもとめている狭也がいることは、本人だけが知っていた。

川は歌いながら、突き出た岩の岸辺をまわり、ゆるやかにくねって、若草のおい茂る水路へと流れこんでいた。岩陰をぬけた狭也は、目の前に開けた光景に思わず足を止めた。夢中で追ううちに、いつのまにか、ずっと川下の飛び石の渡しまで来てしまったのだ。そして、今しも渡しを通りかかった人物が、まん中で身をかがめ、流れ寄ってきた萌黄のひもをひろいあげるところだった。

それは狭也より二つか三つ年下に見える、背の低い少年だった。だが、狭也にはすぐに声をかけることができなかった。その少年は郷《くに》では見かけない奇妙ななりをしていたのだ。

染めのあせた、短すぎるほど短い黒の着物。毛皮のすね当てに革のぞうり。背には菅《すげ》の編笠《あみがさ》をしょっている。そして、着古して見える粗末な衣のわりに、不似あいにりっぱな赤い石の首飾りをしていた。そんな子どもを狭也はこれまで見たことがなかった。

少年はかがんだ腰をのばすと、ぬれそぼったひもを片手に、まっすぐ狭也を見た。一度も櫛《くし》を入れたことがないような乱雑な髪の毛の下に、なまいきそうな、きかん気の小犬に似た顔があった。からげたすそを手で押さえたままひざまでつかって川の中に立っている狭也を、めずらしいもののように見つめ、狭也にはまったく無遠慮だと思えたことに、笑いだしながらこう言った。

「このひも、あんたの？　ほしかったら上がってきなよ」

そして、しずくを落とすひもをもったまま飛びはねて石を渡り、さっさと右手の土手を駆け上がってしまった。むっとした狭也は大またに渡って石に登り、そのあとを追った。

「かえしてよ。どういうつもりなの？」

狭也は肩をつかんでひきとめようと手をのばしたが、それより早く、黒服の少年はふりむいた。狭也が怒っていることをまるで気にしていない、おもしろがるような顔をしていた。長年腕白小僧の相手をした狭也は、すぐに、これはあなどれない子だと思った。そしてその勘は当たっていた。少年の背後に、ひと目で彼のつれとわかる三人の大男を認めたのはほとんど同時だったのだ。たじろいで狭也は後ずさった。賊《ぞく》かもしれない、人さらいかもしれない。さまざまな脅威が頭をかすめて、狭也は悲鳴を上げそうになった。それほどによそものの、狭也のあずかり知らないものの気配が彼らにはただよっていた。だが、彼らは狭也をかどわかそうとはしなかった。少年と同じ黒の着物と、毛皮のすね当てをつけた男たちは、黙って静かに狭也を見ているだけだった。それでも、怯《おび》えた目には、三人ではなく五人も十人もがそこにいるように映った。ひとつには彼らの体が大きかったからであり、ひとつには、まるで多勢をしたがえているように泰然《たいぜん》としていたからだった。

狭也はそのままきびすを返して、仲間のもとへ逃げ返ってもよかったのだが、自分でも感心したことに、もう一度少年を見すえると、片手をつき出して言っていた。

「それをかえしてちょうだい。あんたがひろったのは、あたしのひもよ」

少年が、のぞきこむように狭也の顔を見上げた。一瞬間《ま》があったが、彼の背後から、かぼそくかん高い声がかかった。

「おかえし、鳥彦《とりひこ》」

狭也はすっかり驚いてそちらを見たが、別に男たちが気味の悪い声色《こわいろ》を使ったわけではなかった。小さな白髪《しらが》の老婆が杖にすがって立っていたのに、あまり小さいので気づかなかったのだ。鳥彦と呼ばれた少年は、思ったよりすなおにほほえむと、ひもをさし出した。

なんて風変わりな一行だろう。

萌黄のひもをとりもどしたものの、狭也はもう一度まじまじと彼らを見つめずにはいられなかった。三人の男たちは、大きくは見えるが、本当に大きいのは中の一人だけで、あとの二人は村の男よりいくらか体格がいいにすぎない。だが威圧感が彼らをきわだたせていた。髪は普通の角髪《みずら》だったが、ひげが濃く、肌は日に焼けて、目に異様な光がある。特に一人は片目に黒い革ひもの眼帯をつけており、その特異な風貌《ふうぼう》と輝くひとつ目が恐ろしげに見えた。

もう一人は片目の男よりは若く、またやせていたが、やはり目に険《けん》があった。大男は本物の大男で、縦横ともに常人をぬきんでており、腕など丸太のようだったが、彼が一番気立てのよさそうな顔をしていた。

一方、老婆を見れば、しなびた幼児のように小さかった。せいぜい五歳児の身長だろう。自分の背丈の倍近くある杖をついている。そして体にくらべて大きな顔、大きな目。白髪はたんぽぽの綿毛のようにふわふわと逆立っており、頭のかさはいやが上にも増して見えた。まだしも小柄な男の子がこの中では普通に近いと狭也は思った。

それにしても、なぜ彼らはそろって狭也を見つめ続けるのだろう。まるで、彼女を侍ちうけることのほかは、何もしていなかったかのように――

急に老婆が蛙のようにまばたき、再び口を開いた。

「ちょっとおたずねするが、郷長《くにおさ》の梓彦《あずさひこ》殿のお屋敷はまだ遠いかね」

「いいえ、すぐです。川沿いに下って、松林を右に折れれば、もう見えてきます」

狭也は早口に答えた。

「よかったら、案内してくれんかね。わしらは嬥歌によばれにきたもので、梓彦殿にお目どおりしたいのじゃ」

「ああ――」

狭也はそれをきいて表情をゆるめ、胸をなでおろした。

「あなたがたは、祭りの楽人《がくじん》さんですか」

「そのとおり」

それで彼らのほこりにまみれたぞうりも、すね当ても、笠《かさ》も杖も、さほど奇異ではなくなった。祭りの時期には、遊芸する旅の楽人が、あちこちの郷をまわるものなのだ。狭也は今まで、祭りの広場のさじき席で、琴や笛をかなでている彼らしか見たことがなかったが、さぞかし遠くまで旅をしてくるのだろう。楽人たちは、祭りの前後数日間、長の屋敷でもてなしを受け、終わるとまたいずこへともなく去っていくのがならわしだった。

「いいですとも。今、洗いものをとってきますから、ちょっと待っていてくれますか」

狭也は言って、川上へひき返そうとしたが、そのとき男の子が、狭也に向かってさりげなく言った。

「あんたの手のひらには、あざがあるね」

びっくりして狭也はふり返った。狭也の右の手のひらには、小さいころから、ちょうどくぼみのところに薄赤い花びらのように、楕円型のあざがある。ふだんはそれほど気にならなかったが、少年が目ざとくそんなものを見つめていたかと思うと、なんだかいやな気がした。

「生まれつきのものよ。どうかして？」

赤あざは火事を見るとできる、などと言われるのは慣れっこだったので、狭也はやや辛辣《しんらつ》に答えた。

少年は、いたずらっぽい表情のままに言った。

「あんた、この村の生まれじゃないね。そうだろう」

狭也は顔をしかめた。内心ぎくりとしたが、顔には出さず、落ちついてたずねた。

「どうして、あざがあると、この村の生まれでないことになるの？」

そのとき、眼帯をした男が隣の男に、低い声で言うのが狭也の耳にもとどいた。

「――と同じだ――で、わかる――この子は水の乙女の顔をしている」

（水の乙女？　だれ？）

ふいに狭也は緊張して体がこわばるのを感じた。その呼び名は一度も耳にしたことがなかったが、きき捨てならない不安な響きをもっていた。胸《むな》さわぎがし、冷たい指にふれられたように血がひいた。老婆が狭也をじっと見守っているのを知り、狭也はかわいた声でたずねた。

「あなたがたは、どこから来たんですか？」

東から、という答えをなかば予期して狭也は待った。もしかしたら彼らは、狭也の本当の生まれについて知るところがあるのかもしれない――

だが、老婆は意に反してひょうひょうと答えた。

「西じゃ。それと南から合流してな。このあたりは、小さいが豊かな郷《くに》が多いのう」

無数のしわに埋もれた老婆の顔は、微妙な考えなど読みとれるものではなかった。生気のすべてが瞳に集まっているように目は輝いているが、それも測りがたかった。狭也が少し失望して黙っていると、老婆は急に、思いついたようにたずねた。

「そなた、狭由良《さゆら》姫の名を知っておるかね」

「狭由良姫？　いいえ」

「そうじゃろう、そうじゃろう」

老婆は一人で何度もうなずいた。

「亡くなってもうずいぶんになるからのう。狭由良がまほろばの宮で死んだのは、わしにはつい昨日のことのように思えるが」

「――お身内ですか？」

妙に思いながら狭也はたずねた。老婆の口ぶりはまるで、娘のことを語るようだったが、まほろばの宮といえば、中央の都にある輝《かぐ》の御子の寝殿《しんでん》のことだ。よほどの身分の者でないかぎり門すらくぐれない場所である。

老婆は答えなかった。少年がくすっと笑った。狭也は、自分だけが無知で見当はずれのことを言った気がして、どぎまぎし、少し腹を立てた。

「おーい」

そのとき、川べりの草むらから明るい声がいくつもあがり、狭也の名を呼んだ。数人の少女が、物見高く狭也のあとを追いかけてきたのだった。

「大丈夫？　ひもはひろえた？」

いきおいよく土手を駆けてきた娘たちは、見慣れぬ一行に気づいて狭也と同じように驚き、目を丸くして足を止めた。狭也は、その場の気まずさが救われたことに感謝しながら、急いで友人たちに説明した。

「ここにいる人がひろってくれたの。今年の楽人さんですって。これから梓彦どののお屋敷まで案内するんだけれど、いっしょに行ってくれない？」

少女たちは顔を輝かせた。もちろん、決まりきった日常と異なることならなんだって大歓迎だった。興奮したくすくす笑いをもらしながら、彼女たちはわれ先に洗い場へもどった。

「ずいぶんおかしな人たちね」

「ちょっと、なんだか『土ぐも』みたい」

「それは言いすぎよ。わるいわよ」

「だってね……」

少女らしい遠慮のなさで一人が言った。

「土ぐもって、手ながや足ながや小人だというじゃない。そして、夏は木の巣で、冬は洞穴《ほらあな》で暮すんだって。あの人たち、そう見えない？」

みんな笑った。彼女たちの年齢で、本当に土ぐもを見た者はいなかった。輝《かぐ》の御子に服従しない辺境《へんきょう》の人々を卑《いや》しむ呼び名だと知ってはいるが、実態を知らないまま、仲間うちでどんどん異類、異形《いぎょう》をさす言葉として使ってしまっている。

今、楽人たちからうけた違和感をなるほどぴったり言い当てているので、狭也も笑ったが、その笑みは途中でこわばってしまった。手ながや足ながや小人——友人がそう言ったことで、先ほどから意識にのぼりそうでのぼらなかった不安の正体が、突然、はっきりした形をとったのだ。

　狭也はすばやくふり返って、川岸の草の葉ごしに、黒くすんでかたまっている旅人の一行を見つめた。本当に、こっけいなほど大小とりあわせているように見えた。そして彼らは五人。五人いる――

　急に早駆けをはじめた胸をおさえ、狭也は自分に言いきかせた。

（そんなはずはない。偶然に決まっている。こんなに明るいお日様の下に、あの夢が現れるはずがないわ。明るすぎるもの、そんなはずはない）

2

「約束よ」

「ええ、女の約束よ」

　狭也《さや》はまじめな顔で誓った。

「秋彦《あきひこ》と、村次《むらじ》と、豊男《とよお》と、尾広《おひろ》と――ええと、真人《まひと》からは、けっして贈り物をうけとりません。歌も返しません。輝《かぐ》の大御神《おおみかみ》の御前《みまえ》に誓います」

「そう、それでいいのよ」

娘たちはおもしろがりながらも、なかば真剣だった。有頂天《うちょうてん》の興奮につつまれながらも、おさえきれない不安なときめきを意識していた。山は萌えたつ新緑の、息づまるような輝きをひけらかし、娘たちの白い衣まで緑の色に染めるかに見える。乙女らは乙女らで、みずみずしく若い自分たちに酔っている。清らかな麻衣《あさごろも》が、髪にさすシャクナゲの花が、帯にさすツツジの花が、今、自分たちほど似つかわしいものはないことを知っており、誇りとはじらいのあいだを行き来している。

「あたしばかり損をした感じ」

狭也は隣の娘に言った。

「それは自分が悪いのよ。お目あてを作らないんだもの」

「狭也なら平気よ。困りっこないわ」

山吹色の帯をした娘が口をはさんだ。

「どうして」

「どうしてですって。いやあねえ」

若草を冠にした娘が言った。

「自分が目立っていることを知らないの？　このあいだもだれかが言っていたわよ。あの子は村娘には見えない、って」

「何に見えるっていうの？」と、狭也。

「喜びなさいよ。美人だってこと」

「いいな、それじゃお姫様だ。狭也姫様」

「よしてよ」

狭也はふくれた。冗談にも喜ぶ気もちになれないのは、あの片目の楽人の言ったことがひっかかっているせいだった。――の顔をしている。なんの？

それほど自分はみんなとちがう容貌《ようぼう》なのだろうか。

隣の娘が肩をたたいて笑った。

「大丈夫だって。地《じ》を出した狭也を見てお姫様と思う人はまずいないから」

クヌギや椎《しい》、栃《とち》などの混じる雑木林にかこまれて、椿の大木のある南斜面のあき地に、今は若者たちがこれでもかと薪《たきぎ》を積みあげている。村ごとにそれぞれ場所をもうけた宴席では、年とった女たちが、柏《かしわ》の大葉にもりつけたごちそうの用意に余念がない。広場のぐるりに結われた標《しめ》の、おかざりひとつに御神酒《おみき》がひとかめ。男たちはどうやら日暮れ前から赤い顔だ。

椿の花は終わっていたが、少し奥へ入れば、銀の裏葉をもつシャクナゲが大輪の薄《うす》紅《くれない》を誇り、谷川に沿って金の山吹と、白い野イバラが、星のように咲きつらなっている。花を配るお役目の娘たちは、なによりも先に競ってわが身をかざることに熱中してしまっているようだ。

「あたしたちは春のお使いですもの。一番いい花をかざって当然よ」

茜《あかね》の飾りひもをした娘が言った。

「山から神様を郷《くに》におまねきするのは、あたしたちだもの。昔はそうだったんですって」

「昔って？」狭也がたずねた。

「輝《かぐ》の御神《みかみ》のお社が建つ前よ。だから巫女様はこの嬥歌を今も続けることにあまりいい顔をしないのですって。でもね、巫女様がおもしろくないのは当たり前だと思うわ。ひと晩中、相手も得ずに座っていなければならないんですもの」

「山から来る神様ってどなたなの？」

「知らない。嬥歌も今はならわしだもの。でも、いいならわしよね。なくしたらいやだわ」

別の娘が帯の花束に山吹を加えながら、上《うわ》っ調子に言った。

「昔の神は死んだのよ。輝《かぐ》の御神様の御光《みひかり》があまりにまぶしかったから。死んだ神様をしたっているのは、今では土ぐもばかりというわけ」

「いやだ、土ぐもの神様なんて、あたしはまねきたくないわよ」と、若草の娘。

「そうでしょうね。あなたが夢中でまねくのはたった一人なんですものね」

狭也が言うと、数人が笑いだした。

山吹の黄金《こがね》の杯《さかずき》に似た花を摘みながら、狭也は、山から神様が来るという考えになんとなく心をひかれた。そして、来る神もいないのにこうしている自分たちは、どこか淋《さび》しいと思った。


遠い山の端《は》にゆっくりと日は落ちた。空は青から赤へ、赤から紫へうつろい、急速に藍《あい》へとしずんでゆく。東の空には銅《あかがね》を打ちのばしたような大きく円《まどか》な月がかかり、それを合図に広場では火がたきつけられた。人々の口から歓声がわきおこる。炎はどんどんのびあがり、だれも思わなかったほど高く火柱を吹きあげて、まるで昼にもどったようだ。照り輝く人々の笑顔と、足もとにうずくまる影とが交錯《こうさく》してくるめき、狭也は目を見はって見つめた。

祭りのはじまりだ。郷長《くにおさ》がみんなの前へ進み出て賛辞をのべ、今夜一夜をおおいに楽しくすごしてほしいと語った。すでに頭も白くなった長の梓彦《あずさひこ》は、野心のない実直な人柄で、おもしろ味に欠けるという人を別にすれば、まずまず郷人《くにびと》からしたわれている。長の辞が終わると、すぐに音楽が鳴りだした。かすかな居心地悪さを感じながら、狭也はにわかづくりのさじきの方へ目をやった。楽人たちがそこに顔をそろえていた。

川辺で会った日以来、狭也は彼らを見かけていなかった。今見ると、もうあの汚い黒の衣を着てはおらず、郷長が贈ったのか麻の上等な着物をそろえ、髪には青葉のかざりをさして威儀《いぎ》を正している。そのためずっと押しだしよく、見た目にもまともだった。大男が太鼓を、あとの二人の男がつづみと笙《しょう》の笛を、男の子が横笛をうけもち、老婆は琴の上にまたがらんばかりにかがみこんでいる。

そして、彼らがいかにうさんくさかろうとも、かなでる音色には文句をつけることができなかった。楽の音は冴えて明るく、遠くまで鳴りわたって、人々のうかれ気分に心にくくすべりこんだ。

「ほう、うまいもんだ、今年の楽人は」

感心しただれかの言う声がきこえた。

「狭也、ぼさっとしていないで早く踊ろう。うかうかしているとよその村の子に遅れをとるよ」

隣の娘に袖をひかれ、われに返った狭也は大きくうなずいて駆けだした。

たき火のまわりには幾重《いくえ》にも人の輪ができていた。簡単な身ぶりと足拍子からなる素朴な舞を舞って火のそばをめぐっていく。炎の熱と人々の熱気がひとつとなってもりあがるにつれて、全員の足拍子が整ってくる。大声で笑ってさわぎ、おどけてみせる人もいるのに、強い力にひきよせられていくように踏み鳴らす拍子は一体となってゆき、いつか夢中で踊るうち、拍子はついに一糸乱れぬものとなり、山々をゆるがし、頂の梢にこだまする。

荒々しい興奮に人々が酔いしれ、広場全体が同じ炎の呼吸をしたときには、月はすでに中空から銀《しろがね》のまなざしで見下ろしている。卯《う》の花の霞《かすみ》にけぶる満月。淡い光の粉をふりまいたような、もうしぶんない祭りの宵だった。

踊りが最高潮に達すると、とどろく足拍子は再びくずれはじめた。人々の耳にはもはや音楽もとどいてはおらず、男は女の、女は男の、ただひとつのまなざしを探し求めていた。この夜ばかりは既婚者も、一人と一人に返るのだ。そこここで愛の歌が歌いだされた。どんなにあなたを妻と恋うているか、どんなにあなたを夫《せ》としたっているか――相手を得た人々は寄りそい、贈り物を交わすために木陰へとすべり出ていった。

狭也はというと、今になって誓いをたてたことをまったく後悔していた。まさか、名をあげた若者たちが入れかわり立ちかわり自分をさそいにくるとは、思いもよらなかったのだ。以前はよく遊び、よくけんかもした仲だったが、彼らが若衆組《わかしゅぐみ》に入るようになってからは、ほとんど口もきかなくなり、会ってもなんとなく遠くからあいさつを交わすだけになっていたのだ。彼らがいつのまにか肩幅広い若者となり、狭也を女とみなすようになっていたとは知らなかった。そしてようやく、狭也は自分が少女たちに、「牽制」されたことに気がついたのだった。

(まったく、友だち甲斐《がい》のない人たちだこと)

だが、それだけ彼女たちのほうがいちずなのだ。心から思い人を思っているのだろう。自分は負けて当然だと狭也は思った。

(あたしはここで、何をしているんだろう)

狭也にだって憧れはある。ただ一人の人と向きあい、お互いの手をとり、心の呼び声に答えたい。それなのに——さそいにふりむいた狭也はがっかりしてうめきそうになった。五人のうちの最後の一人、真人がそこに立っていた。

「あんたまで——」

がき大将だった真人は狭也より三つ年上で、近所迷惑な暴れんぼうだったが、しばらく見ないうちに面長《おもなが》になった顔だちからは、昔のきかん気が影をひそめ、ししっ鼻さえどこか好ましい、活力あふれる青年になっていた。大きな体でそばに寄られると、見えない火花でぴりりとしてくるようだ。

「あんたには、よくいじめられたわ」

狭也が言うと、真人は笑ったが、目は笑っていなかった。

「そりゃ、いつの日かこういうときがくるとわかっていたからさ、狭也坊。あんたが嬥歌にくる歳になったら、はいつくばって返歌をこいねがうことになる、ってね」

狭也はとまどい、まばゆげに相手の顔を見上げた。

「去年もおととしも、知らん顔していたくせに」

「去年は去年だ。だけど今年は、狭也、あんたが郷中で一番きれいな乙女だよ。よその村の男にむざむざあんたをとられる気はないんだ。返歌をおくれ。いい答えを」

うつむくと、耳の上のシャクナゲの花がかしいだ。もういいかげん、ことわりの歌も品切れだった。娘たちはもちろん、恋歌とともにやさしく相手をかわす歌をいくつか用意している。それらは伝統的に歌いつがれていて、たいして頭を悩ませなくてもすむのだ。だが、狭也にはもう思いうかぶ歌がなかった。さあ、どうする。へたな即興でことわるか、それとも……

決めかねて狭也がぐずぐずしているときだった。間近で歌声がした。

ま遠くの　野にも会わなむ
心なく　人のしげきに　会える妹《いも》かも

狭也も真人も驚きに息をのんでふり返った。ひとつの歌に娘が答えないうちに第三者が歌いかけることは、先の求愛者に対するあからさまな挑戦だ。この種のことは必ず騒動のもととなるので、分別ある者は固く礼儀を守るものだ。言うまでもなく、真人はたちまち怒りに血をのぼらせた。

「どこのどいつだ。よっぽど怪我したいらしいな」

「やめて」

狭也は、真人の小鼻がふくらむのを見て昔の腕白を思い出し、あわてておしとどめた。割りこんできた相手は、たいそうきゃしゃな小男だったのだ。その顔をよく見て、狭也は思わずあきれて口をあけた。彼は、先ほどまで横笛を吹いていたはずの、なまいきな口をきくちびの男の子だった。

「あんた――いったいなんのまねなの?」

「尻の青いがきは里に帰って寝ろ。わけ知りぶったまねをするんじゃない」

真人が息荒くすごんだ。

少年は二人ににっこりとほほえみかけた。これほど幼くなければ、不敵なつらがまえと言っていいような表情だった。

「返歌はどうするの、狭也」

男の子は歌うように言った。

「どちらかに返歌を返せば、争わずにすむよ」

狭也はあわてふためいたまま、二人をかわるがわる見た。そして、ほとんど捨てばちになって歌った。

　恋しけば　来ませわが背子《せこ》
　人目離《か》る　小暗木《おぐらこ》の間《ま》に　われ立ち待たむ

「狭也」

　信じられないというように真人は叫んだ。

「どうしてだ。どうしてやつの歌に答えるんだ」

　狭也の気もちはみじめだった。

「ごめんね。あたしは、あんたに答えられないの。あんたを心から思って見つめている女の子をさがして。必ずいるはずよ」

　逃げるように狭也はその場を離れた。はっきり言って、残念でならなかった。

（なんてお人よしなんだろう、あたしったら）

　ため息が口からもれた。

　あんなに待ちこがれていた嬥歌の、めくるめくさそいや恋のかけひきも、もううんざりな気がしてきた。炎と影にめまいがし、少し暗がりで心をしずめようと、狭也は木陰へむかった。標《しめ》を越えたときになって、はじめて、例の男の子がまだついてきていることに気がついた。じろりと狭也は彼をにらんだ。

「言っておくけれど、あんたから贈り物をもらう気はないわよ。真人が言ったとおり、あんたは子どもだわ。どうしてさじきを離れているの？」

少年は目をくるりとさせた。かすかに射す月の光に、その瞳がつやをおびて輝いた。

「お礼のひとつも言ってもらえると思ったのにな。困っているようだったから、わざわざ助け舟を出したのに」

へんなやつ、と狭也は思った。どうしてそんなことがわかったのだろう。ずっと狭也のことを見ていたとでもいうのだろうか。

「たしか、鳥彦とかいったわね、あんたの名前」

狭也はゆっくりと言った。

「うん、そうだよ」

「どうして、あたしがこの村の生まれじゃないってわかったの？」

「そりゃ、わかるさ」

鳥彦は頭の後ろに両手を組んだ。ひどく得意そうだ。

「おれたち、あんたをさがすために来たんだもん」

つとめて平静に狭也は答えた。

「いいかげんなことを言うと怒るわよ。あたしは今、あまり気分がよくないんだから」

「こわいなあ、本当だよ」

こなまいきな態度を少しあらためた鳥彦は言った。

「九年前、照日王《てるひのおおきみ》の手勢に焼かれた村からいなくなった女の子をさがしに来たんだ。その子は六つで、右手に赤いあざがあった。それは生まれたとき玉をにぎりしめていた証拠で、つまり、水の乙女の継承者だったんだ。狭由良《さゆら》姫の生まれかわりとしてね」

「やめてよ」狭也はつぶやいた。

「狭由良姫は、闇御津波《くらみつは》の大御神《おおみかみ》に仕える王《おおきみ》の中でも、最も高貴な姫の一人で、大蛇《おろち》の剣《つるぎ》を――」

「やめてったら！」

鋭い叫びをあげて狭也は話をさえぎった。頭を強くふると、髪の花が片方ちぎれてとんだ。

「ききたくない。そんな話。あっちへ行って。あっちへ行ってってったら行って！」

さすがに鳥彦も気分を害したらしく、うらめしげに言った。

「犬を追っぱらうような言い方、しないでくれる？　おれ、こう見えてもあんたより長く生きているんだぜ」

狭也はくるりと背をむけると、嬥歌へ駆けもどろうとした。早く人々のところへもどるのだ。狭也がなじみ、知りつくし、笑いも涙も理解のおよぶ人々のところへ。ところが、行けども行けども、木の下闇《こしたやみ》の続く森の中にわけ入るばかりだった。かがり火の輝く広場はほんの二、三歩、木立二、三本のところにあったはずなのに、見えてこない。向きを変えて逆に進んでもむだだった。四方のどの方向に動いても、狭也を迎えるのは深山《しんざん》の森の静けさだった。

とうとう狭也は足を止め、一本の幹にすがりつくようにして立ちどまった。そして息を整え、恐慌をしずめようとした。

(あわてるな、狭也。こういうときは――こういうときは、きっと、もうあがいてもしかたないのよ)

小さな老婆の声がした。

「案じることはない。そなたには信じる力がある。鳥彦の言葉も、受け入れることができるとも」

(そら、ごらん)

狭也は木の幹に背をおしつけて、来るべきものに対して身がまえた。距離もつかめぬ暗闇の中に、月夜茸《つきよたけ》が発する燐光《りんこう》のようなぼうっとした色につつまれて、五人の楽人が並んでいた。何年も何年も恐れ続けていたものに、ついに対面したのだと狭也はさとった。しかたなく、大きく息を吸って、吐き出す。

　こうなってみると、やけくそに胆《きも》がすわってしまうものなのか、かえってさほどの恐ろしさを感じなかった。感覚がまひしてしまったのかもしれない。それよりは、むしろ、くすぶる熾《おき》のような怒りで体が燃えていた。五人をまとめてにらみつけると、狭也は言い放った。

「やっぱり、あんたたちは鬼だったのね」

　彼らの一番前にいる老婆は、表情を変えもせず、しなびた小さな顔の大きな目で狭也を見つめた。

「いいや、鬼ではない」あっさりと老婆は答えた。

「少なくとも、そこの嬥歌に集まっている連中と同じくらいには、そなたに近い存在じゃ」

　すぐ後ろの鳥彦がつけ加えた。

「そう、傷つくこともあるんだぞ」

　眼帯をした男が口を開いた。

「ここにおられるかたは岩姫《いわひめ》どのだ。わしは開都王《あきつのおおきみ》と申す」

　そして大男のほうに手をさしのべた。

「こちらは、伊吹王《いぶきのおおきみ》、その向こうが科戸王《しなどのおおきみ》、鳥彦。われわれはみな、闇御津波《くらみつは》の大御神に仕えておる」

土ぐもなのだ。狭也はさとった。

自分もまた土ぐもの生まれなのかと思うと、狭也はそれこそ地も割れてのみこまれてしまいそうな気がした。ちがう、と心の奥が叫んでいる。ちがう、ちがう、あたしは日の光や花が大好きだ。空が、雲が、大好きだ。日の下に生きるすべてのものを愛しているのに……

「おきき、狭也」岩姫が言った。

「天地《あめつち》のはじめの物語を知っておるか。国生みをした父神、母神の話を。男神《おがみ》と女神《めがみ》は力を合わせて豊葦原《とよあしはら》の中つ国を生み、国中を八百万《やおよろず》の神々でみたした。山に、川に、岩に、泉に、風に、海に、神は住みたまい、千の笑いで地をゆるがした。だが、最後に女神は火の神をお生みになり、その火傷《やけど》がもとで、黄泉《よみ》の国へとお隠れになったのじゃ。男神は怒り悲しまれて火の神を斬《き》りすて、女神をとりもどしに死の国へ向かわれた。だが、女神のかわりはてた御姿を見た男神は地上へ逃げ帰り、千引《ちびき》の岩で通《かよ》い路《じ》を塞《ふさ》いで永遠に縁を切ったのじゃ。そのときから二柱《ふたはしら》の神々は天上と地下に分かれて憎みあうようになった」

「光と闇《やみ》とに分かれたのよ」

　狭也はぶすっとして口をはさんだ。

「それくらい豊葦原の中つ国に生まれた者ならだれでも知っているわ。女神は地上を呪って、一日千人殺してやろうとおっしゃった。男神は答えて、一日に千五百の産屋《うぶや》を建てようとおっしゃった。その男神が高光輝《たかひかるかぐ》の大御神様よ。地上を光でみたし、生命《いのち》をはぐくむかた。そして、その御子が、照日王様と月代王様」

「生命をはぐくむというのはどうかな」

　老婆は奇妙にやさしい声で言った。

「すべての生命をはぐくむのは大地であろう。そして、その大地をうるおすのが水なのじゃ。水は高みからそそいで諸々《もろもろ》の地をいやし、はては黄泉へと流れこむ。これは女神の道じゃ。そして地上に生きるものはすべてこの道をたどる。わしらの豊葦原は、絶えまなく流れる水の性《さが》をもっておるのじゃ。それを破れば淀んでしまう。邪悪や穢《けが》れがとどこおってしまう」

　ふと悲しみが感じられ、狭也は目を上げた。岩姫の目はふせられている。このような妖怪めいた老婆に共感するとはふしぎだった。だが、そのときの岩姫は、醜さよりむしろ痛々しさを感じさせた。老婆はちょうど、羽のそろわない無器量なひな鳥そっくりだった。来ない親鳥をけんめいに待っているような。

岩姫は言葉を続けた。

「ところが男神は女神を憎むあまり、この道を破った。照日王、月代王という不死の御子を地上に配し、女神とともに生んだ山川の神々を次々と殺させはじめたのじゃ。八百万の神を一掃し、ただお一人ですべてを支配なさるつもりじゃ。豊葦原を殺戮《さつりく》と略奪でみたして」

「ちがいます、それは」

狭也はあわててさえぎった。

「ちがうわ、国のすみずみまで光で照らし、ひとつに統治することは悪くないわ。戦がおこるのは、大御神の光の大切さに感じ入らない強情者がはむかうからでしょう。みんなが平和を望まないから――」

そのとき鋼《はがね》の声がした。科戸王と称された男がはじめて口をきいたのだ。科戸王は男たちの中では一番ひげが薄かったが、痩身《そうしん》といい、まなざしといい、鋭利な刃物のような男だった。

「そなたには情《なさけ》がないのか。そなたのたたえる輝《かぐ》の大御神は、そなたの父母をも殺したのだぞ。火と馬が村を踏みにじり、わしらが駆けつけたときには息をする者はなかった。それでもあの御子たちの心には、朝に消える露ほどの痛みもあるまい。そんなものをそなたはあがめるのか。親のかたきを憎むこともせずに、安楽を選ぶのか」

狭也は身ぶるいした。たぶん、これを一番恐れていたのだ。しかし狭也にも、ゆるがない、ゆずれない部分があった。狭也は自分が思ったより強いことに気がついた。

「あたしは、憎みたくありません」

小さい声で狭也は言った。少し怯《おび》えているとすれば、それは科戸王その人に対してであって、言っていることには確信があった。

「あたしには、今の父母がいます。ひろったあたしを大切に育ててくれました。情《なさけ》がないのではありません。憎むことより、愛することが好きなだけです」

「狭由良姫を思い出すのう」

大男の伊吹王がつぶやいた。ひとり言なのに破鐘《われがね》のような声だ。

それを受けて岩姫が言った。

「そうじゃ、あの乙女もそう言った。光に心ひかれるなとはわしらも言わぬ。だが、戦わねばならぬのじゃ。輝《かぐ》の大御神が国神《くにがみ》のすべてをうち滅ぼすのをはばまなくてはならぬ。天《あま》つ神には、この国の情がないのじゃ。地上をことごとく清め、光の御足《みあし》で降り立とうとしておられるが、山川の神々がすべて絶えた地上にはたして、民人《たみびと》が生き残っていられるかどうかはお気づきでない。そのようなことに砕く御心《みこころ》をもたないのじゃ」

開都王が黒々とした眉を上げ、狭也を見つめた。

「そなたも戦ってくれ、水の性《さが》をもつ乙女よ。そなたの力はか弱いが、母なる御神の最も近くにある。そなたは大蛇《おろち》の剣《つるぎ》にふれることさえできるのだ」

鳥彦が、岩姫が、科戸王が、伊吹王が、開都王とともに闇《やみ》の中から狭也を見守り、答えを待った。狭也は当惑したが、あざむくことも無意味だとわかっていた。とうとう、狭也は心のままに答えた。

「戦はきらいです。あたしにはできません」

五人の失望が肌に感じられた。狭也はほんの少し弁解したくなって続けた。

「なぜ、もっと早くにあたしをさがしに来なかったんです。あたしはこの、輝《かぐ》の大御神の村で九年すごしました。照日王、月代王を毎日たたえて暮しました。今さら急に、心を入れかえろといっても無理です」

しばらくの沈黙ののちに、岩姫は言った。

「だれも心若きあいだは、空高く茂りゆく木々が同じほど深く土の下へ根を伸ばしていることに気づかない。だが、われわれよみがえりの氏族は、新しい生をさずかる者であるゆえに、そのつど、もの知らぬ若さを経験せねばならない。そのため、われわれは新しい仲間が充分成長するまではその使命を明かさぬ。しかるべき時がきてのちに、うちそろって迎えに出向くのが長年のしきたり、儀礼となるものだったのじゃ。だが、そなたの場合はたしかに遅れた。行方知れずとなったそなたをさがし当てるのに思わぬ月日をかけた。それでもわしらは、こうして危険をかえりみず、輝《かぐ》の領分へそなたをたずねてきたのだが——しかし、そのことでそなたを責めはするまい」

　ふところをさぐってから、老婆は小さな手を狭也に向かってさしだした。

「わしらはこのまま帰ろう。追手もかかるころじゃ。だが、これはそなたのもの。生かすも殺すも、そなたとともにあるものじゃ」

　言葉もなく、狭也は両手を出してうけとった。老婆の手の燐光にまだ薄く光るそれは、狭也の親指の先ほどの小さな勾玉《まがたま》だった。珠《たま》のように丸くはなく、ややつぶれて、耳のように曲がった形だ。頭のほうに緒《お》を貫く穴があけてあり、細いひもが通してある。玉の色はなめらかに乳色がかった青。春の空を見上げたときの、淡くやさしい色だった。

　いきなり、前ぶれもなくざわめきが——人声と、風のゆらす葉ずれの音が——耳によみがえった。そしてはじめて、狭也は今まで音のない空間にいたことに気がついた。夢からさめたように見まわすと、黒い梢を通してちらちらと広場の明かりがまたたく。楽人たちの気配は消えていた。たぶん、もう二度と見られないのだろう。うつつに現れた鬼たちは、何ひとつしようとせず、またそっと去っていったのだ。

　手のひらに残る玉をにぎりしめ、狭也はぼんやりと考えた。

（行かなくちゃ——みんなのところへ）

ところが、足を踏みだしてからわかったことに、行くべき場所などどこにもなかった。両親はふもとの家だし、友人たちはちりぢりに、二人きりの語らいに夢中になっている。夜はふけ、村々の宴席から高い笑い声が上がり、ぽつねんと孤《こ》をかこっている者などどこにもいなかった。

突然、自分がここにいるだれとも百万里の距離を隔てているという思いが狭也を打った。その予感はいつでもかすかにあったものの、認めたくなくて、顔をそむけていたのだ。今はもう、否定することができなかった。鬼たちはやさしかったが、たしかな刻印を残していったのだから。狭也の足は明るい広場へは向かず、木立の奥に向いた。そして歩きながら、こらえきれずに泣きだした。

涙はまるで、永久に尽きないようだった。泣いては歩き、歩いては泣き、どこを通ったかもよくおぼえていない。ふだんあまり泣いたりしない狭也は、泣きやむこともへただったのだ。しゃくりあげることにも疲れ、とうとう倒れた丸木に腰を下ろして休んでいると、ふいに、そばの立木がおごそかに口をきいた。

「どうして泣いているのだ」

それは梢をわたる風に似た、耳に快い声だったため、狭也はあまり不自然に思いもせずに答えた。

「一人ぼっちなので」

「恋人が見つからないのか」

「もっともっと一人ぼっちなんです」

そう言ったとき、茂りあう木立の奥で、緊張したささやき声がするのがきこえた。さすがに不審になって狭也は首をのばし、闇《やみ》を見きわめようとした。

「村娘が泣いていただけだ。案じることはない」

最初の声が低く答えた。

杉木立の闇は深く、人がいるにしてもまるでわからない。音をたてて鼻をすりあげてから、そのことを後悔した狭也は、あやしみながらたずねた。

「どなたです？」

人影らしきものがようやく動き、木立を出て、月明かりの下に立った。たいそう背の高い人物ですらりとし、若い杉の精かとも見える。だが、満月のほの白さに照らされるにつれて、それ以上の、それどころではない御方《おんかた》であることが明らかになった。狭也は息を吸いこんだまま凍りついてしまった。今夜はもう何がおきても驚くまいと思ったはずなのに、やはり目を疑い、これは夢だと言いたくなった。なぜなら、何度夢にえがいたかしれない銀《しろがね》のよろいかぶとが、夢そのままに、幾百の月のしずくをためて静かに輝いているのだ。

月代王が狭也の前に立っていた。

3

月代王《つきしろのおおきみ》は木の葉のざわめく闇《やみ》の谷間に、頭上の月光を集め、銀《ぎん》の立像となって立っていた。夢まぼろしのようであって、そうではなく、重みのある存在感は狭也《さや》にもひしと伝わってくる。山がそこにあるのと同じくらい、御子《みこ》はたしかに土を踏みしめていた。だが、この世の人と見るにはあまりに秀麗だった。狭也は総毛立つのを感じ、恐ろしさのほかにもこんな思いをすることがあるのをはじめて知った。

王《おおきみ》は、よろいとかぶとに加え、手甲《てっこう》をつけ、矢筒を負い、腰に太刀《たち》をはいた戦場そのものの姿をしていた。御衣《おんぞ》は白く、袖に巻いたひもには小玉の飾りが連なっている。きらめくかぶとのほお当てからのぞく面《おも》ざしは、繊細で、鼻筋高く、目見《まみ》は、えも言われずやさしい。典雅で、優美で、それでいながら空恐ろしいほどの力の気配があった。この場に静かに立っただけで、夜が形を変え、森がなびいて香《か》を変えるほどの圧倒的な気配だ。

狭也はあまりに夢中になりすぎて、目をうばわれているあいだに、相手もまたこちらをながめることができることを忘れていた。はっと気づいたのはしばらくしてからで、あわてて袖で顔を覆ったときには、月代王にとっくりと検分されていた。

「なぜ、顔を隠す」

おだやかな声で御子はたずねた。

「――泣いていたんですもの」

間《ま》が悪かった。二目と見られない顔をしているにちがいないと狭也は思い、袖の下で一人赤くなった。

「知っている。そなたはずっと泣いていたね」

御子の声にいくぶんの笑みが感じられた。すばらしい響きだ。

「顔を上げなさい」そっと言われた言葉だが、それは命令だった。狭也は自分が考えるより早く動いて従っていることに気づいた。

仰《あお》ぎ見る狭也に向かって、月代王は告げた。

「そなたは水の乙女ではないか」

狭也はほおを叩かれたようにたじろいだ。目は倍の大きさに見開かれた。

「どうして――その名をご存じなのですか」

御子のまなざしは、かぶとの眉《ま》びさしに隠れてさだめがたい。だが、声はあいかわらずおだやかだった。

「そなたのような顔立ちをした乙女を知っている。いや、知っていたのだ、昔に。短いあいだだが、まほろばの宮にいたことがある」

（あたしはだれなの？　狭由良姫《さゆらひめ》の影かしら）

暗澹《あんたん》として狭也は考えた。

「そうです。今夜、あたしのところに鬼が来て、その名前を告げていきました」

小声で狭也は言い、両手の指をきつく組みあわせてふるえないようにした。

「それで、あたしも闇《くら》の大御神《おおみかみ》に仕える氏族なのだと知りました。でも、今日の今日まで、夢にも思わなかったのです。あたしは羽柴《はしば》の郷《くに》で育ち、鏡の社《やしろ》におまいりしてきたのです。春には、お月様に祈って種まきをしましたし、秋には、お日様に祈って稲刈りをしました。これから、どうしていいのかわかりません。御光《みひかり》の恵みを、今でも願っています。けれど、それはかなわぬ身なのでしょうか。あたしは、ずっと……」

けんめいにこらえたが、やはり声は乱れた。まだ涙が涸《か》れはてていなかったとは、我ながら信じられないことだ。

（言うのよ、狭也。今、言わなければ）

勇気のかぎりをかき集め、狭也はついに言った。

「ずっと、月代王様をおしたいしていたのです……」

ほんのしばらく、月代王は答えずに見下ろしていた。王の後ろにつき従う、武具をそなえた一団が、そろそろと歩み寄って御子のまわりを固めた。狭也はみるみる心がなえるのを感じた。

だが、次の瞬間、王は緒《お》をといて銀のかぶりものを脱いでいた。心地よげに頭をふると、長い角髪《みずら》のまげに結った飾り玉が、さらさらと澄んだ音で鳴る。若々しい——思いもよらないほど若い青年がそこに現れた。

「名はなんという」

「狭也です」

目が離せず、まばたきも惜しみながら狭也は答えた。

「濃い闇《やみ》の臭跡を追ってここまで来たが、敵は見つからず、かわりに得がたいものを得た」

月代王はほがらかに言い、さらにたずねた。

「今宵《こよい》、羽柴は耀歌《かがい》のはずだな。この近くか」

狭也はこくりとうなずいたが、まだ面くらっていた。

「案内をしてくれ。久々に耀歌が見たい。幾月も幾月も戦《いくさ》に山河《さんが》を渡ることしかしなかったのだ。——いやいや、徒歩《かち》で行くにはおよばない」

ふり返って御子は命じた。

「わたしの馬をここへ」

羽柴の郷《くに》の人も、長《おさ》も、ひと目見るなり度胆《どぎも》をぬかれた。言いならわしが現実となって、耀歌の場に神が降り来たったのだ。郷で見る馬といえば、ねむったような耕作馬ばかりで、郷長をのぞいては乗馬をもつ者もなかったが、その長の馬でさえ、かがり火の中に浮かびあがった灰白《はいじろ》の、わき腹に星の散る堂々たる雄馬《おうま》と同じ生き物には見えなかった。ましてや馬上の御方《おんかた》の、社《やしろ》の巫女《みこ》でさえ鏡の向こうにかいま見たことしかない御姿は、人々の想像力をはるかにこえていた。

われさきに集まった人々は、前後の守りを固めるいかめしげな武人たちにはばまれて、遠巻きにとりまきながら、呆《ほう》けたようにうちながめた。彼らをさらに仰天させたことは、灰白の雄馬の鞍頭《くらがしら》に、きゃしゃな少女が――しかも、この郷の娘が、横座りに座っていっしょに来たことだった。

月代王の一行は人垣をわけてゆうゆうと進み、郷長のさじきの前で止まった。そのときにはすでに、長はさじきをころがり降り、地べたに額をこすりつけんばかりに平伏していた。鏡の巫女も同様だった。それを見て郷人《くにびと》はわれに返り、あわてふためいて長にならった。

月代王は、しんとして伏し拝む人々の背の並ぶ広場をながめわたした。薪《たきぎ》のはぜる音が妙に響き、火の粉が夜空に舞いあがる。王は口を開いた。

「祭りを続けるがよい。そのように、おそれ入ることはない。わたしはただ、嬥歌を見守るために来たのだ。おおいに舞い歌い、飲み遊ぶがよい。よき妻を見出すがよい。今宵の誓いをわたしが祝おう。さあ楽の音を」

うながされて郷長はわずかに顔を上げ、ふるえて濁る声音《こわね》で答えた。

「ひなびた里の祭りに、高光輝《たかひかるかぐ》の御子様のおいでを願うとは、光栄に身もあらぬ思いでございます。ありがたきお言葉をいただき、御心《みこころ》にそいたいと存じますが、いかなることか、ただいま楽人《がくじん》の姿が見あたらず――」

「楽人がいない？」

月代王はふしぎそうに言い、もの問いたげに狭也を見た。狭也にはなんとも答えることができず、きまり悪く体をすくめた。実は早く馬を降りたくてならなかった。ぬかずいた郷人たちのまん中にいるのだから。

「楽がなくては、うかれることもできなかろうに。それならよい、わたしがかなでてやろう」

こともなげに御子は言うと、横笛をとりだし、軽やかなしぐさで、楽人のさじきに飛びのった。そして足を組むと、髪をはらい、ひと呼吸おいて、朗々と吹き鳴らしはじめた。

だれもが信じられなかった。輝《かぐ》の御子その人の楽によって祭りを続けるなど。あがめたてまつる御子の前で嬥歌に興じることなど、できるはずがないと思っていた。ところが、気がついたときにはもう踊っていて、あっという間に嬥歌は今まで以上にもりあがっていた。笛の音は魔力のように心をとろかし、手に足に、歓喜をそそいだのだ。涙を流して人々は笑い、拍子を打ち、祭りに酔いしれた。

さじきのすそで人々を見つめていた狭也は、だれもが月代王に見入ったりはしないことに急に気がついた。彼らは御子をふり仰ぐと、すぐにまぶしくて見続けられないように顔をそむけるのだ。しかし仰いだ人々の笑顔は、心にともし火をともしたようにいよいよ輝いた。熱をこめた誓いが、広場中で交わされた。

(見とれてしまったのは、あたしだけかしら)

ふしぎに思いはしたが、狭也の足もむずむずしていた。火の周りで思いっきり踊りたかった。駆けだそうと狭也が身をのりだしたそのとき、だれかに肩をつかまれた。びっくりしてふりむくと、郷長の梓彦《あずさひこ》だった。梓彦はくい入るような真剣なまなざしをして言った。

「おまえは上《かみ》の里の、乙彦《おとひこ》のところの娘だな。いったい全体、どのようにして輝《かぐ》の御子をおまねきしたのだ。しかし、今はここを離れてはならんぞ。精一杯、身のかぎりをつくして御子様のおもてなしをするのだ。おまえから神酒《みき》を、さかなを、おすすめしてくれ。よいな？　よいな？」

そういうわけで、笛を吹きやめた月代王のもとへ、盃をささげに行ったのは狭也だった。片ひざを立て、くつろいだ様子で祭りをながめていた王は、そこにいくぶんはにかみながら立っている狭也を見て、美しい眉目《びもく》をほほえみにゆるめた。

「上がっておいで」

段をのぼった狭也はひざをつき、杯《さかずき》をすすめて酌をしようとした。

「そなたは今宵、だれかから宝をもらいうけたのか？」月代王はたずねた。

狭也の心に一瞬、勾玉《まがたま》のことがうかんだ。だがすぐに打ち消した。王は嬥歌のことをたずねたのだ。あれは妻問《つまど》いの宝とはいえない。

「いいえ」

「ならば、わたしからうけぬか」

思わず狭也は顔を上げた。月代王のまなざしは深く、なぞめいている。しかし、神の御子であるかたも、心がくつろげばたわむれを言うこともあるのだろうと狭也は思った。

「高光輝《たかひかるかぐ》の御方《おんかた》のお言葉のままに」

あたりさわりなく答えると、御子はかすかに笑ったようだった。

「そなたの水は清い。まだ闇《やみ》にも濁らぬままにある。早くに見出すことができて幸いだった。わたしがそなたの清さを守ってやろう。わたしの宮の釆女《うねめ》になれ。まほろばへ来ぬか、狭也」

釆女とは、輝《かぐ》の御子その人に仕える神女《しんにょ》のことだった。巫女の最高位に値する地位であり、輝《かぐ》の大御神を拝する氏族の中でも、よりすぐりの豪族の子女にしか許されないはずだ。狭也はあっけにとられた。

「そんなことができるはずありません。あたしには、なんの資格もありませんし――それに、あたしの氏《うじ》は――」

「生まれを気にすることはない」

御子はさらりと言った。

「係累にこだわるのは、豊葦原《とよあしはら》の人間の習癖であって、天《あま》つ父神のおもんばかるところではない。闇《くら》の神もまた、その魂を継ぐ者を血筋では選ばぬときいたが、そうなのであろう?」

「はあ……」狭也はとまどって口ごもった。

月代王は端正な笑顔をうかべたが、あまり楽しげなものではなかった。

「闇《くら》の一族はよみがえりの一族。輝《かぐ》の一族は不老不死の一族。どちらも子孫にはゆかりのないものを」

白いのどの形を見せて王は杯を空けた。その言葉にかすかなあざけりを感じた狭也は、月代王は何に対してあざけったのだろうかといぶかった。

杯を置くと、王は命じた。

「わたしをごらん」

言われるままに狭也は見まもった。微妙な感情は、しかしながら、その面《おもて》には見出せなかった。あまりに秀《ひい》でた容貌、天上の月にくらべる高貴な顔立ちだったからだ。

「それが、そなたのもつ釆女の資格だ。わからぬか」

やさしい口調で御子は言った。

「豊葦原の者の多くは、わたしとまなざしを交わしはしない。彼らにはできない。考えもおよばないのだ」

そして御子は祭りに興じる羽柴の人々に顔を向けた。おのれ同士、内輪同士、笑いさざめく人たちがそこにいた。

「わかります」

今度は狭也にもうなずくことができた。そして、月代王の周囲にそこはかとなくあるものが、ある種の憂いであることも、そのときわずかながら理解した。

「まほろばへ来い、狭也。なんであろうとも、そなたをわたしのもとにほしい」

ふいに、思わぬ強い調子で御子は言った。

うなずく前のほんの一瞬のうちに、狭也の心には、九年もなじんだ羽柴の風景がとりとめなく飛びかった。裏の桃の木、遊びの仲間、稲の花、あぜの蛙、凍《い》てつく朝、真夏の午後、わら打つ父母、窓辺の明かり――喜びも悲しみもいちどきで、かえって何もわいてこない。狭也は遠くに自分の答える声をきいた。

「ええ。お言葉のままに」

月代王の顔に、ほんのつかの間、若さにふさわしいあけはなしの喜色がうかんだ。

「そなたを見つけて幸いだった。そなたを見つけたのが姉上ではなく、このわたしで、本当によかった」

奇妙なほどに力をこめて、御子は言った。

狭也はうなずいたとたん、急に心が軽くなり、安らいだのに気づいた。長いあいださまよっていた自分が、とうとうひと筋のよりどころを見出したのだと思った。

（このかたについて行こう。もう、まいごじゃないわ）

4

その夜のことは、何代もの語りぐさになるにちがいなかった。羽柴《はしば》の燿歌《かがい》のうわさは、遠くの郷々にまでいち早く知れわたった。月代《つきしろの》王《おおきみ》様が戦場《いくさば》を離れてわざわざ寿《こと》ほぎにまいられたこと、そして、一介《いっかい》の村娘が采女《うねめ》になるという、異例中の異例であるとりたてがあったこと。だれもが驚きささやきあった。

羽柴は一夜にして近郊にその名を高め、一挙に重鎮にのしあがった梓彦《あずさひこ》は笑いが止まらなかった。采女をさし出す支度金として、王は多額にすぎる絹や黄金《こがね》を賜《たま》わったので、郷《くに》は名実ともにうるおったのだ。狭也《さや》は長《おさ》から下にもおかぬあつかいを受け、ことのなりゆきに驚きながら、ほとんど空虚な気もちにさえなった。

いくつものつづらにつめて送られてきた、薄絹《うすぎぬ》や見事な染めの織物を広げ、狭い家中に氾濫《はんらん》した場ちがいにあざやかな色彩の虹にかこまれて、狭也は信じられないようにたずねた。

「これを全部あたしの着物にしたてるの？」

「まったく、村中の女の衆に世話にならなきゃ、出発までに縫いあがらないね」

泣き笑いのような面《おも》もちで、母の八田女《やため》は言い、ふしくれだった指でつややかな布地をなでた。

「こんな高価な布を裁つことが一生のうちにあろうとは、思ってもみなかったよ」

「何反か家に置いておいてよ。なにもいっぺんに衣にしてしまわなくたって」

八田女は首をふった。

「そうはいかないよ。おまえに、おえらいところの姫様がたのあいだで、みじめな思いをさせるわけにいかないからね」

「かあさんったら」

かわいた声で狭也は笑った。

「あたしが姫君とはりあえるはずないでしょう。村娘は村娘でいいじゃない」

「いいや、おまえは特別だよ」

がんとして八田女は言うと、しばらく間《ま》をおいた。

「なんとなくはわかっていたんだよ。おまえが嬥歌で、ふつうの若者とふつうの約束を交わしてはこないことは。この古びた家におまえの子が生まれて、にぎやかな家族を作ることなど、夢の夢だって。そりゃ、ね、ちょっとは期待もしたさ。でも、知らせをきいたとき、天地がくつがえるほど驚きはしなかったんだよ」

狭也は母を見つめた。野良仕事のきびしさに早くからしわを刻み、背を丸めた、年老いた女を。天災で息子を失い、老いてから狭也をひきとった八田女にとって、本当は孫の顔を見ることが唯一の楽しみだったはずだ。

「あたし、すぐ帰ってくるよ。帰されるかもしれないし」

思わず狭也が言うと、八田女は意地を見せて鼻をならした。

「なにをばかなことをお言いだね。そんなことになったら村の衆に顔向けできなくなるじゃないか、うちに入れてなどやらないよ。さあさあ、縫いものにかかろう。神女《しんにょ》様《さま》になるからといって、お針をなまけさせる気はないからね」

その夜、外からもどった乙彦《おとひこ》に、狭也が縫いかけの着物をあててうつり具合を見せると、乙彦はめずらしく酒に口をつけた。王は郷長を通じて、乙彦の家にも老夫婦が使いきれないほどの財を与えていた。突然すぎて、乙彦も八田女もほとんど実感がわかなかったが。

「孝行な娘をもつことほどの身の幸せはない、と長殿《おさどの》に言われたぞ」

乙彦は杯をはこびながら、ちらと笑って言った。

「梓彦殿はたぶん、悔やんどるのだろうよ。あの日、裏山で見つけた野猿《のざる》のような女の子を、わしにおしつけずに、自分がひきとればよかったと。なにしろあのときのおまえは見目よい子とは言えなかったからな。まっ黒で、骨と皮で、ぼろにくるまって、笹やぶの中で目ばかり光らせおってな」

「まるっきり、土ぐもの子ね。どうしてそんな子をひろってきたの？」

狭也はにが笑いした。

灰色の眉ごしに乙彦は狭也を見た。

「だれの子だろうと、幼子《おさなご》が、たよるものもなくさまよっていたのだぞ、手をさしのべない者があるか。それこそ人間じゃない。なあ、狭也、おまえたちはよくそういう言い方をするが、土ぐもといっても、もとは同じ豊葦原《とよあしはら》の中つ国の民人《たみびと》だぞ。輝《かぐ》の大《おお》御神《みかみ》様が現れなさってから、二つに分かれてしまったがな」

「ええ」

小さな声で狭也は答えた。さすがに胸がせまった。父にも母にも礼を言い、恩返しを充分せずに去ることをわびたいと思ったが、そういうあらたまった言葉は、なかなか出てくるものではなかった。

「とうさん——」

察したように、乙彦は目じりにたくさんのしわをよせてほほえんだ。

「おまえはうちの子だ。羽柴の子だ。わしはそれを誇りにするから、おまえも誇るがいい。まほろばへ行っても、どこへ行ってもな」

最後の見おさめにと思って、狭也は川べりの道を歩いていった。明日は出発という日、長雨の季節を前にした、さやかな初夏の夕暮だった。葉を広げた柳は風にゆれ、蛙が鳴いている。濃く染まった青葉の香《か》と、ぬくもった原の草いきれ――風の匂いはもうすっかり夏のものだ。日は山の端《は》にかかり、空を映す水は川下の方で赤くきらめいている。だれもいない、がらんとした川原に立って、狭也は流れのはてを見はるかそうとした。

何度この川に笹舟を流して遊び、何度夢想したことだろう、見知らぬ土地、見知らぬ人、見知らぬ神々のことを。小さな葉っぱの舟にたくして夢を見はしたが、本当にこの村を離れるとは一度も思っていなかった。まほろばは、この川の終点からさらに西へ向かうという。その都とこの村との位置関係は狭也にはまったく思いえがけなかった。ただ、行く手におぼろげな楼閣《ろうかく》のようなものを想像するだけだった。

狭也はかすかなため息をつくと、首にかけた勾玉《まがたま》のひもをはずした。空色の石は肌につけていたため、ぬくもって息づいているように見える。右手にのせて――もう何度となくやってみたのだが――あざに合わせてみる。赤子がこのようなものをもっていたとは、信じられない気がした。だが、きれいな品であることは認めざるをえない。もし、これが妻問いの宝であったのなら、狭也は大得意になっただろうに。

（捨ててしまおう）

もう決心したのだった。そのために川原へやってきたのだ。水の乙女の石は水に返そう。狭也には必要のないものだった。まほろばの宮の采女になるというのに、このような影をひきずってはいけない。闇《くら》の一族のことは葬りさらねばならないのだ。

右手をにぎりしめ、狭也はふりかぶった。このまま、思いきり遠くへ――

だが、投げられなかった。まるでだれかに手をおさえられているようだ。狭也はよろめき、自分にあきれた。そして、気まずいことをしでかしたようにあたりを見回した。

夕闇が川原にただよいはじめている。狭也は、やや上手《かみて》の、土手の坂道をだれかが降りてくるのを目ざとく見つけた。あわてて玉を袖に隠す。捨てるところを、人に見られてはまずかった。人影はこちらへ向かって歩いてくるようだ。こんな時間に、いったいだれだろうと狭也は目をこらした。

察しをつけるのはたいして難しくなかった。たそがれに顔は隠れていても、その輪郭は独特のものだったのだ。高く結いあげて頭の上にのる大きなまげ、平民のはかない、足首まである長い裳《も》。小ぶとりの、中年女性の丸い肩。歩いてきたのは、鏡の社《やしろ》の巫女《みこ》だった。狭也は急いでおじぎをした。

「よい晩でございます、巫女様」

言いながら、ふしぎに思った。社の巫女が一人で出歩いているところなど見たことがなかった。昼間でさえそうなのだから、暗くなってからなど、もっとまれだろう。

巫女は足を止めると、尊大な様子で見下ろした。いつもこの人はそうで、郷長でさえときに見くだされるのだが、今はまた、格別に冷ややかだった。そして思いもよらぬことを言った。

「巫女は免《めん》ぜられました。今、鏡を返上たてまつってきたところです」

氷の怒りを感じる声だった。狭也はおののき、目を見はった。

「そんな、急に。なぜお辞めになるのです。村に巫女様はお一人ではありませんか」

まるで大きなまなげは首を傾けるだけで落ちてしまうとでもいうように、直立の姿勢で女は言った。

「あなたが月代王を迎えたからではありませんか、狭也。あなたは王様の御顔《おかお》を拝し、神酒をすすめ、寿《こと》ほぎをいただき——そして、釆女に選ばれた。わたくしは、自分が鏡をあずかる郷に輝《かぐ》の御子《みこ》がお見えになったというのに、おそばへ寄らせていただくこともかなわず、お言葉ひとつ、かけてはいただかなかったのです。どうしておめおめと、これからも鏡守《かがみも》りを続けていられます？」

思わず一歩、狭也は後ずさった。

巫女は続けた。

「わたくしは郷を出ます。ですが、あなたがまほろばへ向かう前に、言っておきたいことがあります――」

息を吸いこんだと思うとその形相《ぎょうそう》は一変した。狭也にはそれが、殺意の表情であることがわからず、目の前で女がふいに異様な変わり身をとげたように思えた。目はかっと見開かれ、口は一寸ばかり大きく裂けたかと見え、狭也はただ怯《おび》えて見入った。

別人のような声で巫女はわめいた。

「おまえは禍《まが》つものだ。闇《やみ》のものだ。知らないとでも思ったか。よくも月代王をたぶらかそうとしたな。わたすものか行かせるものか」

思わぬすばやさで、女は胸の懐剣《かいけん》をひき抜いた。残照の中で短刀の刃《は》が、にぶく赤く輝く。

「この場で黄泉《よみ》へ送り返してやる」

狭也は恐れをなして身をかわしたが、それでもまだぼうぜんとしていて、死に直面していることに気づかなかった。はっとしたのは、短刀の先にかかった片袖が力まかせにひき裂かれ、垂れさがるのを見たときで、はじめて吐き気に似た恐怖を感じた。

「おやめください。あたしは――輝《かぐ》のしもべです」

巫女は金切り声を上げた。

「おだまり。まだそのようなことを」

「本当です。あたしは心から輝《かぐ》のものです」

言いながらも狭也は逃げ、再びあやうく刃《やいば》をかわした。そして、ついに背を向けて逃げだした。中年女の足はにぶく、狭也ならひき離せるはずだった。ところが、どうしたことか狭也はどたん場で石につまずいた。

砂利の上に激しく倒れた狭也は、ころんだ痛さを感じる余裕もなくふり返った。後ろにはすでに、鬼女《きじょ》のような姿が黒くそびえたち、勝ち誇った声を上げて短刀をふりおろそうとしている。

(殺される)

目をつぶったそのときだった。鋭い悲鳴がほとばしり耳をつき刺した。まだ自分は声を上げていないことに気づいた狭也があっと目をあけると、巫女が顔を腕で覆い、なにものかから身をかばっていた。黒いかたまりが二つ飛びかかって、かわるがわる女に襲いかかっている。腕から血が飛び散り、再び彼女は悲鳴を上げた。羽ばたきの音がその声にかぶさる。鳥だ。

巫女を襲撃したのは二羽のカラスだった。

女は短刀をふり回したが空しかった。カラスはおそろしくすばやく、そして冷酷だった。狭也は巫女のゆがんだ顔の片目から、血がしたたり落ちるのを見た。悲鳴は息切れとともに弱くなり、少しずつすすり泣きに変わった。とうとう力つきた巫女は頭をかかえてつっぷし、動かなくなった。丸めた背中だけがあえぎに上下する。

そのあいだ、狭也は尻もちをついたままだった。川原の石に散った女の血が夕闇に色を失って黒く見える。気分が悪く、耳なりがし、立ったら倒れそうな気がした。カラスたちは、巫女が抵抗をやめると同時に突きかからなくなり、狭也から少し離れた大きな丸石に舞い降りた。そしてけろりとした態度で、思い思いに羽《は》づくろいをはじめた。

狭也がじっと見ていると、カラスたちは小ずるそうに光る瞳で、狭也をぬすみ見るようだった。そして羽づくろいに満足すると翼をふり、くちばしを石にこすりつけ、おもむろに鳴いた。

「サーヤ」

もう一羽が答えた。

「アホウ」

ぽかんと狭也は口をあけた。すると、別の声が後ろでした。

「まだ腰がぬけてるの?」

鳥彦の小さな姿が立っていた。ふってわいたように見えた。もとの黒い衣を着ており、髪は櫛《くし》を入れないまま、むぞうさにたばねてある。

「大丈夫?」

手を尻にあてて、鳥彦は狭也をのぞきこんだ。心配などしていない、とぼけた顔だ。

　狭也はかすれた声で言った。

「なんなの、これは」

　鳥彦はカラスを見た。

「ああ、クロだよ。こっちがクロ兄《え》、こっちがクロ弟《と》」

　そして、飛びはねながら、うずくまった女のもとに近づき、見下ろした。

「早く行って、手当をしたら？　おばさん。悪いけど、つれてってはやらないよ。あんたは狭也を殺そうとしたんだからね」

「おお」

　巫女は声をしぼり、片手で目をきつくおさえながらよろめき立った。頭のまげはとつくにこわれ、乱れてすさまじい。

「禍《まが》つものめ。やはり正体を現したね」

　息もたえだえに女はささやいた。

「今に見ているがいい。このことはきっと、照日王《てるひのおおきみ》様が――」

「もう鏡は返しちまったんだろう。どうやって報告するの」平然と鳥彦は言った。

「お――おぼえておくがいい。照日王様はあざむくことはできないよ。新しく来る釆女の正体をご存じだ。わたくしが逐一《ちくいち》お伝え申しあげたんだ。きっと――」

「まだ言うの」

鳥彦がじれったそうにさえぎった。

「もうひとつの目までなくしたら、ずいぶん不便になるんじゃないかい」

気安い口ぶりの中に、ぞっとするものが含まれていた。女はぴたりと口をつぐむと、あとはひたすらに急いでたそがれの中へ消えていった。

狭也はようやく、顔にかかる髪をはらった。

「あの人、一生片目だわ」

非難をこめて彼女は言った。

「すぐ、死ぬんなら同じだろう」

ごくあっさりと鳥彦は答えた。

「少なくとも、自害するつもりで川辺に来たんだろうさ。でも、あれだけ元気が出せるところを見ると、案外頭にきて、死ぬのをやめたかもしれないね」

世間話のように語る鳥彦を見て、狭也は、これは闇《くら》の一族のもつ気風なのだろうか、それとも鳥彦個人の性質なのだろうかとあやぶんだ。

ため息まじりに狭也はつぶやいた。

「あんたは自分の郷へ帰ったとばかり思っていたのに。ほかの人は?」

「帰ったよ。おれだけ、気がかりでさ」

鳥彦は腰の帯についた木箱を探った。カラスたちは早くも彼の頭と肩に飛び移り、落ちつかなげに頭をふっている。鳥彦はふたをあけて、中から小さく刻んだ干し肉をとり出すと、カラスたちに交互にやった。

「そうしたら、案の定じゃないか。まほろばの宮へ行くんだって？」

「――そうよ」

なんとはなしにきまり悪く、狭也は口ごもった。

「どうして懲《こ》りないのかなあ。あんた、自分で自分を追いつめるんだ。いくら月代王の顔がいいからって、ふらふらついて行くなんて」

「うるさいわね。とやかく言う筋合いじゃないでしょう」

怒った声を出して、狭也は顔を赤らめた。

「そんな――そんな問題じゃありません。光が好きなの。日の下で暮したいのよ。だから采女をひきうけたの。あんたになんかわからないわ」

両肩にまじめくさった様子のカラスを並べて、鳥彦は腕組みした。

「照日王だって、おんなじ顔をしてるぜ。でもあっちのお姉さんはこわもてだよ。とってもいくら歯がたたないだろうよ。だいたい、若づくりではあっても歳はひいひい婆さんよりとっているんだから。それに――たぶん、今のおばさんみたいなのは、ごまんといると思っていいな。それでも行く気？　狭也。あんたは敵のまん中へ飛びこむつもりなんだ。だれ一人、助けてくれない、あわれんでくれない場所へ」

すぐには答えず、狭也は立ちあがって汚れをはらった。ひざ小僧をすりむいて血が出ている。母が大さわぎで小言を言うにちがいない――まあいい、隠れるだろう。明日からは長い裳《も》をはくのだから。

「もう、ひき返せないわ」

さっぱりした口調で狭也は言った。

「何があるにしろ、あたしは自分をためしたいの。答えが出ないままこの村にいることも、今はもうできないわ。まほろばへ行ってみる。たとえ悔やむことになっても、好きでしたことなのよ。あんたはあんたの好きにすればいいわ、あたしは気にしない。だからあたしも好きにさせて」

カラスがばかにしたように鳴いた。

「アホウ」

「サ・ヤ」

狭也はむっとした顔で見た。

「その鳥、どこかへやってよ」

「こいつら、頭がいいんだぜ」

鳥彦は笑いそうな声で言った。

「狭也の名前を覚えようとしているんだ」

ややためらってから、狭也は言った。

「助けてくれて、ありがとう。この次からは、自分で自分の責任をもつようにするわ」

「つっぱってんの」

小声で鳥彦はつぶやき、肩をすくめた。

「なんですって」

「いいや」

鳥彦は人なつっこく狭也を見上げた。だが、口調はかなり大人びていた。

「あんたの決心を変えられないってこと、わかったよ。もう、あんまりいろいろ言わないほうがいいね。だけど、わすれちゃだめだよ、あんたは自分で選んだってこと。まほろばに着いたら、疑いだすにきまっているから」

第二章　輝《かぐ》の宮

夕暮は　雲のはたてに　物ぞ思ふ
あまつ空なる　人を恋《こ》ふとて

『古今集』よみ人知らず

1

まほろばの土地がその名で呼ばれるのは、そこが豊葦原《とよあしはら》の中つ国の中央であり、かつて天上へ通じる道があったといわれるためである。高光輝《たかひかるかぐ》の大御神《おおみかみ》が天の住居《すまい》にもどられたとき、残した最後の足あとがこの土地となったと伝えられる。

言われてみればたしかに、南北にやや長い巨大な足あと型の盆地であり、垣《かき》なす山々の中に、踏みぬいたように形づくられている。この足あとに、今は名高い輝《かぐ》の宮の広大な舎殿《しゃでん》とその臣民《しんみん》の館の群れつどう、唯一の「都」があった。

何日もかけた騎乗の旅――狭也《さや》はすっかり馬と馬の鞍《くら》に慣れてしまった。馬とともに舟に乗ることさえしたのだ――のはてに、とうとうまほろばの山垣をこえた狭也の目に、まず驚きと映ったのは、この低く連なる山々の端正なことだった。そして、どちらに顔を向けてもその青々とした山がせまり、空は仕切られて狭いことだった。狭也の生まれ育った東方の郷《くに》と、そこからこえてきた数々の山川をこのまほろばと比較すると、まるで荒けずりの木の彫刻を、なめらかなろくろ作りの土器とくらべたような感がある。

　ここには、半日かけて横切る葦《あし》の湿原や、目の前に突然そびえる赤い岩肌の断崖などはありはしない。すべてがこまやかで、あるべきようにおさまり、手のひらで大事に包まれたようにやさしい。たたる土地神《とちがみ》のいない土地なのだ。だから、まほろばなのだ——と、狭也は思った。

　自然が力をふるわない分、ここで力をふるっているのは人の手だった。水の造形、風の造形の前ではほとんどとるにたらないものに見えた、人間の整地や耕作、そして建築が、まほろばでは最も発達している。馬上の一行は、充分にかんがいされ、整然と水をはった田んぼを左右に見ながら進んだ。

　稲の若苗《わかなえ》の淡緑《あわみどり》と、あぜに咲くアヤメの濃紫《こむらさき》が、湿った大気に溶けだすかのように見える。旅の苦になるほどではないが、絹糸のようなこぬか雨が降り続いているのだ。厚い雲がたれこめているわりには空は明るく、にぶい白銅色《はくどういろ》に輝いている。狭也が生まれてはじめて見る都は、さみだれの薄衣《うすごろも》をまとってなぞめいていた。

　途中何度か蓑笠《みのかさ》をつけた土地の人々に行きあったが、彼らは一行を見てとると、あわてて道を空けて泥の中にひざまずき、馬のひづめが通りすぎるまでは、何があろうと頭を上げようとしなかった。

　やがて、白くかすむ道のはてに、大きな門と高い垣根が見えてきた。それは屋根をかまえ、人が住めるほどの大門で、何人もの兵士が出向いている。門をくぐると宮なのだとばかり思っていた狭也は、再び広場に出て、大路《おおじ》はまだまだかなたに続いているのにびっくりした。雨の中に数々の楼閣《ろうかく》が遠く近く垣をへだてて影をなす。

（まあ）狭也は心につぶやいた。

（何重にかこめば気がすむのかしら。まほろばって、まるで入れこの箱のようなところだわ）

門はその先にも二、三度あった。見かけるものは土塀《どべい》と、鉱物の赤を塗った柱と、警護の兵士ばかりで、異様にひっそりしている。いかにもものものしいので、そうでなくても緊張している狭也にはこたえた。

だが、最後の門をくぐると、突然あたりが明るくなった。昼間にもかかわらず、点々とかがり火がたかれているのだ。見はるかすその広場は前庭であり、目の前には、そびえる高殿《たかどの》のもとに両翼《りょうよく》を広げた、最も巨大な舎殿——輝《かぐ》の宮がそそり立っていた。そして正面の階段から左右の宮のはしまでぎっしりと埋めつくす人々が、出迎えのために並んでいた。

先ぶれとして到着し、馬を降りてかしこまっている臣下のもとへ、月代王《つきしろのおおきみ》は灰白《はいじろ》の愛馬を進めた。続いて一の側近の馬が並んで足を止め、狭也たちの馬がその後方にひかえた。人々が馬を降りて威儀《いぎ》を正すと、月代王は朗々と響きわたる声で辞《じ》をのべた。

「お久しゅうございます、姉君。荒ぶる東《あずま》の夷《えびす》の地から、戦《いくさ》を終えてただいまもどりました」

狭也の目は、正面の段の最上段に立つ、光り輝く女性に吸いよせられた。いくつものまげを作った髪に長い黄金《こがね》のかんざしを数本刺し、その垂れ飾りが顔のまわりでちらちらとゆれる。濃紅《こきくれない》と紫を重ねた衣には白珠《しらたま》が連なり、羽衣《はごろも》のような銀糸の薄絹《うすぎぬ》をふわりとまきつけている。耳にはあでやかな翡翠《ひすい》の大玉。しかしそれらのすべてより、姫御子《ひめみこ》の内から射す麗質《れいしつ》のほうがまばゆかった。

「つつがなく、お早く帰られたことをお喜び申しあげましょう」

宮の柱よりなお匂やかな緋《ひ》のくちびるで、照日王《てるひのおおきみ》は答えた。面《おも》ざしも、女性にしてはりんとしたその声音《こわね》も、弟御子とそっくりだった。

「しかし、そなたの武者姿は、ぬれそぼっていてさえなにものにもおよぶことなく美しいこと、月代の君」

月代王は、ちらとにが笑いをうかべたようだった。

「そして姉上の正装なさるお姿は、日に輝く黄金《こがね》のよろいにまさってお美しい。曙《あけぼの》の虹よりもたまさかにしか、お目にかかれないものゆえ」

照日王は軽くにらんで受けながした。

「たわむれは後ほどにして。早く武具を解き、体をかわかして、旅の疲れをいやすがよい。供の者も同様に」

御言《みこと》をたまわり、側臣たちが馬をうまやへひきはじめたときだった。扉を入りかけた照日王は、ふと思いついたというようにふり返った。そして言った。

「月代の君、後ほど、そなたの御所へまいろう。新しくとりたてた采女《うねめ》とやらを、はべらせておくがよいぞ」


さて、狭也にはそれからがたいへんだった。彼女の身柄は、歳とった女の侍従にあずけられ、月代王の向かう御所とはまったく別の方角へつれて行かれてしまった。王《おおきみ》の姿を目にすることができる所にずっといたいと願うのは、だいそれたわがままだと知ってはいたが、それでも心細くてしかたなかった。狭也の唯一無二のよりどころは月代王であり、彼なくしては、脅《おびや》かされるものばかりだったのだ。

渡殿《わたどの》でつながれたいくつもの館のひとつに通され、この部屋はあなたの使う部屋だと言われたが、二度と一人では門までもどれまいと思うほど奥まっていた。囚われ人のようで、部屋にそなえられた絹地の衝立《ついたて》や、こも畳などのりっぱな調度も楽しむことができなかった。それに、まほろばの人とはいえ、年寄りはやはり年寄りなのだ。

侍従は、昔は美人だったかもしれないというかすかな気配があるにしろ、険《けん》のあるしわは深く、自分に当然なことはだれにでも当然だという、こり固まった傲慢さをもっていた。

彼女は狭也を頭の上から足の先まで、気に入らないという目つきでながめわたすと、有無を言わせず再び廊《ろう》へひっぱり出した。そして、今度つれて行かれたのは湯屋《ゆや》だった。川の水でしか体を洗ったことのなかった狭也がまったく知らないもので、黒木の壁にかこまれた部屋にたらいを置き、桶《おけ》からは湯けむりが上がっていた。

中には若い下女が二人ほどひかえていて、目を白黒させている狭也に進み寄り、衣をひきはがすと、湯をはったたらいに追いこんだ。そして湯にひたした粗布《あらぬの》で、体をごしごしこすりはじめた。侍従はというと、間近に立ってながめながら、狭也がすでに虐待をうけている気分なのにもかかわらず、もっと力を入れてこすれとうるさく命じ続けた。

とうとうがまんのできなくなった狭也は、かっとなって身をふりもぎると、女たちに両手ですくった湯をあびせかけた。侍従が驚いて叫んだ。

「なにをするんです。暴れる人がありますか」

「皮をはいでいただかなくてもけっこうです」

「あなたが垢《あか》をためているんじゃありませんか」

「そんなことは絶対にありません」

狭也は言い返した。湯女《ゆおんな》たちは、狭也が泣き寝入りする子ではないとさとったのか、それからいくぶん手かげんするようになった。狭也はそれでも、体中赤むけになったにちがいないと信じたが、湯のほてりが冷めてみると、そこまではいっていなかった。しかし、お次には延々とはてしなく髪をとかされ、衣装を整えれば、やたらにきつく帯をしめられた。終わって部屋へもどるときには、すっかり外が暗くなっていた。

「少しは見られるようになりましたね」侍従は言った。

「紅《べに》はいかがします？　顔色がよくないようですが」

「いりません」

腹を立てたまま、狭也は言った。

「いただくものがあるとしたら、お食事です。ずっと食べていないんですもの」

夕餉《ゆうげ》の時間がとっくにすぎていることを狭也は知っていた。湯屋のそばのまかない所《どころ》では調理の整ったよいにおいがしていたことも。朝から、何もとらずに馬に乗ってきた狭也は、実際、顔色をなくすほど空腹だった。

「もう、暇がございません。上様の御所へおつれするよう申しつけられた時刻です」

横柄《おうへい》な口調で侍従は答えた。底に流れる悪意を感じとった狭也は言った。

「それなら、かまいませんわ。行って、月代王様にお願いしますから」

侍従は眉をさかだてた。

「そんな下品なことを、お耳に入れられるものですか」

「いいえ、お話しします。宮に着いてひと口も口にしていませんと申しあげるわ」

「まったく――」

侍従は言いさして、部屋を出、廊下の童《わらわ》を呼びとめて、急いで膳をひとつもってくるように命じた。そして、もどってきてから続けた。

「あなたは赤ん坊だこと。色気のかけらもありはしない。どこが上様のお目にとまったのやら、見当もつかない」

「じゃ、あなたは色気でお目にとまったの？」

狭也が言い返すと、老女はぐっとつまり、そのままそっぽをむいて口をきかなくなった。

童のもってきた膳には、柔らかく炊いた御飯のほかに、小さな器がたくさん並び、魚や春キノコや青菜のようによく知っているもののほか、狭也には得体《えたい》の知れないもの――干し鮑《あわび》や海鼠《なまこ》――もあった。気味の悪いものは残したが、お米はたいへん美味だった。

それから侍従にせきたてられて、回廊《かいろう》や渡殿を次々と通りぬけ、御所へと参上を急いだ。月代王の御所は、ひとつ屋根の下で村の集会ができそうな白木《しらき》の御殿で、輝く鋲《びょう》を打った両開きの扉を入ると、磨きあげたひのきの床はすべるようになめらかだった。

奥座敷の御座《みまし》のまわりには、天蓋《てんがい》がかかり、薄絹の帳《とばり》が五色の紐《ひも》とともに床までたれている。手前には、貴賓《きひん》と対座するための熊皮じきの席が、脇息《きょうそく》をそえてしつらえてある。漆塗《うるしぬ》りの高坏《たかつき》には果物などが少し。燭台《しょくだい》は、絹張りの衝立《ついたて》とともに四隅にあり、衝立の絵もようをあかあかとうかびあがらせている。そこにえがかれているのは、この世のものとは思えない、四種の妖《あや》しい獣の姿だった。

帳をひいて、月代王が姿を現した。くちなし染めの、淡い黄色の長衣をまとい、髪もおろして、いかにもくつろいだ様子をしている。侍従はひざまずき、深々と頭をたれた。

「おつれ申しあげました」

「遅い」

やや機嫌をそんじた声で御子は言った。

「大変申しわけございません。お支度に時間がかかりました」

御子は狭也を見、いくぶん考えこむように端正な面ざしをかしげた。

「侍従、帯をとってまいれ。浅葱色《あさぎいろ》がいい。その色あわせでは、まるで姉上のいでたちだ」

深紅の帯をしめた狭也は顔を赤らめた。

「かしこまりました。今すぐにお取りかえ申しあげます」

　年とった女は、狭也にだけそれとわかるおしつけがましい口調で答えると、すばやく席をはずした。今ごろ意地悪に気づいてももう遅い。狭也は情けない顔で王をうかがった。田舎娘のもの知らずに、あきれていることだろうと思ったのだが、月代王はほほえんで言った。

「そなたは浅葱のような、淡い色あいを好むはずだ。そうだろう？」

「はい」

　毛皮の上に腰をおろしながら、彼は言った。

「浅葱の帯がそなたには似あう。身につけるがよい。狭由良《さゆら》はいつもその色をしめていたものだ」

　ほっとしたのもつかの間で、おしまいのひと言を耳にすると狭也は急に力がぬけた。なぜかいっそうみじめになる思いがしたが、ここで弱音《よわね》をはいてもどうなるものでもなかったので、侍従のもってきた明るい水色の帯をしめると、たしかにずっと居心地よくなったので、狭也はそれ以上考えないことにした。

　少しして、若い女が照日王のお見えを告げに来た。狭也が、どうしていいかわからずにいるのを見て、月代王は言った。

「気おくれするようなら、衝立の後ろにひかえていなさい」

日と月がともに前に並ぶというのに、気おくれしない者がいるだろうか。狭也はありがたくひきこんだが、ときめきはおさえられなかった。おそれおおいとはいえ、目にする機会をのがせるものではなかった。やがて、照日王が快活な足どりでやってきた。

照日王は豪奢《ごうしゃ》な上衣をぬぎ、薄桃色の内着《うちぎ》になっていた。そして足もとを覆うのも、先ほどの綺羅裳《きらも》ではなく、男のように足結《あゆい》を結んだはかまだった。足運びが勇ましいはずである。装飾品はすべて取り去り、髪も耳の上の小さなまげだけ残して解き放っていた。長身の背を流れおちて床にとどくほどに、その髪の丈《たけ》は長かった。

姉姫を見上げた月代王は言った。

「やれやれ、もうそのお姿ですか」

「もちろんだ。あのままでは思う半分も動けぬ。あぐらのひとつもかけぬ」

答えながら照日王は、熊皮の上にしっかりと足を組んだ。

向かいあう顔と顔には寸分のちがいもない。それでいて、これほど印象のちがうことがあろうとは、狭也は夢にも思わなかった。照日王と月代王には、赤と白のように明瞭な、くっきりと別々の気があった。照日王には熱情が、月代王には憂愁が――

人々が本能的に、より照日王を恐れるわけが、狭也にもよくわかった。照日王の美しさは激しさなのだ。人を射殺す矢の美しさだ。姫御子の恐るべき闊達《かったつ》さは、早くも部屋に満ち、ほのかに麝香《じゃこう》の香りになってただよっている。

照日王は、武将のほほえみをうかべて言った。

「酒はないのか、酒をもて。そなたの無事の帰還を祝おうではないか」

そのたおやかな肢体以外に、照日王を女性と見なせるところはどこにもなかった。

脇息に片腕をあずけたしぐさも、口調も。しかしそれがいかにも自然で、見る者をひきつけた。

「姉上のご所望は、よく存じあげておりますよ」

月代王が言うより早く、采女の一人と見える娘が細首の玻璃《はり》の器と杯《さかずき》とを盆にささげ、すべるようなすそさばきで現れた。

あでやかに着かざってはいるものの、采女の仕事も、村で若い娘が呼びつけられる仕事も、内容には大差ないのではないだろうかと狭也は考えた。しかし、少女は美しく、見たことがないほど品がよかったし、酌をすることに、ふるえるほどの誇らしさを感じている様子が顔によく表れていた。

杯を満たす間、照日王は上目づかいに采女を見つめていたが、月代王に言った。

「この女ではないだろう、そなたがはるばる東国からつれ帰ってきたという子は。はべらせておけと言ったではないか」

「わかりますか」

「姉をみくびるではない」

くからかうように月代王は言った。

「結局、姉上は新しい釆女を見にこられたと見える。わたしの帰りを祝うのではな

く」

照日王は形のよいあごをそらせた。

「戦線にこれといった進展の知らせもないまま、舞いもどってきたのは、ひたすらそ

の見つけもののせいであろうに」

そして、すばやく部屋の左右に目をふりむけたので、衝立のはしから目だけを出し

てのぞいていた狭也は、びっくりしてひっこんだが間にあわなかった。

「そこで何をしている」きびしい声で照日王はぴしりと言った。

「隠れんぼではあるまいし、来るならここへ来い」

顔から火の出る思いで、狭也はすごすごと衝立の陰を出た。月代王は酌をした少女

に、部屋へ下がるようにと命じた。そして、とりなすように姫御子に言った。

「実は、この子は遅刻をしましてね。用を申しつけるいとまがなかったのです」

狭也は手をついて礼をし、消え入るような声で言った。

「お初にお目にかかります。羽柴《はしば》からまいりました、狭也と申します」

「羽柴から？」

疑わしそうに照日王はくり返した。

「幼いころ、老夫婦にひきとられたそうです」

月代王が説明した。

照日王は貫くまなざしを狭也にそそぎ続けた。顔をふせていても、それは痛いように感じとれた。

（あたしは、なぜ、ここでこんなことをしているんだろう）

ふと、狭也は考えた。今、目の前にいる人は、殺された両親を思えば鬼にも蛇《じゃ》にもあたいしていいはずなのだが。しかし狭也にはとうてい憎めそうにないのだ。畏《おそ》れおののきながらも、姫御子の美しさに賛嘆せずにはいられなかった。

ややあって、照日王は月代王に向かって言った。

「そなたにはあきれるな。この前もその前も、そなたは得ては、失った。まだ飽きずに同じことを？　どうしてそなたの性分には、珍奇なものに関心を抱《いだ》くくせがあるのだ」

月代王はもの柔らかに答えた。

「光にこがれて流れる水の乙女を、珍奇なものというのは、あんまりでしょう。ごらんなさい、彼女を。手にすくいとってみたくはなりませんか。生まれたばかりの、真実の若さだ」

かすかに顔をしかめ、照日王は杯をくちびるへもっていった。

「そんな気にはならぬな、わたしなら。なんであれ闇《くら》の手の者だ。われらとは敵対する者。やつらは何度でも死に、何度でもよみがえってくる。それだから未来永劫《えいごう》、くり返すおろかなあやまちからのがれる分別をもてないでいるのだ」

「あるいは、そうかもしれませんが」

低い声で月代王は言った。

「しかし、この地上では、それも強さだとお思いになりませんか。よみがえりの一族は、あきらめを知って、またあきらめを知らない。幼いようで幼くない。恐れず無知をくり返すことで、大岩をも動かす希望を持ち続けるのです」

まなざし鋭く、照日王は弟御子をにらんだ。

「どこでそんな弱気を仕入れてきた」

「東の戦の勝敗はすでに明らかだ。たまには、広い目でものを見てもいいでしょう」

ややむきになって月代王は答えた。御子が瞳を怒《いか》らせると、お互いはやはりよく似ていた。

「大蛇《おろち》の剣《つるぎ》がこちらの手中にあるにしては、彼らは根強い。そのことは姉上も西国《さいごく》でよくご存じのはずですからね」

(大蛇の剣?)

狭也は聞き覚えのある名にはっとした。鳥彦《とりひこ》が前に口にしたことがあった。開都王《あきつのおおきみ》も言っていたはずだ。

照日王は脇息にあずけた腕にあごをのせ、狭也を見ておかしそうに言った。

「そら、耳がぴくりとしたよ、おちびさん。よく聞いておくがいい、よい間者《かんじゃ》になれるだろうから」

「そのような――」

狭也は口ごもりかけたが、しいて言いきった。

「そのような者と縁を結ばないために、宮に参上したのでございます」

「心からの言葉であろうが、それでも無理であろうな」

冷ややかに姫御子は答えた。

「そなたごとき者が何をしようと、わが輝《かぐ》の宮がこゆるぎもしないことはわかっているが、やはりこのわたしには、闇《くら》の一族が宮の内にいるのは目ざわりだ。月代の君の釆女でなければ、とうに斬《き》ってすてているものを」

杯ごしに、照日王は弟御子を笑顔で見やった。

「のう？」

からかいまじりではあるが、本気ともとれるその口調だった。ふるえあがらずにはいられなかったが、怯《おび》えた様子をあらわにすると、いっそう楽しまれそうな気がしたので、狭也は勇気をふるって言った。

「わたくしは、月代王様の釆女でございます」

照日王はわずかに驚いた顔を見せ、月代王は声をたてて笑いだした。

「おわかりでしょう、姉上。おもしろい娘だということが」

「赤子は焼けた鉄にさえ手をのばす」

ふんと鼻をならして、姫御子は言った。

「やけどをしてから、やっと気づくのだ。そのあとでも、この子がそなたの興《きょう》をひくかどうかはさだかでないぞ」

「やけどはさせないつもりです」月代王は答えた。「この娘は、このままに」

「よく言ったものだ」

せせら笑いをうかべた照日王は、毛並のいい猫族に似ていた。

「可能かどうか、この目でしっかり見とどけたいものだな。どうしてそれほど闇《くら》の者にかまう？　かたわらに仇敵《きゅうてき》をまねいて動じないそなたは、大胆なのかおろかなのか、見当がつかぬ。だが、わかっていることがひとつある——」

姫御子は身をのり出して、すずやかな月代王を見つめた。

「そなたは戦に飽くと、水の乙女を見つけてくるということだ。ちがいあるまい？」

「姉上」

月代王はやや渋い顔になった。

それごらん、と言わんばかりに、照日王の瞳は得意気に輝いた。

「わたしにはそなたの気がしれない。父神をこの地へ迎えるための戦になぜ倦《う》むことがある？　一刻も早くと心ばかり急《せ》くことはあっても、休息を欲することはわたしにはなかったぞ。交代にまほろばの政務をとる取りきめでなければ、ずっと陣頭を駆け続けたってかまわないほどだ。なのに、そなたはときおり気まぐれをおこす。突然、戦場を投げてきたり、闇《くら》の一族に興味をもったり――」

月代王はおだやかならぬ様子だったが、姉姫ほどには表情にのぼらせなかった。とはいえ、ほほえみはやや冷笑めいていた。

「急《せ》くことはありません、姉上。いかなる神も鬼神《きしん》も、高光輝《たかひかるかぐ》の大御神のご意志をまげられるものではないのだから。父神の一度思《おぼ》しめされたことは、そのままこの世のさだめです。父神は降臨《こうりん》されます」

「御身《おんみ》は冷たいな。父の子とも思えぬ」

不満をそのままに照日王は言った。

「いいえ、父の子です。わたしのこの性分も、父神の一部です」

静かに月代王は受けた。

「天《あめ》なる父神は、闇《やみ》にその目を汚すことを望んだりはせぬ！」

突如《とつじょ》声高く叫ぶと、照日王は杯を床にたたきつけた。ひらめく炎のようなあざやかな怒りだった。思わず狭也は身をすくめ、じりじりと後退した。

「真の光である大御神が、彼らになんの用がある？　闇《やみ》を一掃してこそ、光り輝く新しい世を創造することができる。そのために父神は地へ降りられるのだぞ」

「異を唱えるつもりはありませんよ」

はぐらかすように月代王は言った。

「姉上のおっしゃることは、いつもまちがいないのですから」

怒りのやり場を失い、照日王は腕組みして相手をにらんだ。

「そなたの言いぐさは、どうしていつもそうもってまわるのだ。わが一族の末のできの悪いのはあきらめているが、そなたもまた、わたしの心にかなったためしがない。いったいどうしてなのだ」

月代王は、はかりしれない瞳で姉姫の顔をながめていたが、やがて言った。

「たぶんわれわれは、長く並び立たないほうがうまくいくのでしょう。姉上がまほろばにおられるときはわたしは戦場に。わたしがまほろばにいるときは姉上は戦場に。はるかな昔からそうしてきましたね。しかし、本来姉上は父神の左の目であり、わたしは父神の右の目だ。二人とも、同じものを見ているはずなのですよ」

憤然として照日王は立ち上がった。長い髪がさっと床をはらった。

「いいや、わたしとそなたは、あらゆるものを背中あわせに目にするのであろうよ」

くやしげに言い、姫御子は見下ろした。

「そなたの言ったとおり、まほろばにそなたがもどったからには、わたしはいち早く西の戦線に出かけたほうがいいのだろう。しかし、こう急だとは思ってみなかったので、雑務がまるで山積みだ。今、手にあるものを片付けるまでは、しばらくお互い見たくもない顔をつきあわせるようだな」

言いすてると、照日王は辞《じ》ものべずに歩み去った。嵐が通りすぎていったようで、狭也はしばらくぼうぜんと見送ってしまった。かすかに甘い残り香《が》だけが、長く部屋にたゆたっている。

ややあって、月代王はそっとため息をついた。

「毎度のことだ。再会を喜びあっては、その日のうちにいがみあう」

つぶやいた言葉には、さすがに気落ちした様子がうかがえたが、それでも御子は狭也を見てほほえみをうかべた。

「同じことをくり返すのは、そなたたちのおはことは限らぬようだ」

（くり返し――くり返し。何をくり返すというのかしら）

ぼんやりと狭也は考えた。糸を巻きとるおだまきが思いうかぶ。それを手にして糸をくり返しているのは狭也が顔を知らない女性——狭由良姫だ。

(あちらでも、こちらでも、はじめてでないと言われる。同じことのくり返し。よみがえり。ずるいわ——とっても不公平だと思う。あたしにとっては、全部一度めで、なにもかも手探りなのに)

自分が繰《く》り人形かなにかのように言われるのは不愉快だった。不愉快なばかりか、わりが合わない。

(あたしはあたしなりに、いっしょうけんめい考えた上のことなのに……)

「いつまで寝坊するんです。おきてください」

唐突に侍従のかみつくような声が響いたので、狭也は驚いた。

「朝の間《ま》にもう皆様おそろいですよ。日はとっくに昇っています」

狭也は目をぱちぱちさせた。ちっとも眠ったという気がしていない。だが、部屋の格子窓からは朝日がななめに射し入り、床の木目にこぼれていた。スズメのさえずる声がする。

「——朝の間?」

目をこすりながら狭也はたずねた。

「輝《かぐ》の御子様を拝して、一堂に朝餉《あさげ》をいただくのです。いただく気がないのなら、おきなくてもけっこうですよ」

「おきます」

きちんと空腹にはなっていた。

あたふたと衣服を整えた狭也は、侍従について廊を渡っていったが、ふと、いやな予感にかられてたずねた。

「あのう——あなたはこれからずっと、あたしのめんどうをみてくださるの？」

「そう命ぜられました」

機嫌悪く侍従は答えた。

「采女になられるかたは、みな舎人《とねり》や童《わらわ》を召しかかえておられるものなのですが、あなたにはそれがないので、よけいなお役目までわたくしにまわってきてしまうのですよ」

（やれやれ）

狭也は心の中でため息をついた。

朝の間というのは、廊に沿って長細い廂《ひさし》の間で、中には膳を二列にならべ、若やいだ女性たちが黒髪を長くそろえて座っていた。しんと静まっているのは、上座《かみざ》にいるだれかの朝の辞がもうはじまっているためだ。最も上《かみ》には壇があり、美しい装飾のいすがあるが、輝《かぐ》の御子の姿は見えない。必ず臨席されるわけではないらしい。

狭也は末席にたくみにすべりこんだ。ならんだ膳は四十ほどあるだろうか。側面の回廊からまぶしい光がそそぎこみ、居ならぶ女性たちは、早朝に咲くハスの花に似てすがすがしく、うるわしい。とりどりの衣は、季節感を映し、白に薄青、藤、萌黄《もえぎ》と目にすずやかだ。花ざかりの乙女がほとんどだったが、見わたしたところ、狭也より若い人はいないように見えた。

辞が終わり、よくわからないままにみなといっしょにおじぎをして食べはじめた狭也は、まもなく食事がのどにつかえるようになってしまった。釆女たちは全員、かわるがわる冷ややかに狭也へまなざしをそそぐのだ。そして隣とささやきあいはしたが、だれ一人狭也には声をかけなかった。それればかりか、まるで早くそばを離れたいかのように、つついただけの膳を残して一人また一人と立っていった。いくらもたたないうちに、狭也は空いた席の中に、一人でぽつねんと座っていることになった。

はしを置くべきかどうか、まよっていると、近づく人の気配があった。顔を上げると、最も壇の近くに座っていた年配の二人が、立って狭也を見つめていた。どちらも盛《さか》りはすぎかけたものの、まだとぎすましたような美貌を保っている。やや年かさに見える、藤紫の衣をまとった女性が口を開いた。

「昨日見えた新参《しんざん》ですね。あなたのことは上様からうかがっています。わたくしは司《つかさ》頭《のかみ》、そしてこちらが司 助《つかさのすけ》です」

「狭也と申します」

あわてて狭也は両手をそろえた。

藍と白の衣を着た切れ長の瞳の美女は、袖を口もとにあてて上品に笑みを隠した。

「その名でお呼びするのは、少し軽々しすぎますね。まるで、お使いの童のよう」

声には案外とげがあった。

「そうですね。浅葱《あさぎ》の色がお似あいのようですから、浅葱の君《きみ》と申しあげるのはどうでしょう。よろしいかしら」

「はい」

とまどいながら、狭也はうなずいた。

司頭が言葉をついだ。

「あなたは、巫女《みこ》としての教育を受けていないそうですね。今後、朝餉のあと、夕《ゆうべ》のお勤めまでのあいだ、わたくしたちから、礼儀、作法、祝詞《のりと》、神言《かむごと》を教授するようにとのおたっしです。水無月《みなつき》の晦《つごもり》に行う、大祓《おおはら》いの儀式までには、釆女としてのお勤めがつとまらなくてはなりません。忙しいことになりますが、心がまえはよろしいですね？」

「あ――はい」

狭也は見つめられて気がつき、急いで答えた。

「どうぞよろしくお願いいたします」

それから狭也は殺風景な別棟《べっとう》へつれていかれ——あとでそこは、下位の巫女が勤めを行う場所とわかったが——その日の暮れまで、一歩も外へ出ずにすごした。何をしていたかというと、ただ歩く練習を、一日中くり返させられたのだった。部屋のすみからすみまで何百回も歩いて、終わったときには立ち上がれないほどくたくただった。だが頭《かみ》の釆女たちはまったく意にもとめていないように見えた。

「では、明日は盆をもってのけいこに入りましょう。朝餉のあと、すぐここへ来るように」

言いおくとさっさと退出してしまった。朝の間の釆女たちもそうだったが、彼女たちの立ち去り方はあっけないほどすばやかった。そのうち、たぶん退出の訓練もさせられるのだろうと、狭也はげんなりして考えた。

侍従が来てくれる見こみもなかったので、狭也は広すぎる宮の入りくんだ渡りをまよいながら歩いた。途中で一度、膳をもって急ぐ下女たちに衝突しそうになったが、それをぬかせば、なんとか無事に見覚えのある屋根の下までもどってきた。渡殿や回廊を行き来する人の数は意外なほど多い。その大半はしもべの者たちであり、裳《も》を短くつけた下女や童の少年である。

釆女たちは、御子の身近のお世話を司《つかさど》る。膳をしつらえ、御衣《おんぞ》を縫い、御座《みまし》を清める。だが、自分らのためには何ひとつ手をかけなくてよいのだ。彼女たちの世話はまた、しもべたちが行うのである。しもべたちにも、さらにその下で働く者がいる。さらにその下にも……そうして末広がりに増え続ける何人の人を、この宮はかかえているのだろうと狭也はいぶかった。数の想像もつかない。

やっと自分の部屋の目星をつけて廊を歩いているとき、ふと、そばの部屋の簾《すだれ》の陰からもれる話し声に気づいた。采女たちが数人寄り集まっているらしかった。

「――童女《わらわめ》にだってもっとましな家の者がいるわ」

「舎人《とねり》ももたずに一人で来たのですって。式もあげずにこそこそ宮入りするわけよ」

「上様はときどきお気まぐれをなさるから」

「つつしんで辞退申しあげるのが利口な者のすることよ。ずうずうしいったら」

足が思わず止まった。せきばらいをして、いることを示してもよかったのだが、一日かけた歩き方のけいこが、狭也の気をくじいていた。話し声は続いた。

「その夜にもうお召しがあったそうよ」

「姫御子様がいらっしゃるのに？　宮の内に照日の御方《おんかた》がおられるあいだは、上様はいつも、御機嫌ななめでいらっしゃるのに」

「ものめずらしげなうちが花よ。ひなびた賤《しず》の娘など」

「思いあがらせないことね。わたくしたちと同列に並ぶことなど不相応だわ」

狭也は早くこの場を離れることに決め、足音をしのばせて歩き出した。

（歓迎されるなんて、はじめから思ってやしなかったわ）

狭也は自分に言いきかせた。

（ひなびた賤の娘でけっこうよ。闇《くら》の氏族と知られるよりは、どんなにかましだわ。それが知れたら――あの程度ではすまないんでしょうよ）

村の巫女が短刀をかざしたときの顔が目にうかんだ。ここのうるわしい人々も、あのようになるのだろうか。それはあまりに暗いもの思いだったので、狭也は頭をふって追いはらった。しかしその夜は羽柴の家が思い出されて切なく、どうしても寝つけなかった。

2

雨のそぼふる、陰鬱《いんうつ》な日々が続いた。

狭也《さや》のけいこは回を重ねられたが、教育を受ければ受けるほど、かえって輝《かぐ》の御子《みこ》から遠ざかっていく気がするのは妙だった。何も考えず、無邪気なままに月代王《つきしろのおおきみ》と向かいあった日には、ほのかに御子の心情さえわかちあえるように思えたものを、ここまほろばで毎日目と鼻の先に暮しながら、月代王はどんどんと雲上の、手をのばすもおそれ多い、絶対的な御方《おんかた》となっていく。御子は御所《ごしょ》にひきこもりがちで、姿を見ることはめったになく、たまに遠くからかいま見ることができても、御子が狭也に気づくことはさらになかった。

軒端《のきば》からしたたるしずくの帳《とばり》を前に、狭也はぬれた縁のふちに座って外をながめていた。雲は低く、木々はぬれそぼり、奥庭の苔むす岩に囲まれた古池は水面《みなも》をくもらせている。雨が降っても、身をぬらすことはここのところ絶えてない。外まわりの用は、外まわりを受けもつ従者や舎人《とねり》が行うのだ。しめっぽい木の板や柱にかこまれて、よそごとに雨を見ていると、ずいぶん陰気なものだった。いっそ足をぬらして水たまりに入ってしまえば、土や草が、どんなにこの天気を喜んでいるかがわかるのだが――

宮に住まう上流の人々が、なぜ髪をぬらしたの足をぬらしたのと大さわぎするのか、狭也にはわからなかった。雨は体で感じてみなければ、その多彩さや喜ばしさを知ることはできないものだ。もちろん、ときには雲によって、固く冷たくからい雨もある。だが、夏の雨はたいてい甘くかぐわしい。降るごとに異なる、遠い天から運んだにおいがある。

司 頭《つかさのかみ》が急にけいこを休んでしまった日には、狭也のすることは何ひとつなく、かびがはえそうに退屈だった。ぬれた勾欄《こうらん》の上をはう一匹のカタツムリを目で追いながら、狭也は思うともなく、いつものもの思いにたちかえっていた。

(なぜ、ここで、こんなことをしているのだろう——)

相変わらず釆女《うねめ》たちは狭也をのけ者にし、ささいないやがらせの機会をけっしてのがさなかったが、狭也は根《こん》くらべのつもりで楽天的にかまえていた。こういうことははじめての経験ではなかった。

突然羽柴《はしば》の一員となったとき、付近の子どもたちは、同じようにこぞって彼女をつまはじきにしたものだ。どんなに狭也が愛想よくしても、おとなしく従っても、どうしようもないことだった。だが、結局は時が解決してくれた。ひねくれたりめそめそしたりしなければ、いずれ門戸を開いてくれるのだ。だから狭也は、こんなことでむやみにくよくよするつもりはなかった。身にこたえるのは、やはり、手のとどくすべもない月代王のことだった。

『思いあがって、御子のあとについてきた』と悪口をたたかれても、気にしないようにつとめていたが、一部真実であることは狭也も気がついていた。それが次第に、一部の真実どころか大半の真実であったと思い知らされるのは、やはり心の痛むことだった。

嬥歌《かがい》の夜に瞳と瞳を交わしたことは、遠い夢であったような気がする。月代王の心にふれることができるのは自分であり、また、狭也の心に射し入る唯一のまなざしは王《おおきみ》のものであると信じた。やさしい言葉をしたって、家を出てきてしまったが、それはやはり世間知らずの娘が抱《いだ》いたいい気なうぬぼれであって、月は天からすべてを照らすもの、一人の手につかむことのできないものと知るのは痛かった。

（なぜ、これほど慕わしいと思いこんでしまったのかしら。わざわざ迎えに来てくれた一族の手をふりはらってまで、あのかたについてきてしまって）

狭也は自分にたずねてみた。心の奥の正直な自分が、それはお顔にひかれたのだと答えた。狭也は考えこんだ。あの夜の御子の、静かな笑顔――燿歌の火を見つめた秀《ひい》でた横顔――

（あのかたのお顔がお淋しそうだったから、あたしはついてきてしまったんだわ。何もかも忘れて、むこうみずに。だけど、あのかたの憂《うれ》いを埋めてさしあげることが自分にできるなんて、思ってはならなかったのだ。あたしはちっぽけな村娘で、あのかたの憂いは天上のものなのに）

気がしずむと、狭也は知らず知らずに胸もとから空色の石をひき出していた。すてることもできず、どこかに置いて侍従などに見つけられるのもはばかられて、結局いつも身につけているのだが、どうにも落ちこんだときにこの石の色と丸みを目にすると、ふしぎとなぐさめられるのだった。浅葱《あさぎ》に似てもっとあたたかく、やさしげでいて内に潔《いさぎよ》さを秘めた色。見つめながら狭也は思った。

(闇《やみ》に流れる水の乙女の石が、どうしてこんなに明るい空の色なのかしら。それがふしぎだわ)

その日の夕餉《ゆうげ》は食がすすまなかった。おかしなもので、けいこのはじまりに司頭《つかさのかみ》や助《すけ》の顔を見ると、いつもみぞおちが痛んでくるのに、ない日のほうがものが食べられない。火花が散るようなけんか腰のけいこのほうが、退屈に悩むよりはまだましらしい。怒りもまた人の活力をよぶのだ。いつもとちがって器のものをみな残して席を立とうとした狭也は、他の采女たちはその程度しか食べないのが日常であることに気がついた。

(みんな、憂鬱がたまっているのかしら)

狭也は思った。

そういえば、采女たちはみな、風にしなう柳の枝のように細い。狭也はもともとやせっぽちで、小さいころにくらべればまだ太ったほうなのだが、それでも村の仲間からは、胸が小さいの腰が細いのとからかわれていた。だが、ここでならどうやら見おとりせずにすみそうだ。

部屋に帰ると、侍従が待っていた。しばらく顔を見なかった彼女がかしこまって座っているので、狭也は身がまえた。最近この侍従は、文句を言うときだけ姿を現すのだ。

「何か？」

「ご案内いたします。わたくしのあとにお続きください」

どこか不本意そうな声音《こわね》で言うと、侍従は立ちあがった。狭也はどきりとした。侍従がこのような言い方をしたのは、前に一度あったきりだ。急いで髪などなでつけてから、狭也は侍従の手にする火明《ほあ》かりのもとに、暗い渡殿《わたどの》を渡っていった。予感は正しかった。侍従は回廊《かいろう》をいくつも通りすぎ、宮の奥へ――御子の御座《みまし》へ導いていった。

ゆうに一カ月すぎているというのに、輝《かぐ》の御子とその周囲は、まるで次の日来たように変わらなかった。御子のお召しが白に変わった、それだけだ。月代王自身も、まるでさっき見たような様子で狭也を見た。狭也は一人で歳をとったような気分におちいった。浦島太郎の反対だ。

「やはりその帯がよい」

脇息《きょうそく》に身をもたせ、白の衣に長い髪をすべらせた月代王は、満足げに言った。

「着こなしも、今度のほうがすぐれている」

「一カ月たちました。輝《かぐ》の御方様《おんかたさま》」

言ってもしかたのないことだと思いながらも、狭也は言わずにいられなかった。永遠の生を生きる一族にとって、たぶんそれは、まばたきするほどの時間でしかないのだが。

「わずかのあいだに美しくなった」

御子は言った。ころりと一変して狭也は言ってよかったという気になった。

「ここへおいで」

月代王は毛皮の敷物のもとに狭也をまねいた。そこには、はでではない酒宴の用意がしてあった。

「杯《さかずき》を受けるか？」

王にたずねられ、狭也はとまどったが、すすめられるままに翡翠色《ひすいいろ》の杯を手にとり、わずかな酒をなめてみた。酒はかすかに苦かった。

御子も姫御子も、酒は口にするが、食べものにはほんの気まぐれにしか手をつけない。朝の間《ま》、夕《ゆうべ》の間の臨席も形式のみあるもので、一度も姿を見せなかった。彼らには、大地の滋養はほとんど必要ではないのだ。そう思うと、狭也はかすかに悲しかった。彼らは異質、彼らは地にまじわる人ではないのだ——

「なぜ、そのように瞳をふせているのだ」

月代王はいぶかしげにたずねた。

狭也のほうは、たずねられたことに驚いた。

「礼儀を教わっております。御方様」

狭也は答えた。ほめられてもいいはずなのに、という気もちがはからずも声に出てしまった。

「もう、いろいろおぼえました」

「作法とは、ときにつまらぬものだな」月代王は言った。

「ならわしが型を作り、子孫をそこに閉じこめる。どれが必要で、どれがくだらぬか、見きわめる時間をもたないままに人の一代はすぎてしまうから、哀れなものだ」

手をのばし、月代王は狭也のあごにふれ顔を上げさせた。輝《かぐ》の御子が自分の身にふれたことを知った狭也は、空が落ちてきたように仰天した。

「そなたは、そのようならわしを飛びこえて、ここにいるのではなかったのか、水の乙女」

ものも言えずに、狭也は月代王の冴えざえとした容貌を見つめた。すると、急に胸がふさがり、瞳に涙がうかんできたのには驚いた。しかし、目をそらしたくはなかった。この次はまた、いつ拝することができるかわかったものではなかったから。かすれた声で、狭也はやっとのことで思いを口にした。

「わたくしにあるのは今だけです。なにも飛びこえません。以前のことは知らないのです。わたくしは、ただの狭也です。御方様」

「そなたの強さはそれだ。そなたはやりなおすことができる」

ほとんど憧れともとれる口調で王は言った。

「嬥歌の夜、そなたはわたしから贈り物を受けることを承諾したね」

「はい」

小声で狭也は答えた。

「まほろばへついてまいりました。でも――」

声はさらに小さく、聞きとれないほどかすかになった。

「今は、出すぎたことだったと、存じております」

月代王はやや驚いた表情になった。

「わたしが、約束をたがえたと思っているのか」

「いいえ、とんでもありません」

狭也は急いで首をふり、そのためにこぼれ落ちてしまった涙をぬぐった。

「どう申しあげたらよいのかわかりません。ただ――采女になることがどういうことか、前にはわからなかったのです」

「小さな水の乙女」

やさしく月代王は言った。

「そなたは本当にわかっていないようだな。急ぐことを知らない、このわたしが悪かったようだ」

　髪をかきあげると、御子は身をのり出し、やや人の悪い愉快そうな瞳で狭也をとらえた。

「わたしは、妻問《つまど》いの宝をそなたにささげたいと言ったのだぞ。ただ部屋のちりをぬぐわせるために、はるかなまほろばへ呼んだと思っているのではあるまいな。こうして——」

　月代王は狭也の手をとると、自身の手に重ねた。

「手と手をとった男女が、嬥歌の夜にとり交わすものが、飾り玉や櫛ばかりではないことくらいは、そなたも知っていると思ったが」

　たしかに狭也は知っているはずだった。

　母親もそれとなく言っていたし、友人たちもうわさしていた。つまり贈り物は恋を交わすことの許しの品なのであって、大事なのは恋なのだと。それは神秘であるものの、瞳を見かわすうちに、人は教えられなくても自然にとるべき所作《しょさ》を見出すということだった。だが、王の言葉は完全に狭也の虚をついていて、泡をくった狭也の頭の中はまっ白だった。真昼に巣から落っこちたフクロウもこうかと思われるほど知恵がまわらない。

「あたしは——」

本能的に恐れて、狭也は身をひこうとした。しかし月代王は手をにぎって離さず、理由のわからない恐れは倍加した。月代王は、見かけばかりは艶《えん》になよやかだが、その手は鋼鉄のように強かった。

「怯《おび》えることはない。わたしを慕っていると言ったのはそなただ。ちがうのか？」

月代王は静かに言ったが、おさえている何かがその声にあった。黒々と深い瞳にも、吐息の中にもそれはあった。

狭也は度を失って、救いをもとめるように左右を見まわしたが、そこにあるのは衝《つい》立《たて》の、襲いかかるような幻獣《げんじゅう》の影ばかりだった。思わずめまいを感じ、目をつぶった狭也は王にひき寄せられた。そして、のりのきいた衣の樒《しきみ》の香《か》をかいだ。そのときだった。

「まったく――」思いもよらぬ声が響いた。

「この娘はこのままにと言った、舌の根もかわかぬのにそのありさまか」

月代王の腕がゆるんだのを知った狭也は、勇気をふるって飛び離れた。その瞬間ばかりは声の主をありがたい救いの神とも思ったが、救いの神、照日王《てるひのおおきみ》は、冷ややかに腕を組んで彼らを見下ろしていた。

意外なことに、月代王は驚いた様子を見せなかった。

「姉上がいらっしゃるような気がしていましたよ」

「そうだろうとも。わたしはそなたの言葉を見とどけようと言ったからな」

進み出ながら照日王は言った。やはりはかま姿であり、足結《あゆい》につけた金の小鈴がかすかな音をたてて鳴った。それとともに、甘く刺す、独特の彼女の香《か》がただよう。

「そなたとちがって、わたしは言葉をたがえることはない」

「政務のほうは、だいぶかたづきましたか」

月代王が問うと、姫御子はけわしい瞳でじろりとにらんだ。

「早く追い出したいのであろうが、大祓《おおはら》いの儀《ぎ》はわたしの手で行うことを神官たちが望んでいる。西方への遠征はそれからだ」

「たしかに姉上のほうが、祓いをするにふさわしい」

「皮肉か」

照日王ははねつけるように言って、髪をはらい、腰を下ろした。しぐさが弟御子とよく似ている。しかし、玲瓏《れいろう》たる月代王も、この人と並ぶときばかりはやや光うすれて見えるほど、姫御子の気迫は充実してあふれていた。

すみにひき入り、やや動転もおさまった狭也が、退出しようにも退出できずにいるのをふり返り、照日王は微笑した。

「ふつう乙女はこういうとき、あとも見ずに逃げ出すものだぞ。のどもとをすぎればけろりと忘れる、ニワトリのようだな、この子は。わたしとそなたが会っていると、小さな好奇心がうずいて帰れないと見える」

「姉上に恥じるようなことをしていないからですよ」

月代王が肩をもった。

「ずいぶん子どもだな」

照日王は鼻であしらい、探るような瞳で月代王を見た。

「このように幼い者を、そなたは妃《みめ》にするというのか」

月代王の眉がぴくりと動いた。

「いつまでも幼いままではいません。われわれのように変わらずながらえる者ではないのです」

「そうか、そしてそなたの目の前で老いさらばえ、しなびて死ぬか」

からかうように照日王は言ったが、その瞳は激しかった。姫御子の凝視は、はたにいる者でさえ鳥肌が立つほど恐ろしく、弟御子でもなければ、受けとめられるものではなかった。

「そうはなるまいよ」

低く照日王は言った。

「水の乙女はとどまって老いることはあるまい。早晩みずから命を絶って、そなたの指のあいだから流れ去るのだ。よいか、月代の君、わたしはこういうおろかなふるまいがくり返されるのは、がまんのならないたちだ。そのようなものを見るために世にながらえているのではない。そこの乙女を妃《みめ》にはさせない。おろかしい妄執をこの手でたち切ってくれる」

　つと月代王は顔を上げた。表情は見たこともないほどけわしかった。

「あなたに何ができます。滅ぼし去ることは何においてもあなたのお得意だが、この情の流れは、姉上の目には映らないのだ。見えないものをどうやって切りますか」

　照日王のほおが薄紅《うすくれない》に染まった。息が止まるほど美しく、また危険に見えた。

「わたしの目に映らないものを、なぜそなたが知っている」

「姉上のまなざしは、天の父神のまばゆさにそそがれるあまり、何も映さないのです」

「そなたは、父を慕わぬというのか。われわれの光の父の御影《みかげ》を」

　響きわたる声で照日王は叫んだ。

「もちろんお慕いしています」

　同じくきびしい口調で月代王は答えた。

「父神を迎えるべく、清い光の地を豊葦原《とよあしはら》にもたらすことを望みます。そのためにわれわれがいる。地に降《くだ》された半神のあなたとわたしが」

「できそこないがもう一人いるがな」照日王はつぶやいた。

月代王は少し口をつぐんでから続けた。

「しかし、われらが地上に立ってから、われわれにとってでさえはるかな時がすぎました。豊葦原を清めることが、これほど時のかかることとは思ってもみませんでした。わたしは最近、考えるのです。父神の御心《みこころ》は、いったいどこにあるのだろうと――」

照日王は頭をふった。

「わたしは、そなたが闇《くら》の一族の懐柔にこれほどちょくちょくひっかからなければ、もっと早くに一掃できたものをと、つねづね考えているのだがな」

腰に手をあてたまま、姫御子は立ちあがった。

「そなたはわたしに何ができるかと言ったが、大蛇《おろち》の剣《つるぎ》を手中に収めたのはわたしだということを忘れるな。剣のもとに闇《くら》の大御神《おおみかみ》を倒せば、闇《くら》の一族はともに滅ぶ。もう先は長くはあるまい。その娘も、その一代限りだ」

月代王は面のように表情を殺した顔で見つめた。

「姉上、わたしがあなたには見えないと言ったのは、わたし自身の心情の向かうところについてです」

声は非常に静かだった。照日王は勢いをそがれたように弟御子を見返していたが、ぷいと背を向けた。

「男の言葉の軽いのは、わたしが最も好まぬものだ」

背中で言って、照日王は去った。

はっとした狭也は、はじかれたように両手をついた。

「おいとまつかまつります。失礼をいたしました」

早口にとなえて廊《ろう》に飛び出した狭也は、あたりの暗がりを見まわし、からまる裳《も》すそをじゃけんにはらいながら敷板《しきいた》の上を駆けた。そのそうぞうしい音が耳にとまったのか、照日王は渡殿のかどでふり返り、狭也はなんとか追いすがることができた。

「も、申しわけありません」

あえぐあまり柱につかまって身をささえた狭也は、暗闇に感謝した。そうでもなければ、こんな怖い人にものを言いかけたりできるものではない。

「お願いです。おきかせください。狭由良《さゆら》姫は、なぜ亡くなったのですか」

闇《やみ》に立つ照日王の衣からは、星明かりのようなかすかな光がただよい出るように見えた。だが、表情までは見えず、すらりとした影がしのばれるばかりだ。

「お願いです――」

「なるほど勇気のある娘だ。むこうみずと言ったほうがいいが」

吟味するような声で照日王は言った。

「狭由良姫が、みずから命を絶ったというのは本当のことなのでしょうか」

「そのとおり」

照日王は答えた。まったく男性のように躊躇《ちゅうちょ》を知らない言いぶりだった。

「そなたの一族は、実にころころとよく死んでくれる。少し分《ぶ》が悪くなるとあっけなく自害する。転生もいいが、わたしはそんなものを強さだとは断じて認めぬぞ。死ぬのは逃げと同じだ、弱さだ。われわれのように顔をそむけることを望みもせず、許されもしない立場に立ってみろ。よいか、今度池に身を投げたら、必ず熊手に髪をまきつけて引っぱりあげてくれるぞ。心しておくんだな」

言うだけ言うと、照日王はそのまま歩み去った。彼女が去ると、あたりはあや目もわからぬ暗さになった。そして狭也は、いつのまにか冷たい床の上にぺったりと座りこんでいた。体の力はぬけ、頭は混乱して痛んでいる。だが、ひとつだけよくわかったことがあった。

（月代王様のまなざしは、あたしをごらんになっているのではない。今も、そしてこれからも、けっしてごらんにはならない）

はじめは、狭也の頭ごしに、狭由良姫を見つめておられるのだと思った。だが、ちがっていた。きっと狭由良姫もまた、御子の心がここにないことを知り、身をはかなんだのだ。月代王は水の乙女を求めながら、その実はるかかなたを見つめていた。御子自身、ほとんど意識しないまま——

だが狭也は気がついたし、たぶん狭由良姫も知っていたのだ。月代王がまなざしをそそぐのは、水面《みなも》によってかいま見る、照日の影だということを。小さな動物の勘のような鋭い直感が、狭也に洞察を与えてくれた。二人の御子が会うごとにいがみあうのは、ただ単に仲が悪いのではない。お互いが、相手のまわりをまわりながら運行する星のようなものだからだ。あまりに激しく見つめあうために反発する、その強烈な結びつき、底知れない愛憎に、いかなる他者が割りこめよう。

（この世に生きるだれもだれも、天から引き裂かれた傷をかかえてさすらう御子の傷口を、いやすことなどできやしないのだ。お互いの半身であられる日と月の両御方以外には……）

真実をつかんだことを狭也は知ったが、それは狭也自身にとってなんの救いにもならなかった。開いた手の上に何ものっていなかった空虚さを、一人でかみしめるよりほかはなかった。

「薬師《くすし》でも呼びよせましょうか、あの浅葱《あさぎ》の君は」

狭也が去ったあと、司頭《つかさのかみ》は助《すけ》に向かって言った。司助は文机《ふみづくえ》をかたづけていたか、髪をなでつけ、ふりむいた。

「あつかいやすくなったではありませんの。儀式も近いことですし、肩の荷がおりましたわ」

「ああも連日おとなしいと気味が悪くなります。一時ははしたないほど食べていた人が、最近はほとんど膳に手をつけないし。どこか悪いのではないかしら」

「そうですねえ――そうかもしれませんね」

司助もしばし考えこんだ。

「わたくしたちがさいなんで、体をこわしたように見えるのは外聞がよくありませんわ。なにか手を打ちましょう」

司頭が言うと、頭の回転の早い司助は、すぐに案を見つけた。

「それでは薬師は大仰《おおぎょう》ですから、童《わらわ》のようなものを一人召させたらどうでしょう。浅葱の君は今までしもべのないままに、なんでも自分でなさっていたのだから、楽になりますでしょう」

司頭はうなずいた。

「たいへんよい考えです。童をつけたら、浅葱の君を童女《わらわめ》とそしるような、若い人の悪さも少しはやむでしょうからね」

「さあそれはどうですか」

司助は口の片はしで笑った。

おっくうで、何をするのもうとましかった。梅雨が明け、かっと照りつける急激に暑い季節となった天候の変化もあるが、なにより心痛からものが食べられなくなるようなはめにおちいったことのなかった狭也は、自分自身にまいっていた。すべてにおいて自信がなく、この先采女を続ける希望もなかった。

（病《やまい》で死ぬのだったら、照日の御方《おんかた》にののしられずにすむかしら……）

そう思いもしたが、この冷たい宮の人々のあいだで、ふせって迷惑がられるのもしゃくな話だ。しみじみと東の郷《くに》がなつかしかった。暑さがきびしくなれば、川でぞんぶんに泳いだし、縁台を出して、星空の下で眠りもした。ところが建てこんだ宮の奥には、涼風の活力も、朝露のうるおいもとどきはしない。かわいて踏み固められた地面の上で、日ざしがぎらぎらと熱すばかりだ。宮中の夏は重くよどんでいた。

ある寝苦しい夜、眠ることのできない狭也は、本当に死にそうな気がしてきた。死ぬことがどういうことかはいまだに釈然としないものの、とにかくむやみに魂があがいて、この体と、この体をとりまくいっさいのわずらわしさから、のがれ出ようとしているようなのだ。

すて去るほうが狭也なのか、すて置かれるほうが狭也なのか――それも今ではどうでもいいことだった。離れさえすれば楽になり、空気のようにすがすがしい自由が得られることがわかっていた。飛ぶ鳥のように、狭也の一部がはばたきしてその時に向かって身がまえている。

（どうせ死ぬなら、なきがらはここに置きたくないわ）

ふと、狭也は考えた。

（もっと清い場所に――そう、冷たく静かな水の中に）

自分の髪が緑の水に扇形に広がり、水藻《みずも》のように喜ばしげになびく様を狭也は想像した。悪くない。美しい光景だ。

すが畳の上で狭也はむっくり身をおこした。あたりは音もなく、見まわりの衛士《えじ》も遠いようだ。そっと妻戸《つまど》を開けると、真夜中をまわった空に、遅い半月がかかって澄んだ光をなげていた。古池はうっそうと茂る木立にかこまれ、ひっそりと片はしの月をうかべている。そのしんしんと静まる水面にひかれ、さそわれるように足を踏みだした狭也は、一瞬ぎょっとして立ちどまった。縁の降り口に、黒い小坊主のような影がうずくまり、段をふさいでいるのだ。

「だれ？」

声を殺して狭也はたずねた。

「あたしの部屋の前でいったい何をしているの」

影は答えた。

「新しくつかわされました童《わらわ》でございます。ご用をはたしにまいりました」

「あたしには召したおぼえはありません。お下がりなさい」

「薬師《くすし》の技《わざ》も心得ております。おかげんが悪いとうかがいましたが――」

「薬師も必要ありません」

断固として狭也は答えた。

「ほんとかな？」

突然、小坊主の声色《こわいろ》が変化した。聞きおぼえのある声だ。狭也はあきれ返って息を吸いこんだ。

「鳥彦《とりひこ》。そこにいるのは鳥彦なの？」

かがみこむと、笑いの形にあいた大きな口と、よく光るどんぐりまなことが見分けられた。それでも、なかなか信じることはできなかった。この男の子は、いつだってまったく意表をついて現れる。

「正式にあんたの童だよ。浅葱の君様」

快活に鳥彦は言った。

「采女の頭《かみ》が、舎人《とねり》に申しつけて、舎人が衛士《えじ》に申しつけて、衛士が下人《げにん》に申しつけて、下人が門の外からてきとうなところをひっぱってきたのさ。名だたる宮の警備も、案外ぬけたところがあるね」

「とんでもないわ、そんな」

狭也は大声になり、あわてて口をふさいだ。

「あたしはいやよ。二人もそろって、これで素姓《すじょう》が知れてごらんなさい。なんのたくらみももっていませんと言っても、だれも信じてくれはしないわ。なぜ来たの？　危ないことは知っているくせに――」

「そりゃ、たくらみをもっているからにきまっているじゃないか」

鳥彦は平然と言った。

「あんたって、どうしてそんなににぶいのかな。大蛇の剣のことはきいたんだろう。おれたちの命運のかかった剣を、なんとかしてとりもどしたいのは当然じゃないか」

「あたしには関係ないことよ」

言ってから狭也ははっと息をのみ、立ちあがった。

「まさか――」

こぶしをにぎって低く狭也は言った。

「まさか、そのために何も知らないあたしを宮へよこしたんじゃないでしょうね。内部へ足がかりをつけるために」

「いやだなあ、前にちゃんと念をおしたはずだよ。あんたは自分で選んだんだよ、って」

笑いながら鳥彦は言った。狭也には言い返す言葉がなく、むっつりとまたかがみこんだ。

「いいんだよ、狭也は何もしなくても。月代王が好きでもいいんだ。でも、あんたなら、おれを売ったりはしない。そうだろう？」

　つんとして狭也は横を向いた。

「きめつけないでよ。あたしは今、宮の人間なのよ。どうするか――」

「采女になって、本当に楽しいかい？」

　ふいに鳥彦は、思いもよらない、気づかいにあふれた声音で狭也にたずねた。狭也は再び、返す言葉を失った。止める暇もなく涙がこぼれ、最近のこの性癖《せいへき》をなんとかしてほしいと、自分で自分をうらんだ。

　彼女がすすり泣きをどうにかおしとどめるあいだ、鳥彦は黙って見守っていたが、やがて落ちつきはらって言った。

「薬師としてものを申しますとね、浅葱の君、あんたの気を弱らせている一番の原因は、もう長いこと土にも水にも、生きた草木にもふれていないことだよ。あんたはそれらと切り離されて暮せる人じゃないんだ。野の鳥をとじこめたように、生きられなくなってしまう。外へ出なくちゃいけないんだよ」

「ええ」

　狭也は小さな子どものようにうなずいた。

「そうだわ。そうしたくてたまらなかった。いけないと言われることがみんな、したくて。今も、池に入りたくてたまらなくなったの」

「それなら、がまんしないで泳げばいい」

鳥彦はあっさりと提案した。

「今夜はむし暑いもの、泳いだら最高だよ。おれも泳ぎたいな、汗くさいんだ」

狭也は目を丸くした。

「宮中の池よ。そんなだいそれたこと――」

言いかけたが、急にいたずらっ気が頭をもたげた。久々のことだ。

「――でも、奥まりすぎて、かえって衛士の目もとどかないから、ばれないかもね」

「ばれっこないさ。ここの人たちはだれも思いつかないって」

鳥彦の安うけあいのもとに、狭也ははだしで地面に飛び降りた。足の裏をつかむなつかしい感触。そして夜半に息づく草木の香り。なにより、夏の夜そのものの抱擁がひたと狭也の肌を包んだ。禁じられているだけに、これほど甘美なものはない。夜歩くけもののように興奮をおさえ、木陰をつたってしのんで行くと、庭の深部はちょっとした老木の林だった。

老木たちは、闇《やみ》に目かくしされて深山《しんざん》と同じ夢を見ている。かすかな風にさそわれて、松のつぶやく古い歌、杉のつぶやく昔話が一帯をしめている。岸辺の苔は温かにしめり、毛足の短い生き物の背を踏んでいるようだ。たゆたう水面《みなも》の月をのぞみ、狭也はこらえきれずに笑い声をたてた。しかし、衣をふりほどいているうちに烏彦に先をこされた。彼はいきなり飛びこんで、余裕たっぷりに水をかいて見せる。

「あんた、まるっきり蛙ね」

狭也は言って、水にすべりこんだ。

池の水は川よりも肌にやさしく、信じられないほど歓喜に満ちていた。夜中に泳いだのは狭也もはじめてだったが、流れもない、月の光で清めたような水に恐いものはなにもない。魚になったように水をくぐり、縦横に泳ぎまわると、なにもかも忘れられた。身も細るほどつらいと思っていたことも笑いとばせそうな気がする。烏彦の出現もまたひとつの冗談だった。すべてなるようになればいいのだ。

「このまま池の魚になれたら幸せねえ」

背泳ぎをしながら狭也は言った。すると、まるで答えるように、すぐそばで大きな鯉《こい》がはねた。うろこと尾ひれが一瞬、銀細工のように月光にひらめく。狭也は思わず笑いだした。

「見た？　烏彦。池の主《ぬし》だわ」

「あいさつしてくれれば？　ことわりなしですみませんってさ」

向こう岸近くから烏彦が答えた。狭也は従うふりをし、巧《たく》みにまわって水にもぐった。水の中は当然闇《やみ》だったが、驚いたことに目が見えた。と、いうより、その鯉だけが目に見えたのだ。まるで魚の体がほのかな光を放っているようだった。

　鯉は主と呼ぶにふさわしい、堂々たる大きさで、狭也の腕の長さはゆうにある。ひげも長く、いかにも古参の顔をしている。それほどよく見えたのは、鯉のほうから興味ありげに狭也に泳ぎ寄ってきたためだった。まったく恐れることを知らないようだ。そして、狭也の鼻先でひれをふりながら口をきいた。

「夏の夜に魚になりたくなるのは、わたしばかりではなかったのか。それにしても、あなたは鯉にならないのか？　その体は泳ぎを楽しむにはぶかっこうすぎるだろうに」

　狭也は、鳥彦がからかっているのだと思った。だが驚いた拍子に息を吐いてしまい、あわてて水面へうかびあがった。そして首をまわすと、鳥彦は岸の岩に上がって髪の水をしぼっていた。

「鳥彦！」

　狭也は思わず金切り声をあげた。ぞっとしたとたん体がつっぱり、いやというほど水をのんだ。おかしいと見てとった鳥彦が手をかさなければ、すんでのところでおぼれるところだった。ようやく岩にかじりつき、なさけなく咳きこんでいると、木立のあいだに明かりがともった。鳥彦は仰天して目をぱちぱちさせた。岸の上に現れた人影は二つ、たいまつを手にした照日王と、熊手を手にした従者の男だった。

「熊手に髪をからめて引っぱりあげると言ったはずだ」

怒りをこめて照日王は言った。

「それほどのはずかしめを受けてまで、入水《じゅすい》したいのか」

「泳いだだけです」

まだ咳きこみながら狭也は言った。いのちからがらの目にあって、礼儀もどこかへ置き忘れてしまっていた。

「早くそこをどいて上がらせてください。この池には物《もの》の怪《け》がいます。もうまっぴらです」

「ほう、物の怪が」

照日王は意地悪く感心したふりをした。

「輝《かぐ》の王宮の中央にある鏡の池で、こともあろうに物の怪とはよく言えるものだな」

狭也はやっとのことで水を出て、髪からしずくをしたたらせたまま衣をはおったが、むきになって言った。

「本当のことです。鯉が口をきいたんですもの。あたしに向かって、なぜ鯉にならないのかとききました。夏の夜に泳ぎたいのはわたしだけではなかった、とも言いました」

従者は礼を守って狭也に背を向けていたが、その肩が急に大きくゆれだした。どうにもこらえきれずにいるらしい。

だが照日王は笑わなかった。ふと眉をひそめる表情をしたあと、そしらぬ様子になって言った。

「人を退屈させぬ娘だな。ねぼけるなら、もっとおとなしくねぼけるがいい」

「夢ではありません。こんなばかげた夢はあたしだって見ません」

狭也は言いつのったが、ふと照日王のまなざしが恐ろしくなって口をつぐんだ。

「それは夢だ。二度と口にするな」

ふるえあがるような声で王は言った。


（あれはいったいなんだったんだろう）

翌朝になってもまだふしぎだった。悲しく死のうと思ったことなど嘘のように、まるで田楽《でんがく》の喜劇じみて終わった夜だったが。たしかに死ぬ気は夢とうせたのだが、あの声は耳に残って離れそうもなかった。もちろん鳥彦は自分がやったのではないと断言した。

「昔むかしは、木や草にさえ口をきかせることができたというけれどね。神々の数少なくなった今は、望んでも無理な話だよ。よりにもよって輝《かぐ》の宮のまん中に、神が生き残っているとも思えないし」

鳥彦は肩をすくめた。

「空耳《そらみみ》だよ、やっぱり。きっと腹ぺこのせいだ」

「あんたまでそんなことを言うの？」

憤慨して狭也は言ったが、気がついてみればたまらなく空腹だった。食欲がよみがえったらしいのだ。すっかりもとの調子をとりもどした狭也は、あわてて朝の間《ま》へ向かった。

（あの声、もう一度きけば、すぐそれとわかるわ）

食べながらも狭也は考え続けた。悪い声ではなかった。どちらかというと若い声だ。特徴のある、邪気のない、はじめてきくのにどこかなつかしい声。

（照日王様は、おかしなそぶりをなさった。思いあたるふしがあったからにちがいない。何か知っておられるのだわ。きっと何かある）

第三章　稚《ち》羽《は》矢《や》

山吹《やまぶき》の　立ちよそひたる　山清水
汲みに行かめど　道の知らなく

『万葉集』高市皇子《たけちのみこ》

1

「祓《はら》いとは、この清らかならぬ地上に暮すゆえに避けられない禍《わざわい》や穢《けが》れを清め、天の清浄に近づくための重要な祭事です。ことに年に二度の大祓いは、宮のことごとくを祓い清め、輝《かぐ》の宮の名を保つために欠かせないものです」

司頭《つかさのかみ》は、狭也《さや》をふくめた不慣れな若人《わこうど》たち五、六名を集め、前にならべて言った。

「その日、御子《みこ》様、姫御子様をはじめ、宮の要職のかたがたすべてが西門の中瀬川《なかせがわ》のほとりにお集まりになり、穢れを川へ流すのです。ですから、あなたがたも、ゆめゆめそうはなりませんよ。川原では、照日《てるひ》の御所《ごしょ》の人々とも場をともにするわけですから、面目を失わぬよう、行いに心がけなさい」

言葉尻を強めて司頭は言った。照日方と月代方《つきしろかた》の采女《うねめ》のあいだには、かなりの対抗意識があるらしい。狭也はかしこまって耳をかたむけながら、その実、心はぼんやりと他のことにさまよっていた。

（晦《つごもり》がすぎれば、照日の御方《おんかた》は西国《さいごく》への戦《いくさ》に出発なさる）狭也は考えた。

（月代の御方はただお一人になる。照日王《てるひのおおきみ》様が遠く離れておしまいになれば、月代《つき》
代王《しろのおおきみ》様のお気もちも変わるだろうか。心から、あたしを見てくださるようになるだろうか）

そのような望みが、どんなにはかないものか狭也はよく承知していた。しかし、はかないものと知っていながら期待せずにいられないのが、片思いというものだ。狭也は知らず知らず待ちこがれている自分に気づくのだった。

（早く、大祓いが来ればいい……）

司頭は、彼女たちがになう役割の手順を念をおして説明したあと、やや口調をあらためて少女たちにたずねた。

「あなたがたには、清めとは何か、穢れとは何かがわかっていますか？　輝《かぐ》の御光《みひかり》の恵みの意味を、采女であるあなたがたはだれよりもよく心得ていなくてはならないのですよ」

一人の少女が名指された。少女は目を輝かせ、上気してすらすらと答えた。

「御光の恵みとは、闇《やみ》を照らすことにあります、司頭様。闇とは、死すもの、朽《く》ちはてるもののことです。御光は、闇《やみ》に穢れたこの世に降りて、永遠《とわ》と、永遠に美しいものを賜《たま》うのです」

（巫女《みこ》の教義だわ。あのくらいならあたしにも言える）狭也は思った。

（この一カ月で耳にたこができたもの）

「そのとおりです」

満足げにうなずいて司頭は言った。

「豊葦原《とよあしはら》の中つ国でただひとつ天の清浄を具現する場所、それが輝《かぐ》の宮なのです。あなたがたは采女に選ばれた幸運に安んじてはなりませんよ。さらにお勤めをおこたらず、身の清めを心がけていれば、いつか輝の御子の御身《おんみ》に近づくこともないとは言えないのです」

司頭は、誇らしげに胸に手を当てた。

「わたくしは、ありがたい御光の恵みのままに、采女を勤めさせていただいて、今年で六十四年になります」

説教の終わりを願って目をふせていた少女たちも、さすがに驚き、耳を疑っていっせいに顔を上げた。狭也も同様だった。司頭が外見よりも古参であることはうすうす聞いていたが、とても信じられないことだ。十五で出仕《しゅっし》したと数えてみても――とうに腰がまがっていいはずだ。

若人たちの仰天を、小気味よくながめて司頭はにっこりとほほえんだ。

「身も心も輝《かぐ》の大御神《おおみかみ》にささげることが肝要です。それによっては、あなたがたにも道はひらけます。まずは自身の穢れを清めることに心をくだきなさい」

典雅《てんが》にすそをはらって退出する司頭は、女の盛《さか》りをすぎた人にはとても見えなかった。やや冷たく硬質だが、だれにひけをとるとも言わせない美しさだ。少女たちはすっかり度胆をぬかれて見送った。

あとになって、解き放たれた少女たちが、寄り集まってうわさに花を咲かせないはずがなかった。

「本当なの？　本当に祓いによって若さを保てるの？」

「本当らしいわよ。なんでも聞くところでは、大祓いの儀式ほど恐ろしい儀式はないそうだから」

「恐ろしい？」

「死者が出るの」

「うそよ」

「しっ」少女の一人はくちびるに指をあてた。

「口にしてはならないのよ。でもね、中瀬川は別名、骨の川とも呼ばれるそうよ。灰と骨が流れるの」

「まあ、こわい」

「つまりね……」

渡殿《わたどの》のすみに固まっていた少女たちは、ぴたりと口をつぐんだ。狭也の姿に気づいたのだ。

「まいりましょう、みなさま」

一人が大声で言うと、彼女たちはわれがちに狭也へ冷たい目を向け、そそくさと去っていった。狭也は思わずがっかりした。話の続きが知りたかったのだ。大祓いに死者が出るというのは気になった。

（穢れを祓うということを、村の祭礼のようにただの儀式と考えてはならないようだわ。ここは輝《かぐ》の宮なんだもの）

狭也が足を止めて考えていると、廊《ろう》のかどの向こうから、憤慨した声の上がるのがきこえた。今去っていった少女たちだ。

「まあ、なんなの、今の童《わらわ》は」

「あいさつもしないわ」

「どなたの童なの。地べたを歩くなんて」

もしやと思っていると、走りながら姿を現したのはやはり、その鳥彦《とりひこ》だった。前髪をそろえ、すずしげな青い麻衣《あさごろも》を着て、身なりばかりはまともなものの、渡殿を通らずに庭をつっ切ってくる。

「およしなさいよ、下を歩くのは」

眉をしかめて狭也は言った。

「あなたのおかげで、よけいに評判を落とすわ」

平気で笑いながら鳥彦は勾欄《こうらん》に飛びのると、ほんのおざなりに足の裏をはたいた。

「近道があるのにばかげているよ。狭也の部屋からここまで、たった五十三歩。どこを通ったかわかる？」

どうやっておぼえるものか、鳥彦は数日のうちに広大な宮の構造を頭に入れてしまい、好き勝手に飛びまわっているらしかった。

「これから部屋へもどるのよ。回廊を通って」

彼の鼻を折るように狭也は言った。

「いっしょにいらっしゃい。話があるの」

人影のないのをよくたしかめ、部屋の簾《すだれ》を下ろしてから狭也は口をきった。

「あなた、大祓いのことは知っているわね」

「うん、あと五日だ」

床に腰を下ろして鳥彦はひざを立てた。

「あたしは采女だから、祓いを行うほうにまわるの。祓いって、闇《やみ》を清めることなのよ――」

「うん」

「なんともないの？　宮中《みやじゅう》が祓いを行うのよ」

「狭也は心配することないよ。ふつうにしていればいいんだ。あんたには月代王がいるし、もともと、闇《やみ》に染まっていたわけじゃないし」

狭也はいらだってきた。

「あたしが言っているのはあなたのことよ、鳥彦。あなた、祓いを受けても大丈夫なの？　見あらわされてしまうんじゃなくて？」

鳥彦は首をかしげて丸い目を動かした。

「そうだなあ――無事じゃすまないだろうなあ。群れのちがう鳥がつっつき出されるみたいにつっつき出されるだろうね」

「ふざけないでよ、のん気なことを言って」

狭也が怒ると、鳥彦はにやりと笑った。

「はじめっから、そんなに長く宮にとどまっていられるとは思っちゃいないよ。早晩気づかれる。闇《やみ》の気配はここでは線で画《か》いたようにくっきり目立つんだ。異形《いぎょう》なのさ。毛嫌いされる程度ですんでいるのは今のうちだけだ。だからできるかぎり早く動いて、早くけりをつける」

「けりって？」

声をひそめて鳥彦は言った。

「大蛇《おろち》の剣《つるぎ》を奪い返す」

態度ばかりでなく、本当に不敵な子だったのだと狭也はあきれて思った。たった一人で、この宮で、戦うつもりでいるのだ。

「剣の安置してある場所はだいたい見当がついたんだよ。この宮は、高殿《たかどの》を中心にして、照日の御所《ごしょ》と月代の御所が、正しく左右に対称に造られている。しもべの棟《とう》まで同じ位置だ。けれども一カ所だけちがいがあるんだ。照日の御所には、奥にまた離れに続く細道がある。その先はうっそうと森になってしまってよく見えないんだが、人の話では、姫御子とかぎられた采女だけが通ることを許される、輝《かぐ》の大御神の祭殿《まつりどの》があるそうなんだ。その神殿があやしい」

「――しのびこむつもり？」

　知らずひきこまれて狭也がたずねると、鳥彦は考えこんだ顔つきで見上げた。

「だれかが剣を祀《まつ》っているはずなんだよ。それがだれだか今のところまだわからないんだ。大蛇の剣は、放っておけるほど安全な品ではないんだよ。つきっきりで鎮《しず》める特別な巫女が必要なんだ。そんな人物が何人もいるはずはないんだが。まったく、いることさえ信じられないんだよ。だって、長いあいだ、大蛇の剣は闇《くら》の氏族のもので、剣の巫女は狭由良《さゆら》姫ただ一人だったんだもの」

「狭由良姫？」

　驚いて狭也は声を上げた。

「そう、狭由良姫さ」

鳥彦はうなずいた。

「狭也は知らないだろうけどね、大蛇の剣というのは、遠い昔に輝《かぐ》の神が、母なる女神の最後の息子である火の神を斬《き》りすてた、その剣だよ。火の神の血にまみれたこの剣には、怒りと恨みと呪《のろ》いがそのままに焼きついている。この世に残された最も恐るべきしろものだよ。輝《かぐ》の力にも、闇《くら》の力にも、大蛇の剣は属していない」

鳥彦の瞳は興奮に輝いた。

「と、いうことは、大御神でさえも倒すかもしれない唯一の剣なんだ」

「途方もないことだわ」

狭也はささやいた。

「だれに大御神を斬ることができるというの」

鳥彦はひょいと首をすくめた。

「そうだね。だれにも大蛇の剣はふれられないんだ。火の神の呪いをなだめることのできる水の乙女以外はね。照日王でさえ、剣を手に入れるためには狭由良姫をさらうしかなかった。それで狭由良は、まほろばへつれてこられたんだ」

「ああ、それで」

狭也はため息をついた。

かった。

「みんなは手段をつくして助け出そうとしたんだそうだ。でもだめだった。水の乙女自身が、いやだと言ったとか言わないとか——」

狭也は黙っていた。狭由良という人の気もちがわかりそうで、でもわかりたくはなかった。

鳥彦は頭をかいた。

「みんな岩姫《いわひめ》のばあさまからきいた話だよ。あのばあさまだけは、なんでも記憶しているんだ。おれたちにとっては前世のことだけどね」

「このあたしも——」

狭也はためらいながら口にした。

「それじゃ、このあたしも、そんな恐ろしい剣を鎮める力の持ち主なの？」

「たぶんね」

鳥彦はちらりと見た。

「剣をとりもどす気になった？」

「全然」

力をこめて狭也は答えた。

「どなたにでもさしあげるわ」

「そうか、残念だな」

残念でもなさそうに鳥彦は言った。

「それなら、照日王が昔やったように、巫女ごと大蛇の剣を盗みとるしかないな」

「だいそれたことを言って――」

狭也は急に背筋《せすじ》が寒くなってきた。鳥彦は裏山の探検に出かける腕白《わんぱく》とそっくりだ。大言壮語して、できないことをできるというのだ。しかし、これには生命《いのち》がかかっている。

「輝《かぐ》の宮を甘く見てはだめよ。だいいち、あなたと照日王では格がちがうじゃないの。無茶はやめて、すぐここを出なさい。今ならまだ、まにあうわ」

「やだね」

ばかにするように鳥彦は答えた。

「おれは好きでするんだ。あんたもそう言ったろう。放っておいて、ってね」

「だって、必ず殺されるわよ」

思わず狭也は叫んだ。

鳥彦は、何を思ったのか、まるであわれむような目で狭也を見上げた。

「闇《くら》の氏族が死ぬことを恐れるなんておかしいよ。おれはむだ死になんてしないから、大丈夫、安心していいよ」

（安心できるはずがないじゃないの）

狭也はまた枕の位置を変えた。どうこころみても寝つけそうになかった。夜はふけ、やや涼しい風が半開きの蔀戸《しとみど》から吹きこんでくる。軒先《のきさき》につるした貝殻の風鈴が、かわいた音をたててゆれ、暗いしじまをわずかに乱す。不安なままに目を開いて闇《やみ》の巣ごもる天井を見つめていると、屋内に眠る人々の夢が、形にならない形をとって、ぼんやり色づきながら渡っていくのが見える気がした。そのとりとめなさを追っているうちに、狭也は、ぽっかりと穴をうがったように思いあたった。

（鳥彦が言ったのはうそだ。死を恐れないなんて。闇《くら》の氏族だってだれだって、死を好むはずがないのよ）

考えるほどにその確信は強まっていった。

（祓いが近いことを承知で鳥彦は来たんだわ。あたしのために——あたしを助けるために。巫女の短刀からあたしを救ってくれたのも鳥彦だった。二度も死から遠ざけてくれているのよ。忘れたあたしがばかだったわ）

爪をかみながら、狭也はさいなまれるような思いに駆りたてられていった。

（なんと言おうと、あの子を帰そう。放っておくのは見殺しにするのと同じだわ。なまいきな口をきいても、あの子はあたしより年下なのよ。むざむざ死んでいいはずがない。殺されるのが恐ろしくないはずがないんだわ……）

「なあに、あれ。ごらんなさい」

「いやだわ、どういうつもりかしら」

戸の外で、またもや采女たちが声を上げていた。その非難がましさに、鳥彦にちがいないと思った狭也は、席を立って外へ出てみた。ところが、少年の姿はどこにも見えず、采女二人は庭木を見上げている。

「どうかなさいました？」狭也はたずねてみた。

一人が赤松の枝を指さした。

「半刻《はんとき》もああして、あそこにいるのよ。さっき通ったときにも見たの。気味が悪いわ」

「なにかの予兆かしら」

見ると、ふしくれだった松の木の高い枝に、黒光りした大ガラスが二羽、ふてぶてしくかまえていた。そして采女たちが眉をひそめて話しあっているのがわかるのか、光る目で見下ろすと、突然威嚇《いかく》するようにわめきはじめた。おそろしいだみ声だ。采女二人はきゃっと言って逃げだした。狭也は残って、カラスを見つめた。カラスの顔など見分けられるものではないが、もしかしたら——

「サヤ」

濁った声音《こわね》でカラスは鳴いた。

思わず狼狽《ろうばい》してあたりを見まわした狭也は、カラスに向かってしっ、と制した。

「クロ兄《え》とクロ弟《と》ね。こんなところへ来てはだめよ」

ところが、名を呼ばれたカラスたちは、かまわずうれしげに軒先のツゲの木に飛び移ってきた。狭也は後ずさりした。近くへ来ると、さすがに大きく、くちばしの鋭さも目立つ。

「エサ」

いくらかあわれっぽく鳥は鳴いた。

「鳥彦からもらいなさい。あっちへ行って」

狭也がきびしく言うと、カラスは首を上下にふり、まるで言葉をふりだそうとするように苦心していたが、やっとのことで鳴いた。

「ナイエサ」

「もらえないの？　悪さでもしたんでしょう」

「ナイ」

「ナイ」

不平がましくカラスたちは羽をふるわせた。狭也は手ごろな食べものを思案したが、思いつかないうちに、後ろの人声に気がついた。さっきの采女たちが衛士《えじ》を呼んできたらしい。

「あそこよ。早く射ておしまい」

あわてて狭也はカラスに手をふった。

「逃げて、早く」

風切《かざき》り羽根をうち鳴らしてクロ兄とクロ弟は飛びたった。かどから弓矢をもった衛士が姿を見せたときには、二羽はすでに屋根をこえていた。

(おかしいわ。そういえば鳥彦はきのうから一度も姿を見せないけれど……)

よくない予感がした。胸さわぎをかかえ、狭也は部屋にもどった。

それから狭也は鳥彦が来るのをじっと待ったが、むなしかった。とうとう日が落ちるまで待ち、意を決して司頭のところへこのことを告げに行った。

「あたしの童《わらわ》が、ゆうべからずっといないんですけれど、何かあったのでしょうか」

司頭は灯火《とうか》のもとで巻物をひもといていたが、なかなか目を上げようとはしなかった。

「だれがどうしましたって？」

「あたしの童が、いないんです」

狭也はしんぼう強くくり返した。

司頭はひざに巻物をおくと、固い表情でふり返った。

「そう」

感情のない声音《こわね》で司頭は言った。

「それなら、なるべく早く新しい童を召すようにしましょう」

「鳥彦に何かあったんですか」

思わず狭也の語気が荒くなるのを、司頭ははるかにへだたった場所からながめおろして答えた。

「はしたない。童の一人や二人で、采女ともあろう者がさわぎたててどうします。あなたという人は、わたくしの話を身を入れて聞いていなかったのではありませんか。大祓いの折の形代《かたしろ》のあつかいはよくお話ししたはずですよ」

「身を入れてうかがいました」狭也は答えた。

「祓った穢れを形代に移して鉄籠《てつかご》にこめ、炎で清めたのちに川へ流すのでしょう。手順は心得ております。それより――」

「ですから、そういうことです」

おおいかぶせるように司頭は言った。

「照日の御方によって、形代の一人に選ばれたのです」

狭也は口をあけたまま声が出せなくなってしまった。だが次第に意味がのみこめるようになるにつれ、顔から血の気がひいていった。

「そんな――それでは――」

「みだりに口にすることではありません」

司頭はきびしくいましめた。

「あなたには何を言う権利もありません。もともとあの少年はわたくしがつけてさしあげたものですからね。宮に仕える者はすべて上様に身をささげる者。選ばれた者たちは低い身分にもかかわらず光栄に浴したと思わなくてはなりませんよ」

再び司頭は巻物をとり上げた。

「おさがりなさい。これ以上わたくしをわずらわせないでください」

背を向けられても、狭也はなおしばらく場を離れることはできなかった。乱れた心をけんめいにしずめ、彼女は問いかけた。

「今、どこにいるのでしょう。形代に選ばれた者は――」

ろこつな嫌悪を見せて司頭はふり返った。眉間に深いたてじわを入れると、はっとするほど老醜をおびて見えた。

「あなたは耳がきこえないのですか」

その剣幕に狭也もひきさがるよりほかはなかった。廊に出たが、頭の芯がくらくらする。手すりをつかんで、狭也は恐怖をかみしめた。

（なんて場所にあたしは来てしまったのだろう。宮は恐ろしい――恐ろしい所だわ）

手順を聞いているあいだは、宮を清めるための儀式的な仕事としてごく当然に思えた。死者のうわさを耳にしてさえ、鳥彦のことをのぞいては、さほど心配したわけではなかった。だが、釆女の祭司としての本当の役割は、いけにえに人々の穢れをぬぐわせ、生きながらに焼き、なきがらを川にすて去ることにあったとは――

年に二度、輝《かぐ》の宮では、はるかな昔からそうすることによってわが身の清さを保ってきたのだ。

（この手で、鳥彦を殺すことになるんだわ）

そう思うと、絶望のうめきがもれた。目の前には、垣をへだてて月代王の御所が、赤い夕空を背に千木《ちぎ》をそびやかしてたたずむのが見える。司頭の部屋は釆女寮《うねめりょう》の巾でも、もっとも御所に近い面にあるのだ。見つめながら、狭也は、今ほど月代王とのあいだに横たわる垣を黒々と高く感じたことはないと思った。

（鳥彦の居所を見つけなくてはならない。なんとしても――）

夕餉《ゆうげ》の時刻になっていた。狭也は裏のまかない所《どころ》に足を運んでみることにした。

舎人《とねり》や童は、この北向きの広間に集まって食事をとるのだ。土間の炊事場《すいじば》は熱気とゆげをもうもうと放ち、黒くすすけたはりの下で、炊事人たちが汗だくになっていた。

大所帯のため、かまども鍋も、狭也があきれるほどに大きい。大鍋のそばには下人《げにん》たちが集まって、なにもかもいっしょくたに煮こんである雑炊を、大きな器《うつわ》に受けとっている。童たちが食べているのも同じようなもので、暑さをさけて裏庭へ出、涼みながら思い思いに椀をかかえている。作法もなにもなかったが、だれもとがめはしなかった。あたりは、食事を楽しむなごやかな喧騒に満ち、陽気で雑然としている。狭也には、彼らの食事のほうがずっとおいしそうに見えた。郷《くに》の食事はこれとよく似ていた。

庭石に腰を下ろして椀をかきこんでいる、いかにも食べざかりの少年の一団に目を止めた狭也は、そちらへ向かった。彼らならきっと鳥彦を知っているはずだった。

「あなた、鳥彦を見なかった?」

頭を上げた童の一人は、立っているのが長い裳《も》すそをひいた采女であるのに仰天し、もう少しで椀の中身をこぼしそうになった。

「知ら——存じません。まだ来ておりません」

「ばか、鳥彦は来られないよ」

隣の童《わらわ》が小声でこづいた。

「あ、そうか」

「今ごろ、神殿の罰そうじでもしているよ」

狭也は知らないふりをしてたずねた。

「なぜ来ないの？」

「照日の御所の方《かた》が来て、連れていったんです。何かおとがめがあったんだと思います。あいつ、用もないのにあのへんをうろうろしていたから——」

狭也たちの向こうで、一人の童が別の少年にささやいた。

「あいつ、神殿にしのびこめるってほらを吹いたんだよ。御方《おんかた》に知られたら百たたきだよな」

童たちは、形代の話は皆目知らないようだった。狭也は胸が痛んだ。彼らには永久に知らされることはあるまい。自分たちのうちのだれかが、衆前《しゅうぜん》で焼き殺されることを知っていたら、とても勤めることなどできないだろう。

まかない所をあとにしながら、狭也は心にかすかな怒りが点じるのを感じた。それはこれまで知っているもののように、感情のゆれるままに燃えたり消えたりする幼い怒りではなかった。狭也にとって生まれてはじめての本物の怒りだった。

部屋に侍従が姿を見せ、ひざをついて言った。

「ご案内いたします」

狭也ははっとしたが、すぐにくちびるをかんだ。

「ええ、まいります」

その口調に、侍従はいささか驚いた様子であごをひいた。

「どうかなさったのですか」

「いいえ、別に」

きっぱりと狭也は答え、侍従がくやしげな顔をするのを見た。今夜は狭也のほうが立ちまさっていた。もう侍従ごときに翻弄されているわけにはいかないのだ。二人は黙って廊を渡っていった。

「浅葱《あさぎ》の君をおつれ申しあげました」

侍従は扉の中へ告げ、身をひいた。

狭也はすすみ出て、両手を床につき、深々と頭を下げた。

唐突にくつくつと笑う声が響いた。顔を上げると、月代王のかたわらに、寄りそうようにしどけなく座った照日王がいた。

「どんな顔をしてやってくるかが見ものだったが」

まだ意地悪く笑いながら照日王は言った。

「覇気《はき》があってなかなかよろしい。わたしはめそめそしたのがきらいだからな」

狭也はおとなしく目をふせたが、急速に敵意が生まれるのを感じた。照日王は結局、いつだって月代王の隣にいるではないか。狭也が御所へ呼ばれるときにはいつもだ。

「御方様」

狭也は月代王に向けて言った。月代王は姉御子のようにおもしろがってはおらず、まだしも同情的にみえた。

「ここへ来なさい」

月代王は命じ、狭也は意識して照日王の反対側へまわりながら近づいた。

「そなたの童が形代に選ばれたことはきいた。しかし、そなたにもその理由はわかっているのだろう」

手をついた狭也の指先がふるえた。だが、狭也は声をはげまして言った。

「あの者は今日にも解雇するつもりでおりました。二度と宮には近づけません。ですから、あの童にどうかご慈悲を――」

「そのようなことができると思うのか？」

狭也は月代王を見つめた。

「思います。輝《かぐ》の御方様にとって、宮にまぎれこんだ虫の影のようにとるにたらないものですもの。お気になさらずにいることができます。わたくしを宮へ入れてくださったように」

月代王は苦笑した。

「無邪気にそう言えるところがかなわぬな。しかし、形代を放つわけにはいかぬのだ。そなたは祓いを受けねばならぬ」

声をあげようとした狭也を御子は制した。

「これはそなたの試練なのだ。童にこだわるかぎりそなたの闇《やみ》は清めきれぬ。だが、晴れて大祓いを経たならば、そなたは真の釆女となり、相応の地位につくだろう」

月代王の声はあくまでやさしかった。

「わたしはそなたを妃《みめ》にするつもりでいる。釆女にはそれが許されるのだ。晦《つごもり》がすぎたら、正式の式を整えよう。そなたは、今の司頭の上に立つ身となるのだ」

あっけにとられて、狭也はしばらく口がきけなかった。

「わたくし――わたくしがですか？」

「いやか？」

「資格がありません」

月代王は、魅惑する笑顔でほほえんだ。

「またそれを言う。そなたは一族の中ではだれより優れた巫女姫のはずではないか」

そうではなく、妃《みめ》にするほどに恋われている身とは思えないからだとは言えなかった。ただの男がではなく、仮にも高光輝《たかひかるかぐ》の御子が妃にしようと申し出ているのだ。だが、これがもし、月代王に狭也ただ一人を見つめてもらうためだったら、どんな犠《ぎ》牲《せい》もかえりみないかもしれないのに、と、狭也は暗い気もちで考えた。

「その娘はあなたの申し出を拒むでしょう」

狭也を御子の肩ごしにのぞき見て、照日王が口を出した。

「闇《くら》の一族は、自分のことより仲間の身を案じるもの。仲間を殺されては、二度と月代の君に心を開かなくなるでしょうよ」

月代王はふり返らずに言った。

「姉上、狭也と狭由良はちがうのです。狭也は羽柴《はしば》の娘だ。闇《くら》の眷属《けんぞく》ではありません」

「そなたにはあきれる」

「わたくしは羽柴の娘です」

狭也は言葉をかみしめるように言った。

「父はわたくしに、そのことに誇りをもてと申しました。わたくしもそのつもりです」

月代王はうなずいた。

「それでよい。大祓いを受けなさい。羽柴の子、光に属する者として。そして、穢れのないそなたの若さをだれより長く保つのだ」

照日王は、猫がネズミをなぶるような瞳を狭也にそそいだ。

「今宵《こよい》は月の出が遅い。はかない夏の短夜《みじかよ》だ」

はなやいだ声で照日王は言った。

「暁《あかつき》まで、わたしはここで語り明かすとしよう。采女、そなたは下がってよいぞ。今夜そなたを呼んだのは、泣きっつらかどうかを見たかったためだからな。せいぜい潔斎《けっさい》をして、身の穢れをおとすことにはげむがよい。わかったら行け。わたしは今宵、御所へもどらぬと、照日方《てるひかた》の者に伝えろ」

石のようにこわばった表情のまま、狭也はおじぎをした。

「おいとまつかまつります」

狭也が逃げるように出て行くと、月代王はさすがにとがめるまなざしで、照日王を見た。

「あてつけですか。お人が悪い」

「あのような者を妃にしては輝《かぐ》の宮の名おれだ」

怒りを含んで照日王は言った。

月代王は笑って頭をふり、玻璃《はり》のびんを持ってみずから姉御子の杯《さかずき》にそそいだ。

「姉上は、このようにして敵を切りくずす方法に気がつかれないのですか。水の乙女をわたしのものにすれば、闇《くら》の勢力にとってどれだけ痛手となるか。姉上はあの娘を亡き者にしたがっておられるが、殺せばあの子は闇《やみ》へ帰り、再びよみがえってくるだけです。それより、水の乙女が生来《せいらい》もつ、光にこがれる気質を守り育ててやることです」

「どうせ、わたしは破壊にしか能のない女だ」

すねた顔で照日王はそっぽをむいた。

「とにかくわたしはあの娘をたきつけてやったからな。これでもし、闇《くら》の氏族のしっぽを出すようだったら、そなたにも四の五のは言わせぬぞ。形代の鉄籠に放りこんでいっしょに焼いてくれる。そのほうが、どれだけすっきりと西の遠征へ行けるかしれない」

「まあ、いいでしょう」

月代王は、わずかに杯をかかげた。

「けんかはできませんよ、暁まで本当にここにいらっしゃるつもりなら」

「もちろんだ。けんかなどするものか」

照日王は言って御子を見つめ、急にうちとけて笑いだした。

「わたしたちは、仲たがいせずにいられるはずだ。晦《つごもり》が近いのだから」

「そう、晦が近い」月代王は言った。

「月も日もない闇《やみ》の夜がまためぐってくるのです。かくれもないわれわれの宮に月に一度だけめぐる夜が」

その声にひそむ望みの響きに耳をとめ、照日王はどことなくすさんだほほえみをうかべた。その屈託は、姫御子に、つかの間落花《らっか》の風情《ふぜい》をそえていた。しなやかな腕をのばした照日王は、月代王のほおに手をあてがい、甘い息のかようくちびるをくちびるに重ねた。

2

狭也《さや》はくやしくて、なにかけとばせるものがあったらけとばしたい気もちで廊《ろう》を歩いていた。照日王《てるひのおおきみ》は、狭也の心を手玉にとってもてあそんでいるのだ。

(照日方の者に伝えろですって。侍従でもないのに使い走りができるものですか。部屋へ帰って寝てしまおう)

だが、長い廊下を行くうちに当初の怒りが冷めてくると、尾をひく胸の疼《うず》きがそれにとってかわった。狭也の心を本当に傷つけたのは、意外なことだが、照日王の底意地の悪いもの言いではなく、妃《みめ》にしようという月代王《つきしろのおおきみ》の申し出だった。こんなはずではなかった。夢見ることさえおそれおおいと思いながらも狭也が望んだものは、このような方法で手に入れるものではなかったのだ。

今も狭也の心は、輝《かぐ》の御子《みこ》の正当さを信じ、あがめることをやめはしない。彼らにはかげりがなく、命を命とも思わぬ酷薄《こくはく》さでさえも、彼らにあっては純粋なのだ。形代《かたしろ》の犠牲も二人の王《おおきみ》にとっては、腰を下ろす場所のちりをはらうような単純なことであり、たぶん、闇《くら》の勢力を滅ぼすこと自体もそうなのだ。どこにも憎しみやこだわりがあるわけではない。だが、御子たちは同じ理由で、地上のものを愛しはしなかった。けっして――

（あたしのことも、そうなのだ。妃にするというお言葉にいつわりはなくても）

それを認めるのはつらかったが、目をそむけるわけにはいかなかった。狭也は妃として月代王と相対する自分を思いうかべ、これまでとは逆に、魂の底まで冷えびえする思いを味わった。

（清められるとは、こういうことをいうのかしら）

うちしずみながら、狭也は部屋へ入った。明かりは消えており、中はまっ暗だった。手さぐりで、油皿をかかげた燭台《しょくだい》をさがし当て、そばの箱から火打ち石をとり出した。石をうちあわせようとして、狭也はふと手をとめた。暗闇の中で突然生き生きと鳥彦《とりひこ》のおもかげがよみがえったのだ。小ばかにしたような笑い方と、人なつこい瞳と、機敏に動く子どもじみた手足と。

目にうかぶのは、萌黄《もえぎ》のひもをひろいあげたときの顔であり、月下の池で見せた、したたかな泳ぎっぷりだった。たとえそれらを地上から消すようにと、至上の天で決が下されたとしても、どうしてこだわらずにいることができよう。血がかよい、活動し、笑い声を上げることのできる彼を狭也は知っているというのに。

（これを忘れ、これに平気になることが、光の君をまねぶことならば、あたしにはできない。そんなことをしたら、今のあたしも死んでしまうから。清めを受けることはあたしにはできないのだ。あたしは——闇《くら》の氏族なのだ）

いつのまにか、石をにぎった両手はわきにたれ、狭也はひざを折って座りこんでいた。自分自身に驚き、もう一度よく問いただしてみた。だが答えはやはり明解で、長い抑制から解放されたはずみさえおびていた。

（あたしは闇《くら》の氏族なのだ）

月まで飛ぼうとし、羽根を枯らして墜《お》ちた小鳥だと思うと、狭也は悲しまずにはいられなかったが、今はしなくてはならないことがあるという決意が、彼女の手足に活力を送りこんだ。火打ち石をそっと箱にもどし、狭也は考えた。

（このまま明かりをつけなければ、まわりの部屋の人たちは、あたしが御所にまだいると思っているだろう。動くなら今だわ。明日からは三日の潔斎《けっさい》に入り、宮の内の警備はさらにきびしくなる）

鳥彦が捕えられているのは、照日の御所《ごしょ》の奥にあるという神殿にちがいない。そこ以外考えられなかった。幸い、照日王は遠く離れた月代の御所にいる……

ほんのわずかに狭也は不信をもった。照日王は、夜明けまで月代の御所にいることをことさらに強調してみせなかっただろうか。

わなだろうか――

（当たってくだけるしかないわ）

一度気負いたった身は、あきらめてふとんにもぐることなどできそうになかった。狭也はすみの長持《ながもち》から、濃紫《こむらさき》に染めた長衣を引きだして頭からはおり、用心深くしのび出た。

ふだんは耳につきもしなくなっている、裳《も》の衣《きぬ》ずれのさらさらいう音がやたらに気になる。ぬいでくればよかったと後悔したが、後の祭りだ。高殿《たかどの》をすぎるとそこはもう、狭也にとって未知の領分だった。東の照日方と、西の月代方と、宮の敷地は厳重にしきられているのだ。釆女《うねめ》たちは、自分たちの場所でこそわがもの顔に支配もするが、しきいを一歩またぐと、舎人《とねり》や童《わらわ》よりも冷たい目で見られる存在だった。

狭也は出会う顔をなるべくさけるため、鳥彦のように庭を横切る方法を選んだ。なるほど手間がはぶける。しかし、構造が同じとはいえ、照日方の宮は、左右対称なので、鳥彦のような方向感覚の持ち主でない狭也は、しばしば立ち止まって考えなくてはならなかった。庭では、見まわりの衛士《えじ》に出くわさないよう、そちらの注意も必要だった。

　それでも、狭也は道行きにそれほどの危険を感じなかった。気分が高揚していたためだろうが、ひとつには、闇《やみ》がたしかに自分の味方であることを意識したためもあった。本当なら、真夜中の池で泳いだときに気づいてしかるべきことだったのだ。暗がりでも狭也の目はかなりよくきいたし、影に溶けこむ真の闇も、狭也を怯《おび》えさせはしなかった。

　郷の両親は、闇には得体《えたい》の知れない魔が住むから夜に外へ出てはいけないといましめたし、小さい狭也は本気でそれを恐れていたものだが、闇にひそむものが自分自身であることを見出した今、夜の黒い帳《とばり》は、狭也を守って包みこむ衣のたぐいだった。翼のように軽やかな衣だ。暗さに慣れると、光にひどく敏感になり、たいまつをかかげてねり歩く衛士たちより必ず早く相手に気づいた。かわす回数が増すごとに自分への自信が深まる。

（鳥彦もこうやって、しのび歩いていたのだわ）

　狭也はわかるような気がした。後ろめたさはあったが、胸をくすぐる快感もないとはいえなかった。

　そうして狭也は、だれにも見とがめられることなく照日の御所までやって来ることができた。勝手をよく知っている釆女寮をぬけて生け垣をのりこえ、御所の裏手へまわっていくと、まもなく背の倍以上はある高い板垣にぶつかった。

板塀は頑丈で、のぞき見するすき間もないほどきっちりと作られており、かなり広い一画をしめている。この中が神殿にちがいない。塀にそって御所の裏まで行った狭也は、警備の厳重な門を見出してがっかりした。太いかんぬきの下りた門の前には、こうこうとかがり火がたかれ、槍をもった二人の衛士は根がはえたようにその場を動かなかった。

狭也は植えこみにひそんでしばらく門をにらんでいたが、夜明けまでこうしていてもしかたないと思い、向きを変えた。何かの算段がなくては、しのびこむことはできないのだ。用意もない自分をののしりながら、采女寮の生け垣のきわまでひき返してきたとき、彼女はぎょっとして足を止めた。この真夜中に、狭也以外にも明かりをもたずにしのび歩く人影がある。それも複数だ。

(気づかれた?)

この夜はじめて本当に胆を冷やし、狭也は垣根の下にふせて衣をかきよせた。だが、暗がりの中の人影は、だれをさがす様子でもなく、目的ありげに歩いていく。やがて彼らは立ちどまり、ひと固まりになって何かの作業をはじめた。

音をきいて、それは狭也にもすぐに察しがついた。井戸だ。つるべのこすれるからからという音、地下深い水のこもった水音が夜の静けさに響いた。庭に下りた人々は、井戸端に集まって、ぎくしゃくとした手つきで水を汲んでいるのだった。

そのたいぎそうなしぐさと体つきは、たいそう年寄りじみている。狭也は興味をひかれて、垣根ごしにもう少し近づいてみた。思いにたがわず、そこにいるのは腰のまがりかけた三人の老婆だった。

年寄りたちは黙々とかめに水をそそいでいたが、ふいに一人が枯れしなびた声で言った。

「もう、つがんでもええ。あふれておるが」

「おや、そうかね」

びっくりしたように、もう一人は大きな音をたててつるべを井戸の底に落とした。

「星の井戸のお水をそまつにあつかうものではない」

「ほんの少しじゃ」

別の一人が深いため息をついた。

「上様はまだおもどりにならぬか」

「まだ。今夜はわしらでお水を運ばねばならぬ」

「おもどりにならぬかのう」

老女は嘆いて言った。

「年ごとに、わしらには荷が勝ちすぎて思えてのう。あの段を登るのは、老いた骨には難儀じゃ」

「中のお人は、今夜は暴れぬじゃろうか」

「縛《いまし》めがほどけることはあるまいて。上様がことのほか念入りに結び目を作られたのだから」

「それにしても――」

「いたわしいことじゃ。この目が見えないのは幸いなことよの」

　一人が水がめをとり上げた。

「さて、お水はとれた。神殿へおまいりする時刻じゃ」

　きいていた狭也の胸は大きく高鳴った。それでは、この老婆たちが照日王とともに神殿へ入ることを許されるという釆女なのだ。宮の中にこれほどよぼよぼの年寄りがいるとは驚きだったが、さらに驚くことには、この三人は三人とも盲目《もうもく》なのだった。

　宮に住む人々が最下層の下人にいたるまで、人並み以上に優れて見目《みめ》もよいのに慣れかけていた狭也にとって、老婆たちの存在は、衝撃に近いものがあった。神殿へまいるために目を失ったのか、盲目であるために特に選ばれたのかはわからないが、いずれにしても、この奥の神殿が度はずれて神聖視される場所であることはたしかだ。

　杖で地面をさぐりながら部屋へもどる釆女たちを目を丸くして見つめ、狭也は頭をひねった。

（さあ、どうやって入ろう）

しばらく待つと、老婆たちは再び庭に現れた。今度は、白い一枚布のような装束《しょうぞく》に三人とも身を包んでいた。衣は頭も覆い、前にたらしたひだが顔も隠している。重ねた前のあわせから杖だけがつき出し、采女たちは、触角を使って歩く白い布の柱のように見えた。

暗さも彼らには関係がない。足どりが自信にみちているのは、それが何十年となく通り慣れた道のりであることをうかがわせる。一行が木戸口へ向かうのを見て、狭也は生け垣の下をこそこそと渡り、木戸のすぐそばで待ちかまえた。

一人、また一人と、采女たちは狭也のすぐ目の前をよぎっていった。最後の一人は、水がめをかかえているため、仲間よりほんの少し動作がもたついている。狭也はすばやく手を出して、その長衣のすそを指にひっかけた。杖と水がめで両手のふさがっている采女は上衣がずり落ちるのをおさえることができずに、狼狽《ろうばい》の声を上げた。

「どうしました」

前の二人が足を止めた。

「いやいや、たいしたことではない。生け垣の枝に襲《おすい》をとられてしまったのじゃ。下《げ》人《にん》め、刈りこみをおこたっているとみえる」

恥じ入る様子で最後の采女は言った。

「先に行って、門を開けさせてくだされ。すぐに追いつくから」

二人は歩き出し、残った一人は水がめを置くと、腰をかがめてぬげた襲をひろおうと探った。ためらっている時ではなかった。狭也はくちびるをかむと、思いきって手をふりあげ、その手刀《しゅとう》を老婆のしなびたうなじに打ち当てた。これは、昔、まだ男の子と毎日遊んでいたころ、相手を傷つけずに目をまわさせる方法として教わったものだった。

実際のけんかに役立ったことは一度もなかったのだが——だから、狭也もこれほど効力のあるものとは知らなかった。老いた采女はあっさりと、声ひとつたてずにくずおれた。気の毒なほど簡単だった。

（ごめんなさい）

心の中でわびながら、狭也は采女を急いで木戸口の中へ運び、木陰になるべく楽な姿勢で寝かせて、自分の上衣を胸にかけてやった。それから襲をとりあげて采女に似せて着こみ、杖と水がめをもって門まで急いだ。

先に行った二人は門のきわで待っていた。

門は開いていた。狭也は老婆の足どりをまねるよう苦心しながら、冷や汗もので近づいたが、その苦労もいらないくらいで、門の衛士たちは杖をついてきた人物を認めるとうやうやしく礼をし、ひと言も問いただささずに中にまねき入れた。ありがたいことに、けっして手をふれようともしなかった。狭也は門の敷居をこえ、玉石を敷きつめた斎庭《ゆにわ》に一歩踏み入れた。

垣の内は大きさのそろった白い玉砂利で平らにならされ、星明かりにほのかに輝き、実際以上に広々と見えた。自分の大胆さに自分でおそれいりながら、狭也は襲のひだの陰から驚嘆の目でこの神域をぬすみ見た。

神殿は白い斎庭の奥に近いところに、側面を見せて建っており、周囲に小さな蔵《くら》が並ぶ。背後には黒々とそびえる杉の森があり、鋭角の梢を夜空につきたてている。涼しい風がそのぴりりとした針葉樹の香《か》と、ひっそり咲くスイカズラの野生の香を吹き送ってきた。宮もこのあたりになると、かなり山のすそに近いのだと狭也は思った。

それにしても、この垣の内にある清浄感は宮の中でも別格の強烈さだ。白くなにもない斎庭は夜の底に降りた天の川で、神殿はその上に建っているかと思われる。満ちてくる静謐《せいひつ》さの中に、采女たちが玉砂利を踏む規則的な足音も溶けこんでいってしまう。このまま歩いていくと、二度とはもとの場所へもどれないような、不穏な違和感を感じて狭也はおののいた。腕にかかえた水がめが重くなり、水が狭也の不安を逆なでするように中で上下にゆれている。

やがて、一行は正殿《せいでん》のもとへ行きついた。神殿そのものは、宮の内の巨大な建造物を見慣れた目にはむしろ小さいと映るものだった。ただ、大きさにくらべて丈が高く、穀物倉のようにたいそう高床だった。床下の丸柱のあいだを大人でも楽に行き来ができる。縁の下もきれいに清められ、中央の柱にはしめ縄がまわされて、榊《さかき》でかこんであった。

上の殿には、幅狭《はばぜま》な側面に両開きの扉があり、危なっかしげな細い段が一本だけ渡してある。足幅ほどもない木を削ってわずかに足がかりをつけたものだ。もちろん手すりなどない。采女たちは段のもとにならぶと、無言の祈りをあげた。横目で見て狭也はそれにならった。いつまでもそうしていると、とうとう一人が口を開いた。

「臆《おく》しているわけにはいかぬ。上様がおられぬのだから、そなたがお水をとどけるしかないのじゃ」

もう一人も言った。

「くれぐれも、作法をそこなわぬようになされよ」

そこでようやく狭也は、彼女だけがその曲芸のような一本木を登ってみせなくてはならないのだとさとった。ゆれる水がめをかかえた盲《めし》いたお婆さんに、どうしてそんなことができるのか疑いながら進み出る。一歩でも踏みそこなったら、釣合を失って落ちることはまちがいない。狭也はつばをのんで見上げたが、襲《おすい》のすそを引きあげると、勇気をふるって足をかけた。要は落ちる前に登りきればいいのだ。度胸の問題だ。

狭也は落ちなかった。体はかしいだけれど、なんとか上にたどり着いた。扉は御所によく似た鋲《びょう》を打った白木だった。登った勢いのままに狭也がおし開くと、それは音もなく従って内へ導いた。

輝くともし火が狭也の目を射た。照明というには激しすぎるほど燃えあがるたいまつが、鉄台にならび、奥まで二列に続いている。見上げると高い天井のはりは、とも し続ける炎のすすでまっ黒にすすけており、その反対に足もとの床は顔が映るほどすべすべに磨きあげられている。奇妙な当惑に襲われて狭也は眉をひそめた。前に、同じ体験をしたことがあるような気がする――

(そんなはずはないわ)

扉をしめ、狭也は用心して歩き出したが、いぜんとして当惑は続いており、歩くほどに自分もまわりも不確かになっていくように思えてならなかった。まるで雲を踏んでいるようだ。たいまつが照らし出す彼女の影が前後に飛んで何かをささやくのだが、それに耳をかたむけると、現在の自分を見失ってしまいそうな気がして怖かった。

(しっかりなさい、あなたは何をしに来たの？　鳥彦を助けに来たんじゃないの)

自分を叱咤《しった》したときだった。狭也は前に照り輝く祭壇を見た。森のようにさわに供えられた榊。雪のようにかざりたてた幣《ぬさ》。真昼のようなひのきの祭壇。息をのんで立ちすくんだ狭也は今度こそ何もかも思い出した。

（夢の祭壇。ここは、あの巫女に出会った場所だったんだ）

静かな恐怖が狭也を足もとからひたしていき、彼女はおこりにかかったようにふるえ出した。静かであるだけに、狂気にまで追いつめられるたぐいの恐怖だ。手におえなくなった理性がはばたいて飛び去り、狭也はあっという間に六歳の女の子にもどっていた。硬直した体は何をするのも拒否している。そして狭也の目の前には、夢の情景そのままに、最大の悪夢、最大の恐怖が——白い衣の黒髪の巫女が、背を向けて座っていた。今度こそ、二度と目ざめない夢として……

3

狭也《さや》は一瞬気を失ったにちがいない。力のぬけ去った腕から水がめがすべって落下した。土のかめはたあいなく割れ、狭也のひざから下に水をふりまいた。その水の冷たさが狭也の正気をひきもどした。

はっとして足をよけた狭也は、これが夢ではないことに気づき、自分が何をしているかに気づいたのだ。こぼれた水から顔をあげた狭也は、ふりむいた巫女《みこ》と瞳をあわせた。冷静に彼女は考えた。

(ごらん、この人には影がある。ただの人だわ。あたしったら何を怯《おび》えていたのかしら)

そのとおり、驚いた様子で見あげた巫女は、狭也と同じくらい若い少女で、狭也を脅《おびや》かすような部分はどこにもなかった。夢の巫女のようにまっ白に装っており、同じようにつややかに長い髪をしてはいるが、その表情には、無邪気な驚き以外何もうかんでいない。見慣れない人物を警戒する様子すらない。

だが、夢の予見のとおりに美しい人ではあった。背は狭也よりありそうで、整った気品があり、やや面《おも》やせして見える顔立ちはまれに見る優美なものだ。瞳は澄んで暗い。悲しげとは言えないまでも暗かった。そして、この少女は、両手両足首に麻縄を巻きつけているのだった。囚われ人なのだ。狭也は少女の足を縛《いまし》めて柱へとつなぐ縄目を、信じられない目で追った。では、老婆たちが話していたのは鳥彦《とりひこ》のことではなかったのだ——

白い衣の少女は、そんな自分の有様はつゆ気にかけない様子で、しげしげと無心に狭也を見つめていたが、やがて口を開いた。

「このごろは、夢とうつつの区別がつかなくなる。あなたとは、前にどこかで会った気がするのだが、どこだろう」

狭也は思わずあっと叫んだ。

「その声。その声だわ。あなただったの」

それこそ忘れられない声だった。夜の池で狭也を驚かせた、鯉《こい》がしゃべった声だったのだ。

「あなた、鯉のふりをしてあたしに話しかけたでしょう。おかげでおぼれそうになったのよ」

「ああ、そう」

少女の顔に、理解と笑みがうかんだ。

「鏡の池で会ったのだった。夜、わたしが鯉の夢を見ていたときに。あなたもあそこで泳いだのだったね」

狭也はふしぎさにうたれて、少女の間近にひざをつくとその顔に見入った。

「あなたは、いったいだれ？」

狭也は強い調子でたずねた。

「わたしは稚羽矢《ちはや》」少女は答えた。

「輝《かぐ》の大御神《おおみかみ》の第三子。一族の末子《すえご》だ」

狭也は目をぱちくりした。輝《かぐ》の御子《みこ》が、照日王《てるひのおおきみ》と月代王《つきしろのおおきみ》のほかにもいることなど知られてはいない。だが、思い返してみれば、照日王はときどき、そのようなことを言っておられた。それにしても思いがけないことだ。宮の奥深くもう一人の御子がいることを、だれ一人知らずにいるのだ。しかも、縛められて——

「なぜ、そんなふうにしばりつけられているの?」

「これ?」

狭也の不審げな問いに、稚羽矢はまったく動じずに答えた。

「これは姉上が、わたしのためにつないだのだ。夢を見るから。夢見るあいだ、わたしの体をこの場所につなぎとめておかなくてはならないのだ」

「夢って、鯉の夢?」

「鯉でもなんでも。わたしはなんにでもなれる。鳥でも、虫でも、けものでも。わたしは一族のできそこないだから、姉上はけっしてわたしを外へ出してはくださらない。そのかわり、こうして遊ぶことをおぼえたのだ」

稚羽矢の口調に不満やうらみはなかった。あきらめきった淋しさがかすかに感じられるだけだ。

(ああ、そうだ)

狭也は耳をかたむけながら思った。

(この人の声はいくらか月代王の声に似ているのだわ。だからはじめてきいたときにも親しみを感じたんだ)

同じように、稚羽矢のうるわしさにもうなずけた。だが稚羽矢には、兄や姉がそなえている不屈《ふくつ》の将の雄々しさはなく、いかにも幼くたよりなげだった。稚羽矢は続けた。

「けれども、夢を見ることも姉上はあまりお気にめさないらしい。いろいろご迷惑をかけるので無理もないかもしれない。わたしにはよくわからないけれど、釆女《うねめ》たちがひどくわたしを恐れるところを見ると、夢見ているあいだは正気を失って見えるらしいのだ」

首をかしげて稚羽矢は言った。

「それとも、はじめから正気を失っているのかもしれない。あまり自信はないのだ」

稚羽矢があまりに淡々と、自分をあわれみもせずに語るので、狭也はかえって同情したくなった。

「あたしには正気に見えるわ」

狭也は思いやり深く言った。

「そんな縄につながれていないで、外へ出ていったなら、もっと正気に見えてよ」

稚羽矢は目を丸くした。

「おかしなことを言う。そう言うあなたはだれ？」

「あたしは狭也。あなたの兄君の釆女よ」

狭也は自分に対する皮肉をかすかにこめながら名のった。

「狭也――」

稚羽矢は口の中でその響きをためしてみてから言った。

「狭也、あなたは姉上に似ている」

あきれ返って狭也は相手を見た。

「どこに目をつけたらそんなことが言えるの？」

稚羽矢は無邪気に答えた。

「だって、あなたは婆《ばば》ではないもの」

狭也は肩を落とした。

「わかったわ。あなたって、あまりたくさんのことを知らないのね」

「そうかもしれない。でも、この体以外でのことならいろいろ知っていることもある」

狭也はここで相談していいかどうかまよった。この人は輝《かぐ》の御子かもしれないが、敵対者という気がしない。いくぶん能天気である気はするが――

「実はね」

狭也は思いきって言い出した。どちらにころんでも危険は危険なのだ。

「あたしは大祓《おおはら》いの形代《かたしろ》にされるために捕えられた童《わらわ》をさがしにきたの。ここのどこかにいるはずなのよ。知らないかしら。その子はあたしの仲間なの。いっしょに鏡の池で泳いだ男の子よ。どこにいるか教えてくれない？」

「形代がいるのはここではない。西門だ」

稚羽矢はすぐに答えた。

「西門のすぐ手前の川原に、忌屋《いみや》と呼ばれる鉄籠《てつかご》の小屋が作られている。形代はその中に入れられるのだ。今朝、鳥になって川岸を飛んだときにはっきり見えた。あなたの童はあの中だ」

「西門ですって——」

狭也は叫びかけて口もとをおさえた。そんなはずはないと言いたかったが、だれも鳥彦が神殿にいるとは言っていなかったことにはたと気がついた。いろいろなことから狭也が勝手に思いこんだだけなのだ。

落ちついて考えれば、不浄《ふじょう》の形代が神殿に入れられるわけはなく、祓いの行われる川原へ連れていかれるのは当然ではないか。狭也は自分のおろかさかげんを呪った。だが、悔やんでも歯がみをしてももう遅い。西門は、狭也が苦心してしのびこんだこの神殿と、ほぼ正反対の宮のはしにあった。

（とんだくたびれもうけだわ。なんて情けない話なの）

落胆して頭をかかえた狭也を、稚羽矢はふしぎそうに見つめた。

「なぜ、こんな遅くに童に会いに行くの？」

「あたしは闇《くら》の一族なの」

すてばちになって狭也は答えた。

「あの子、鳥彦も同じよ。殺されてはならないの。助け出さなくてはならないのに、あたしはとんまで、見当ちがいの所へ来てしまったのよ」

「闇御津波《くらみつは》の大御神に仕える氏族？」

稚羽矢はすらすらと言い、狭也はきょとんとして見つめた。こんな場所で女神の尊称が口にされるとは思ってもみなかった。羽柴《はしば》の村でさえ、闇《くら》の神をあがめる名は厳重に忌《い》まれていたものなのだ。

「あなた、祓いの種をひとつふやしたわ」

狭也が言うと、稚羽矢はおもしろがった。

「このわたしを祓う？　もしそんなことをすれば、姉上が卒倒なさるかもしれない」

思わず狭也は吹きだした。

「照日王が卒倒を？　そんなことがありえるなら何があっても見たいものだわ」

彼女は立ちあがった。こうしているあいだにも時が流れていくのが気になった。たとえむだかもしれなくても、このまま夜を見送ることはできない。

「あたし、西門へ行ってみるわ」

狭也は稚羽矢に言った。

「望みはほんのわずかだけれど、手段をつくしてみるわ。あたしは前に闇《くら》の一族の王《おおきみ》に薄情だと言われたことがあるの。今なら、それが本当だったってことがわかるのよ」

「あなたの力になってあげられなくて残念だ」

おだやかに、だがいつわりのない声で稚羽矢は言った。

「わたしがもっているのは夢の知恵ばかりだ。ネズミの道なら、どこより早く西門へぬける通りを知っているのだが」

狭也はほほえんだ。

「ありがとう。あたしもネズミになって床下をぬけたり壁を登ったりできたらね。だれにも知られずに鳥彦を救い出すのだけど」

すると、稚羽矢はびっくりするようなことを言った。

「なってみようとしたことはないの？」

「ないわ」

「それなら、やればできるかもしれない」

去ろうとしていた狭也は思わずふり返った。

「あなたとはちがうのよ。思ってできることじゃないわ」

「本当に？」

稚羽矢はたずね、狭也をとまどわせた。

「あなたはあの夜、半分は魚になっていたではないか。だからわたしは、ふしぎになってたずねたのだ。あなたは魚のわたしの声まできいた。采女たちはふつう、そんなことはしないものだ」

「でも――」

思い出してなんとなく顔を赤らめた狭也は口ごもった。

「でも、無理だわ。方法がわからないもの」

「わたしが教えてあげられるかもしれない」

狭也は稚羽矢の静かな顔を見つめた。その顔を見ていると、それほどばかげたことではないような気がしてきた。少なくとも、これから神殿を出て、宮を横断することを考えるのと同じくらいには、ばかげていない。狭也は心を動かされて座りこんだ。

「それなら教えて。なんでもやってみるわ」

狭也は稚羽矢が呼びよせた、若い灰色のネズミを見つめた。ネズミは明るい床の上で、どうしてここにいるのかわからずに面くらっている。

「そのネズミの姿を心に刻みつけて。魂が道を見失わないように」稚羽矢は言った。

「それから目を閉じて出ていくのだ。あなたの体は残り、あなたはネズミをつかまえる。行くよりもどるほうが簡単だから、あとの心配はしなくていい。あなたの体はわたしが見ている。さあ、これには思いきりが必要だ。ゆるゆるとは出ていくことができない」

狭也は目を閉じ、なんだか一本木の段を前にしているようだと考えた。手すりひとつない細いきわをたどる気がする。だが、だれかが親切にささえてうながすのが感じられた。たぶんそれが稚羽矢なのだ。それから、急にするべきことがわかった。

（ああ、知っている。これならあたしは知っているわ）

それは、いつだって飛び立ちたがっている狭也の魂のありかを探り、扉を放ってやることだった。すると、喜びあふれる狭也は勢いよく虚空《こくう》に飛び出した。そして稚羽矢が少々手をそえると、狭也はそのままネズミの中へころがりこんだ。

はじめそれはなんとも奇妙で、いたたまれない気分にさせられるものだった。見えるはずのものが何も見えない。それもそのはず、ネズミの視野では、稚羽矢の顔ははるかかなたにあるのだ。かわりに鼻がとぎすまされ、小山のような生きものが二つもそばにいると狭也に伝えた。狭也はあたりを走りまわって自分を落ちつかせなければならなかった。

「そう、やっぱりできたね。あなたにならきっとできると思っていた」

上のほうで、稚羽矢が心からうれしそうに言うのがきこえた。それで狭也は自制をとりもどし、時間があまりないのを思い出して、稚羽矢からくわしく教わったとおり、壁ぎわの穴をぬけて床下に降り、西への道を駆けくだった。

途中何度かネズミの仲間に出会ったが、彼らは狭也を見ると後ずさりし、おそれをなした様子で道をゆずった。ネズミの体を借りていても狭也は狭也であり、同類たちはその異質さを敏感にかぎわけるらしかった。憑《つ》きものがついたように見えるのかもしれない。しかし大急ぎに急いでいる狭也にはそれが好都合だった。ネズミの足のおよぶかぎり狭也は走り続け、ときおり方角をかぐために立ちどまるほかは休まなかった。

やがて、豊かな水のにおいが場をしめはじめた。柵の外を大量の水が流れている。川だ。中瀬川《なかせがわ》は大きく蛇行しながら西門のわきを通り、うねって南へ流れていく。鋭敏なネズミの鼻は、その川幅から流れの速さまで、目にするように感じることができた。門はもうすぐそこだ。ネズミの体にまだ余力が充分残っていることをうれしく思いながら、狭也は柵をくぐって土手の茂みへ分け入った。ヒルガオのつるのはう土手の下は川原であり、西門の祓いの場付近のしめ縄でかこったあたりでは、たくさんの火がたかれている。そして、あきれるほどにたくさんの衛士《えじ》がいた。

ネズミの近目《ちかめ》では見晴らしを得ることができず、もどかしかったが、円をなすともし火の中央に忌屋《いみや》はあるらしかった。狭也は大胆にそばへ近づいた。川原の石の陰影は、灰色の毛皮をよくまぎらしてくれる。衛士の足もとのすぐそばを通ったが、彼はまったく気づかなかった。

（これが忌屋か）

狭也は見上げて長いひげをうごめかした。木の皮とわらですき間なくふさいだ小さな小屋で、その外観は羽柴の村でお産があるときに建てられる産屋《うぶや》に少し似ている。だが、ぷんぷんとにおう金《かな》っ気《け》が、わらの下には冷たい鉄《くろがね》の骨組があることを告げていた。

周囲には、棒を立てて細い糸を一本はりめぐらし、いくつか小さなものをつっている。秋に田んぼでスズメを追う鳴子《なるこ》のようなものだったが、狭也は気にとめずにその下をくぐった。ところが、とたんにそれはふれられもせずに鳴り出した。つってあるのは照日王がはかまの足結《あゆい》につけていたような金の小鈴だったのだ。鈴は小さくふるえ、かぼそいが明瞭な音色をたてた。それをうけて男の声が叫んだ。

「かたがた、注意されよ。よこしまなものがこの場におりますぞ」

狭也は心臓がとまりそうになって飛びあがり、度を失って一番身近な物陰に走りこんだ。それから、それが脚立《きゃたつ》のようなものに腰かけた長衣のすそだったことに気づいた。すぐそばに、ふしくれだった老人くさい足首があった。

「しかし、神官殿、何者も近づいた気配はありません」

「わしの言うことにまちがいはない」

狭也をかくまった男は言った。

「付近を厳重にさがすのじゃ。御方《おんかた》の名にかけて、何者かがひそんでおる。どの物陰もあばいてみるのじゃ。祓いにさしさわりがあってはならぬ」

(助かった)

狭也は胸をなでおろした。老人はあれこれ指図はするものの、自分は座りこんで動こうとしなかったのだ。さすがの神官も侵入者がすその下だとは思いつかないらしい。彼が気むずかしげに眉根をよせて、門の方をにらんでいるあいだに、狭也は後ろからすべり出て、忌屋の壁をつたい登った。

わらをかきわけてもぐりこむと、鉄の格子が足にふれる。これはたしかに容赦のない檻だった。形代はこうして閉じこめられたまま焼かれるのだ。思っただけで狭也は体毛が逆立つのを感じた。中は真の闇《やみ》だったが、うずくまっている人影はわかる。

「鳥彦、鳥彦」

狭也は大声で叫んだ。ネズミの口を使ってではない、どこか別のところでの呼びかけだ。だが、鳥彦はすぐに気がついた。うつぶしていた頭を上げると、何かを見出そうときょろきょろした。

「狭也？」

　ごく小さな声で鳥彦はつぶやいた。

「どこにいるの？」

「ここよ。あなた、大丈夫なの？」

　狭也の声は気づかわしさにふるえた。鼻が鳥彦がひどいけがをしていることを伝えている。

「足を折られた。逃げられないように」

「ひどいことをするのね」

　憤《いきどお》りの身ぶるいに狭也は小さな体をふるわせた。

「どうやって来たの？　この見張りの中を？　あんたにそんなことができるなんて」

「まあいいじゃない」

　くわしく言いたくなかったので狭也は言った。

「ここから出る方法を考えましょう。むざむざ焼かれることはないのよ」

　鳥彦が黙っているので、狭也は彼の機敏な頭もさすがにまいってしまったのかと心配になった。だが、鳥彦が口を開いた。

「女の考え方ってわからないなあ。今ここへ来るくらいなら、剣《つるぎ》をとりもどす手助けをしてくれるほうがずっと簡単だったのに」

「ごあいさつね」

どうしてこの子はこうなまいきなのだ。

「だって本当だよ。大祓いまで、ここはかたときも目を離さずに見張られている。輝《かぐ》の御子たちも宮中《みやじゅう》の人々も注目している。逃げ出すのは宮の総力を相手にまわすも同じだよ。絶対に無理だ。おれは動けないもの」

事実だけをのべる調子で鳥彦は言った。

「それよりは、狭也、剣を取って逃げるんだ。できなかったおれのかわりに――」

狭也はつとめて声を落ちつけて言った。

「あのね、剣は放っておいても死なないけれど、あなたを放っておいたら必ず殺されるのよ」

「おれも死なないよ」

明るく鳥彦は答えた。

「一度、闇《くら》の大御神様の御前《みまえ》にもどるだけだ。またどこかで生まれてきて、またあんたに会いに行くからさ」

「それ、いつのことよ。ばかなことを言わないでよ」

泣きたいほど腹立たしくなって狭也は言った。

「二度と会えるものですか。会ったってそれはあたしじゃないし、もうあんたのことなんか忘れているわよ。あたしはいつまでも生きているわけじゃないわ」

鳥彦はびっくりしたようだった。

「おかしいよ、狭也。そんなふうに考えていたんじゃ、とても戦えないよ――」

「だってあたしは狭由良《さゆら》じゃないもの。あなただって狭由良を知らないでしょう。あたしも知らない。別の人よ。それがわからないの？」

「水の乙女って変わっている。変人だ」

「変人はそっちでしょう」

「そんな考えだから、不死の一族にこがれたりするんだ」

狭也はなにか暴言を吐こうとして、ようやく思いしずめた。

「今は、けんかをしている場合じゃないわ。だけどおぼえてらっしゃい。あたしはまちがっていないんだから」

鳥彦は手をのばして、狭也の声のする方向を探ろうとした。だが、もちろん何も手にふれず、鉄格子に行き当たっただけだった。

「狭也、本当はあんた、どこにいるの？」

おぼつかなげに鳥彦はたずねた。急にただのけがをした子どもにもどったように見えて、狭也はその手をとってしっかりにぎりしめてやりたくなり、ここに大きな体がないことを残念に思った。

「あたしはここにいるわ。でも、あたしの体は別なの。今の体はネズミなのよ」

「ネズミ？」

鳥彦が再び指をのばしてきたので、狭也はほんのわずかなあいだ、彼が毛皮をなでるのを許した。

「わかった？」

「どうしてこんなことができたの？」

「鏡の池の鯉だった人に教わったのよ。あの人、神殿にいたの。稚羽矢《ちはや》といって、輝《かぐ》の御子の末子《すえご》ですって。縄をかけられて閉じこめられている、おかしな人」

「神殿！　輝《かぐ》の御子！」

絶句して鳥彦はあえいだ。

「なんだって、それじゃ、あんたは神殿へ行ったのかい？」

「そうよ。あたしの体はそこにあるわ」

「すぐもどるんだ。今すぐ」

息荒く鳥彦は言った。

「そいつは剣《つるぎ》の巫女にまちがいないよ。大蛇《おろち》の剣を祀《まつ》っているんだ。どうして祀ることができるのかと思っていたら輝《かぐ》の一族だったのか。あんたは手をのばせば大蛇の剣にとどくところにいるんだよ。まったくたまげるよ」

「でも、鳥彦を助けるほうが先だわ」

「狭也、宮の全勢力を相手にしても勝ち残れるものがあるとしたら、それは大蛇の剣なんだよ」

おし殺した声で鳥彦は言い、言ってからやや怯えたようだった。

「大蛇の剣を使ったら――そんなことは考えても恐ろしいけれど――こんな鉄の檻は目じゃない。輝の御子さえたぶん、目じゃないんだ」

狭也は鳥彦がはじめてみせる恐怖を感じとり、その剣とはいったいどんな品なのかといぶかった。

「わかったわ。大蛇の剣を手に入れることが、残された方法だというのなら――」

「あんたは今、知らずに大変な危険をおかしているんだよ」

深刻な声で鳥彦は言った。

「稚羽矢というのがどんなやつだか知らないけれど、そいつに油断しちゃいけない。あんたに敵対する剣の巫女なんだぞ。ひとつの剣に巫女が二人いていいはずはないんだ」

「気のよさそうな人よ。あたしが水の乙女だとは知らないし」

ややや不安になりながら狭也は言った。

「それなら、照日王に気づかれる前に奪いとるんだ。あんたなら、剣《つるぎ》の目をさまさせずにもちだすことができる」

「やってみるわ。待っててね」

「稚羽矢に注意して。だまされちゃだめだぞ」

鳥彦の忠告を背に狭也は駆け出した。走っているうちに、たしかに言われるとおり、稚羽矢の言葉を額面どおりに受け取った自分はお人よしだったかもしれないと思えてきた。相手は輝《かぐ》の御子なのだし、その前で狭也は闇《くら》の一族であることを明かしさえしたのだ。それなのに彼女は、無防備な自分の体をあずけたまま危険な神殿に置いてきてしまった——

(能天気なのはあたしだったのかしら)

衛士《えじ》たちはそこらじゅうをうろうろしていたが、彼らのさがしているものはネズミのように小さなものではなく、狭也は無事だった。安全な宮の屋根裏へもぐりこむと、はりをつたってずっと走った。照日の御所を通りぬけた狭也は、照日王の御座《みまし》がまだ空《から》なのを見た。月代《つきしろ》の御所に今もいるのか、それとも別のところにいるのか。神殿の前では老婆二人がまだ同じように祈りをささげていた。彼らのことも考えなくてはならない。木戸の陰で、三人めの釆女は目をさましたろうか。床下の柱をつたい登り、はめ板の穴をくぐり、ようやく狭也はもとの場所へたどり着いた。

（あたしの体！）

稚羽矢が言ったとおり、もどるのはいとも簡単だった。まるで待ちわび、呼び求められていたように、狭也は自分に吸いよせられ、めまいがするほどのすばやさでおさまった。目が開き、手足の感覚がよみがえる。そして、自分の窮地に死ぬほど驚いた。

狭也は床に背をつけて手も足もやみくもに振りまわしており、のしかかってくる脅威からのがれようと必死にあがいていた。そして、上からおさえつけ、狭也の自由を封じようとしているのは稚羽矢だ。とっくみあったのか、きれいな髪はいいように乱れている。狭也は身の凍る思いをしたが、ようやくつきとばすに適当な位置をとらえた。

「いったい、どういうことなの」

わななく声で狭也は叫んだ。

突然稚羽矢の顔にほっとした表情がうかんだ。力をぬき、そのまま座りこむと稚羽矢は言った。

「よかった。もどってきたんだね」

「これはどういうことなの」

稚羽矢は腕を上げて額の汗をぬぐった。

「あなたは怯えて、外へ走り出ようとしたのだ。何もわからずに」

「うそよ！」

「うそではない」

「うそ、うそ！」

激怒して狭也は叫んだ。混乱のあまり、少しのあいだ自分をおさえることができなかった。顔に血がのぼり、火のようにほてるのを感じながら、彼女はじりじりと後ずさりした。

「うそつき。あなた――あなたは――」

息をつまらせて、狭也はやっと言った。

「あなたは男だわ」

稚羽矢は平然として見えた。ぼさぼさになった頭を気にかける様子もない。大まじめな口調で彼は言った。

「女だと言ったおぼえは一度もないが」

「女のふりをしているじゃないの。そのかっこうはなに？」

稚羽矢は白い袖と長いすそを見下ろした。

「これは、わたしが剣《つるぎ》の巫女《みこ》のつとめをはたすために、姉上が着せたものだ」

「信用ならないって、本当だったわ」

狭也は、これが少年かと思うと腹立たしくなるようなきれいな顔を見つめ、これ以上赤くなれないところまで赤くなって言った。

「あたし——あたしに何をしようとしたの？」

「なにも——」

「さわったじゃないの」

「暴れるので、おさえようとしただけだ」

含むところがあるようには見えなかった。むしろ狭也があまりに怒っているので当惑している。そのきょとんとした様子は、いくぶん感受性がたりないようにも見えた。

「夢見ているあいだに暴れるという意味がはじめてわかった。魂がここにないと、言葉で言ってきかせることができないのだ」

狭也は稚羽矢の両手両足がつながれていることを思い出し、やや気をしずめた。

「こりごりだわ」彼女はぼやいた。

「あたし、二度とほかのものになんかならない。あたしでないあたしが動いているなんて——身ぶるいがでるわ」

狭也は稚羽矢を見、この人は自分の身が大切だとは思わないのだろうかと考えた。女の衣装を着させられようが、縛ってつなぎとめられようがいっこうにかまわず、夢を見に出かけられるとは、どういう思考の持ち主なのだろう。それも、ふた目と見られない姿をしているとでもいうならともかく、その気になれば月代王にもくらべられるものを。

「あなたは、一族のおちこぼれのようね。あたしも、闇《くら》の一族にとってはそうだけど」

狭也は思ったままを言い、自分でおかしくなって肩をすくめた。気もちがおさまると余裕が出てきたのだ。彼がつながれているということは、考えてみれば幸いなことで、狭也にかなりの分《ぶ》があるということだった。

「ここには大蛇《おろち》の剣《つるぎ》があるのね」

たずねるというより、念をおす形で狭也は言った。

「ある」

「あたしに見せてくれないかしら」

稚羽矢はまばたきして狭也を見つめた。

「それでは、やはり剣をとりに来たのか？　姉上は、闇《くら》の一族はみんな、剣をねらってくるとおっしゃっていたけれど」

声にがっかりしたような響きがあった。

「そうなの。鳥彦を助け出すためには、大蛇の剣がなくてはならないの」

「大蛇の剣には、だれもふれることができないときいているが——」

「あたしはふれられるらしいのよ」

狭也はいくぶんあやふやに言った。

「あたしは水の乙女だから――できるらしいの」

「水の乙女？」

瞳に驚きをうかべて稚羽矢は言った。どこかぼんやりしている稚羽矢がはじめて見せた生き生きとした反応だった。

「――あなたが正当な剣の乙女？」

「人の話では」

謙虚に狭也は答えた。

「そういえば、あなたはさっき、鎮《しず》めの水をこぼしてしまったっけ。それなのに剣はうなりもしなかった」

「うなる？」

「うなるし、ほえる。この剣はいつも生きかえりたがるんだ」

狭也はぽかんと口をあけた。

「いったいどういう剣なの？」

「さあ、大蛇の剣の本来の姿がなんなのかは、わたしにはよくわからない」

生《き》まじめに言うと、稚羽矢は縛られた両手で祭壇をさし示した。

「だが、眠っている姿ならそこで見るといい。あなたには見る権利がありそうだ。その壇の上のひつにおさめてある」

狭也は真昼の祭壇を見上げ、近づいた。段を三段登ると、目の前には黒檀《こくたん》のように黒い長方形の石のひつがあった。傷ひとつなく磨きあげてあるのに、何ひとつ映さないほど黒い。こわごわのぞきこむと、ひつのふたはなく、中には澄みきった水がたたえてあった。そしてその底に、くもりない抜き身の剣が横たわっていた。

たいまつの強い光は水底《みなそこ》にとどき、漆黒のしとねで剣はかすかにきらめき、まどろんでいる。狭也の知っているどんな剣より長く、また青黒い。柄頭《つかがしら》は輪の形になっており、にぎりの部分に暗い紅《くれない》の石がはめこまれていた。

(蛇《へび》──毒の蛇)

狭也は思った。湿っぽい草むらにひそむ油断のならないものを連想させた。それなりの妖《あや》しげな美しさはあるが、親しみは感じられない。狭也はふり返り、稚羽矢を見た。

「もし、あたしがこの剣をもち去ったなら、あなたはどうなるかしら?」

いくぶんからかうように狭也はたずねた。

「姉上はわたしに失望なさるだろう」

考えて、稚羽矢は言った。

「それでは、あたしを止める?」

「それができるのなら——たぶん」

稚羽矢は自信なさそうに口ごもった。

「今まで人と争ったことはないのだが」

「本当に一度も？」

段を下りていって、狭也はまじまじと見た。

「輝《かぐ》の御子は地上に降りたそのときから戦い続けるさだめではなくて？　あなたがたしかに大御神様のお子なら、あたしなどよりずっとこの世にながらえているはずなのに」

「姉上は、わたしが父神の子であることを恥じている。いっそ、そうでなければいいとよくおっしゃる。輝《かぐ》の大御神の子でありながら死にかぶれる不埒者《ふらちもの》だと。夢を見ることもその一部だそうだ」

「まあ」

狭也は息を吸いこんだ。そして、怖れるようにそっとたずねた。

「あなたは死ぬことを望んでいるの？」

「わからない」

稚羽矢は首をふった。なにごとにおいても彼は確信をもったためしがないようだった。

「ただ、一人でいると、父神が女神を追って地下の国まで行ったことを考えるのだ。それほど父は女神にそばにいてほしかったのだと——それなのになぜ、憎みあうようになったのかと。そうすると、わたしはさまよい出していってしまう。姉上が外へ出してくださらないのはそのためだ」

静かなため息をついて稚羽矢は言った。

「輝《かぐ》の御子としてはできそこないなのだ。それはわかっている」

「なぜ？」

狭也はその瞳をのぞきこんだ。

「なぜ、自分をできそこないだなんて言うの？　なぜ自分の思いを通してみようとしないの？　あなたは鳥彦と同じに、きつくここへ閉じこめられているのね。自分から羽を折りたたんでしまっている」

稚羽矢はとまどって顔をひいた。

「姉上のおっしゃることはいつでも正しいからだ。姉上は、わたしが外へ出ると、必ず禍《まが》つ事がおきると言われた」

「禍つものとののしられたことなら、あたしにだってあるわ。でも、それがなんだっていうの？　照日王の意志でなく、あなたの意志はどこにあるの？　あなたは夢を見て外へ出ようとするけれど、本当はその足で、地上を歩きたいんでしょう。その目で見て、昔豊葦原《とよあしはら》の地上にいらした女神のなごりをたしかめたいんでしょう」

狭也にたたみかけられて、稚羽矢はまばたきすることしかできなかった。乱れたまま に顔に下がった髪の房が、途方にくれた様子を強めている。狭也はほほえんだ。以前に羽柴の山で遊んだ仲間に見せたような笑い方だった。温かい声で狭也は言った。

「あなたのことがわかる気がするの。あたしたち、正反対で、それでいてとてもよく似ているんだわ。二人とも、一族のわくをこえたものに憧れてしまったのよ。輝《かぐ》の一員になりたかったあたしを、あなたの兄上はここへ連れてきてくださった。あなたも闇《くら》の世界へ行きたいと望むなら行っていいと思うの。たとえ、あたしのように結局はだめになるとしても――」

狭也は祭壇を指さした。

「あの禍々《まがまが》しい剣《つるぎ》をあたしにください。あたしはあれをもって、鳥彦の閉じこめられている鉄《くろがね》の檻をうちこわすわ。そしていっしょに、自分の檻もうちこわすつもり。あたしの――おろかな妄想の檻も。そして闇《くら》の氏族のところへ帰ります」

たぎつ清流のように力強いものを狭也の声にききとり、稚羽矢は感嘆してそっとつぶやいた。

「水の乙女だ」

この流れをせきとめるほどのものを彼はもっていない。さかまく水の清新さは狭也の表情にも、まなざしにもあった。稚羽矢の腕に手をおいて、狭也は言った。

「剣をもって、いっしょに出ていきましょう。あなたの檻、あなたを縛めるものも、同じ刃《やいば》のもとにこわしてしまいたいのよ」

4

「山の端《は》に月が昇った」

照日王《てるひのおおきみ》はふいに口を開いた。

「たわむれはおしまいだ。わたしを放せ」

月代王《つきしろのおおきみ》が無言で身をひくと、姫御子《ひめみこ》はすげなく立ち上がり、帳《とばり》を出て縁の柱のきわに立った。見上げる夜空のはし近く、爪のように細い月がのぞいている。その光は光ともいえないはかなげなものだったが、背を向けた照日王の立ち姿は、うって変わって冷たいものに洗われて見えた。

「西門の警護が気になる。えものをのがしはしていまいな」

月代王はため息まじりに言った。

「この地に光あるかぎり、あなたが父神の代行をつとめることはわかっていますが——それ以外のすべては、あなたにとってたわむれなのですか？」

「いけないか？」

照日王がふりむくと、月代王はさらにたずねた。

「それでは、父君が降臨せられ、御手《みて》を再びふるう日が来たあかつきには、あなたはなにをするのです？」

照日王は一瞬虚《きょ》をつかれたようだったが、ためらわずに答えた。

「同じことをするまでだ。父君をあがめ、父君に従う。かくも長くお目にかかれずにいたその御顔《おかお》を間近に拝することができれば本望だ」

月代王は優雅に寝そべっていたが、体を返して頭をもたげると照日王を見上げた。

「まさに盲目の追慕ですね。姉上は、神殿の巫女とよく似ておられる」

「そなたのくりごとは聞きあきたぞ」

「ときどき、われらの末子《すえご》に同情したくなります」

照日王は、髪をかきあげている弟御子をにらみつけ、声をとがらせた。

「気まぐれに、末子のことなどもち出すな。そなたにはあの異常な弟の心がわかるとでも言うのか」

「いいえ、わかりません」

あっさりと月代王は否定した。

「わかれば少し心安らぐこともあるのでしょうが。稚羽矢《ちはや》は、兄弟であるわれわれとは異なるものを見、異なる生を生きる。なぜこれほどに異質な子どもを、父なる神は作られたのだと思います？」

「できそこなったのであろうよ」

むっつりと姫御子は答えた。

「あれほどの役立たずで、しかも厄介者《やっかいもの》である息子を、父君がそうあれとつかわされたとはとうてい思えぬ」

月代王は両手の指を組みあわせ、考え深げに言った。

「わたしもつねづねそう思っていました。父君の意図によらぬものだ、と。ですが近ごろ、もしかしたら、その反対であるかもしれぬと考えるのですよ。稚羽矢は、秘め隠されるべき父神の意図かもしれぬ、と」

「どういうことだ」

照日王はやや注意して弟御子を見まもった。

「あなたとわたしは、天の父神の双《そう》のまなことして生まれました。父神の目で地上世界を見晴らすべくこうしてここにいる。だが、稚羽矢は父神の息吹のかよう、鼻から生まれたときいています。あの子はわれわれより父神の内面に近いのだ。ため息となった父神の真情から生まれいでているわけです」

照日王は短く笑った。

「あの子が？　まともに育つこともできず、夢を見るしか能のないあの子がか。あのあわれな弟のどこに父君の真情があると言うのだ」

ややためらって、月代王は間《ま》をおいた。

「――あの子は女神を慕います。われら一族にはけっしてたどることのできない場所への入口を探してさまよおうとする」

照日王は、いきなり雄鹿のように飛びあがったかと思うと、おそろしい剣幕《けんまく》で月代王につめよった。

「たとえそなたであろうと、二度と口にしたら許さぬぞ」

激昂《げっこう》にふるえ出す勢いで照日王は叫んだ。

「まるで父神が――輝《かぐ》の大御神《おおみかみ》そのかたが、闇《くら》の神をたずねることを今も望んでおられるような言いぐさだ」

月代王のまなざしは静かだった。

「もしも――もしも、そうであったなら、われわれはどうなるのでしょう」

「ありえぬことだ。いいかげんにしろ」

しりぞけるように手をはらって、照日王はきめつけた。

「稚羽矢が闇《やみ》に親しむのは、ただその身に大蛇《おろち》の剣《つるぎ》を治める力をつけるために必要なこと。あの子にできることは剣の守《も》りだけだからな。それは、あの子がなんの役にも立たぬごとく、忌《い》むべき剣が役立たずとなるようにという、父君の正しい思《おぼ》しめしによるものだ。輝《かぐ》の大御神の御意志に、くもりがあるはずはないのだ。稚羽矢が夢にさまようのは、その身を剣とともに鎮めおくことの代償だ。いくらでも夢見させてやればいい。あの子が剣を守り、われらがあの子を守る。それでいいではないか。剣は強大であり、だれかが守人《もりびと》とならなくてはならないのだから。何を気にやんで、そのようなまよいごとをつらねるのだ」

「そうですね——まよいごとです」月代王はつぶやいた。

「どちらにせよ、稚羽矢が封印されるさだめにあることは変わりがない」

月代王の肩に手をおいた照日王は、眉をひそめてその顔をのぞきこんだ。

「そなたは本当に変だぞ。勝利まであとひと息のこのときになって」

気がついて月代王はかすかなほほえみをうかべた。

「今にもどります。姉上のおきらいな気まぐれのひとつですよ」

心配そうな表情をするのをふっつりとやめた照日王は、そっぽを向いてしまった。

「水の乙女などを宮に入れるから、そういうことになるのだ」

腹立たしげな大声で姫御子は言った。

「宮の空気が濁って、気のまよいがうかぶのだ。あのような者を清める労をはらうことはない、斬《き》りすてて消し去るにかぎる」

ひざを打って立ち上がると、照日王は解いてあった剣を腰にはいた。

「西門がどうなったか見てくる」

「狭也は行っていませんよ」

「そなたに言いきれるか」

「では、わたしも行こう」

月代王はひらりと身をおこした。

そのときだった。夜の底からうかびあがる大あぶくのように、寝しずまった宮のしじまをゆるがしてひとつのうなりが高まり、はじけた。巨大な生きものの、のど声のようでもあり、地のはての雷のようでもあった。その音がきこえたとたん、木も草も宮の柱も、みなわずかに浮き足だったように見える。耳にとどく音としては低いが、大地そのものが音に怯え、空気に不安がみなぎったかのようだ。

二人の御子は、はっとすくんで顔を見あわせた。

「大蛇の剣が鳴き出した」

照日王がそっと言った。

「婆どもめ、鎮めの水を運ぶのをおこたったか？」

「稚羽矢は何をしているのです?」月代王はたずねた。

「いながらにして、あのようにわめかせることはなくなったはずなのに」

照日王の顔に、それまでだれ一人見たことのなかった表情がうかんだ。

「まさか――あの子が――」


狭也《さや》はうなりを上げる剣を危なっかしげに両手でささえ、ぼうぜんとして見つめた。二人を見つけてつかみかかろうとした衛士《えじ》に、寄らないで、と叫んだとたん剣がわめきはじめたのだ。空《くう》をゆるがす剣の声は、脈動して心をかきみだす不快な共振をもっていた。衛士は言うまでもなく、顔色を失い飛びすさった。

「どうして急に」

放りだしたくなる思いを必死におさえながら、狭也は困惑した声を上げた。

「気をしずめて、狭也」

心配そうに、わきで稚羽矢が言った。

「心を乱すと剣に負けてしまうよ」

落ちつけというほうが無理だ、と狭也は思った。今は彼らのまわりは騒然としており、衛士が怒声を上げて人を呼び集めているのがきこえる。まもなく輝《かぐ》の宮中《みやじゅう》の兵《つわもの》たちが集まってしまうにちがいない。稚羽矢をつれて、しのんで歩こうというほうがどだい無理な話なのだ。

「こうなったら西門まで走りましょう。もう隠れたってむだだわ」

狭也はやけ気味に言い、稚羽矢をうながして駆け出した。宮の小路《こうじ》は垣と建物にはさまれて入り組んでおり、見通しがきかない。そのため、集合の合図をきいた兵《つわもの》たちが、狭也たちの正面から躍り出てくることが何度もあった。だが一様《いちよう》に、彼らはたじろいで後ずさり、逃げる二人をはばむことができなかった。宮を鳴動させて叫ぶ剣は、それればかりでなく、徐々に輝きはじめていたのだ。

柄《つか》の石は赤く濁ったまぶたのない瞳のようにらんらんと燃えて会う者を見すえ、両刃《もろは》の切先《きっさき》からは青白い火花が散っていた。剣全体もうすら青く光を発しており、手にもつ狭也を胸もとから照らして、惑乱した狂女のように見せている。どんな豪《ごう》の者もこれを目にしたらふるえあがった。

狭也たちは立ちどまりもせずに駆けぬけたが、彼らの後ろでは、小路という小路に人がわめき、殿《との》という殿が目ざめて明かりをかかげた。

（あと少し）狭也は念じた。

あと少しで西門へたどり着く。しかし二人の数歩あとからは輝《かぐ》の宮中《みやじゅう》の人々が追ってきていた。宮をはしからはしまでつっきった狭也たちを、もしも夜目のきく鳥が空から見下ろしていたなら、彼らが宮から人を一掃して西の口から掃き出そうとしているように見えたにちがいなかった。

かがり火の明るい西の門が見えてきた。狭也と稚羽矢は息を切らして立ちどまった。門の二本の柱のあいだには、二人の御子が、腕組みして待っていた。そしてそのまわりには、兵《つわもの》の中でもえりぬきの武人が、弓をしぼって待ちかまえていた。

「狭也」

響きわたる声で月代王が呼ばわった。声にこめられた非難は狭也を強くうった。

「とりみだすのはやめなさい。そなたは、このようなことの似あわない乙女のはずだ」

とたんに、剣のほえる声がやんだ。帳《とばり》がひらかれたように、あたりの静けさが冴えわたり、狭也はすっかり驚いて立っていた。長剣の重みが腕にこたえだして、そろそろと切先を下ろすと、土にふれるほど長い。その輝きも今はうすれて消え去ろうとしていた。それと同時に、狭也の狂おしいほどの興奮もしずまっていった。

「これ以上は考えられぬほどはでな来かたでこの場に現れたものだな、小娘」

照日王が腰に手をあてて言った。おさえた口調だったが、わきたつ怒りは感じられた。

「輝《かぐ》の宮の攪乱《かくらん》がねらいか。どこでそんなまねをおぼえたのだ」

「鳥彦を返してください。あたしの望むことはそれだけです」

かすれた声で狭也は言った。

「何も害するつもりはないのです。ただ、あたしたちを行かせてください」

月代王は、信じられないように言った。

「行く？　どこへ行くというのだ。わたしにそむいて郷《くに》へ帰れると思うのか。羽柴《はしば》の人々が喜んでそなたを迎えると思ったら、大きなまちがいをおかすぞ。だが、まさか、闇《くら》の氏族のもとへ行くことを考えてはいるまいな。そなたはなにより、あの影の支配する暗い生まれをうとんじていたはずだ」

「ええ」狭也はささやいた。

「でも、それがあたしの場所なのです」

「わたしを見なさい」

きびしく御子は命じた。

狭也はくちびるをかみしめて見上げた。月代王の表情は固くこわばっていたが、どちらかというと悲しげだった。そして、今でも慕わしいもののすべてをたたえて、りんとそこに立っていた。

「わたしはそなたに与えられるかぎりのものを与えたはずだ。大切にすると誓ったはずだ。なのに、何が不足でそのようにそむくのだ。そなたはいつも、そうやってわたしからそむいていく。いったいわたしの知らない何を、そなたは見ているのだ」

狭也はあやうく泣くところだった。月代王が本心からそう言っているらしいことが切なかった。

「そむいてはいません。お慕いしています——きっとこれからも。でも——」

首をふると、狭也はどうにもならない悲しみをこめて見つめた。

「あなたがご存じなく、わたしが一人で見つめているものとは、きっと、魂——生命《いのち》のありかです。闇《くら》の者はそれを忘れてはならないのです。ですから、お許しください。あたしはここにはいられないのです」

再び剣がかすかにうなりはじめた。

「そこを通してください」

照日王が口を開いた。

「出たければ、勝手に出るがよい。しかし、剣と稚羽矢を門から出すことは許さぬ」

姫御子のまなざしを受けて、稚羽矢はわずかに後ずさった。

「固い禁忌をなぜ破った」

岩でさえ身ぶるいするような照日王の声音《こわね》だった。

「その身を人目にさらさぬように、わたしがあれほど心をくだいてやったものを。なぜ神殿を出てそこにいる」

遠巻きになってひしめく宮の人々は、たしかに一様に稚羽矢に目を奪われていた。

ただ人でないことはだれの目にも明らかだった。白鳥が舞いおりたような衣。夜の河のような長い髪。おぼつかなげな表情をした稚羽矢は、とても少年には見えず、地上にはじめて降りてとまどっている天女の風情《ふぜい》だった。

「姉上」

かすかな声で稚羽矢はつぶやいた。

「姉の命令だ。その娘から剣を奪い返して神殿へもどるのだ」

おしかぶせるように照日王は言った。

「どうそそのかされたか知らぬが、そなたはここを離れては暮していけぬ。われわれに守られていなければ、夢見ることもかなわないのだぞ」

「きいてはだめよ。あなたはこれから、自分の足で歩くのだから」

隣で狭也が鋭く言った。大蛇の剣はまた輝きはじめている。火花が音もなくはじけ、赤い石は不穏にぎらりと目ざめた。

稚羽矢はしばらく口をつぐんでいたが、照日王を見つめて、手をかかげるようにさし出した。

「姉上、わたしは封じこめの縄を解きました。解きたいと思っただけで、簡単に解けたのです。それで――わたしは気がつきました。今までのわたしは、それを願うことすらしなかったのだと」

「それで正しかったのだ」

切りつけるように照日王は答えた。

「そなたは自分の危険さを知らずにきた。知ってもわが身を呪い、なすすべもなく苦しむだけだろう。わたしは弟をそのような目にはあわせたくないのだ。神殿にとどまっていることが、そなたの幸福なのだ」

「うそよ」

叫んだのは稚羽矢ではなく、狭也だった。狭也は憤《いきどお》りに身をふるわせて言った。

「あたしにはわかるわ。あなたがたは、血縁のものであれ、なんであれ、利用すること以外は知らないのよ」

突然、剣《つるぎ》の光は激流のようにほとばしり、驚く狭也をしり目に太い筋となって空へ立ちのぼった。空にはいつのまにかうずまく雲がわきおこっており、この雲が剣に呼応した。息をのむ人々の頭上で雲は切り裂かれたように縦二つに裂け、切り口から橙《だいだい》色のぎらつく光をこぼした。すさまじいとどろきとともに光は直下し、なまあたたかい風がさっと渡ると同時に、目の前の舎殿《しゃでん》が火柱を上げて燃えだした。

あわてふためき、恐怖の悲鳴をあげて人々の波はくずれ、くもの子を散らすように逃げまどった。水を、水をとだれかが叫ぶ。

狭也は恐怖を通りこした衝撃をうけて、まひしたように踊る炎を見つめた。そして、これ以上は剣を手にしていられないことをさとった。狭也の気丈さも、これが限界だったのだ。

「稚羽矢」

弱々しく狭也はささやいた。

「お願い、もって。あたしには剣を鎮められない。力がないわ」

稚羽矢はびっくりして狭也を見た。

「そんなはずはないのに――」

「お願い」

狭也はたのんだ。言いたくはないが、視界は暗く、すみで星が躍りはじめていた。

「倒れそうなの。早くその前に」

あわてて稚羽矢は狭也をささえ、彼女の手の上から剣の柄《つか》をにぎった。照日王は火事から目をそらしてふりむいたが、その様子を見ると、勝ちほこったほほえみをうかべた。

「そう、それでいい。その娘をつれて神殿へもどれ。火を消しとめたら、のちにゆっくり処分を決めよう」

稚羽矢はぐったりした狭也を見、大蛇の剣を見た。柄をもう少し力をこめてにぎりしめると、力を失った狭也の手がはらりと落ちた。うすく輝いたままの剣は、今は稚羽矢の手の中でおとなしく鳴りをひそめている。だが、再び動きだしたくてむずむずしていることは、手のひらに伝わるおののきとして感じとれた。

「姉上」

稚羽矢は、火事場のさわぎに負けぬよう、声をはりあげた。

「なんだ」

「この人を、闇《くら》の氏族のもとへ送りとどけたいと思います」

一瞬けげんなものがよぎった照日王の顔は次第に息をのむ驚きに変わった。

「なんと言った。そなた自身が送りとどけるつもりなのか？」

「そうです」

「それが、そなたの意志なのか」

「ええ——そうです」

「ならぬ！」

声をふるわせて照日王は叫んだ。

「ばかなことを。そんなことをすれば二度ともどれなくなることがわからないのか。われわれは、兄弟同士で戦い、憎みあわねばならなくなるのだぞ。そなたがこの門を一歩でも出れば、さだめがそなたに襲いかかる。占《うら》にはそうはっきりと出ているのだ」

「姉上兄上に、はむかうつもりはありません。けれども、どうあっても——とどめることができないのです」

稚羽矢の口調はゆったりとしていたが、手の剣は輝きをみるみる増していた。

「水の乙女が堰《せき》をおし流したのです。わたしは、父が求めたように女神をさがしに行こうと思います」

「月代、来てくれ」

照日王は、救いを求める悲鳴のような声を上げた。

「あれを止めてくれ、稚羽矢を。大蛇の剣がよみがえってしまう」

月代王は火消しの衛士《えじ》に指示を与えていたが、顔色を変えてふり返った。そして、今まさに門を通ろうとする稚羽矢の、片手に輝く剣をもち、片手に狭也をささえた姿を見た。

駆けつけるには遅いと知った月代王は、鷹のようなすばやさで弓をつがえた。弟の胸にねらい定め、弦《つる》を引きしぼり——だが、その瞬間、もりあがるように地がゆれた。

大音響がとどろき、目もくらむ光とともに、地面は山つなみをおこしたようにゆれにゆれ、立っていられる者はなかった。燃えあがった宮は衝撃にくずれ、ふりそそぐ火の粉が人々の悲鳴をあおる。空は全天がにぶい紫。まるでこの世がどうかしてしまったようだ。

月代王は、なかばはうようにして照日王のもとへたどり着き、飛び散る火のついた木くずからその身をもってかばった。二人の御子は長いあいだそうして地にふせていたが、地震がやっとおさまると、顔を上げて空をあおいだ。そして、上空を舞い踊る蛇を見た。

大蛇《おろち》――狂喜か苦痛に、踊り狂っているかのような青白い巨大な長虫。

その舞いはすでに暴走だった。青黒い雲から雲へ、ぞっとするほど無目的に駆けまわっていた。地上では、宮のすべての屋根がくずれ、炎を吹き上げ、乾いた木材の燃える轟音に、逃げまどう人々の声さえかき消されつつある。電光に光り続ける空へ、墨のような黒煙が噴き上げられ、うずまき広がっていく。

「火の呪いが解きはなたれてしまったのだ」

口の中で照日王はつぶやいた。

「光にも闇《やみ》にも、あだをなすであろうあのものが――」

ぼうぜんと、照日王はすぐそばでさかんに燃えている西門に目をやった。そして、同じく燃えあがっている忌屋《いみや》にも。

月代王は照日王の肩をつかんだ手に力をこめた。

「われわれも川へのがれましょう。ここはもう危ない」

5

水音がする。ざわめきの低い大きな川の音だ。片目ずつ目をあけると、夜明けだった。頭上の空はすみがほんのりほの白い。

岸辺の柔らかな草の上に、狭也《さや》は身をおこした。悪夢からさめたようだったが、夢は思い出せなかった。恐怖はなかったが、かわりに、まいごの子どものような心細さが体をしめつけた。ここはいったいどこなのだ？　だが、そばに稚羽矢《ちはや》が座っているのを見て、狭也はいくぶんほっとし、ほほえんだ。あたりは空気が澄んで静かで、早朝の小鳥の声がさわやかにきこえる。

「ああ、あなた、無事だったのね」

「そう。あなたも」

稚羽矢は答えた。彼の衣はあちこち煤《すす》に汚れ、焼けこげて穴を作っている。鼻の頭も黒くなっているのだが、気づいてはいないようだ。もう天女には見えなかった。きれいな髪の先が房になって茶色に縮れているのを知った狭也は、ひとごとながら残念でならなかった。気がつくと、狭也自身の衣のはしもところどころこげている。

「何があったの？」狭也はたずねた。

「剣《つるぎ》は？」

「輝《かぐ》の宮が焼けおちたのだ。北の空に煙が上がっているから今もまだ燃えているのだろう。そして、大蛇《おろち》の剣ならここにある。さんざん暴れたので眠っている」

稚羽矢は草の上の剣を指さした。黒ずんだ剣は淡い朝の光の中でむっつりと横たわっていた。

「あんなに遠く」

狭也は北の空を見上げてびっくりした声を出した。

「あたしたちはそれじゃ、宮からはるかにのがれたのね。どうしてこんなことができたの？」

ふしぎでならない狭也は首をかしげた。

「それと——鳥彦《とりひこ》はどこ？」

稚羽矢の顔にためらいがうかび、なかなか返事をしなかった。狭也が不安になって眉をひそめたとき、近づく人影を感じた。はっとしてふりむくと、土手の陰から現れたのは、寸づまりの、頭でっかちの老婆だった。綿毛のような白髪《しらが》が頭の上でふわふわとなびいている。

「岩姫《いわひめ》様」

　思いがけなさに狭也は大声を上げた。

「あの人たちが、われわれを助けていかだに乗せてくれたのだ。それから、ずっと川を下ってここへ着いたというわけだ」稚羽矢が説明した。

　狭也は老婆の短い足がここまで体を運ぶのを待ってはいられず、駆け出していって対面した。ひざを折って顔をあわせると、もどかしげに問いを浴びせた。

「岩姫様、鳥彦は、鳥彦はどうなったんです」

　岩姫は大きな瞳に、しみいるようなやさしい色をうかべ、狭也のほおをなでた。

「あの勇敢な子は、最後まで勇敢じゃった。そなたに、悲しまずに待っていてくれと伝えてほしいと言っておったよ」

「それでは――」

　狭也は声なくつぶやいた。

「――あのまま――あの中で――」

「手はつくしたのじゃ。われわれも、そこの若子《わかご》もな。だが、大蛇が舞っているときにできることは少ない。これこれ、嘆くことはない。あの子はしばし女神のそばで休息をとるだけじゃ」

「悲しむなだなんて、どうしてそんなことが言えるの」

狭也は叫び、やるせなさをぶつけた。

「なんのために剣をもちだしたと思うの。なんのために月代《つきしろ》の御方《おんかた》に背を向けたと思うの。みんなあの子の――あの子の元気なところを見るためだったのに」

わっと狭也は泣き出し、草の上に倒れた。じだんだを踏んでもたりなかった。鳥彦は強がりだけを残して、鉄《くろがね》の檻にこめられたまま焼かれてしまったのだ。狭也がもう少し強く賢明であれば救えたものを、どうしようもない役立たずであったために、一人で死んでしまったのだ。

空がすっかり白《しら》み、朝日が降りそそいで夜露が消えはじめても、狭也の涙はかわかなかった。稚羽矢がそっと様子を見にきた。彼には狭也の嗚咽《おえつ》の意味がわからず、頭を悩ませているようだった。

「なにか――どこか苦しいのか?」

おずおずと稚羽矢はたずねた。

「あなたにはなくすものがないから、わからないんだわ」

すすりあげる合間に狭也は言った。

「あたしは、なくしてしまったの。鳥彦にもう会えない。どこにもいないのよ」

稚羽矢は、空をよぎる影を感じてあおぎ見た。青空に、しみのように黒い翼が見える。

「カラスだ。二羽、さっきから飛んでいる」

「きっと、クロ兄《え》とクロ弟《と》だわ」

見上げた狭也は、さらに新たな涙がわきあがるのを感じた。

「まだ鳥彦をさがしているのよ」

「サヤ」

カラスは親しげに呼びかけ、高い空から翼をすぼめて降りてきた。そして、草の上を勢いあまって両足でとびはねてまわると、狭也のすぐそばまで来て、つやつやした黒い頭をひねった。

「ああ疲れた。さがしちゃったよ。これほど遠くへ行ったとは思わなかったんだもの」

狭也は、そのあまりに達者《たっしゃ》なしゃべりかたに度胆をぬかれ、涙も止まってしまって見つめた。

「おれだよ」

ひざにちょんと乗ってカラスは言った。

「伝言をきかなかったの？　悲しむのは待っていろって言ったのに」

「鳥彦」

狭也は叫んだが、二の句がつげなかった。黒い目をぴかぴかさせた小鬼のようなカラスを見ていると、うれしいとか悲しいとか言う前に力がぬけてしまった。

「考えたんだよ、女神のところへ行こうか、どうしようかって。でも、おれがいなくても女神は泣かないけれど、狭也は泣くだろうから、よしたんだ。カラスでいいから狭也のところにいることにしたのさ。クロ兄にはちょっと気の毒したけれど、あいつならおれのことをわかってくれるから」

狭也は、どういう顔をしていいかわからないまま稚羽矢を見つめた。

「あなたが?」

稚羽矢はうなずいた。

「ただ、彼は二度ともとにもどるわけにはいかない。彼の体は燃えてしまっているから」

「かまわないさあ」

鳥彦は陽気なカラスの声で鳴いた。

「カラスの寿命は人間ほどもあるんだよ。知ってた?」

第四章 乱

海ゆかば　水漬《みづ》く屍《かばね》　山ゆかば　草むす屍
大君《おほきみ》の　辺《へ》にこそ死なめ　長閑《のど》には死なじ
『續日本紀《しょくにほんぎ》』

1

岩姫《いわひめ》と科戸王《しなどのおおきみ》、そして配下の男二人という闇《くら》の氏族のしのびの一行は、首尾よく狭也《さや》と稚羽矢《ちはや》、鳥彦《とりひこ》をつれだしたのち、いかだをすてて山中にわけ入った。尾根づたいに進んで峯で一夜を明かし、さらに歩き続けた翌日の午後、斜面を下る彼らの眼下に、行く手の景色が開けた。茂りあう椎《しい》や松の林はすそ野の先でぷつりととぎれ、空との境には空よりも青い水の帯が明るく輝いて広がっている。

「あれは、海?」

狭也は、肩にとまっている鳥彦にたずねた。一度も見たことはなくても、それくらいは予想がつく。

「そう、海だ。おれたちは入り江から舟に乗るんだよ」鳥彦は答えた。

やがて彼らは再び森陰に入ったため、海を目にすることはできなくなったが、徐々に強まりはじめた向かい風が、かわりに岩うつ波のとどろきを運んできた。狭也はなんとなく落ちつかない気分で、怒っているような海鳴りのうめきに耳をすませた。

大蛇《おろち》の声とどこか通じるせいかもしれない。だが、海鳴りが呼んだのは炎ではなく、雨だった。日が傾くとともに雲が厚くなりはじめていたが、夕方近くなって、ついに雨粒を落としはじめた。風と雨は簡単にはおさまりそうになく、逆まいて横なぐりに旅人たちの顔にふきつけた。

科戸王は岩姫に言った。

「あいにくだな。これではしばらく舟が出るまい。浜で嵐をやりすごすことになりそうだ」

「かまわんよ。案じた追手もないようじゃし、入り江の村で、宿を乞おう」

「人目は避けたほうがよくはないか。この荒れが数日続くこととなれば——」

「大丈夫、これはちっぽけな嵐じゃよ。小ガラスがつむじをまげたほどのものじゃ。明日にはおさまる」

確信ありげに老婆は言った。

「一昼夜でここまで来たんじゃ。今夜多少寝心地のよい場所で寝ても悪くはなかろう」

岩姫の返答に、狭也は心から賛成の意を表したい気もちだった。

宮の異変の衝撃からしっかり立ちなおらないままに、急ぎに急いで歩いてきたため、頭の中には今も濃い霧がたちこめているようで、何もかもが非現実のように思われる。

痛む足も、ぬれそぼって重い衣も、にぶい苦痛が基調となったはてない悪夢のようだ。目をさまし、われに返るための時と休息を必要としていた。

やがて、とっぷりと暮れたころに海辺にたどり着いた一行は、明かりを手にすることもできない風雨の中、とぼとぼと湾沿いに歩いて、ようやく軒を並べた数軒の家々にぶつかった。その戸口からもれる黄色い油皿のともし火ほど、心温かくなつかしげに見えるものはないように思えた。従者の男が家の主人と交渉し、男たちは納屋に、老婆と狭也は母屋《おもや》に泊めてもらうようとりつけたときには、狭也はほっとして泣きたいほどだった。

軒が低く、砂まじりの土地を掘り下げた土間に建ったこの家は、漁師の一家のものであり、中に入るとつんと魚のにおいがする。藻《も》くずのからんだ投網《とあみ》が部屋の中にひきこんであり、主人が網目の修理をしているようだ。いろりの煙《けむ》だしのまわりには、身を開きにした魚そのものが連なってかかっている。塩気のせいか、丸木の柱は朽ち方がはげしく、小屋は突風のたびにぎしぎしゆれたが、倒れてくることはないようだった。

暮しはつましいようだったが、赤ら顔の、子だくさんの一家は陽気で、干し魚の切り身の入った熱い汁を気もちよく客人にふるまってくれた。ところが狭也は、ぬれた体が乾くか乾かないかのうちに、もうまぶたが落ちてきて、口に運んだ汁の味さえさだかでないありさまだった。

　早々に談笑の輪をぬけてすみに横になると、うすい板壁一枚の外で、人々の声をかき消すほどの咆哮《ほうこう》がたけび狂っているのがきこえる。そのとどろきは、大声で何かを問いただしているかのようだった。

　だれだ。どこだ。なぜだ。いつだ。どうしてだ――

（だれにたずねているのかしら）

　狭也はかすかに考えたが、いつ終わることもない問いかけに耳を傾けているうち、すぐ眠りの中へとただよっていった。


　朝目をさますと、家の人たちが食事を終えて外へ出ていったところだった。みな夜明け前から起きだしたのだ。小さな子どもまでいなくなって、小屋は急にがらんと広く見えた。いろりのそばに岩姫一人が残り、小さな手を動かして何やら作業をしている。

　狭也は寝床からはいだして、開け放たれた戸口から外をのぞいた。嵐は嘘のように去っており、空は澄みわたっている。漁り人《いさりびと》の一家は横一列に並び、今、岩山の向こうに昇ろうとしている日の出をじっとおがんでいた。その後ろ姿に、狭也は急に胸が痛くなるのを覚えた。

岩姫は狭也にのんびりと声をかけた。

「鍋に、そなたの分の粥《かゆ》があるよ。さめないうちにもらうがいい」

「——はい」

ふりきるように戸口に背を向け、狭也はいろりの鉤《かぎ》にかかった大鍋のふたをとった。こういう朝ごはんはなつかしい。椀を手に、席へもどった狭也は、岩姫のしていることをながめた。老婆は、細長い木切れを丹念に削り、今度は細い藤づるを巻きはじめている。

「なにを作っておられるのですか？」

狭也がたずねると、岩姫はさりげなく答えた。

「鞘《さや》じゃよ。剣《つるぎ》の鞘。抜き身のままいつまでも持ち運んではいられんじゃろう」

「はあ」

狭也はあいまいな返事をし、布を分厚く巻いてしばってあるかたわらの剣にちらりと目をやった。

この剣のことを考えると気がめいった。だれもが恐れる大蛇《おろち》の剣《つるぎ》——岩姫や科戸王さえ例外ではないらしい。そして狭也もまた、だれにも負けないほどこの剣をうとんじているというのに、剣は剣の巫女《みこ》が守るものだと言っておしつけられたのだ。しかたなく、布でくるんで肩にしょってきたが、山道を通るあいだに何度やぶにひっかかったかわからない、この上なくじゃまなお荷物だった。

（なんの因果で剣の巫女になどなったのだろう。これから一生あたしはこんなものをかかえていくのかしら。この先――いったいどうなるのだろう）

岩姫にたずねてみたいと思ったが、狭也はなぜか気おくれがした。そして問いを舌先でころがしているうちに、戸口を訪れた人の気配に気がついた。ふりむくと見知らぬ若者なので、狭也はいぶかしげに見上げたが、逆光の中の顔だちに気づくと、一瞬あっけにとられてから驚きの声をあげた。

「稚羽矢？　今、わからなかったわ」

科戸王が手配したのだろう、稚羽矢は、漁《いさ》り人の親子が着ているような、色のさめた藍の上着を着、すねの出るはかまをはいていた。焼けこげのできた髪は切りそろえ、すっきりと角髪《みずら》のまげにまとめてある。

いくらか色が白すぎるとはいえ、ちょっと見にはふつうの少年に見えないこともなかった。狭也はそれだけのことでばかばかしいほどうれしくなり、声をたてて笑いだした。科戸王が、稚羽矢のひどい身なりに気づかいを見せたことがうれしかった。

以前一度だけ会ったときもそうだったが、狭也はどうも科戸王が怖いのだ。彼の色の黒い、そいだように線の鋭いきびしい顔だちには、遠慮なく人を裁くものがあり、たしかに狭也を助けに来てくれはしたが、仲間をかえりみず輝《かぐ》の神になびこうとした娘を、心底許してはくれないように思えた。そのせいもあって、狭也は彼らに稚羽矢とともに宮を出たいきさつをまだ説明していない。

　稚羽矢本人も、みずから語る気がないらしい。闇《くら》の氏族は彼をどう思っているのか、ついてくる稚羽矢をこばみもせず、また迎えていろいろ問いもせず、そこにいながら目に見えないもののように無視してふるまっていた。狭也も狭也で人のことにかまう余裕がもてずにいたのだが、心のはしで気にかけてはいたのだ。だが、これで科戸王たちも、稚羽矢を一行の一人と認めてくれていたことがわかる。

　狭也はからかい気味に言った。

「いいわね。なかなかよく似あうわよ」

　しかし、稚羽矢は気にとめるそぶりすら見せなかった。自分の見てくれに関しては、いっこうに興味がないらしい。熱心な表情で口にしたのはまったく別のことだった。

「子どもたちが、砂浜にワニがいると言って走っていった」

　狭也は目をぱちくりさせた。

「ワニ？　それなあに？」

「わからない。嵐にのってきて、浜に上がったらしい」

　狭也はたあいなく稚羽矢の興奮に感染して、老婆のほうをふり返った。

「行って、見てきていいですか？」

「ただの鮫じゃよ」岩姫は言った。

「行ってもいいが、海はまだ荒いから、波にさらわれぬように気をつけるのじゃぞ」

飛びたつように外に出ると、浅い段丘の下にははばの狭い砂浜が、ゆるい曲線をえがきながら岬の方まで続き、いどみかかるような波が打ち寄せていた。もりあがっては音をたててくだけ、白い泡を散らす波は茶がかった緑にくすんでいるが、沖の方は目もさめるように青い。とがった波頭をつきたて、せわしげに陸をめざしてくる。

生まれてはじめて海辺へやってきた狭也だが、遠目に望む、幻想のように青く漠とした海とはちがい、身近に接するわだつみは、どことなく油断のならない生きものを思わせて、安心して背を向けられないような気がした。ふきつける風の香《か》も慣れないものだったが、これもなんだか、あざとい気のするにおいだ。しかし、生まれる前から知っているにおいであるようにも思える。上空には大小の海鳥が飛び、鳴きかわす声が風にのって哀調をおびてきこえた。

波打際にそって歩くと、潮の香はいっそうきつく香った。夜の嵐に打ちあげられたさまざまなものがそこには横たわっていたからだ。色あざやかな海草に、流木、小魚、クラゲやヒトデのたぐい……半分は狭也の知らないものだ。女たちや子どもは、籠を手に、せっせとそれらをひろい集めている。狭也もつい足を止め、手を出してみたくなるのだが、稚羽矢がわき目もふらずに歩いていくので、それができなかった。

「あなたは海がめずらしくないの？」

狭也がたずねると、稚羽矢は言った。

「この目で見るのははじめてだが……」

その意味がわかったので、狭也は重ねてきかなかった。

まもなく、男の子たちが数人かたまってさわいでいるのが目に入った。寄せる波に足をひたしながら、ななめに浜にのりあげた黒っぽい大きなものを囲んでいる。近づくと、それが大人の背丈の倍ちかくある大鮫であるのが見てとれた。

横だおしになって胸びれを空につき立てた様子は、小山に旗でも立てたようだ。腹部は死人の肌のようにいやな色をしており、寒けをもよおす下あごと、への字型の口からはみ出す長い乱ぐい歯をさらしている。体のわりに小さな目は、感情とは無縁の色をたたえてじっと空をにらんでいた。

狭也は見るなり顔をゆがめた。これは、どう見ても異界の怪物だった。このように日の下に姿をあばいてはならなかったものだ。胸が悪くなるのがわかったが、それが嫌悪のせいなのか、あわれみのせいなのかははっきりしなかった。

しかし、隣で稚羽矢は感心した声でつぶやいた。

「きれいな魚だ」

あきれて狭也は彼を見た。

「きれいですって?」

「きれいだし、強い。あの体の線をごらん。この魚が波の下ではどんなに速く泳ぐかわかる……」

稚羽矢が胸びれのあたりを指さして言ったときだった。そのひれがぴくりと動いた。続いてわき腹が波うち、肉厚の尾びれが弱々しく砂を打った。仰天した子どもらは悲鳴を上げて飛びすさった。

「まだ生きてるぞ」

「とうちゃんたちを呼んでこい」

狭也は悲鳴こそ上げなかったが、爪を立てるほどの勢いで稚羽矢の腕をつかんでいた。

「生きてる。危ないわ、もっと下がって」

だが、稚羽矢は根がはえたように動かなかった。瞳を見開いたまま、くいいるように鮫を見つめている。異状に気づいた狭也は彼をゆさぶろうとしたが、その体は固くこわばって微動だにしない。

「稚羽矢!」

耳に口よせて叫んだが、それでもその声は稚羽矢にはとどかなかった。彼は別の声をきいていたのだ。

『孤立無援な若い神に、激励の辞《じ》を送る。わしは青海原《あおうなばら》の大わだつみの常波《とこなみ》の、底なるところに住まう者。これなる和迩《わに》はわしの言代《ことしろ》を送る使者じゃ』

「あなたは八百万《やおよろず》の神の一人か？」稚羽矢はたずねた。

『そうであるともいえる。そうでないともいえる。わしはすでに輝《かぐ》の支配も、闇《くら》の支配もとどかぬ彼方にあるからじゃ。その意味では、そなたにもっとも近い者であるともいえる』

少し考えて、稚羽矢は切りだした。

「わたしを、どなたかと人ちがいされているようだ。わたしは――」

しかし、わだつみの神はとんちゃくせずに続けた。

『そなたの姿をわしの水際《みぎわ》で見かけたゆえ、激励を送る。そなたのさだめのきびしさに、なんの手をかすこともならない傍観の立場ゆえにな。そなたの道は二つしかないが、二つとも酷《むご》い。親を殺すか、親に殺されるか――選ぶのはさぞかし難儀じゃろう』

稚羽矢は面くらって、なんのことだろうと首をひねった。

『なんのかかわりもないとはいえ、地続きのわしの領土じゃ。そなたの進む道には注目しておるぞ。豊葦原《とよあしはら》に唯一の、無援の神よ。わしも孤独であるゆえに、孤独のそなたに激励を送るのじゃ。悔いを残さぬよう、心して歩まれよ』

「待ってください」稚羽矢は叫んだ。

「教えてください――」

しかし、翁《おきな》の声は遠ざかっていき、かわりに狭也が耳が痛むほどの声で名を呼ぶのがきこえた。まばたきをすると、不安に青ざめ、目ばかりになった狭也の顔が目の前にあった。

「え、何？」

「下がってって言っているのよ」

かみつくような口調で狭也は言った。稚羽矢はたじろいで二、三歩後退したが、それから言った。

「あの和迩《わに》なら死んだよ。たった今」

狭也は肩ごしに、二度と動かない鮫を見た。それから、疑わしそうに再び稚羽矢を見つめた。

「なぜわかったの？　まさか、あなた、あの怪物になろうとしたんじゃないでしょうね。そんなことをしたら、この先あたしは見限りますからね」

稚羽矢は首をふった。

「なれなかったよ。この魚は、わだつみの神の使者だった」

狭也はあどけないような表情で、口をあんぐりあけた。

「今、なんて？」

稚羽矢は息の絶えた大魚に目をやり、眉をかすかにひそめて、おぼつかない調子で言った。

「わだつみの神の声をきいた。でも——わだつみの神は、とりちがえてわたしに話しかけたのだと思う。まちがえたんだ」

当惑して狭也を見返し、稚羽矢は小声で言った。

「わたしと、大蛇《おろち》をまちがえたらしい」

狭也が、わけのわからないまま背筋《せすじ》を寒くして絶句したとき、浜の向こうから漁師が二人、子どもたちにつれられてやってきた。彼らも大鮫に目を見はったが、死んでいるとわかると、その体に手をかけて言った。

「大わだつみの神様のお使いだ。祭壇をもうけて、丁重に祀《まつ》らねばな」

「あら」

狭也は驚いて、日に焼けた漁師たちの顔を見くらべた。

「あなたがたは、八《や》百万《およろず》の神様を祀っているの？」

「そうとも、わしら漁《いさ》りをして暮す者は、わだつみの主殿《ぬしどの》にたたられては生きていけないからな」

「でも、今朝、輝《かぐ》の光をおがんでいたでしょう」

狭也が言うと、漁師は潮風にさらされた屈託のない表情で笑った。

「もちろん、お光の恵みも忘れやしない。そうさな、娘さん。多く感謝し、多く寿《ことほ》いで暮すことが大事だよ。わしらのなりわいはきびしくて、この世におわすすべての神を祀っても、命をおとすものが多いのだからな」

「いいわね、あの人たちは」

漁師らと別れてから、狭也はため息をついて言った。

「闇《くら》の氏族は、あんなふうに争うことなく生きるわけにはいかないのかしら。あたし――本当は、これからのことを考えると怖いの」

風のふきみだす髪を顔から追いやり、狭也はしずんだまなざしを稚羽矢に向けた。

「いやおうなしに戦《いくさ》に巻きこまれるのが、輝《かぐ》の神と戦うことになるのがいやなの。でも、ほかにどうしようもないから――ううん、あたしにはわからない。本当にどうしようもないことなのかどうか。あなたは、闇《くら》の氏族のもとへ行って、何をするか考えてあって？」

「いや」

稚羽矢は即座に答えた。

「あなたのことも、心配のひとつなのよね」

狭也はもう一度ため息をついた。稚羽矢の考えることが理解しがたいことには慣れかけてきたが、彼が輝《かぐ》の御子《みこ》の身で闇《くら》の氏族にまじり、どうするつもりなのか皆目見当がつかないのは困ったことだった。闇《くら》の氏族が彼をどう迎えるかもわからない。もっとも、狭也自身でさえどう迎えられるかわからないのだ。同族とはいえ、狭也は輝《かぐ》の一族に敵対する人々のことをほとんど知らずにきたのだ。

「わたしが心配？」

稚羽矢は心底驚いたようにきき返した。

「わたしの何が心配なのだ？」

「そういうところがよ」

いくらか頭にきて狭也はきめつけた。

日が高くなり、ひき潮もかなり極《きわ》まったころ、黒い翼を風にのせて鳥彦が狭也たちをさがしに来た。狭也と稚羽矢は浜の子どもにまじって貝ほりを手伝っていたが、大きなカラスが目的ありげに舞いおりてきて狭也の肩にとまったため、周囲の子どもたちは口をあけて見とれた。狭也は急いでその場を離れ、会話をきかれないように背を向けた。

鳥彦は言った。

「午後には舟が出るってさ。剣を放《ほう》って、あまり遠くへ行くなってばあさまが言っていたよ」

「わかっているわ」

ちょっとふくれて狭也は答えた。

「おれはひと足先に出るからね。飛んだほうが早いから、先ぶれになって開都王《あきつのおおきみ》にあんたたちの到着を知らせてこいって」

狭也は急に心細くなって黒い鳥を見つめた。

「え、いっしょじゃないの？」

「翼がはえたらはえたで、またいいようにこき使ってくれるよ、まったく」

「あたしたちは、いったいどこまで行くの？　海まで渡って――」

「いや、もう遠くはないよ。舟に乗るのは、岬をまわって、渚から入ったほうが楽だからだ。この先は山が険しくて、陸づたいには近づけないんだよ。開都王がいるのは、いわば、隠れ谷なのさ。鷲乃庄《わしのしょう》っていうんだ」

鳥彦は言葉をきると、肩をもたげてくちばしで風切り羽根をすき、得意気に続けた。

「もちろん、羽さえあればわけないとりでだけどね。開都のおやじさん、びっくりするだろうよ」

狭也は口から出かかった言葉をおし殺した。鳥彦は、その身の変わりようをむしろ楽しんでいるようだった。彼はけっして嘆くまい。少なくとも狭也の前では、口がさけても嘆くまいと思えた。

「――気をつけてね」

狭也はそれだけ言った。

「じゃあね」

意気ようようと空に飛びたつ彼の姿を見送った狭也は、鳥彦の潔さの半分でも自分にあればいいのに、と考えた。

2

夏の日ざかりの中、彼らは二艘の舟に分乗し、照りかえしのまばゆい真昼の海へこぎ出した。二人の従者がそれぞれの舵をとり、手慣れた様子で櫂をあやつる。

岩姫《いわひめ》と乗った狭也《さや》は、手をかざして、波にへだてられた向こうの小舟をながめ、舟のゆれにびくともしない科戸王《しなどのおおきみ》のいかめしげな姿と、はかなくかぼそい稚羽矢《ちはや》の姿の対照に、人買いが売られた娘をつれていくところのようだなどと、とりとめのないことを考えていた。

小さな舟はたいそうゆれたが、転覆の心配はなく、航跡をのこしてぐいぐいと進んだ。切りたった岬を遠く迂回すると、断崖は再び徐々に低くなり、その上のうっそうと黒い森も見えてくる。波を白くくだくいくつもの岩場をこえて、慎重に岸辺へ近づくと、ふいに崖がぽっかりとくぼんで、隠れた入り江が姿を現した。岩棚に軒を並べてかかる海鳥の巣を見ながら進み入ると、中の海はうって変わって穏やかだった。強烈な日ざしのもとで、浜も森も静けさをただよわせ、いかにも秘密めいている。

そう感じるのは、待ちうけるものを思って緊張しきった狭也の心もちのせいかもしれなかった。入り江全体が息を殺し、目を光らせているような気がしたのだ。だが、襲いかかるようなものはなく、彼らは人気《ひとけ》のない浜に上がって、暑さをかみしめながら、川に沿ってさかのぼりはじめた。だれも口を開かず、蟬の声ばかりが耳をつく。ほどもなくそこは谷となり、岩だらけの道は険しさを増した。

稚羽矢が急に上を向いたので、つられて見上げた狭也は、前方の木立をすかした岩《いわ》壁《かべ》の上に小さな人影を見た。その人影は手をふるようなしぐさをしてすぐに消えたが、狭也は、あそこまで登るのかと思って、とたんにげんなりした。風のない午後で、木陰に入ってもじっとりと暑く、とても汗水たらして岩場を登るような陽気ではない。

だが、憂慮は必要のないものだった。そこから数歩と行かないうちに、彼らは筋骨たくましい男たちの一団に出迎えられたのだった。

「お待ち申しあげておりました。用心を重ね、もっと早くにお迎えしませんでしたことをお許しください」

隊長らしいひげの男はうやうやしく頭を下げた。男たちは二十人ばかりもいるだろうか。みな額に黒いはちまきをしめ、短甲《たんこう》のような固い革の胴着を日に焼けたはだかの胸につけている。今はかしこまっているが、荒々しく無頼な男たちだと狭也は思った。

科戸王は、尊大な様子であいさつを受けた。

「ごくろうであった。輿《こし》をこちらへ」

すぐに、四人の男で長柄《ながえ》をささえる、天蓋のない輿が二脚運ばれてきた。狭也がめずらしそうに見ていると、科戸王はうながした。

「乗りなさい」

「あたしですか？」

びっくりして狭也はきき返した。

まさか王《おおきみ》をさしおいて自分が乗るとは思わなかったのだ。左右をふり返り、困って狭也は言った。

「あたしは——歩きます。まだそんなに疲れていませんから」

輿の上から岩姫が言った。

「いいから乗りなさい。そなたは、わが氏族の姫じゃぞ」

しかたなく狭也は腰を下ろしたが、かつぐ人たちに気がねして、ずっと体をこわばらせていたため、歩くよりよほど疲れるはめになった。

やがて一行の前に、屏風《びょうぶ》のような岩壁《いわかべ》を背にした窪地が開けた。緑の草地は涼しげで、耕作された畑も見える。進むにつれて、崖の下に並ぶ家々の前に、人々がこぞって集まり歓声を上げているのがわかった。狭也は、はじめて輝《かぐ》の宮に入った日、小雨の中に整然と並んで迎えた人々を思い出したが、ここにいるのはもっとにぎやかな群衆で、子どもや犬が走り回っていた。

「ごらん、とうとうおもどりになった」

「剣《つるぎ》の姫様がおもどりになった」

「あのかたが、尊《とうと》い剣の姫様じゃ」

通るわき、通るわきで口々に言う声がきこえる。狭也は日よけにと貸してくれたふちから薄絹《うすぎぬ》のたれた編笠《あみがさ》を何よりありがたく思いながら、できるだけその陰にひきこもっていた。あがめたたえるような彼らの口ぶりは、どんな迎えかたをされるより狭也をとまどわせた。鳥彦はいったいどんな先ぶれをしたのだろうといぶかりながら、居心地の悪さをひたすらしのぶしかなかった。

鷲乃庄《わしのしょう》の最奥に、開都王《あきつのおおきみ》の館が見えてきた。門前は、この谷間で最も広い広場となっており、館の後ろは垂直に切りたった崖に接している。王の館は床《ゆか》高く造られ、まるで岩壁《いわかべ》にたてかけた棚であるかのように横に広がっていた。

見た目にはさして大きいと思えなかった。まほろばの都では、臣下の館でさえもっと堂々たる造りなのを狭也は知っていた。だが、それはあとでまちがいだとわかった。開都王の館で、最も重要な部分は、岩壁《いわかべ》の中にあったのである。

片目の王は門まで出て彼らを迎えた。笑みをうかべていたが、それは風雪にさらされた岩のようにいかつい笑みだった。片手に、こぶのついた長い杖をもっており、その杖の頭には鳥彦が、かざりか何かのようにすましかえってとまっていた。

「よく来た」

顔のわりに美声の持ち主である開都王は、深々とした響きのその声で狭也に言った。

「そなたは強い女子《おなご》だ。今はさらにそのことがよくわかる」

狭也は、心のままにこの場で声を上げて泣き出したら、どうなるだろう、と、あまのじゃくに考えたが、良識の命じる通りに黙って頭を下げた。

「まもなく、伊吹《いぶきのおおきみ》王も遠方から合流する。そうすればわれわれは再び全員で顔をそろえるわけだ。まずは館で体を休めるがよい」

開都王はおだやかに一行をまねき入れたが、何くわぬようでいて、見のがすもののない彼のひとつ目は、鋭く稚羽矢にそそがれていた。王は、岩姫がそばを通るのを待って、まわりにはきこえない声でささやいた。

「あの者は、まさか——」

「その、まさかじゃ」

老婆はあおぎ見て答えた。

さすがの彼も驚きを隠せず、開都王は思わず稚羽矢の後ろ姿を見やった。

「あれが？　あのように幼い者だとは――」

「そう、子どもじゃ。成長しておらぬ」

まつ毛のまばらな、大きなまぶたをしばたたいて岩姫はささやいた。

「だからこそ、われわれのものにもなるのじゃ」


狭也が通された部屋は、細長く、片側が岩肌であり、いかにも棚の上にのせられているような気がしたが、思いのほか涼しく心地よかった。疲れていたせいもあって、ついそのままうとうとし、しばらくたって気がついてみると、そばに若い娘が居ずまいを正して座っていた。ほおの丸い、明るい表情の娘で、髪を結いあげているが、そのまげはいかにもやっと結いはじめたもののように、不慣れなほつれ毛がいっぱい落ちてしまっている。

「身のまわりのお世話をいたします、奈津女《なつめ》と申します。なんでもご用を言いつけてください」

歯切れのよい口調で彼女は言った。歳は狭也といくつもちがわないと思えるが、落ちつきと自信が感じられた。

「あら、うれしい」

はねおきて狭也は叫んだ。

「世話をしてくれる人がおばあさんでなくてうれしいわ。話し相手になってくれる？」

奈津女はちょっと目を見はったが、すぐに笑みくずれて答えた。

「はい。あたしでよろしければ、喜んで」

「あなたは、結婚しているの？」

既婚者が髪上げする習慣が同じかどうか、あやぶみながら狭也はたずねた。

「ええ――この春に」

初々しくほおを染めて奈津女は答えた。

「いいわね。だんなさまはどんな人？」

赤い顔のまま、奈津女はくつくつと笑った。

「姫様ったら。そのうちお教えします。うちの人も、このお館に勤めておりますから」

奈津女は生来《せいらい》の働き者らしく、終始てきぱきと用事をかたづけ、狭也が慣れないところで不自由しないように、あれこれ気をくばってくれた。それをするのが奈津女にとってもうれしく、しんから楽しそうなので、はたで見ていても気もちよかった。

狭也は久々に心をゆるせる人に出会えたうれしさで、奈津女に甘えきりになり、数日は館から出もしなかった。きけば稚羽矢にも同じように侍女がつき、なんの不満もなくすごしているという。だが、そのように閉じこもり、新しい人々にも新しい土地にも目をふさいでいることは、稚羽矢はともかく、狭也にとっては、らしくないことだった。

狭也自身は気づかなかったが、今までの一連の出来事をくぐりぬけてくるには、やはり無傷ではいられなかったのだ。その傷が狭也を臆病にした。鷲乃庄の人々が彼女に向ける、不可解なほどうやうやしい尊敬のまなざしもまた、狭也を困惑させ、しりごみさせた。

しかし、とはいっても狭也は、若い、健康な回復力をもつ娘だった。何日もたつと、さすがに本来の好奇心がめざめてきた。狭い部屋の中でじっとしているのが退屈でならなくなり、何か外へ出る口実はないものかと思案しているところへ、夕餉《ゆうげ》の手配をすませた奈津女がもどってきた。そして、ふと言った。

「あのかたは、何かをさがしにいらしたんでしょうか」

「あのかた？」

奈津女はなんとなく顔を赤らめた。

「なんとおっしゃるのやら、あの、おきれいな——」

「ああ、稚羽矢のこと」

狭也は、どぎまぎしている奈津女をふしぎそうに見た。

「稚羽矢がどうかしたの?」

「母屋《おもや》の横手でお見かけしたのですけれど。なにかおさがしのようだったので声をかけたのに、気がつかないように行ってしまわれたんです」

「変ね」

思い当たることは何もない。しかし、稚羽矢が一人で歩いているのは、あまりよくないことのように思えた。狭也は立ちあがって言った。

「行ってみるわ。見かけた場所へつれていって」

奈津女が案内した炊場《かしぎば》に通じる広場には、稚羽矢の姿は見あたらなかった。そこで二人がもう少し足をのばし、外垣の囲い近くまでまわっていくと、衛士《えじ》たちの番小屋が並ぶ前で、数人の兵士にとり巻かれた稚羽矢を見つけ出した。

(こんなことではないかと思ったわ)

狭也と奈津女が急いで駆けつけると、彼女たちに気づいた兵士は、つかんでいた稚羽矢の腕を離し、あらたまって狭也に頭を下げた。

「これはこれは姫様。このような、むさ苦しい場所へ」

多少は予期したものの、彼らのあまりに急なへりくだりかたは、やはり狭也を面くらわせた。ついこの前まで無に近い存在だった自分が、このようなあつかいを受けるのは正当ではない気がしたが、逆ならともかく、敬意をはらってもらってとがめるわけにもいかない。

「この人は、何かめんどうをおこしたのですか?」

狭也は稚羽矢に寄りながらたずねた。

「誰何《すいか》を無視して武器庫へ近づこうとしたので呼び止めたのですが、ひと言もわれわれの問いに答えようとはしないのです」兵士の一人が答えた。

「まあ」

狭也は、ぼんやりした表情の稚羽矢を見上げた。

「武器庫になど、なんの用があったの?」

遠くをさまよっていた稚羽矢の視線が、ようやく狭也の顔に定まった。彼は言った。

「そうではない。崖の上に出る道がないかと思ったのだ」

それをきくと、兵士たちの表情は再びこわばった。

「崖の上に出てどうするつもりなのだ。あそこに立つのは、見はりの者にしか許されないことだぞ」

狭也はあわててかわりに弁明した。

「深いわけがあってのことではないんです。このような所に、慣れていないだけです」

「姫とともにやって来られた客人であることは存じておりますが、このように不審な態度をとられては、われわれも見すごすわけにはいきません。万が一ということがあります」

彼らの中の頭《かしら》らしい、生《き》まじめそうな男は言った。

「稚羽矢を、どうするんです？」

「挙動のあやしい者は牢に入れ、のち尋問を受けさせることになっています」

びっくりして狭也は息をのんだ。

「あやしい者ではないことはあたしがうけあいます。開都王様にも、あたしからお話ししますから、この場は許してくれません？」

兵士の頭は当惑したようだったが、やがて言った。

「お言葉ではありますが、これはわれわれの任務なのです。おこたっては、わが王の信を失います。ご理解ください」

困ったことになったと、狭也はくちびるをかんだ。だが、そのときだった。彼らの後ろから声がした。

「剣の姫が、そうまで言っておられるのだ。放してやったらどうだ」

ふり返ると、科戸王が立ってこちらをながめていた。痩身の王は、とりたてて体格的に人にぬきん出ているわけではないのに、そこに立っているだけで、前の兵士たちをたばねた以上の威圧を感じさせた。彼も鷲乃庄では賓客のあつかいを受けており、仕事もないままにぶらりと通りかかったという風情だった。

いくらか気勢をそがれた口調で、兵士の頭は彼に答えた。

「おそれながら、科戸王様。われわれの制止を、聞こえぬもののように無視されたのです。これでは、とりでのしめしがつきませぬ」

「そう目くじらをたてなくてもよいのだ。その者は、少々常人の頭をしていないというだけのことだ。姫君に加えて、わたしもうけあうから放してやれ」

「――さようでありましたか」

兵士はまじまじと稚羽矢を見、あわれむような表情になった。

「それなら、二度とくり返さないということで見のがしましょう」

「もちろんですとも」

狭也は急いで言葉をひきとった。そして稚羽矢をうながすと、彼はおとなしくついて来た。館へもどりながら、狭也は具合の悪い思いで、隣を歩く科戸王を横目で見た。礼を言うべきかどうかまよっていた。加勢をしてくれたのはありがたかったが、科戸王の言いぶりはあまりおもしろくなかったのだ。

科戸王もまた、固い表情のまま狭也を横目で見た。そして、そっけない声で言った。

「稚羽矢の素姓が明かされるようなまねはさせるな。氏族の者の多くはまだ輝《かぐ》の御子《みこ》を受け入れるような心の準備ができていない。身の保障はしかねるぞ。そいつが身勝手に出歩くようなら、むしろ牢にこめたほうがいいかもしれぬ」

狭也は言い返そうとしたが、科戸王はさっと離れて、館に背を向けて行ってしまった。怒って狭也は、稚羽矢にその不満をぶつけた。

「あんなことを言われていいの？　あの人、あなたをばかよばわりしたのよ」

「そう。気がつかなかった」

稚羽矢がうわの空で答えたので、狭也はばかばかしくなって口をつぐんだ。

「――崖に登って、何をするつもりだったの？」

気をとりなおしてたずねると、稚羽矢はふいに、見ちがえるほど生き生きとした表情になって狭也に言った。

「あそこに、今朝がた何かがいた。遠すぎて心にふれはしなかったが、たしかに何かが来ていたんだ。今まで知らなかったもの――あの、和迩《わに》のような」

その変貌を見て、狭也には、稚羽矢にとっては今しがたの兵士とのいざこざが、どれほど眼中にないものだったかがわかる思いがした。

（そういえば――）

この谷まで来る途中も、来てからも、稚羽矢は非常に寡黙だったが、狭也は、彼が狭也以外の人間に対応して口をきくところを見たことがないことに、急に気がついた。

それは、先ゆきに対するあらたな不安になった。

（稚羽矢には兵士の声が本当にきこえなかったのだろうか——無視したのではなく）

その夜、開都王に呼ばれた狭也は、科戸王に言われたのと同じ意味のことを彼から言われた。もっとも、開都王の言い方のほうがずっとおだやかで言葉も選んであったが。王はしかし、なぜ稚羽矢が崖の上に登る気になったのかを知りたがった。

「よくはわからないんですけれど、崖の上に何かがいたと言っていました。あの人の気に入るような何からしいのです」

狭也は、考え考え答えた。

「いつもぼんやりしているのに、妙なことには敏感ですから、本当にいたのだと思います。稚羽矢の感覚は、他の人とはちがうみたいです。海辺でも、わだつみの神の声をきいたと言っていました」

開都王はひどく興味深そうに、狭也の言葉に耳を傾けていた。

「そうか。しかし、この山の上には神はおらぬはずだがな。見はりをのぞけば人もいない。いるのは鹿か、カモシカくらいだが」

「もしかしたら、それかもしれません」

あまり自信なく、狭也は言った。

「稚羽矢が関心をもつのは、いつも人ではなく、けものですから――」

「ふむ」

ひとつ目の王は、何か自分一人でうなずきながら考えていたが、急に、楽しいことを思いついたというように言った。

「それでは明日、わしもいっしょに上へ登ろう。体がなまらないよう、鹿狩《しかがり》にでも出ようかと思っていたところだ。彼は、弓をひいたことがあるのか？　いや――まず、ないであろうな、もちろん。とにかくわしが案内してやろう。よかったらそなたも来るといい」

3

翌朝早く、狭也《さや》は足結《あゆい》のひもを結んで、ごきげんで出かけた。狩についていくのではかまが欲しいと奈津女《なつめ》に言ったところ、半分冗談のつもりだったのに、奈津女は本当に用意してくれたのだ。

羽柴《はしば》では娘がそんなものをはくのは許されなかったし、輝《かぐ》の宮ではきっと、口にしただけで罰をくらっただろう。だが狭也は、実のところ、一度でいいから照日王《てるひのおおきみ》のように、裳《も》などまといつかせず、さっそうと歩いてみたかったのだ。奈津女がくれたのは草染めのふちどりのある白の上下で、足結《あゆい》の赤いひもには小玉の飾りがついていた。狭也が感激すると、奈津女は言った。

「なんの、闇《くら》の氏族の女ならば、戦《いくさ》のおりには男装で、男におとらず勇敢に戦うものですわ。だからあたしたちはみんな、いざというときのためにひとそろいの装束をもっておりますのよ」

「あなたも戦うの？　奈津女が？」

狭也は驚いて問い返した。それは、仔鹿が牙をもっていると言ったように不似あいにきこえた。

「もし敵が攻めよせれば、あたしだって守るべきものを守ります」

奈津女は答え、やや固い口調でつけ加えた。

「輝《かぐ》の御子《みこ》の軍勢は、女子どもにまで容赦しませんから」

表へ出ると、すぐに鳥彦が枝から舞いおりてきて狭也の腕にとまった。

「やあ、はかま姿だね」

「そうよ、りりしい？」

「稚羽矢《ちはや》と同じくらいにはね」鳥彦は答えた。

「あいつの腕ときたら、狭也に負けずに細いんだもの。持っている弓が泣いているよ。ごらんよ」

見ると、なるほど稚羽矢が一応の狩のいでたちで、弓矢一式をそろえて立っていたが、どう見ても、他人のを持ってやっている程度にしか見えないのだった。そばには開都王《あきつのおおきみ》が、これは堂に入った様子で身づくろいを固め、小手《こて》の上に鷹を従えている。

狭也が鳥彦をつれて近づくと、王は軽く眉をしかめてふり返った。

「鳥彦か。そなたもついてくる気かね。そなたがいると、わしの斑尾《まだらお》が落ちつかなくて困る」

足ひもをつないだ鷹は、かん高い声でさえずり、翼を瞬間的に開いたり閉じたりしている。いかにもカラスに飛びかかりたがっているように見えたが、その逆で、実は鳥彦を恐れているのだった。稚羽矢はその鷹にしげしげと見入っている。

鳥彦は平気な様子で開都王に言い返した。

「いいじゃないですか。今日は、鷹のえものよりもっと大ものを狩るつもりなんでしょう。勢子《せこ》が、あんなにたくさん出ていったもの」

「かなわんな。まあ、よいが、斑尾《まだらお》がひもを切って逃げ出すほどそばに寄ってくれるなよ」

「寄るものですか。おれは狭也といっしょにいるんだ」

頭を上下させて、鳥彦は狭也に言った。

「弓の扱い方を教えてあげるよ。おれは、以前はちょっとした短弓の名人だったんだぞ」

狩の一行は門を出、鷲乃庄《わしのしょう》を横切って山道をとった。鳥彦はこっそりと、本当は館の裏の岩壁《いわかべ》に、上へ直《じか》に出るぬけ道があるのだということを教えてくれた。

「秘密だよ。開都王はたいした切れ者なんだ。陰でいろんなことを考えに入れているよ」

鳥彦は小声で言った。

「あの鷹だって、ごらんよ。狩には必要ないのさ。わざわざつれてきたのは、稚羽矢の気をひくためだよ。ああやって、うちとけさせるつもりなんだ」

言われてみればたしかに、稚羽矢はすっかり鷹にひかれて、狭也たちを離れ、王について先に行ってしまっていた。狭也は肩をすくめた。

「まあ、せいぜい、仲よしになってほしいわ」

山の中は木の葉が厚く重なり、蔦かずらややぶも生い茂って見通しが悪かった。狩を行うにはよい季節とは言いがたかったが、王たちは気にしていないらしい。彼らがどんどんととばして進んで行ってしまうため、狭也は無理して狩場まで追いかけるのをやめ、森のはずれにとどまって、鳥彦と弓のけいこをしていることにした。そこで、日が高くなるまで、遊び半分に木の的で弓をひいてすごした。

　木の間《こま》をぬって、ときおりかすかに勢子の鳴らす呼子《よぶこ》や太鼓の音が伝わってくる。夜明け前に出発した勢子たちは、徐々にその輪を縮めながら射手《いて》の待つ川筋の方角へえものを追いあげていくのだ。聞くともなく耳を傾けながら、狭也は、待ちかねたえものに矢を射こむ興奮よりも、むしろ、近づく死の物音からのがれようと逃げまどう、生きものたちのおののきを思った。逃げろ――逃げろ――逃げろ――足の速いものに、耳の聡《さと》いものに、命の褒美は与えられるのだ――

「どうかしたの？」

　鳥彦にたずねられて、狭也はわれに返った。

「ううん、べつに」

「狭也は、どう見ても弓の名手になれそうにないね。まず、集中力がない」

　彼が遠慮なく言ったときだった。狭也の視野ぎりぎりの場所で、何かが身じろぎした。木立の向こうを、明るい赤茶色の影がすっと通過する。

「かまえて！　弓！　弓！」

　鳥彦は思わず夢中になり、羽ばたきながら叫んだが、狭也には矢を射ることは思いうかばなかった。やぶを透かして見えたのは、目を見はるような見事な雄鹿だったのだ。誇らしげにかかげた頭には、七つか八つの又《また》をもつ堂々たる枝角がそびえる。のどもとの毛は銀のようで、背の色は濃く、この鹿がいくつもの春秋を生きのびた古強《ふるつわ》者《もの》であることを物語っていた。

鹿はもの問うような光をおびた黒い瞳でちらりと狭也を見たが、急ぐ様子もなく再び姿を消した。うっとりするような気品ある態度だった。しばらく見送ってから、狭也は鳥彦に言った。

「まるで土地の神様みたいね。だれかがそう言ったら、あたしは信じてしまったかも」

そのとき狭也は、このあと狩の一行にどんなさわぎがもちあがるか知らなかったのだ。

暑くなり、狩も峠《とうげ》をこえたと思われるころ、様子を見に飛んでいった鳥彦は、あわてふためいてもどってきた。

「狭也、稚羽矢が逃げ出したらしい。みんな、えものを追わずに稚羽矢を追ってる」

「なんですって？」

あきれて狭也は大声を上げた。

「信じられないわ。どうして稚羽矢が」

「開都王が急いで来てくれって。早く」

とりあえずは腰を上げ、狭也は鳥彦についで急いだ。

開都王は、狩の持ち場としていた川べりよりだいぶ登った森の中にいた。息を切らした狭也を見ると、王は問われるよりも先に言った。

「わしにもわけがわからん。いきなり、弓も矢も放り出して駆け去ったのだ。あれほど身のこなしのすばやい者は今まで見たこともないぞ。これだけの人数で追っているのに、まだつかまえられんのだ」

「いつのことですか？」狭也はたずねた。

「いつまで稚羽矢はあなたのそばにいたのですか。斑尾《まだらお》の、と、いいますか――」

「今、斑尾を鷹匠《たかじょう》にもたせて、彼を追わせている。だが、もう鷹も彼の目には入らんらしい。走り出したのは、鹿を見てからだ。八歳はこえた、めったにいない大鹿が勢子《せこ》に追われて飛び出したのだが、射止める前に彼が駆け出した」

「鹿を追って？」

「いや、鹿に背を向けてだ」

狭也は首をかしげた。

「なぜかしら」

「そなたでも、わからんのか」

「あたしも、稚羽矢に関してそれほど知っているわけではありませんもの」

「しかし、驚くべき足だ。人とは思えん――」開都王はうなった。

「外見にすっかりあざむかれていたぞ」

やや心配になった狭也はたのんだ。

「事情がわかるまで、彼をとがめないでくださいね。きっと、何か単純なわけがあってのことだと思うんです。赤ん坊のようなところのある人ですから」

王はうなずいたが、眉をひそめたままだった。

「わかっている。だが、あくまでおとなしくつかまらないとなると、けもののように網をつかうことになるかもしれぬ。できる限りけがはさせないつもりだが」

少しして、稚羽矢をとりかこもうと試みた王の部下から、いつのまにか輪をすりぬけ、姿をくらまされてしまったと報告が入った。捜索は長くかかりそうだった。狭也にはひとつ気がかりなことがあったが、あまりに不確かなので、稚羽矢を目にするまでは黙っていようと心に決めていた。

日はじりじりと傾いていく。開都王はついに狭也に言った。

「暮れてからでは山道は危ない。伴《とも》をつれて、先に館へもどりなさい。心配はない、われわれが、必ず彼をつれて帰るから」

鳥彦は、鳥目がきくうちは捜索に加わると言って残った。狭也は心残りだったものの、王の言葉に逆らうことはできなかった。

（こんなことなら、意地にならずにそばにいればよかった）

なんとなくおもしろくなくて、わざと開都王たちに合流するのを急がなかったことを悔やみながら、狭也は黙りこんで急な坂道を下ってきたが、庄《しょう》が見えてくると、遠くの人だかりに気がついた。

「何かしら？」

伴の男にたずねると、彼もよくわからないようだったが、少し近づいてから、ほっとしたように答えた。

「ああ、伊吹王《いぶきのおおきみ》殿がお着きになられたようです。わが王が出迎えられないわけをお伝えしなくては」

そのころには狭也も、集まった人々の中から一人ぽっかりとぬきん出た大男を認めることができた。ふつうの大人でさえ、彼のそばでは父親にまとわりつく子どものように見える。狭也と従者は人垣をぬって伊吹王の前へ出た。

伊吹王には、すぐに狭也がわかったらしかった。熊そっくりのひげ面がぱっと輝き、豪快な笑みに二つに割れた。

「おお、これは水の乙女の——狭也殿か。お元気そうで、何より何より」

だが、狭也は返礼として言うべきことに、頭がまわらなかった。目は伊吹王にではなく、彼に腕をつかまれてじたばたともがいているものに釘づけになっていた。それまで人の背にはばまれて見ることができなかったのだ。

かき傷だらけのその者は、やっきになって腕をふりもぎろうとしていたが、伊吹王は蹴ってもたたいてもびくともしない。しかし、とうとう歯をつかいだしたのを見て、王はうるさそうに、ひょいと肩の上にかつぎあげてしまった。その怪力にあきれながら、狭也はやっとのことで声を出した。

「稚羽矢――」

従者の男も驚き入って言った。

「どこでつかまえられたのです？　開都王様は、今そのかたをさがしに、山中を捜索中なのですよ」

伊吹王は何度もまばたきをし、空いているほうの手で顔をこすった。

「いや――実は――何か手みやげでもと思って、そのわきの森へ寄ったんだが、えものは来ずに、こいつが飛び出してきたのだ。いばらの茂みにひっかかっているのを置いてくるわけにもいくまい。だが、開都殿のさがしものだったとは驚いたわい」

暴れている肩の上をちらりと見て、伊吹王は言った。

「しかし、この器量で、なんとも哀れなものだな」

「とにかく――立たせてやってください」

狭也は、やっと目の前に降りてきた稚羽矢をながめた。いばらにかかったというのは本当のようで、ひどいありさまだった。まげはこわれ、衣はずたずたで、顔といわず手足といわず無数のかき傷を作って血がにじんでいる。しかし、それらにまして、みだれた髪のあいだからこちらにふりむけられた瞳に狭也は息をのんだ。そこには狭也もだれも映っていなかった。ただむきだしの恐怖と、絶望と、無知だけが宿る、無残なほどに怯《おび》えた瞳だった。

「姫様、わたくしは山にもどって、稚羽矢殿が見つかったことを報告してまいります」

従者は言い、きびすを返しかけたが、そのとき狭也は叫んだ。

「ちがうわ、これは、稚羽矢じゃない」

「何をおっしゃるのです――」

言いかけるのをさえぎって、狭也はなおも言った。

「稚羽矢じゃないわ。ここにいるのは、鹿なの。稚羽矢に体をとられた鹿なのよ」

伊吹王は再びまばたきをした。まばたきをすれば知恵がわくかのようだった。

「わしには、どうも――言っていることがわからんようだが」

「稚羽矢はつまり、鹿にのりうつってしまったんです。後先を考えもせず、狩の途中で」

体をかりるとは、こういう結果を伴うことだったのだ。狭也は、稚羽矢がもがく狭也の体をおさえていたときのことを思い出した。では、あのとき狭也の中にはネズミがいたというわけだ――そう考えると、今さらながら体中がむずむずしてくる思いだった。狭也が手をさし出すと、稚羽矢はさっと身をひき、頭を下げてかまえをとった。それは、見えない角で突こうとするしぐさだった。

「恐《こわ》がらなくていいのよ、あたしよ」

狭也は、低くなだめるようにささやいた。

「おぼえている？　あたしはあなたに矢を射かけはしなかったでしょう。傷つけたりしないと誓うわ。反対に、あなたを助けてあげたいの。心をしずめてちょうだい。今にきっと、もとにもどしてあげるから」

静かにくり返し語りかけると、荒くせわしかった稚羽矢の息づかいは少しずつ和《なご》み、力みがとれて、おずおずと狭也の顔をうかがうようになった。再び狭也がそっと手をさしのべると、彼はけものがやるように、まず鼻でかごうとし、おとなしく進み出た。

「よしよし」

狭也は、小枝のからんだ髪を、愛情をこめてなでてやった。そのうちに、はっと気づいて従者をふり返った。

「開都王様に急いで申しあげて。八枝の角をもつ鹿をつかまえてほしい、って。けっして射てはだめよ。それが本当の稚羽矢なんだから。ああ、でも、この体をつれて行ったほうが早いわね――」

狭也は急にあせりだした。何も知らない王とその部下が、のん気に近寄って来た大鹿を射殺すことは、今この一瞬にもありえることだと思いはじめたのだ。いかにも椎羽矢のしそうなことだ。

「急がなきゃ。ねえ、崖の上に出る近道を教えてちょうだい。すぐに行かなくては、間にあわなくなるのよ」

「しかし——」

困惑した様子で従者は言いしぶった。

狭也は見まわして、まわりの者にはまだ事態がさっぱりのみこめていないのを見てとった。しかし、伊吹王は言った。

「仰《おお》せに従いたまえ。剣《つるぎ》の姫の言われることだ。われわれには解《げ》せなくとも、必ずゆえのあることとだ」

従者は彼に一目《いちもく》おくらしく、その言葉をきくとすぐに従った（もっとも、分厚い胸板のはるかな上から発せられる提言に、一目おかずにいることは難しいが）。彼は狭也たちをつれて王の館の横手へ向かった。そこには、建物でふさがれているためにそれとわからない洞穴《ほらあな》があった。天然のものを人の手で整備したらしく、せりあがった奥には岩を削った段がある。たいまつの明かりを手にすると、従者はみなをさしまねいた。

「こちらです」

狭也に異存はなかったが、怯えてすくむ稚羽矢を通すのがひと苦労だった。急に暴れ出さないようにぴったり寄りそって、なだめ、すかし、一段一段を運ばせるしかなかった。伊吹王もついて来たが、彼は頭がつかえてその身を二つに折らなくてはならなかった。それでも、頭をぶつける音が何度も狭い空洞にこだました。

しばらく辛抱が続いたのち、彼らはやっと風を感じ、夜空を見た。星が輝いていた。外はもうすっかり暗くなっていたのだ。見はり番の兵士が鋭い口調で誰何《すいか》してきたが、従者が合言葉をすばやく唱えると、それでおさまった。

「雄鹿を見かけなかった？　たいそうりっぱな角をした」

かがり火に目を細めながら狭也はたずねたが、見はりたちは知らないと答えた。しかし稚羽矢は目に見えて落ちつき、しきりに風に顔を向けている。

「少し待ちましょう。彼もばかでないならば、最後にここへ来るはずよ」

そう狭也が言いも終わらぬうちだった。かがり火の明かりがやっととどく木立のあたりで、動くものの気配がした。人々がはっとして目をこらすと、火明かりに瞳がきらりと反射し、黒い影となった丈《たけ》のある枝角がゆれた。

「稚羽矢」

狭也は静かに言おうとしたが、できずに金切り声になってしまった。

「もどって、早く。まったくもう」

雄鹿は急にはね飛んだ。だが、その動きはいくらかぎごちなかった。後足にささる折れた矢に気づき、狭也は胸が疼《うず》くのを感じた。

唐突に、隣で稚羽矢が口を開いた。

「ふう――疲れた」

ぎょっとした狭也がふり返ったすきに、はねていた鹿はやぶの中へ飛びこんだ。狭也はあわてて叫んだ。

「待って。手当を――手当をして」

しかし、鹿は二度ともどらず、そのまま暗闇の中へかき消えてしまった。


「どんなにみんなに迷惑をかけたか、わかっているの？」

館にもどった狭也は、稚羽矢に向かってまくしたてた。安心すると、急に腹が立ってならなかったのだ。

「こぞって山の中を駆けずりまわらされたのよ。あたしもよ。それに、鷲乃庄《わしのしょう》の人たちは完全にあなたを気が狂っていると思いこんだわ。あの気の毒な鹿の身になってごらんなさい」

稚羽矢はひとごとのように狭也の顔を見つめていたが、やがて言った。

「狭也も怒るのだな。姉上と同じように」

「だれだって怒ります」

狭也はぴしゃりと言い返した。

「どうしてあなたは、自分の身をそうないがしろにできるの？　そんなふうだから、あの鹿のことも思いやれないのね。自分が自分でないうちに、そんなひどい傷をこしらえていて、なんとも感じないの？」

稚羽矢は両腕のかき傷をかわるがわる見た。

「ああ、なんとかする」

「鹿にはなんとかすることはできないのよ。あの傷がもとで、死ぬかもしれないのよ」

怒りに涙ぐんで狭也は言った。彼女を信頼し、身をすり寄せた鹿のまなざしが、思い出されてならなかった。あのときの稚羽矢は今の倍もかわいらしかった、と狭也は考えた。

「わかった。これからは、夢を見たいときにはよく考えてからにする。でなければ狭也がいいと言ってから」

「あたしは、もう二度と夢を見てほしくないわ」狭也は言った。

「ここはもう神殿じゃないの。あなたをつなぎとめたり、隠したりするものは何もないの。自分をけものにまかせて、遊びに出かけたりしてはいけないわ。それはもう、恥ずべきことよ。もっと自分に責任をもたなくちゃ。どんなに危ないことをしたかは、矢を射かけられてよくよくわかったでしょう?」

「うん」

稚羽矢はうなずいたが、神妙な様子には見えなかった。

「あんなに大きな生きものになってみたのは、はじめてだった。あれほど大きくて強いと、力の制御がむずかしいんだね。危険になると、足をおさえておけなくなるんだ。けれど、走るのはすばらしかった。本当にすばらしい。ひづめが岩をけって、次の瞬間にはもうはるかな足場を知っている——見るのではなく、ひづめが感じるんだ。全力で走ると、世界まで変わってしまう。大地は淡くなって、風は濃くなって、どちらも水に似てくるんだ……」

稚羽矢はめったになく長々としゃべったかと思うと、しゃべりながら横になり、イグサの敷物の上でことりと寝入ってしまった。その寝つきの早さは、かけ金をおとすより簡単だった。狭也はあまりのことに怒る気力も失せてしまい、寝顔を見つめた。幼い子どもの寝顔だった。なんの憂いもなく、ぴったりと閉じあわされたまつ毛が長い影を作り、くちびるはかすかにほころんでいる。無心そのものだ。

「姫様」

後ろで奈津女が静かに声をかけた。狭也はやさしい口調で言っている自分に気がついた。

「ああ、けがの手当をしてやってくれる？　起こさないように、そっと」

「そう思って、薬草と湯をもってきました」

奈津女はてきぱきと処方をすますと、器《うつわ》の湯に布をひたし、傷口についた血と泥を落としはじめた。しかし、少しして彼女はおし殺した叫び声を上げた。

「まあ、これ——どういうことでしょう」

狭也も見て、目を疑った。奈津女が洗い落とした血の下からは、なめらかなきれいな肌が現れたのだ。いえた傷の桃色のあとさえ見あたらず、まるではじめからなにごともなかったかのようだった。

夜がさらにふけてから、狭也の部屋に見慣れぬ少女がやって来た。少女はおじぎをして言った。

「奥の間に、王の方々がお席を並べていらっしゃいます。姫様、稚羽矢様にもおいで願いたいとのことです」

狭也は、その少女はたしか、岩姫の部屋付の者だったと思い出しかけながらたずねた。

「稚羽矢はもう休んでおりますけれど、行かなくてはなりませんの？」

「お二人の席をご用意しております。ぜひ、おこしください」

ていねいながら、きっぱりした口調で少女が言うので、狭也は稚羽矢をゆり起こし、たて続けにあくびをしている彼をつれて、少女の案内に従った。

奥の間というのは、館の表の部屋ではなく、岩壁《いわかべ》の中にうがってある部屋をさしていた。この館には、いくつそのような隠された部屋があるかしれない。奇妙な館だとつくづく狭也は思った。洞穴だったものを広げたのか、何もないところから削りとったのか――どちらにしても、とほうもない労力の結果だ。

くり抜かれた廊《ろう》の壁は傷ひとつなくなめらかで、くずれ止めの支柱も、複雑に組みあわされた天井のはりも、ひとつとして安易なものはなかった。うす黄色い獣脂の照明に照らされた岩屋の中はひんやり涼しく、たぶん冬には暖かく、なまじな御殿より豪壮かもしれなかった。

やがてつきあたりに絹の帳《とばり》を透かしてもれる明かりが見え、岩姫の部屋についた。切りだした岩壁《いわかべ》には毛皮や絹の覆いがかけられ、床にも分厚い織物がしいてある。部屋は重苦しい感じがするものの、息苦しくない程度に広い。中はかすかによい香りがした。部屋の中央にはめずらしい大きなろうそくが立っていて、影を四方にゆらめかせているが、あるいはそのろうそくに香《こう》が入っているのかもしれなかった。

　人々はめいめいにイグサを編んだ席についていた。部屋の奥に岩姫、その右隣に開都王、科戸王《しなどのおおきみ》。左隣に伊吹王、鳥彦と輪に並ぶ（鳥彦がカラスの身で一人前に座席にかまえているのを見て、狭也はおかしくなり、少し気分が楽になった）。

　席は手前で二つ空いており、その二つで円は閉じるようになっている。みんなの前には酒や食べものも並んでいるが、伊吹王をのぞいてはだれも手をつけた様子はない。狭也と稚羽矢が空いていた席につくと、奥の壁ぎわの岩姫が、静かに口を開いた。小さな声でも、音はこもってよく聞こえた。それではじめて狭也は気がついた。これ以上に秘密が保てる部屋はないと言っていいほどなのだ。

「剣と、剣の巫女《みこ》が二つながらわれらの手にもどり、今日われわれは再びもてる力のすべてを結集することができた。今こそここ数十年の劣勢をもりかえすときじゃ。すべての兆《きざ》しはわれわれに吉と出ておる。王たちよ、尽力されよ。女神のご意志はそなたたちとともにある」

　男たちはうやうやしげに一礼した。狭也は片手で抱きあげられるような老婆にこれほどの権力があるとは、今まで気づかなかったので心中驚いた。かすれて奇妙な岩姫の声はあいかわらずなのに、ふと闇《くら》の大御神《おおみかみ》その人が語っているような気にさせられる。

　岩姫は少し間《ま》をおいてから続けた。

「しかしながら、そなたたちに告げるべきことがここにある。長い長い、数えきれぬほどの年月、闇《くら》の氏族は輝《かぐ》の御子の一派と戦ってきた。攻めてはひき、ふりこのように、闇《くら》と輝《かぐ》の勢力はゆりかえしながら時を経てきた。ところが、今、異なる局面が現れたのじゃ。予言の中にしか見出せずにいた、大蛇の剣をふるう者の現身《うつしみ》が見つかった。これを吉と呼ぶかどうかはわしにもわからぬ。吉凶の予断を越えた、未聞《みもん》のできごとなのじゃ。水の乙女は古くからわしらの一族であり、大蛇の剣を鎮め、その邪悪を眠らせることができた。だが、逆に同じ剣をふるい、操《あやつ》ることで手中に収めることのできる者が一人だけいることが、言い伝えられておったのじゃ。その者は、風の若子《わかご》と呼ばれる。彼ははじめて輝《かぐ》の宮を逃れ、今、わしらの目の前におる」

だれもが驚愕の表情を浮かべて顔をめぐらせ、稚羽矢に注目した。

4

王《おおきみ》たちは声なく稚羽矢《ちはや》を見つめていたが、そのうちだんだん、とまどいの色を濃くしていった。

狭也《さや》もそれは同じだった。稚羽矢が剣《つるぎ》をふるっているところほど想像しがたいものはなかったのだ。現に稚羽矢は、眠くてたまらないせいで、人々の注視の中、いつも以上に呆《ほう》けて見え、岩姫《いわひめ》の話さえ聞こえなかった様子であらぬ方を見つめている。

開都王《あきつのおおきみ》が、咳《せき》ばらいをはさみながら言った。

「彼が、風の若子《わかご》であることは——ええ——もう、まちがいのないことなのですな、おばば殿」

「稚羽矢が剣《つるぎ》を大蛇《おろち》に変えたのじゃ。そして輝《かぐ》の宮に手痛い打撃を与えたことはそなたたちも承知のはず。大蛇を出現させて死なずにいた者がおるか？」

「彼は輝《かぐ》の御子《みこ》だ。死なないに決まっている」

冷たい声で、科戸王《しなどのおおきみ》が口をはさんだ。

「いいや、大蛇は輝《かぐ》の一族をも滅ぼす力をもっておる。そのことは、照日《てるひ》、月代《つきしろ》がなぜ剣をにぎらないか考えてもわかるじゃろう」

伊吹王《いぶきのおおきみ》はためつすがめつ稚羽矢を見ていたが、その顔つきから、彼がまだ稚羽矢を気のふれた人物だと思っていることは明らかだった。

鳥彦《とりひこ》が言った。

「稚羽矢に剣をふるえと言うのは、おれにふるえと言うのと同じことだよ」

彼は両方の翼を広げてみせた。

「つまり、とても無理な注文だね」

　科戸王は岩姫に言いつのった。

「たとえ、彼が真に風の若子であったとしても、輝《かぐ》の御子であることに変わりはない。輝の御子は輝の大御神《おおみかみ》につくすものだ。われわれは、ふところで蛇をかえすことになるぞ」

「そうとは――限らぬぞ」

　岩姫は言い、しわんだまぶたをひきさげて半眼《はんがん》になった。

「あるいは照日王《てるひのおおきみ》は、ずっと以前から彼のことを予期していたのじゃろう。稚羽矢を閉じこめ、人には告げずに隠し続けた。稚羽矢に目ざめられては、彼らにとって障害となることが出てくるからにちがいない。大蛇の剣を手に入れてからでさえ、彼らは稚羽矢を自由にしようとはしなかったではないか。剣をふるわせるどころか、水の乙女の役目を与えて眠らせ続けた。照日王が鎮《しず》めおくことに成功したのは、剣そのものではなく、剣を呼びさますことができる稚羽矢のほうだったのじゃ」

　きびしい表情で考えこんでいた開都王はぽつりとたずねた。

「――しかし、何が起こるのだ？　もし稚羽矢がわれわれに加担して、大蛇の剣をふるうこととなれば」

「わからぬ。大きな危険が伴うことではある」

岩姫はかぼそい両手を合わせた。

「だが、これはただの予感じゃが、彼、風の若子がわれわれのもとに現れたことは、この長い戦いに決着をつける時が来たっていることの兆《きざ》しのような気がしてならぬのじゃ。どうころぶものかは心もとないが、思いきった手段をとるべきころあいではなかろうか」

どこかやるせないため息をついて、岩姫は開都王を見た。

「のう、開都の君」

片目の王はうなったきり、沈黙を守った。

ふいに、伊吹王ががらがら声で言った。

「もし、この細っこいちびっ子がどうしても剣をふるわなくてはならないというのなら、わしが技を教えてやってもよいぞ。ものになるとは言えんが、鍛えもせずに決めるのもおろかなことだ」

それは暗いやりとりが続いた中では、飛びぬけて気のいい、ずれた申し出にきこえた。しかし、岩姫はしわを笑みの形にゆるめて言った。

「たしかにそうじゃ、伊吹の君。稚羽矢に大蛇の剣を使う力があるにしても、彼は若く、できあがっていない。修養がたりないという点では、ここにいる水の乙女も似たようなものじゃがの」

　突然とばっちりがふりかかってきた狭也は、あわてて首をすくめた。岩姫は狭也を、正面からまっすぐに見すえた。

「狭也、そなたは剣の姫、長らく剣を守り続けた水の乙女の末裔《すえ》だが、その剣を風の若子にまかせることに同意するかね？」

　狭也は、岩姫にもらった鞘《さや》に収めて部屋に置いてある赤い石のついた剣を思った。けれども、心のどこを探っても、巫女《みこ》たるものの剣に対する執着心などわいてこなかった。陰気でやっかいな、いまいましいお荷物であり、これをだれかが肩がわりしてくれるなら、せいせいすることこの上ない。

「はい――」

　言いかけて、狭也は口をつぐんだ。宮を落ちのびた日、自分が安易に気絶しているあいだに、壮麗な都が黒煙を上げていたことを思い出したのだ。稚羽矢に剣をおしつけて、それで本当にすんでしまうことなのだろうか――

　少しのあいだ口ごもってから狭也は言った。

「もし、稚羽矢にもう少したよりがいがあれば、あたしは喜んで、はいと言うんですけれど」

「それでよい」

　岩姫は深くうなずいた。

「それでよいのじゃ。稚羽矢はまだ眠っている。照日王の呪縛からさめきってはおらぬ。彼にはそなたの助けが必要じゃ。稚羽矢はあまりに長い年月を一人ですごしたため、まだ人と接する方法を知らないでいる——彼の目にふつうに映っておるのは、今はまだそなた一人なのじゃからな」

狭也は小声でつぶやいた。

「あたしのことだって、ふつうにとはとても言えないと思いますが」

「反対に、彼をわかってやれる者も今はまだそなた一人じゃ。彼のそばにいて、彼を援助してやるがいい。ともに判断し、ともにさまざまなことを学ぶがいい。そなたもまた、自分の力をよく心得ているとは言いがたいからな」

居眠りをはじめている稚羽矢をもう一度ゆり起こし、狭也は席を辞して自分の部屋へ向かったが、どう考えても、岩姫の口車にのって今までよりさらにお荷物を抱えこんでしまったような気がしてならなかった。

毎日の暑さはあいかわらずだったが、蟬の声音が変わりはじめた。炎天下にも、ふと首筋をよぎる風の涼しさに顔を上げると、赤とんぼが飛んでいるのに気づいたりする。何よりも朝晩の露が、草花に秋を告げていた。季節が移りはじめたのだ。

見はりの兵とも親しくなり、ときどき崖の上に出かけるようになった狭也は、山の上に萩の小花が赤紫に咲きだしたのを知り、山ごもる里の東の空の、さらに東にある郷《くに》を思った。羽柴《はしば》の田に稲穂が黄色く色づきはじめるころだ。刈入れと野分《のわき》（台風）の訪れとの後先が気にかかる、心せわしい季節の到来だ。一家総出の収穫が終われば、一年中で一番にぎやかな里祭りも待っている。

ここ、闇《くら》の氏族の里では、様子はまったく異なっていた。季節の移ろいとともに同じように活気づきはじめはしたものの、人々がまず採集をはじめたのは石であり、弓矢とする木々だった。

開都王の館の敷地内には鍛冶場《かじば》があり、狭也は「たたら」の技術をはじめて目の前に見た。山の奥から運んできた黒味がかった鉄鉱を、炉にくべてまっ赤に焼き、ふいごの風を送ってさらに熱する。そうして石が空恐ろしいほど熱くなり、光り輝きながら蛇のように溶け出すようになってから、固め、もう一度熱して打ちのばすのだ。そのときたちこめる、もうもうたる湯気のすさまじい熱さひとつをとっても、狭也など恐れをなして近寄れないものだった。

夏の陽に焼けた肩甲骨《けんこうこつ》を満身の力で上下させ、汗にまみれて金床《かなとこ》をたたく男たちの姿は、どこか鬼につかれた者のようにもみえた。そのような苦労のはてに彼らが得るものは、殺傷力をもつ矢尻であり、槍の穂であり、かつて狭也が歌を歌いながら収穫した金色の秋の実りとは、逆の方向――死へと向かう品物だったのだ。

とはいえ、荒々しく壮絶であるがゆえに、一方で妙に興奮をかきたてるものでもあった。耳ざわりな槌《つち》の響きさえも、それをきく領内の人々にういた熱気のようなものをもたらした。

（戦《いくさ》がはじまるのだ）

のん気な狭也にも、それくらいのことはわかった。人々の用意している大量の武具は、山鳥や鹿を追う程度のものではあり得なかった。兵士たちは、前にまして陽気になり、冗談をよくとばすようになり、狭也にもそれは楽しかったが、奥底にながれて胸をゆさぶる不安は、どこか野分《のわき》の接近を待つのに似ていた。

岩屋の中にある老婆の部屋では、毎晩のように王や参謀たちが軍事の会議を開くようになった。昼となく、夜となく、数人の斥候がもどってきて開都王に報告を伝えた。

「北へ二日で浅倉《あさくら》の牧《まき》に出る。輝《かぐ》の宮へ直《じか》に軍馬を献上している牧だ。手はじめにあれをとろう」

ある夜、さまざまな提案がとりかわされた末に、開都王は集まった面々に告げた。

「われわれが牧を？」

やや意外な面《おも》もちが広がる中、片目の王は続けた。

「地の利を生かした、足による奇襲こそわれわれが得意としてきた兵法だが、このたびの戦は先の先を読む心づもりが肝要だ。騎馬《きば》は必要だ。やがていつかは平らな地で、輝《かぐ》の軍勢と正面から対決する時がくる」

「輝《かぐ》の御子の大軍と、五分《ごぶ》に戦うおつもりか」

　年かさの将の一人が、驚いたようにたずねた。

「そのとおり。われわれはこれから波に乗る。そうであったな、おばば殿」

　念をおされて、岩姫は無表情にうなずいた。

「岩姫殿は、この戦いを、輝《かぐ》と闇《くら》との最後の決戦につながる重要な戦と予知しておられる。今の形勢をくつがえし、輝《かぐ》の御子の手から豊葦原《とよあしはら》を救う、あるいは最大で最後の機会なのだ」

　その言葉に、一座は一瞬しずまりかえった。だが、すぐにそこここでささやきがはじまった。

「そうだ、大蛇の剣はわれわれにあるのだ。われわれは輝《かぐ》の御子をたおすことだってできるかもしれないのだ」

　伊吹王はのんびりと鼻をかくと、うたがわしげにつぶやいた。

「牧か。わしが乗れるほど大きな馬があるかのう」

　科戸王は開都王の右隣に座っていたが、言わずにはおれないと思ったのか、私語のように小声で言った。

「開都殿は、稚羽矢のことを考えておられるのだろう。あの者は、われわれの戦に徒《か》歩《ち》でついてはこれまいからな」

開都王はうすく笑って彼を見た。

「わしは、狭也のことを考えているのだ。しかし、まあ、同じことではあるな」

「姫を戦《いくさ》に同行するのか」

急に表情を固くして科戸王は問いただした。だが、開都王は言った。

「他になにができる。わしらは、風の若子をつなぎとめる手段をもたないのだぞ」


明るい光のそそぐ柵に囲まれた庭で、早朝だというのに伊吹王がもちまえのどら声でしきりに叫んでいた。木刀をもってふり回しているが、その図体の大きさに似あわず、身のこなしは軽々としている。

「そら、かかってこんか。わしの胸はここ、わしの腹はここ。これだけ隙があるのになぜ突けんのだ」

稚羽矢は気のない様子でかかっていくのだが、もちろん全部たたき返された。彼の目の前がいっぱいになるほど、せりだし気味の巨大な腹がそびえているのだが、容易にふれられるものではない。

「そんな鈍《どん》くさい攻撃があるか。ぼけなす」

頭をたたかれそうになって、稚羽矢は危うくよけた。伊吹王は加減したつもりでも、当たればこぶですみそうになかった。

「しかし、この棒は重いのだ」

「木の刀が重くてどうする。男かおまえは」

やりとりを見物しにきた鳥彦が、狭也の肩にとまって言った。

「まるで、遊んでいるみたいだね」

「しかたないわ。なんのためか、よくわかっていないんですもの」狭也は答えた。

実際、まだしも狭也のほうがうまくやれると思うくらい、稚羽矢の剣術は悠長だった。こらしめにあざができるほど打たれても、一度としてむきになろうともしない。

狭也は、べつに稚羽矢に剣をおぼえてほしくなどなかったが、このまま戦にかりださ
れるかと思うとさすがに気がもめた。もしものときには教えられるようにと、かげで
自分も木刀をふってみたりしていた。

「精がでますな、伊吹殿」

すずしい木陰から声をかけた者があった。見ると、浅葱《あさぎ》の着物のえりをはだけた科
戸王が細身の体を幹にもたせかけていた。

手の甲で汗をぬぐい、伊吹王は言った。

「おお、そなたか。剣の腕にかけては、そなたこそわが氏族随一《ずいいち》だ。ひとつここで、
このぐうたらに秘伝を教授してやってくれんか」

科戸王が現れた場所が狭也の立っていたところに近かったので、狭也には、彼が、ゆっくりと稚羽矢にまなざしをふりむける様子がよく見えた。

そうとは知らない科戸王は、いつも用心深く隠している心の内を一瞬表情にのぼらせていた。刺すような憎しみと悪意のかげり——ひやりとした狭也は彼に木刀をわたしてはならないと、とっさに強く思った。だが、冷淡な笑みをうかべて科戸王は首を横にふった。

「わたしには、死ぬことを知らない者に教える技などありませんね。その者は、文字どおり『必死になる』ということには無縁なのですから」

「ああ——なるほど」

伊吹王はびっくりしたように稚羽矢を見た。そのときはじめて気づいた様子だった。科戸王は、投げやりな口ぶりでつけ加えた。

「いっそ、二、三度致命傷を負わせてやったらどうです。少しはわれわれに近づくかもしれませんよ」

彼は木陰を離れ、歩み去ろうとした。途中、ちらと狭也のほうを見たので、憤慨した狭也は思わず言った。

「どうして、そんなひどいことが言えるんです?」

科戸王の顔に、かすかな驚きがうかんだ。ふいをつかれたせいか、それはどことなく傷つきやすげなものに見えた。そのときはじめて、狭也は、科戸王が思っていたほど歳をとっていないことに気がついた。しかつめらしい顔ばかりするせいで開都王ほどにも老《ふ》けて見えていたのだが、本当は三十にもなっていないかもしれない。

わずかなためらいのあと、科戸王は低い声で言った。

「わたしがそなたくらいのとき、父母は目の前で照日の軍に惨殺された。村中が皆殺しにあって全滅したのだ。傷を負って逃げのびたわたしは、その日から、いつか輝《かぐ》の御子にこのあだを返すことを誓った。八つ裂きにして殺せるものならしてやりたいが、やつらは不死身だ。だからこうして、輝《かぐ》の一族が相応の報いを受ける日を願って戦い続けている。そこの能天気なやつはいくら手を汚していないとはいえ、同じ一族の者だ。わたしに、憎むなというほうが無理だ」

背を向けてから、科戸王はぼそりと言った。

「そなたと、身の上は同じはずだがな」

狭也は、身をすくませて後ろ姿を見送った。

(同じ身の上――そうだったのか)

彼の言葉がいつもぴりぴりと狭也の心につきささるのは、もしかしたらそのためだったのかもしれないと、狭也は考えた。

稚羽矢はあいかわらず向上する気配も見せず、のらりくらりとけいこを続けた。ある日、たまりかねた狭也は、見まわりにきた開都王に訴えた。

「稚羽矢に、戦えというのは無茶です。攻めるとか、傷つけるとか、考えたことさえないんですもの。お話になりません」

「しかし、なかなかよくやっているではないか」

片目の王はほほえんであごをなで、師匠と弟子の様子をながめた。

「伊吹王のがまん強さには、ガマも根負けするほどだからな」

「どこがよくやっているというんです」

狭也は口をとがらせた。

「証《あかし》が見たいかね」

王は、もっていた弓に慣れたすばやいしぐさで弦《つる》を張った。そして矢の一本を背からひきぬくと、弓につがえた。

「見ていてごらん。声をたてるなよ」

稚羽矢が伊吹王から飛び離れた瞬間、矢はうなりをあげて飛んだ。狭也が息をつめたそのときに、稚羽矢は鳥が飛んできたようにひょいと身をすくめ、矢はかすめて通りすぎた。そのあとでようやく驚いた顔でこちらを見た。

「なんて危ない」

狭也は思わず大声になった。開都王は首をふった。

「いいや、彼にはかわせるのだ。たぶん何度となくけものの体験をするうちに、勘を身につけたにちがいない。だから、ごらん、打ちあうのがへたなわりには、ふしざと伊吹王の太刀筋《たちすじ》から逃れられる。まったくのところ、あれが鹿となったときの敏捷さをそなたにも見せたかったぞ」

先ほどよりはきびしい表情で開都王はほほえんだ。

「あの若者は、他人も本人もふるうことを知らぬ力を秘め続けてきたというわけだ。大蛇の剣みたいな御仁《ごじん》だな」

しかし、狭也は頭に血がのぼっていて、王の言葉をよくきいていなかった。開都王がむぞうさに矢を放ったことに、かっとなっていたのだ。

「もし、あそこにいるのがあなたの息子だとしたら、そんなふうに気がねなく矢を射かけることができますか？　たとえ、必ずかわせるものとわかっていたにしても」

声をふるわせて狭也が言うのを見て、開都王は驚いたらしかった。

「殺《あや》める危険があったことを言っているのか？　しかし、彼は――」

「死なないというのでしょう。知っています。あなたを見れば、稚羽矢をうまく手に入れた戦《いくさ》の道具程度にしか思っていらっしゃらないことはよくわかるわ。開都殿も、科戸王とちっとも変わらないいんですね。いいえ、もっと悪いかもしれないわ」

いたたまれなくなった狭也は、その場に背を向けて駆け去った。なぜこれほど逆上したのか、自分でもよくわからなかったが、怒りをぶちまけたあとでは、むしょうに悲しかった。

狭也のあとをはばたいて鳥彦が追ってきた。

「庄《しょう》の人たちがみんなたまげていたよ。開都王を、面と向かってののしる者なんてだれもいなかったんだぜ」

狭也は答えず、柵にたてかけてあった、彼女の木刀を手にとった。そして、しばらく見つめてから、いきなり力いっぱい地面に放り投げた。

「きらいよ。こんなところへ来なければよかった」

あわてて柵の上へ避難した鳥彦は、上から気づかわしげにのぞきこんだ。

「えらいかんしゃくだ。どうしたんだよ、狭也」

「戦なんてしたくない。稚羽矢を巻きこんだあたしが悪かったのよ」

「あいつは、望んで来たんだろう?」

「あたしのせいよ」

「ちがうよ」

黒い瞳をきらめかせて鳥彦は言った。

「剣のせいだよ。おれたちはみんな、あの剣に踊らされているんだ」

5

　進軍の日、狭也《さや》は奈津女《なつめ》が短甲《たんこう》をつけて、すっかり兵士の身なりを固めているのに驚いた。高く結っていたまげも解き、男のようにきりりと耳の上でたばねている。

「姫様を、男の従者にまかせるつもりはありませんからね。女には、女にしかわからないこともあるんですから」

「あたしが戦《いくさ》に行くのはしかたないことだけれど、あなたまで無理することはないのよ。とんでもないわ、やめてちょうだい」

　狭也は思いとどまらせようとけんめいになった。奈津女がただの体でないことは、狭也も知っていたのだ。戦いに加わるなど考えられないことだった。

「庄《しょう》に残って、守るべきものを守ってちょうだい。そう言ったのはあなたでしょう」

　奈津女はほほえんだが、彼女の決意がてこでも動かせないことを知らせるたぐいの笑みだった。

「いいから、行かせてください。三月《みつき》ですけれど、まだまだ充分動けます。これくらいでだめになる弱い子じゃ、あたしたちの子ではないんですわ」

それでも狭也がしぶっていると、奈津女はかんでふくめるように言った。

「姫様、あたしが行きたいのは自分のためでもあるんです。そうすれば、夫とともにいられるんです。夫は開都王《あきつのおおきみ》様の近衛《このえ》ですの」

そこであらためてたずねると、奈津女の夫である若者は、名を柾《まさき》という、ときどき崖の上で会ったことのある好感のもてる兵士であることがわかった。

「二人でよく姫様のおうわさをしますのよ」

「ずるいわ、黙っていて。あの人が奥さんもちだなんて思ってもみなかった」

狭也ががっかりしてみせると、奈津女はたあいなく喜んだ。

髪を梳《す》いた狭也は、奈津女にならって長い髪を角髪《みずら》にまとめた。それから赤いはかまをはき、銀の鈴のついたひもですそを結んだ。この茜染《あかねぞ》めのはかまは、狭也のために用意されたものだった。闇《くら》の氏族の中でこの色を身につけるのは狭也一人――ただ一人に許された巫女のしるしだということだった。最後に、潔《いさぎよ》さを表す白いはちまきを額にしめて身支度を終え、狭也は鞘《さや》に収まった大蛇《おろち》の剣《つるぎ》を手にとると、庄に残る岩姫にあいさつをしに部屋を出た。

岩屋の中に、老婆は一人敷物をしいて座り、瞑想するように動かずにいた。心なしか部屋は大きく、広々と見えた。狭也が来たことに気づいた岩姫は目を上げ、白と赤の装束を見つめた。静かに岩姫は言った。

「そなたは戦へと出かけてゆくが、荒ぶる魂はそなたの属するものではない。それを忘れぬことじゃ。鎮《しず》めの玉はもっておるな？」

「鎮めの玉？　ああ、狭由良《さゆら》姫の勾玉《まがたま》のことですね」

狭也はうなずき、えり首から革ひもに通した空色の勾玉をひき出してみせた。

「このとおり、いつも胸にかけています」

「狭由良のではない、その勾玉はそなた自身のものじゃ」

やや気むずかしげに岩姫は言った。

「それを肌身から離してはならぬぞ。それは水の乙女の一部であり、そなたの一部じゃ。当面したことのないそなたにわからぬのも無理ないが、それは鎮めの技に必要なものじゃ。水の乙女が巫女たるゆえんは、鎮めの技にある。大蛇の剣を眠らせることができるのも、その技をもつからじゃ。だが剣ばかりではない、どんな神に対しても、そなたは鎮め、和魂《にきたま》を呼ぶ力をもっている」

狭也は目を見はった。

「――本当でしょうか」

「そなた自身が動じなければの話じゃ」

岩姫は水をさすように言った。

「戦というものは、常にも増して地上の荒ぶる魂をつき動かし、ゆさぶるものじゃ。その中でただ一人動じずにいることは難しい。その困難さを、そなたはこののち何度も経験することになろうよ」

狭也はひそかに恨めしく思った。もともと自分の能力には自信がないし、戦だって、行きたくて行くわけではないのだ。残っていいなら、喜んで残り、ふとんをかぶって寝てしまいたいところだ。思わず狭也は言っていた。

「岩姫様。なぜ戦をしなければならないのでしょう。あたしには、今もまだわからないのです。なぜなのか――なぜ稚羽矢《ちはや》までが戦に加わらなくてはならないのか」

言い出してから、まずいことに気がついたが、言った以上は最後まで言わずにおれなかった。小さな声で狭也は続けた。

「今さらこんなことを言ってはならないのはわかっています。でも、稚羽矢は――あの人はいやと言うことを知らないのです。だから、うながされるままに、戦おうともするでしょう。あたしにはそれが――いやなんです」

見上げる岩姫の大きな目は、黒い沼のようだった。のぞきこんでも、底にあるものはけっして見出せない。それでも狭也は、ほんの一瞬同情のうかぶのを見たような気がした。老婆はゆっくりと言った。

「岩姫も闇《くら》の氏族じゃ。なにも言うことはできぬ。氏族の利のためには、鬼にもなるのじゃ。だが――」

　わずかに思いなおして、岩姫は言いそえた。

「これは、大きな流れのひとつじゃ。そのことが、今にそなたにもわかるときがくるじゃろう。流れに乗らなくては、流れゆく先を見きわめることさえかなわぬのじゃ」

　狭也は黙っていることにした。今は老婆の言葉をすなおに心に刻む気もちにもなっていた。狭也が礼儀正しく別れのあいさつをのべると、老婆は白髪《しらが》に包まれた頭をうなずかせた。

「唯一の巫女であるには、そなたはあまりに若い。それがわしにも心痛の種じゃが、かといって、かわってやるわけにもいかぬ。行くがよい――その若さにも、何かの意味があるのじゃろう」

　岩屋をあとにし、広間へ出ると、黒い甲冑《かっちゅう》姿の開都王が目に入った。彼は、同じく武装を固めた稚羽矢をつれていた。稚羽矢を見て、狭也は自分が一瞬たじろぐのを感じた。思いもよらなかったのだが――はじめて会ったときの月代王《つきしろのおおきみ》をそこに見たような気がしたのだ。

　落ちついてよく見れば、稚羽矢が身につけているのは、華美とはほど遠い鉄のかぶとであり、武骨《ぶこつ》な鋲《びょう》を打った黒塗りのよろいである。そして彼自身は、少年らしい興奮した様子も見せず、うんざりした顔をしている。それでもはじめの印象は長く尾をひいて、狭也を奇妙な気分におとしいれた。

開都王が重々しく口を開いた。

「狭也、大蛇の剣を彼へ」

突然稚羽矢に対して感じた気おくれにとまどいながら、狭也は進み出、とりまぎらそうと、軽口めかして言った。

「よろいは重くて、大変そうね」

「うん」

稚羽矢は見栄もなくうなずいた。だが、剣を受けとると言った。

「けれど、この剣は重くないので助かる」

隣で開都王が驚きの色をうかべるのがわかった。大蛇の剣は、八束《やつか》もある広刃《ひろば》の長剣である。狭也はため息をついて思った。

(結局、稚羽矢を戦いにひきこんだのはあたしなのだ。どう悔やもうと、責めはあたしにあるんだわ)

館の門前には、すでに数百人の兵士が隊をそろえて集結していた。黒いかぶとをそろえ、鮮やかなうずまきを彩色した盾を持ち、だれもが新しい弓、新しい槍を手にしている。開都王が門を出ると、彼らは歓声を上げ、弓弦《ゆづる》を鳴らし盾を打って、おのれの将を迎えた。庄に残る人々がそれらを遠巻きにしてながめ、やはり手をたたいていた。狭也は、開都王のあとからそっと出ようとしたが、兵士らが同じくらいにわきかえって彼女を迎えたのにすっかり驚き、あやうく立ちすくむところだった。

いやが応でも、自覚しないわけにはいかないことに狭也は気がついた。彼女は氏族の巫女であり、赤い色を身にまとい、女神にかわって彼らすべてのために存在しなくてはならないのだ。ちょうど将の体は将一人のものではないように。そのかわり、狭也のためなら彼らはこぞって命を投げ出すだろう。突然そのようなものになってしまうことは、おそろしく当惑することだった。狭也は、自分が思っていた十分の一も心の準備ができていないことに気づいて、先が思いやられた。

日没後、開都王の指揮のもと、彼らは小舟に分乗して暗い海へとこぎ出していった。他の王や将たちは、そこで隊を離れ、それぞれの地へと四散していった。彼らの本拠で、彼らの兵をあげるためである。闇《くら》の大規模な決起が、今静かにはじまろうとしていた。

三日ののち、山陰《やまかげ》に身をひそめつつ、開都王とその兵が牧《まき》の要所をめざして進軍している途中だった。

「狭也」

峠《とうげ》をこえたとたん感嘆したような声で稚羽矢が言った。

「馬がいる。群れをつくって駆けている」

狭也には何も見えなかった。小高い丘がいくつも連なり、暮れかけた空の下に、秋の気配をただよわせた草原が静かに広がっているだけだ。

「そうだ。つぶぞろいの、見事な馬だ」

見えもしないくせに開都王が言った。

「あれがほしいとは思わないか？」

「ほしい」

すなおに稚羽矢は答えた。

「ここは輝《かぐ》の宮の直轄地《ちょっかつち》で、警護も固く、ふだんならとても歯のたたないところだ。だが今なら本元《ほんもと》の宮の再建に気をとられ、兵も手うすになっている。これから二手に分かれて、兵舎をたたくぞ、よいな」

狭也は稚羽矢の袖をひっぱった。

「いいこと、夢を見ようなどと思ってはだめよ。大事なときなんだから」

稚羽矢はうなずいた。

「宮の廏舎《きゅうしゃ》にも馬はたくさんいたけれど、なったことはなかった。調教された軍馬を混乱させてはならないから」

開都王ははりつめた調子で稚羽矢にたずねた。

「そなたは、けものを呼ぶことができるらしいが、その馬の群れを従わせることができるか？」

「一度に多くを呼ぶことはできない」

「群れには頭《かしら》がいるはずだ。そやつが従えばあとはついてくる」

「それならできる」

「ならば、よし」

　間《ま》をおかずに王は続けた。

「しかし、社《やしろ》を破るほうが先決だ。兵舎への攻撃が相手の出端《でばな》をくじいているすきに、もう一派が森をまわって社を討つ。社の鏡があっては、輝《かぐ》の御子《みこ》のかたわらに立つも同然だからだ。何よりまず、鏡を砕いてしまわなくてはならない。それによってこの土地は、われわれの手に返るのだ」

　王は今度は狭也を見た。

「鎮めの技はそなたにまかせるぞ」

　狭也はあわてて、思わず口ごもった。

「な、何をすればいいのでしょう――あたし」

「ただ念じておればよいのだ。よく大蛇の剣を鎮めるときのようにな。そなたたちを戦いに加えるつもりはないのだ。屈強の者に守らせるから、くれぐれもへたに動かず、稚羽矢のそばを離れるなよ」

開都王の矢つぎばやの指揮のもとに、戦隊はひとつの意志をもっているように動き、分かれ、ものかげにひそんだ。狭也は、『屈強』の中に柾《まさき》の顔を見つけて、はじめて少しほっとした気もちになった。彼の若々しく、ものおじしない顔は、このような場にあっても、ふだんとかわりないように見えた。しかしそれでも、狭也の鳥肌だつ寒けは止まらず、よっぽど情けない様子をしていたのか、柾は狭也を見てささやきに来た。

「ご案じなさいますな。勝算のある戦いです。姫様はただ、気をしっかりもっていてくだされればいいのです」

火矢《ひや》がいっせいに放たれ、かやぶきの屋根が勢いよく燃えあがるとともに、ときの声が上がった。襲撃のはじまりだ。どよめきと、金《かな》ものの ふれあう鋭い音が、よどんだ霧のように地からたちのぼった。狭也たちは社《やしろ》へ向かう隊の後尾についたので、すぐに移動をはじめた。刃物をかざして兵舎へなだれこんだ開都王たちの姿はもう見えない。狭也は稚羽矢の剣にばかり目をやっていたが、その柄《つか》の石がときおり赤く見えるのは、戦禍《せんか》の炎を映してか、それともみずから輝いてかよくわからなかった。

突然稚羽矢がくすっと笑い声を上げた。彼はめったに笑わない上に、とんでもない状況のもとであるので、狭也はぎょっとして顔を上げた。

った。

「あんな馬は見たことがない。まるで怖いもの知らずだ」

火明かりの明滅する中、かすかに赤く照らされてうかびあがった稚羽矢の顔は、いつになく気力にあふれ、はつらつとして見えた。眉をしかめた狭也に向かって彼は言った。

「何がおかしいの？」

「群れの頭《かしら》だよ。すばらしい馬だ。狭也にも早く見せたいな。ぬば玉のように黒いんだ。そしてただひとつ額に星がある——明星《あかぼし》のようだ」

一瞬、狭也にも疾走する星のある黒馬が見えたような気がした。放ち飼いの牧を縦横に闊歩する、若く気位《きぐらい》の高い雄馬《おうま》だ。だが、すぐに狭也は幻影をふりはらった。

「気楽なものね。みんなは命のやりとりをしているというのに」

怒った声でそう言ったときだった。目の前の木立の背後で火の手が上がり、尖った樹影が黒々とあざやかに浮かび上がった。社がおとされたのだ。

めまいとともに、狭也は体の中で怯《おび》えた鳥のように舞い上がろうとするものを必死でおさえた。神聖な杜《もり》、鏡の聖域が汚《けが》されていく痛みは、狭也にはまだ生々しいものだった。一瞬、狭也は照日《てるひの》王《おおきみ》の恐ろしいまなざしを感じ、木陰にうずくまる狭也と、かたわらの稚羽矢がはっきりと見すえられたような気がした。

「どうした？　狭也。剣が鳴く」

狭也の動揺はそのまま剣に伝わるものなのか、稚羽矢がはじめて気づいたようにたずねた。

「今、鏡が壊れたわ」

うわごとのように狭也は口走った。

「何か——何かが来るわ」

それがなんであるかは皆目見当がつかなかったが、狭也はまざまざと感じたのだった。突如闇の中に躍り出て脅威を発散させるものがあった。それはいまだ形をもたないが、徐々に凝結しつつある。蜂の集団が雲を作るように、冷えた脂肪がかたまりを作るように——それがすっかり形をとりきる前に、逃げなくてはならないと、何かがしきりに狭也をつついた。

「逃げて。早くここを離れて」

護衛の兵士たちはとまどい顔で狭也を見た。

「今動くのはまだ危険です。流れ矢も飛んでくるでしょう。大丈夫、もうしばらくの辛抱です」

落ちつきはらったいさめの言葉も、狭也の恐慌の役にはたたなかった。

「だめよ、逃げて。大変なことが起きるのよ」

しかし、狭也自身、それに背を向ける勇気はさらになく、結局立ちつくして見つめてしまった。見きわめて恐怖がうすらぐわけではなかったが、正体の知れないものに背中を襲われるのもがまんならなかった。それは今にも杉木立をひき裂いて現れそうで——そのとたん、まるで『さとり』の怪物であるかのように、すさまじい音とともにへし折りながら現れていた。まわりで男たちがあっと息をのむのがわかった。

それは小山のようなけものの姿をとっていた。たけり狂った熊を巨大にひきのばしたような体つきで、前足を上げると顔は杉の木の頂にとどいた。しかしその足の爪は熊よりさらに長く三日月にのび、太いはだかの尻尾はトカゲのように後ろに垂れて夜の光にうろこを光らせている。剛毛に囲まれた顔は奇妙に人面に近く、猿に似て平べったいが、そのため正視できないほど醜悪だった。巨大なけものは、枝をかきはらいながら太い足を踏みしめ、まっすぐ彼らに向かってきた。

見上げる狭也もまた息をのむことしかできなかった。この世ならぬものを目にしているのであり、その怪異の前では、人の命ごいなど無意味にさえ思えた。

どれほどのあいだ魂をぬかれたように見つめていただろうか、やっとわれに返った柾《まさき》が叫んだ。

「ひるむな。王《おおきみ》の名にかけて姫をお守りするのだ」

その声に、はっとした兵士たちは矢をつがえ槍をかまえた。だが、狭也にはそれがどんなにはかない抵抗か、わかりすぎるほどわかっていた。

「走れ、走るんだ」

だれが言ったのか、決然とうながす声が妙に響いた。狭也はひとごととしてきいたが、突然だれかに腕をつかまれ、無理やりひったてられた。その乱暴さに腹を立てて叫ぼうとしたとき、あやうくぶつかりそうになったのは、つややかに黒い馬の横腹だった。目の前に、荒い息を吐き、たてがみをふりみだした、たけだけしい雄馬がいた。

なにごとがおきたのかよくわからないでいるうちに、狭也は、稚羽矢に鞍《くら》もないはだか馬の背にひっぱり上げられていた。そして、尻の下にじかに馬の筋肉の、律動する力強い動きを感じると思ったときには、彼らは飛ぶような速さで暗い草原を駆けていた。風に息もつけず、馬のたてがみに顔をうずめた狭也は、明星《あかほし》ではなく流れ星のようだ、などとたあいのないことを思った。

後ろから怪物が彼らを追ってきた。全速力で走るはだか馬に落ちもせずに乗り続けていられたのは、ひとえにそのせいにほかならなかった。狭也が目あてか稚羽矢が目あてかはわからなかったが、巨大なけものは彼らだけを見、彼らに害を加えようと悪意をまきちらしているのだ。馬のたてがみにすがりつきながら、狭也は心の中では自分の足で駆けていた。逃げろ――逃げろ――逃げろ――生きのびるために――

しかし、けものは駿足だった。巨体で空《くう》を泳ぐようにはねてくる。岩も森も踏み砕く足にはどこも同じ平坦な地面にすぎない。みるみるうちに追いせまり、あえぐ馬の足運びがとうとう弱まりだすと、その長いかぎ爪を、むしろ優雅といえるような態度で彼らの後ろにのばしてきた。

　やにわに黒馬が鋭い悲鳴を上げ、狭也は一体だった自分たちが、はぜる木の実のように三方向へはじけ飛んだ気がした。馬はもんどりうち、空《くう》へ飛ばされた彼女は草の斜面へつっこんで、長いあいだころがった。だが、やっとのことで顔を上げてみると、それほど離ればなれになってしまったわけではなく、ほんの数歩へだたったところで稚羽矢が同じように身をおこしかけていた。そしてまた――けものも数歩の位置にいたのだった。その黒い悪夢の姿は彼らの頭上を覆いつくすかに見えた。

（剣をぬいて）

　はっきりした思考ではなかったが、狭也はその瞬間にそう願ったにちがいなかった。

（殺《や》られる前に、殺って）

　なぜなら、稚羽矢がぬいたとも思えぬほどすばやく、光り輝く剣が鞘《さや》ばしったからだ。そして山とそびえるけものの影めがけて、矢のように一文字《いちもんじ》に放たれた。

　見上げる狭也の目にみるみるうちに刃《やいば》がのび、くねって太り、大蛇《おろち》となる様が焼きついた。どす黒いけものの前で、大蛇の目は真紅《しんく》の中の真紅に見えた。そして鋭利なその身を閃光のように使い、けものの頭を肩を、ずたずたにたち切ったと思うと、けものはあっという間に形を失って闇《やみ》にどろどろと溶けていった。人蛇はもう一度身をひらめかせてのびあがると、まるで次の目標のように稚羽矢に襲いかかった。

思わず狭也が目をとじ、こわごわ開いてみると、再び夜が暗さをとりもどしており、稚羽矢が一人、無器用な手つきで鞘に剣を収めようとしているだけだった。水をかぶったように汗をかいてふるえている自分に気づいた狭也は、どれほどひどく怯えていたかを今さらに知る思いだった。腰もたたずにそのまま稚羽矢ににじり寄ると、稚羽矢は思いがけなく低い声で言った。

「近寄らないほうがいい」

そのときになって、はじめて狭也は、肩から背にかけて血まみれの稚羽矢の傷に気づいた。まるで鎌でえぐったような、星明かりでもそれとわかるほど無残な爪のあとだ。凍りついた狭也の顔を見て、稚羽矢はまた言った。

「気にすることはない。すぐに変若《おち》がはじまるから。深い傷ほど早くはじまるんだ」

「変若って、若がえりの——?」

「そう。傷は消える。手をふれないほうがいいんだ」

稚羽矢はなんでもないことのように言ったが、輝《かぐ》の一族の不死性にはじめて接した狭也は、恐ろしさはないものの、またひとつの怪異にふれたようで、ひどくとまどいを覚えた。輝《かぐ》の御子たちは、そうやって時をさかのぼり、若々しく無傷の体を保っているのだ。そうやって、すべてのものが流れゆく女神の道にそむき、とどこおらせているのだ――

けんめいに追ってきた柾たちが、やっと二人を見つけ、息を切らして駆け寄ってきた。怪我はないかとまっ先にたずねられ、狭也は首をふって言った。

「あたしは平気。あたしは少しばかり打ち身を作っただけよ……」

そして急にこらえられなくなって、べそをかいてしまった。稚羽矢のほうは、一人で歩くことができそうになかった。急ごしらえのたんかに、蒼白な表情で乗せられたが、傷の手当はだれにもさせようとしなかった。

たんかにつきそって静かに歩きながら、狭也は、かすかに足をひきずった黒馬が、まるで主人を案じる犬のように一行のあとをおずおずついてくるのに気がついた。しかし、人々が森陰に設けた野営の陣に入っていくのを見とどけると、風のようにいなくなってしまった。

「少し落ちついたかね」

開都王が隣へ座ってたずねた。狭也はうなずいた。明々と燃えるたき火を前にしても、まだ肩がうすら寒い気がしたが、飲みつけない薬酒を飲まされたせいで、腹の中はかっかと熱く、頭は少しぼうっとしている。

「稚羽矢の容態はどうなんだね」

「たぶん——たぶん、大丈夫なのだろうと思います。今は死んだみたいに眠りこんでいますけど」

「こんなことになろうとは、よもや思いもかけなかった」

つぶやくように、王は言った。

「あれはいったいなんだったのです？　あんなに恐ろしいものを見たのははじめてです」

狭也の声に、まだかみしめている恐怖をききつけ、しばらく間をおいてから開都王は答えた。

「確信をもってはわしにも言えぬが、そなたたちが見たものはたぶん、国つ神だろうと思う」

狭也はびっくりして目を見開いた。

「国つ神？　あれが、あのけものが、八百万《やおよろず》の神の一人だというのですか？」

「われわれのなすべきことは、そこなわれた神々を再びとりもどすことだ。輝《かぐ》の御子たちは、土地神《とちがみ》を捕《とら》えては鏡で封じこめ、封印の社《やしろ》を建ててまわる。だが、鏡を壊して封じこめを解けば、強い神々ならよみがえりもあるのだ。わしらはずいぶんとそのようにして国つ神を解き放ってきたが、よみがえった神がわれわれに害意をもったことなど、今度がはじめてだ」

開都王は口をつぐみ、二人は黙ってゆれる炎を見つめたが、やがて、狭也は口ごもるように言った。

「稚羽矢が——輝《かぐ》の一族であるせいだと」

「それしか考えられぬ」

にがい声音《こわね》で王は言った。

「そして、さらに悪いことに、稚羽矢はわれわれが犠牲《ぎせい》をはらって解き放った神を、大蛇の剣で斬《き》り殺してしまった。姉や兄より完璧に、葬り去ってしまったのだ」

座りなおして狭也は王に向きなおった。

「そうするしかなかったのです。あんなふうに襲われて、身を守らないものがどこにいます？」

狭也の剣幕《けんまく》をよそに、開都王は低く言った。

「おばば殿は、このことをどう予測しておられたのやら。ことは思ったほどうまく運ばぬもののようだ。風の若子《わかご》を、どのようにしてわれらの氏族に引き入れたらよいものやら、わしにもこれでは見当がつかん」

第五章　影

旅人の　宿りせむ野に　霜降《しもふ》らば
吾《あ》が子羽ぐくめ　天《あめ》の鶴《たづ》群《ひら》

『万葉集』遣唐使随員《けんとうしずいいん》の母

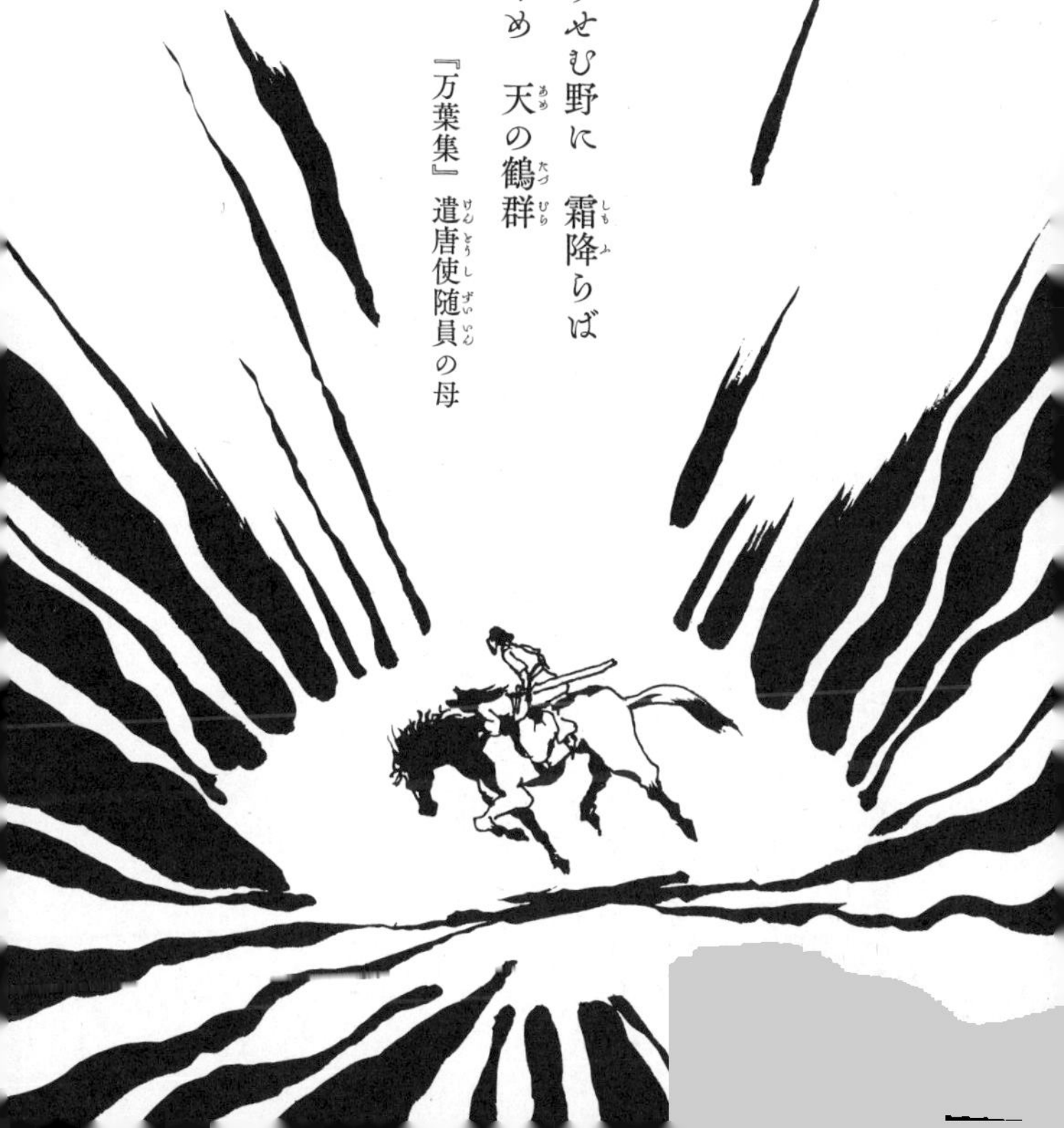

1

稚羽矢《ちはや》は、怪我をした翌日丸一日を眠ってすごしたが、翌々日にはもう、前以上に元気になって、明星《あかぼし》の背に鞍《くら》をのせて駆けまわっていた。

稚羽矢と明星は、開都王《あきつのおおきみ》の軍勢が浅倉《あさくら》の牧《まき》をおさえたその日から、恋人同士のように離れられなくなってしまったのだ。明星の気性の荒さは、稚羽矢以外の人間をうけつけようとせず、稚羽矢もまた、他の馬に目をくれようともしなかった。

仲間の一群からひと色もふた色もきわだったこの一対は、集団の営みになじもうとせず、お互いだけの世界を形づくっていた。夜は夜で寄りそって眠り、日が昇ると、まず目ざめの朝のひと駆けに飛び出していくありさまだった。

季節はめっきり涼しくなった。日中は汗ばんでも、夕暮には燃えあがるような夕焼けが空を彩《いろど》り、冷ややかな夜をつれてくる。その黄金《こがね》の雲や茜染《あかねぞ》めの空は、山の端《は》から木々に向けて、わたしをまねてごらんとささやくかのようだ。そして木々はすっかりさそいにのり、用意をととのえはじめていた。

夜の帳《とばり》がすっかり下りると、草むらではたくさんの虫が羽をふるわせて鳴きだす。かぼそいが、切々と、夏のあとには冬が来ると歌っている。虫なりの思いをこめて、光のあとに闇《やみ》が来ると、生のあとには死が来ると歌う歌には耳を傾けるねうちがあった。

浅倉の拠点をゆるがないものにするため、闇《くら》の軍隊はしばらく滞在を続けた。兵士たちにはいくらか休息が訪れたが、軍のまかない役の補佐をかねる奈津女《なつめ》は飛びまわっていた。狭也《さや》は奈津女を助けたくて、ことわられてもついてまわったが、実はそうしているほうがずっと気が楽だったのだ。何も考えずに手を動かしていたかった。

まわりを見れば、刈り入れ直前に踏みにじられた田畑や、ひと冬のたくわえを一夜で灰にしてしまった倉の焼けあとを見てしまう。悲しみにくれた女たちが夫の野辺送りをしているのを、残り少ない家財を肩に、子の手をひいてよろめき出ていくのを見てしまう。開都王は占拠した土地の人々にできるだけ公平であろうとしたが、何百人もの兵が彼らの倉を食い荒らすのは事実だった。

久々にぽっかりと暇になったある日の午後だった。奈津女は言った。

「姫様も、たまには姫様らしくなさってください。あたしのあとを、はした女《め》のようについて歩かずに」

「わかったわ、柾《まさき》と会うんでしょう」狭也は答えた。

「行っていらっしゃいな。あたしはここで、夜まで何もしないで座っているから」

「困ったかただこと」

奈津女は少し肩をすくめて笑いにまぎらしたが、年上らしく言った。

「姫様は、本当にまわりの者を気づかってくださる。でも、もっとおっとりかまえていらしてかまわないんですよ。たとえば——あのお客人のように。あたしはただの侍女なのですから」

狭也は稚羽矢にくらべられたことに驚いた。

「どうして？ 稚羽矢のまねをして、みんなからけんつくをくうのはごめんよ」

奈津女は笑い出した。

「たとえですよ。あのかたはいつでも超然となさっているから。あたしたちなど目にも入らぬように」

「にぶいのよ」

「でも、おきれいですね」

ちょっぴり憧れをこめて、奈津女は言った。

「最近ますます——輝くように」

　狭也はちらと心配そうな目を上げた。しかし奈津女の言葉に裏はなく、稚羽矢が輝《かぐ》の御子《みこ》であることを含ませているようではなかった。まだ彼女も知らないはずなのだ。

　怪我をして以来、稚羽矢はたしかに少し変わってきた。前より表情が晴れやかになり、笑顔を見かけることも多くなった。しかし、あいかわらず異質な、近づきがたいものをただよわせており、彼の扱いにとまどっているのは開都王ばかりではなかった。

「今のは柾に言いつけよう」

　狭也はからかって言ったが、奈津女は平気だった。

「うちの人は嫉妬などしません。あのかたは別格ですもの」

　奈津女が行ってしまうと、狭也は牧のはずれの柵《さく》にもたれ、ほおづえをついた。目の前には風の吹きわたる草原が、なだらかな起伏を見せて広がっている。はるかに下ったところでは、生い茂ったススキが穂を出し、銀の波になってなびくのが見える。そこを、今話にのぼった稚羽矢が、黒馬を駆って横切るのが目に入った。

　人馬一体を絵にかいたような見事な早駆けだ。なんの苦もなく互いの一部になりきっている。あれほどの結びつきは、たぶん、ときどき人と馬とが入れ替わっているせいにちがいないと狭也は思ったが、だれにもまだ害をおよぼしていないので、放《ほう》っておくことにした。

　ふと、ため息がもれた。

（あたしは、なぜ、ここでこんなことをしているのだろう）

血族の——本来の仲間のもとへもどったというのに、またこの問いをくり返すことになるとは、狭也にも思いもよらなかった。だが、われにかえって戦《いくさ》のただなかにいる自分を見つめるときには、そう考えずにはいられなかった。

おし流されるようにして出陣してきたものの、狭也には戦の意義が感じられないのだ。使命感に燃え、戦いにすべてを賭けた人々のあいだで、ひそかに当惑し続けていたのであり、今もまだそうだった。輝《かぐ》の宮の西門で月代《つきしろの》王《おおきみ》と顔をあわせたとき、氏族のもとへ帰るのが正しいことだと、あれほどの自信をもって言えたのに、その確信すらもゆらぎそうだ。

（あのかたを敵にして戦うのだ。あたしは、あのかたに手ひどいあだをなして、稚羽矢を——輝《かぐ》の御子《みこ》を、闇《くら》の側にまねいたのだもの）

しきりに思い出されるのは、羽柴《はしば》の母に、おまえは考えなしだと始終しかられていたことだった。木のぼりをしてはしかられ、崖すべりをしてはしかられた。

（考えなしだわ——本当に）

ひづめの響きに気づいた狭也は、はっと顔を上げた。明星《あかぼし》がいつのまにかすぐそばまで来ていた。黒いわき腹を汗に光らせた雄馬《おうま》が速度もゆるめずにこちらへ向かってくるのを見て、狭也は思わず柵から後ずさったが、稚羽矢はたづなをしめ、はね躍る馬をあっけなくしずめて背から飛び降りた。そして、柵ごしに狭也に言った。

「向こうの原には、今、松虫草が一面に咲いている。狭也はあの花が好きか？」

狭也は答えるかわりに小声で言った。

「あなたって毎日何を考えているの？」

しかし、稚羽矢は屈託なく続けた。

「それとも、丘の先の木通《あけび》のほうが好きか？　鈴なりに熟れているが、あれも明日には鳥が食べてしまうだろう」

狭也は答えた。

「どちらも好きよ。好きなものはひとつじゃないわ」

「それなら急ごう」

まじめな顔で言うのに狭也は面くらった。

「急ごうって？」

「行かないのか？」

狭也は信じられないという表情で稚羽矢を見、そのわきの黒馬を見たが、やがて、声をひそめて言った。

「明星には乗れないわ。乗ろうとして嚙《か》みつかれたり、首の骨を折りかけた人の話を山ほどきいたもの」

「もう、一度乗っているくせに」

そう言われればそうだった。

「大丈夫、明星は狭也が好きだ。悪さなどするはずがない」

だが、狭也は自分がこの馬をあまりよく思っていないため、その気もちを気《け》どられてしまうと思ってしりごみしたのだった。敏感なけものにさとられないわけがない。

ところが意外なことに、明星はあきらかに狭也に気に入られたがっていた。気難しい雄馬が、お追従《ついしょう》に彼女の手をなめさえしたので、狭也もつい心をとかずにはいられなかった。

星のある黒馬は二人を乗せて、野を軽々と駆けた。いつかの死にものぐるいの疾走とはちがい、それは陽気で胸のすくような早駆けだった。彼らが意味もなく飛ばすので、狭也は風に髪をあおられ、さらわれ、まげもはじけ飛んでとうとう笑い出してしまった。草原は日ざしを浴びて乾いた草の香《か》をたて、澄みわたった空では、ノスリがゆっくりと舞っている。彼らは丘のへりで、黒紫に熟れて裂けた木通《あけび》を摘み、その足で松虫草の原へ向かった。

それは狭也が予想もしなかった見わたすかぎりの大群落だった。窪地は優しい薄紫に埋もれ、風が傷つきやすすげな細い茎をいっせいにそよがすと、悲しくなるほど美しかった。そして狭也は、その一本たりとも折りとれないことを知った。摘んだ花には、この美しさのどれほども残らないのだ。

　花の中に立った狭也が、口もきかずにながめていると、稚羽矢もまた、明星のたてがみをなでながら黙っていた。静かに雲だけがいくつも流れていった。狭也はやっと言った。

「なぜ、木や草のように暮せないのかしら。時がくれば、花はだれのためでもなく咲くし、木の実は争うことなど知らないで実るわ。あたしたちも、そのように生きたっていいのに」

　稚羽矢は、はじめて知ったというように言った。

「狭也は、戦がきらいなのか」

　狭也は驚いてふり返った。

「あなたは好きなの？」

　稚羽矢はちょっと考えた。

「さあ、好きかどうか――」

　わからないと言ったら、狭也は怒ろうと思ったが、稚羽矢は続けて言った。

「だが、ここへ来なければ、明星とめぐりあうことはなかった」

　黒馬の肩に手をおき、稚羽矢はいとおしそうに見つめた。明星は首をおとし、とげにもかまわずアザミの花をつまんでいる。

「明星を手に入れるためだったら、倉が焼け、人が死んでもかまわない？」

狭也が問いつめると、稚羽矢はやや間《ま》をおいて答えた。

「ひとつの望みをかなえようとしたら、ひとつ何かを失わなければならないのだ。きっと、だれにとってもそうなのだ。あの夜明星を得て、かわりに他の夢をなくしたように」

けげんな顔で狭也は見つめた。

「それではもう夢を見ないの？」

稚羽矢は軽くうなずき、いくらかこわばった顔をした。そんな表情をするのははじめてだった。にがい思いをかみしめているように見えた。

「もう見ない。わたしがわたしであることを、もう二度と本当に忘れることはできないだろうから。傷の痛みからのがれられなかったとき、それがよくわかったのだ」

急に狭也は、稚羽矢に対してすまなくてならなくなった。あの夜、狭也も王《おおきみ》も、稚羽矢が変若《おち》をもっていると知ってから、さほど深くは同情しなかったのだ。不死の者であっても、傷つけば痛みは人と変わらないということに思い至らなかった。稚羽矢は、並の人間なら命を落としかねない傷を負ったのに、だれにもかえりみられないままその苦痛をなめたのだった。

小声で狭也はたずねた。

「後悔している？　あたしたちのもとへ来たこと」

狭也には、稚羽矢が失ったものがわかるような気がした。たとえて言えば、それは稚羽矢が着ていた純白の衣だった。狭也が地上にひき出したとき、たちまち汚れて着られなくなったのだ。

しかし、稚羽矢は驚いたように狭也を見た。

「なぜ後悔する？　ここには明星がいるし、狭也もいるのに」

それで狭也もいくらか気もちが安まったが、ただ、自分より先に馬の名前が出てくるのはいただけないと思った。

開都王は充分な足場を確保したと判断するやいなや、再び進撃をはじめた。軍は南へ移動し、東西に走る道の要所となる神尾山《かみおやま》の峠《とうげ》をおさえた。都に連なる諸郷《しょごう》が、まほろばへ貢《みつぎ》をおさめるためには必ず往来する道である。そして今しも、今年の新嘗祭《にいなめさい》に向けて貢の品が都へ急ぎのぼるところだった。それらは、闇《くら》の手でことごとく奪取された。同時に、輝《かぐ》の側の察知を遅らせるため、近隣の社《やしろ》をひとつのこらず破壊し、鏡を割る必要があった。

そのあいだ、狭也は命のちぢむ思いをしたが、怒り狂う神は、稚羽矢がいるにもかかわらず二度と現れなかった。狭也の鎮《しず》めの技の効があったのかどうかははっきりしなかったが、狭也としては、死にもの狂いで祈っているせいだと考えたかった。

やがて、ついに敵の位置をつきとめた都が追討軍をさしむけてきた。峠の付近は乱戦状態となり、恐れてだれも通らなくなった。戦闘は長びいたが、優位にあるのは闇《くら》の側で、それはだれの目にも明らかだった。闇《くら》の軍の得意とする戦法は速攻と、地形を利とした奇襲である。山地は彼らのものだった。小部隊の遊撃は、まさに神出鬼没と見えた。

輝《かぐ》の将軍は数にまかせて新手《あらて》新手をつぎこんだが、ついに敗退するときがきた。狭也と奈津女は戦いが激しくなると浅倉に遠ざけられ、そこで手をもみしぼっていたが、勝利の知らせを受けて再び合流し、兵士らとともに笑い、手を打って喜びあった。そのとき、狭也は、人は戦にも慣れていくことを知った。生と死とがこれほど苛酷にきわだっているだけに、つかの間の喜びは狂気のようにするどく激しかった。

命のきずなで結ばれた仲間はさらに強く、平常では考えられないほど強く結びついた。ぼろをまとい、垢《あか》じみて、あるいは血にまみれてもどってきた彼らのだれをも、狭也はこんなにいとしいものはないと思った。

そんなある日、狭也たちは、西の辺境におもむいた科戸王《しなどのおおきみ》が、照日王《てるひのおおきみ》の到着を待つ派遣軍をさんざんに打ち負かし、破竹の勢いで東進しているとの知らせを受けた。さっそくつかわされた伝令は、数日のうちに開都の軍と合流することができるという報告をもって帰った。

「迅速なことだ。さすがは、利目《とめ》の隼《はやぶさ》と呼ばれる男だな」

開都王は満足げな笑みをもらした。

「都ではさぞ泡をくっておることだろう。だがもう遅い。輝《かぐ》の御子が腰を上げたころには、こちらは充分な大軍になっている」

科戸王の快挙に兵士たちはわき、おおいに士気はもりあがった。肩を組み、いさましいはやし歌を歌っている兵士たちを、狭也は少し離れたところからながめていたが、驚いたことに、王に報告を終えた伝令が狭也をさがしにきて、言った。

「科戸王様から、これを姫様にとおあずかりしてまいりました」

差し出された包みは、緑濃く葉を茂らせた枝に結びつけてあった。手にとると、つんとみずみずしい香気《こうき》がたった。黄色く丸い果実が数個のぞいている。話にはきいたことのある『時じくの香《かぐ》の木《こ》の実《み》』――橘《たちばな》だ。包みをほどくと中からは、明るい緑の管玉《くだたま》をつらねた首飾りが出てきた。

「なぜ、あたしにこれを?」

狭也が思わずたずねると、使者はとまどいの色をうかべた。

「なぜ――とおっしゃられても困ります」

狭也は顔を赤らめ、そんな自分に腹が立った。しかし、なんともわけがわからない。

科戸王と狭也とは、数回しか言葉を交わさず、それすら、よい感情で交わしたものとは言えないはずだ。

使者は、かしこまって生《き》まじめに言った。

「姫様はつつがなくおすごしかと、たずねておられました」

狭也は妙にうろたえ、気まずい気分にかられて包みを持ち帰ると、行李《こうり》の中にしまいこんでしまった。そして、考えた。

(変ね、すなおに喜べない。あたしはなぜ、あの王がこんなに苦手なんだろう)


数日を経て、しめしあわせたとおりに、ぬかりなく科戸王の軍が合流した。その起動力は見事なものであり、軍師《ぐんし》の冴えをうかがわせた。狭也は久々に科戸王その人を見たが、とまどいが消えるどころか、むしろ倍加するありさまだった。自分でも不自然だと思いながら、どうしても科戸王のまなざしから目をそらせてしまう。だが、そうばかりしてもいられなくなった。新たな兵士たちの宿舎が整うと、開都王がごく内々の相談のために、科戸王と狭也の二人を呼んだのだ。

幾重《いくえ》にも警備を固めた開都王の在所をたずねると、王は慎重に人ばらいをし、科戸王のために稚羽矢と国つ神とのいきさつを語りはじめた。

「この件は予断を許さぬ。再び起こるかもしれぬ。だがわしは、稚羽矢をどのようにおさえたらよいものか、正直言って、頭を痛めているのだ。そなたならどう考える？」

「手をこまねくとは、あなたらしくありませんな。輝《かぐ》の御子と国つ神が出会って、無事におさまるはずがないではありませんか」

　あけすけに、科戸王は言った。

「しかし、おばば殿の言われたことをおろそかにはできぬ。岩姫殿は、大蛇《おろち》の剣《つるぎ》をわれわれのためにふるう者を見出せと言われたのだ」

「神々を殺されてはもとも子もないことです。そうでなくとも、彼のような者を中にまじえていては、いつわれわれにまで神の怒りがふりかかるかわかりませんぞ」

　開都王はあごをなでた。

「それはわしも案じている。だが、今はまだ、稚羽矢はわれわれの害とはなっていない」

「輝《かぐ》の御子が害にならない？」

　顔をしかめて科戸王は言った。

「あれは不死だ。それひとつとっても豊葦原《とよあしはら》に生きるわれわれを否定する。呪われてしかるべきものです」

　黙っていられなくなった狭也は言葉をはさんだ。

「死なないというそれだけで彼を責めるのですか？　それがちがうというだけで、思いやりもかけずにつまはじきするほど、あたしたちの氏族は心の狭いものではないはずです」

科戸王は、冷たくていねいな口調で言った。

「姫は、はきちがえておられるようだ。輝の御子の変若《おち》が、われわれにとっては脅威であることをご存じないのか。彼らは、豊葦原に不死の国を築こうとしているのであり、それに見あわぬわれわれを、雑草をぬくようにひきぬこうとしているのだぞ」

狭也は言葉につまり、口を出したことを悔やんだ。開都王が注意深く話をもとにもどした。

「今、われわれがせねばならないことは、どうにかして国つ神の稚羽矢に対する怒りを鎮め、駒《こま》を進めることだ。このままでは、解き放つべき多くの力ある神々に、近づくこともできん」

科戸王は眉根をよせた。

「神を鎮める、もっとも効果的で確実な方法は贄《にえ》をさし出すこと――ですが」

「稚羽矢を贄にすることはできんぞ。死なぬのだから」

「ためしては?」

軽口めいて科戸王は言ったが、すぐまじめに続けた。

「そこまではしなくとも、少なくとも稚羽矢を閉じこめておくべきです。風の若子《わかご》であろうと、なんであろうと。実際に、見方によっては彼はわれわれの人質なのだから――」

「うむ」

片目の王はうなって考えこんだ。あきらかに、その考えは開都王にとっても初耳ではないと見えた。腹を立てて狭也は叫んだ。

「だめです。そんなことをしたら、あたしたちは稚羽矢を失ってしまいます。わからないのですか？」

二人の王は、そろって驚いたように狭也を見つめた。

「なんのために稚羽矢がここへ来たと思うんです。なぜ、ここにとどまっていると？ 稚羽矢は輝《かぐ》の宮にいる間中閉じこめられていたからです。風にも上にも草にも、ふれる機会がなかったのです。それなのに、あたしたちがまた輝《かぐ》と同じしうちをするんですか。自由を奪って、何ひとつわかちあわないで」

科戸王は低い声で言った。

「われわれがまず仕えるべきなのは、闇《くら》の大御神《おおみかみ》の御子《みこ》である、八百万《やおよろず》の神々だ。神々がそう望むのに、輝《かぐ》の御子に気をとられるから、たたりを呼ぶのだぞ」

狭也は頭をそらして髪をはらった。口調はほとんどけんか腰だった。

「神を鎮めるあたしの力がいたらなかったとおっしゃるなら、そのとおりです。責めはあたしにあります。大蛇《おろち》を止められなかったのですから。でも、それなら稚羽矢をとがめるのは筋ちがいでしょう。あたしを捕えて、贄《にえ》になさったらどうですか？」

開都王があいだに入った。

「そういきりたつものではない。狭也、巫女《みこ》であればなおさらな」

やんわりたしなめられて、狭也がいくぶん恥じいると、王は続けた。

「しかし、狭也が怒るのもわからなくはない。稚羽矢に関してはもうしばらくなりゆきを見よう。たしかにめんどうが起きたのは、まだはじめの一回だけだ。鎮めの巫女の力も加わっているのにちがいない」

短い話しあいだったが、すっかり疲れた気がして、狭也が足早に自分の在所にもどろうとしていると、急に後ろから呼びとめられた。科戸王だった。細い赤松のかたわらで両腕を組んでいる。ひどくばつの悪い思いで狭也は立ちどまり、ふり返った。まだ贈り物の礼も言っていないことを思い出したのだ。

「先日は、過分なものを――」

「そんなことはいい」

王はむっつりとさえぎった。だが、怒っているようではなかった。彼の浅黒い顔は、むしろ思いに沈んでいるように見えた。

「そなたは、なぜあのような者の肩をもつことができるのだ」

驚きを隠して、狭也は答えた。

「憎む理由はありませんもの。それに、稚羽矢は、かわいそうな人です。宮での彼は幸せには見えませんでした」

「幸せ？　われわれの言う幸、不幸はわれわれのものさしによるものだ。彼らが何を感じるかはおしはかることはできない。そなたは輝《かぐ》の一族に心をかけすぎるのだ。それはあまりに無益だぞ。稚羽矢をよく見ろ。人の情《なさけ》も能力も、凡人並みにさえもっていないではないか」

少々かんにさわって狭也は言い返した。

「どうしてあなたにそう言いきれるのです？　稚羽矢のことは、あたしのほうがよく知っています」

「情とは何か、考えればすぐにわかることだ」

科戸王は確信ありげに言った。

「死ぬことを知らずに、真の恐れや、真の別れを、真の悲しみを心得ているはずがない。心と心のつながりや、気づかいや、いたわりを、理解できるはずがない。われわれはいつか死ぬ身であるからこそ、近くにいれば求めあい、遠くにあれば慕いあうのだ。そうではないか？」

反論はできなかった。狭也は目をふせた。なぜか、狭也自身が手ひどく非難されたようにみじめな気もちになったが、あからさまに認めたくはなかった。うつむきながらぼそぼそと狭也は言った。

「――だからといって、見返りがなければ酷《むご》くあたれるものでしょうか。情《なさけ》とは、そういうものではないと思います」

科戸王は身じろぎし、腕組みをほどいた。そして、突然口調を改めると言った。

「なぜ、そなたとわたしは、口を開くと口論になってしまうのだろうな。だが、今のはそなたの言うとおりだ」

狭也が顔を上げると、科戸王はじっと彼女を見つめていた。

「わたしもそれはよく知っている。わたしは人の情を知らない者ではないのだ」

逆に狭也はまごついた。口を開いたが、われながら気のぬけたような声だと思った。

「失礼なことを申しました……」

「いや、そのようなことではない」

科戸王は向きを変え、立ち去りながら低い声で言った。

「首飾りをつけるといい。翡翠《ひすい》の色は、きっとそなたによく似あう」

混乱した気もちをかかえて狭也は帰った。奈津女に、何があったのかときかれたが、なんとなく、だれにも話せなかった。

2

集結した闇《くら》の軍は、今や何はばかることない勢力となり、隠れもなく道を東進した。そして道々の郷《くに》を、あるいは武力でねじふせ、あるいは懐柔《かいじゅう》して闇《くら》の側へひき入れた。

風向きの変わったことを知ると、みずから鏡を取り除く豪族も出てきた。輝《かぐ》の光に眩惑《げんわく》されているあいだは見えなかったものが、闇《くら》のまきおこした風によって呼びおこされたのだ。豪族たちは、不老不死に憧れて供物《くもつ》をささげ続けた年月に、みずからの土地が疲弊しきってしまったことにうすうすは気づいていた。年々低くなる収穫と貢《みつぎ》物《もの》とのあいだであえいでいる者も少なくはなかったのだ。

寝返る人々を得て、闇《くら》の兵団はますます膨れあがった。すでに、総帥《そうすい》としての開都王《あきつのおおきみ》、機略に富んだ大将としての科戸王《しなどのおおきみ》の名を知らない者は豊葦原《とよあしはら》にはいなかった。まほろばの都を動かない輝《かぐ》の御子たちは、次々と対抗する将軍をさしむけてきたが、彼らの進軍をとどめることのできる者はなく、闇《くら》の軍は日にさしかかる黒雲のように、まほろばの都にせまりつつあった。

一方、東国で小規模な反乱を次々にたきつけていた伊吹王《いぶきのおおきみ》からも、今は一団となって西へ進みつつあると知らせが入った。

それを聞いた開都王は、すぐさま武将たちに告げた。

「伊吹王を迎えたとき、われらの軍はついに無欠となって、まほろばの輝《かぐ》の御子を圧倒することができる。輝《かぐ》の東方の防備は厚く、まだひびさえ入っていないが、その壁を破って伊吹王の軍と合流できるかどうかが、われらの正念場だ。成功すれば勝利はほぼ手中に入ったといってよい。今こそ持てる力を発揮するときだ」

彼の号令のもと、かつてない激しい戦闘の火ぶたが切っておとされた。軍は五軍に分かれ、さらに八軍に分かれて、各地の要所を固める輝《かぐ》の軍を攻めた。行軍の移動は錯綜し、収拾がつくかあやぶまれるほどの広範囲におよんだ。戦いは三日三晩続き、いったん鎮静化してから、再び燃えあがって三日続いた。

狭也《さや》はもちろん後部隊にとどめられたが、自分の身ではなく、稚羽矢《ちはや》の行方が気になった。彼は開都王に従っているはずだが、分隊がまた分隊に分かれる戦況の中で、今どの方面に向かっているやら見当もつかない。これまでにも、戦《いくさ》の中に見失うことはあり、そのたびに、何くわぬ顔で明星《あかぼし》に乗ってもどってきた稚羽矢だったが、今度ほど離ればなれになったためしはなく、狭也は不安だった。

翌日の午後、開都、科戸の両将はくつわを並べ、ついに輝《かぐ》の最後のとりでを突破したという朗報が入った。憂慮していた後衛の人々の顔は、一変して輝いたが、狭也のもとへは同時に開都王からの伝言が届き、不吉な胸さわぎをさそった。伝言は狭也に、内々《ないない》で彼のいる前哨《ぜんしょう》の陣まで来るようにというものだった。

とるものもとりあえず、狭也はすぐさま馬を駆って使者とともに出かけた。まだ枯草のいぶる煙のただよう野戦場を横切ると、倒れふした兵士の槍の穂やかぶとがそここに、痛ましく目をひく。負傷者をいたわりながら、ゆっくりともどってくる部隊が、あわただしげなひづめの音に驚いて、そろって顔をふりむける。しかし狭也は馬の足をゆるめようとはしなかった。若くして死んだ兵士や、手傷を負った老武者などを見たら、立ち止まってしまうにちがいないのだ。

使者が案内した野営地は、谷の入り口の雑木林にあり、戦闘中の陣のままに盾を並べてかこっていた。その盾の外には、数頭の馬がつながれていたが、一群から離れて、ぽつりと幹につながれた明星の姿を見、狭也はどきりとした。

「まあ、おまえ――かたわれはどうしたの」

明星は狭也を見ると鼻を鳴らした。いかにも悄然《しょうぜん》として見えた。だが、思わずそばによると、いきなり長い歯をむいて狭也の馬に嚙みつきかけたので、あわてて離れなくてはならなかった。

かしくたずねた。

開都王その人が狭也を出迎え、天幕《てんまく》を張った中へまねいた。狭也はあいさつももど

「何があったんです？　稚羽矢が何か——」

片目の王も疲労を重ねていると見え、たそがれの中でも面《おも》やつれが感じられた。た

いぎそうな低い声で王は言った。

「二日前のことだった。交戦地を変えての移動中、思ってもみなかった背後からの攻

撃を受けた。矢を射かけただけで逃げ去ったが——あれはむしろ、かつてのわれわれ

の戦法だな——しかし、稚羽矢がうたれた。心の臓のまん中を貫いていた」

狭也は青ざめたが、まだ冷静にはしていられた。

「それで彼はどうなりました？　死んではいないのでしょう？」

「もちろん、変若《おち》ははじまった。しばらくは完全に息をひきとったと見えたが——」

王は天幕のたれ幕を上げ、狭也をくぐらせた。中は暗く、油血のともし火に火をつ

けるまでは物が見えない。やがて、ゆらめく黄色い明かりが中を照らすと、並べられ

た武具になかば隠れるようにして、横たわっている稚羽矢がうかびあがった。

「——今はただ眠っているかのようだ。目《ま》のあたりにするまでは、なかなか信じられ

ぬものだな、時をさかのぼる光景は」

稚羽矢は安らかそうな顔で眠り、むきだしの胸はゆっくりと上下に動いていた。左

のわき腹近いところにうっすらと赤いあざがあったが、それももはや傷ではない。

「よかった。心配はなかったわ」

狭也は思わず陽気な声で言ったが、開都王を見て、すぐ後悔した。

「何か、まずいことでも？」

暗い表情の王《おおきみ》は言った。

「だれもが見たのだ。稚羽矢が——死んだのを。これで彼がなにごともなくみなのもとへもどれば、わしは説明を求められるだろう。うわさはまたたくまに広がる。彼が輝《かぐ》の御子《みこ》であることを全軍が知ってしまうことになる」

はっとして狭也は、眠る稚羽矢を見つめた。しかし、彼の寝顔はあいかわらず幼《おさな》子《ご》のようで、見ていると気をもむことなど何もないような気にさせられた。

「しかたありません。それは事実なんですもの。どんなに隠してもいつかはだれもが知ることとです」

「そうだ。だが——だが、わしには、彼を擁護できるという自信がない」

開都王の声には不安がにじみ、狭也は気づかわしげに彼の顔をのぞきこんだ。ともし火が深い陰影を刻む王の顔は、幾晩も眠っていない人のものだった。

「どうなさったのです。何を案じておられるのですか」

王の声はささやくほどに低くなった。

「ここ二夜、わしは不穏な影を見た。影はわれわれのまわりを走りまわっていたが、襲ってはこなかった。連日、野ではたくさんの血が流されていたからだろう。怒《いか》る神は贄《にえ》の血を求めるが、どんなに荒ぶる神でも飽くほどに人の死があったのだ。だが、戦は終わり、今夜はかわりの贄はない」

狭也の背筋《せすじ》を、冷たいものがそろそろとはいのぼった。息をつめて彼女はささやいた。

「怒る神が、とうとうまた現れたのですか」

「国つ神を怒り狂わせるのは、稚羽矢のもつ変若《おち》なのだ。輝《かぐ》の神が死を穢《けが》れとみなすように、八百万《やおよろず》の神々にとっては変若こそ穢れであり、忌《い》み嫌うものなのだ。そなたはよく神々を鎮めたが、今度のように、明らかな変若《おち》がふるわれたとあっては、神々が牙をむくのも無理はない……」

狭也は、稚羽矢のそばにある大蛇の剣をちらと見た。剣は稚羽矢と同じに、静かに横たわっている。王は言葉を続けた。

「彼をつれて後陣《こうじん》へはもどれず、わしはここへ残ってそなたを呼んだ。そなたの考えをききたかったのだ。わしらには、神に敵対して稚羽矢を守ることはできない。どんな強者《つわもの》にも不可能なのだ。荒ぶる神の前に恐れげなく立つことができるのは、そなた一人。鎮《しず》めの力をもつそなた一人なのだから」

そのときはじめて、狭也は開都王は怯《おび》えているのだとさとった。歴戦の彼が恐怖しているのだ。だが、狭也だってもう充分に怖かった。

「もう夜が来る。これ以上、ここへとどまっていることはできぬ。どうしたらいい？　稚羽矢をおいて、しりぞくか、それとも——そなたにこの神の怒りが鎮められるか——」

狭也はかすれた声でたずねた。

「おきざりにしたら、稚羽矢は、どうなるんです？」

開都王は手をのばして狭也の肩をとらえたが、答えることはできなかった。そのとき、幕の外のすぐ近くで、悲鳴に似た叫びが上がったのだ。声は長く尾をひき、ぞっとするふるえをおびて響きわたった。

「なにごとだ」

開都王が大声で外にたずねると、守衛の兵士が叫び返した。

「馬です。馬が怯《おび》えてさわいでいるのです」

再び声が上がり、狭也はたまらずに耳をおさえた。自分までいっしょになって悲鳴を上げてしまいそうだ。

「狭也、落ちつきなさい。そなたが乱れると、大蛇《おろち》の剣《つるぎ》をおこしてしまう」きびしい声で王が言った。

見れば剣の柄《つか》は石を赤くきらめかせている。だが、目ざめたのは大蛇ではなく、稚羽矢のほうだった。彼はいきなりぱっちりと目を開くと、苦もなくおきあがった。そして、まるでさわやかな朝に目ざめたようにのびをした。狭也たちが、かける言葉もなく見つめていると、さすがに腕をふりあげるのをやめたが、しばらく狭也を見つめたのち、発見したように言った。

「怯えているね」

「にぶい人ね。たいへんなのよ」

狭也がぶっきらぼうに答えたとき、衛兵の一人が中へ飛びこんできた。顔はろうのように青ざめ、汗をうかべている。

「狼の大群がおしよせてきます。数名がふいを襲われました。ここは危険です――」

「この時期はずれに狼だと？」

開都王は兵をおしのけて外へ出た。近衛《このえ》の兵たちは並べてあった盾を手にし、円陣を組んで身がまえていた。まばらな木立をすかして闇深《やみぶか》い林を見やると、わらわらと小さな影がうごめいている。たいまつを映して赤く輝く双《そう》の目は、それこそいくつあるともしれない。のどの奥で鳴らす脅《おど》しめいたうなり声は低く大気をふるわせるかのようだ。林のふちまでせまってきて、兵士とにらみあうけものたちは、毒々しい舌と、黄がかった牙を炎に照らし出していた。その目は残忍な衝動に火をふくばかりだった。

じりじりと間《ま》をつめていた一頭が跳躍した。目がけた兵士ののどぶえに躍りかかったが、兵士のふるった刃《やいば》はあやまたずにけものをとらえた。斬り裂《さ》かれたけものが悲鳴とともに地にころがると、群れのうなり声は、またひときわ高まった。

すばやいしぐさで剣《けん》の血のりをぬぐう兵士の横顔を認め、開都土はおし殺した声をかけた。

「柾《まさき》、そなたか。何人やられた」

「三人です。剣をぬく暇もありませんでした」

低く陰鬱な口調で王は言った。

「三人ですめば。よいか、これ以上斬ってはならぬ。むだにあらがわずに引きさがるのだ。彼らは土地神《とちがみ》だ。わからないのか」

驚いた表情で柾はふり返った。

「このまま？　しりぞくのですか？」

「そうだ。敵意のないことを示して静かに陣を解くのだ。そなたたちを国つ神にはむかわせるわけにはいかぬ」

たれ幕をからげ、王は早口に中の狭也に告げた。

「撤退する。ともに逃げるかはそなたの判断にまかせる」

稚羽矢はけげんな顔で狭也を見た。

「なんのこと?」

「着物を着てちょうだい。逃げるのよ」

狭也は言った。もちろん一目散に逃げ出すつもりだった。これだけ結集した神々の怒りと悪意に、一人で立ちむかえるとは、これっぽっちも思っていなかった。だが、何も知らずにいる稚羽矢を、置いていくこともできなかった。二人が天幕を出ようとしたとき、耳におぼえのあるにぶいうなりがはじまり、はっとした彼らは立ち止まった。大蛇の剣が鳴きはじめたのだ。赤い石はらんらんと真紅に輝いている。

「ぬいてはだめよ」

狭也はあわてて言った。稚羽矢の手が、操《あやつ》られたもののようにすっと柄《つか》へ向かったからだ。

「出たがっている」稚羽矢はささやいた。

「大蛇が目ざめたんだ。外には何がいるんだ? 勝手に大蛇を呼びさますなんて」

「怒れる神々よ、でもぬいてはだめ」

必死な声で狭也は言った。

「お願い、あなたも鎮まるように願って」

「動いたら、ぬいてしまいそうだ」

今は稚羽矢の顔にも緊張がうかんでいた。つぶやくように彼は言った。

「大蛇がわたしを動かそうとしている」

「姫様がいらっしゃいません」柾が言った。

「よい。後退するのだ。これ以上はぐずぐずできない」開都王は命じた。

「しかしながら――」

「剣の姫には剣の姫の考えがある。鎮めの巫女《みこ》として、水の乙女として。案じることはない」

王は重々しく言ったが、望んだほどの確信はこめられていなかった。

今はすでに遅かった。悪意ある神々は二人のいる天幕をとりかこみ、その輪を縮めはじめていた。無数のけものから発する狂暴な怒りは溶けあってひとつとなり、中空から巨大なまなざしでにらみすえられているように思えた。

（あたしには、本当は八百万《やおよろず》の神々を鎮める資格などないのだわ）

うちのめされて狭也は考えた。神々は、稚羽矢ばかりでなく、狭也に対しても怒りを浴びせていた。それは痛いほどに肌を刺して感じられた。神々は狭也の心の底をのぞきこむことができ、そして知っているのだ。狭也がどこかでいまだに輝《かぐ》の光を、若さを、美しさを、永遠の命をうらやみ、望ましいものに思っていることを。老いを拒否した司頭《つかさのかみ》と同じように、実は輝《かぐ》の御子を賛美していることを――

稚羽矢は気配をうかがうように、じっと動かず、息をひそめていたが、急にぎくりとした様子で顔を上げた。

「どうしたの？」

「明星《あかぼし》は？」

せきこんで稚羽矢はたずねた。

「明星はどこにいる？　気配がないが」

狭也は口に手をおしあて、怯えた目で稚羽矢を見つめた。明星は、松の木につながれていたのだ。逃げることもできず、一頭だけ離れて。

「陣の外の木に――」

うわずった声で狭也が言うと、稚羽矢は止めるひまもなく天幕を飛び出した。狭也は夢中で彼を追った。

「待って」

「明星！」

稚羽矢は暗い林に向けて大声を上げて呼んだ。だが、いななきは返ってこない。歯がみし、うなる、肉食のけものの息づかいばかりだ。

立ちつくす彼に向かって、まるで方々からまりが投げつけられるように、黒い影が次々と襲いかかった。稚羽矢は反射的に身をひいてよけたものの、肩とひざとにつきたてられた牙を感じ、衣が音をたてて引き裂かれた。足をとられてよろめきながら、稚羽矢の手は剣《つるぎ》の柄《つか》にのびた。

「いけない！」

ほとばしる光を見て狭也は悲鳴を上げたが、その彼女にもけものは襲いかかってきた。自分をめがける血みどろのあごと泡吹く牙を、剣の光の中でまともに目にした狭也は動けず、金しばりにあったようにすくんで見つめた。

だが、地を離れた狼が狭也に牙をかける寸前、白い矢が飛んできてそのわき腹を射ぬいた。狭也が息をつまらせてふり返ると、柾《まさき》が弓を放り捨て、剣《りん》をぬきながら駆け寄ってくるところだった。

「ご無事ですか？　眼力《がんりき》で退散する相手ではなさそうですよ」

「あなたは――」

あえいで狭也は言った。

「王の命《めい》をきかなかったの？」

「姫様を置いて逃げたと知れたら、妻に離縁されますからね」

「神々にさからうのよ」

「二度も三度も同じです。すでに斬《き》ってしまいましたから」

彼らしい度胸のよさで柾は答えた。

「さあ、逃げましょう。早く」

狭也はもう何も言うことができず、彼と並んで走り出したが、心の思いは暗く淀んでいった。

（やさしい柾。でも、おろかな柾。来てはならなかったのに）

狭也にはわかっていた。人の力では無理なのだ。はりさけるような気もちで、狭也は柾のむだ死にを思った。この苛酷な、容赦のない神々は彼を許しはするまい。

目の前はもう飛びかう影ばかりだった。何度か突き倒され、何度か牙がかすめたが、狭也は立ち上がり走り続けた。それが唯一柾のためにできることのような気がしたのだ。だが、そのうちに息ができなくなり、頭は煮たった粥《かゆ》のようにもうろうとしてきて、どこを走っているのかわからなくなってきた。なぜ走っているのかすら忘れかけた。飛びかう影。影。影。ときおりどこかで閃光がひらめくようだが、それが何を意味するかも考えられない。飛びかう影。影。影——ときおり閃光——そしてまた影。影。影。影ばかり——

倒れた狭也がふと気がついて顔を上げると、いつのまにか闇《やみ》はひっそり静まっていた。最も冷えこみ、沈黙があたりを支配する、あの夜明け前の静けさだ。そして、ぎょっとするほど間近に稚羽矢が立っていた。彼の姿は、手に下げた抜き身の剣の青白い輝きのせいでぼんやりうかんでいた。

「やっとこの使い方がわかったよ」

稚羽矢は狭也を見ると、まるで今まで話し続けていたような調子で話しかけた。

「これは牙だ。わたしが牙の持ち主になればいいんだ。狼のように。狼にならば、前になったこともある」

狭也は身ぶるいし、やっと声を出すことができた。

「彼らはどうなったの？」

「もういない。操《あやつ》るものを消したらいなくなった」

「そう」

狭也はつぶやいた。賞賛することも非難することも今は思いうかばず、ありのままに彼女は言った。

「では、今度もあなたは国つ神を殺したのね」

「狭也」

低い声で稚羽矢は言い、剣に目をおとした。

「明星が死んだ」

黙って狭也はうなずいた。気やすいなぐさめなど口にできなかった。稚羽矢は長いこと黙っていたが、ぽつりとつぶやいた。

「明星だけが、わたしを、なんのためらいもなく好きになってくれたのだ」

梢にかかる霧の中で、夜はぼんやりと明け初《そ》めた。どこかで鹿がひと声鳴いた。秋なので、つれあいを捜しているのだ。まだ淡い、たよりない光の中を、狭也は足をひきずりながらさまよい歩き、草の上にうつぶせに倒れている柾を見つけた。その体はとうに冷たくなり、にぎったままの剣は刃に露を宿していた。

彼を見つけたとき、狭也は泣こうとは思わなかった。泣くにはあまりに消耗しすぎていたのだ。ただ、そのかたわらに座りこみ、彼の手をとって、いたわるようににぎり続けた。心の中には、たったひとつの考えが駆けめぐっていた。

(奈津女《なつめ》になんて言えばいい。奈津女に――奈津女になんて言えばいい)

開都王が彼女をさがしにきたときも、狭也はまだそうしていた。近づいてくる王に気づき、その顔に、すべてをさとっている沈痛な表情を見たとき、狭也のほおをはじめて涙がつたい落ちた。

「なぜこんなに酷《むご》いんでしょう。あたしたちの祀《まつ》る神々はなぜこんな。どうしてこのような神々のために戦わなくてはならないんです?」

開都王はひと言ずつかみしめるように答えた。

「酷さは、すべての神のもつ一面だ。だが、けっして酷いばかりではない。本来ならば、慈愛にみちたうるわしい神々なのだ。それを、輝《かぐ》の力がゆがめてしまった」

「わかりません。そうは思えません」

狭也は首をふった。

「柾を殺した神を恨みます。稚羽矢があだをうってくれたからよかったけれど」

苦渋《くじゅう》にみちた顔で、王は狭也を見下ろした。

「本当にそう思うか、狭也。心から？　それなら一年待つといい。待って再びこの場所へ来てみるがいい。荒れすさんだ、変わりはてた風景が広がっているのを目にするだろう。この土地は二度と実を結ばない。花を咲かせない。土地神を失ったからだ。国つ神にはぐくまれない土地は、生命《いのち》の息吹をもたないのだ」

「そんな」

狭也はつぶやいた。だが、やはり何も考えられなかった。ただ、奈津女の産む赤子のことをしきりに思った。


本営にもどるなり狭也は熱を出し、数日はおきることもできなかった。高熱にうなされて夢を次々と見たが、中でも悩まされたのは、このところ見なくなっていたはずの例の悪夢で、その恐ろしさは慣れることのかなわないもののようだった。ふりむきかける白い衣の巫女。それは、稚羽矢なのだと自分に言いきかせてもむだだった。りどもとを恐怖がつきあげ、とり返しがつかないという絶望におぼれてしまうのだ。

（あの巫女の顔を見てしまったばかりに……）

高熱のとりとめなさで、狭也はくり返しくり返し、狂おしく考えるのだった。

（見てしまったばかりに……）

しかし、ついにある朝、日ざしの中で、狭也はぽっかりと目をさました。久しぶりに本当に目ざめた気がした。まるで目の前のかすみが晴れたようだ。朝といってもすでに昼に近く、太陽ははちみつ色の光を高みから小窓にそそぎこんでいる。その日光をなかばさえぎって、狭也のかたわらにヒグマのように大きな人物が座っていた。背を丸めているものの、狭い仮小屋は彼一人ではちきれそうだ。見つめて狭也はかすかにほほえんだ。

「伊吹王様、無事お着きになったのですね」

「もう何日も前にな」

太いのど声で王は答えた。彼としては静かに穏やかに話しているつもりなのだ。

「熱がひいたようだな。いや、よかった、よかった」

「きっと、王様がわざわざさがしてきてくださった薬草の効目《ききめ》ですわ」

感謝をこめて奈津女が言った。

奈津女は、変わらずきびきびと働いていた。閉じこもりもせず、喪《も》の装いもしなかった。狭也が本営にもどって以来、ただ献身的に看病を続ける奈津女に、狭也はむしろ、泣くか怒るかしてくれたらいいと思ったのだが、奈津女はけっして狭也の前で涙を見せようとしなかった。

「これでもわしは、薬草さがしがうまいのだよ。人の気づかぬところで見つけるのだ」

無骨《ぶこつ》な大きな手で胸をたたき、伊吹王は自慢して見せたが、岩間にはえた小さな草を摘むのに、これほどふさわしくない手はなかった。

「おや、その花は撫子《なでしこ》じゃな」

伊吹王は、奈津女が花束を手にしているのに気づいて言った。

「よく集めたものだ」

奈津女は意味ありげにほほえんで、ふちに切れのある薄紅《うすべに》の花々に目をおとした。

「あたしが摘んだのではありませんの。どなたかわかりませんが、姫様が伏せられてから毎日届くのです」

伊吹王は妙な顔をした。

「どなたか、って、今帰った男は科戸王のところの者だぞ」

「さあ、よく存じません」

奈津女は上手にとぼけていた。

「なんだなんだ？」

王はわれるような地声のままに言った。

「やつめ、つらがまえのわりには、まったくうぶな――」

二人の娘に見つめられて、王はあわてて口を閉じた。

「――いや、こちらの話じゃ」

狭也は、かざってあるきのうの竜胆《りんどう》をちらと見た。花はまだみずみずしい青さを保っている。思うともなく、狭也の思いはいつか見た野の松虫草に移っていった。

（広野《ひろの》を埋めつくす花を見ても、稚羽矢は摘もうとしなかった。手をふれるかわりに、あたしを咲いている場所まで見せにつれていったのだ）

「稚羽矢はどうしています？」

狭也の問いは唐突にきこえたらしく、奈津女も伊吹王もややびっくりして見つめた。

「なにも。元気にしておる」

急いで王が答えた。

「明星がいないのに？」

返事につまった顔を見て、狭也には王が本当には稚羽矢の様子を知らないことがわかった。奈津女はなにかためらっていたが、おかしな声音《こわね》で逆にたずねた。

「姫様、みんなが言っていますけれど、あのかたは輝《かぐ》の御子だって本当ですの？」

狭也ははっと胸をつかれた。それでは、もうすみずみにまで知れわたってしまったのだ。

「ええ、本当よ」

「今度の戦で戦死されたのに、なにごともなかったようにもどってらしたとか……」

奈津女の言葉じりはかすれて消えた。

狭也はなんと言ったらいいかわからなかった。

「ええ、でも――」

「驚いてしまいますわ」

わざと明るく奈津女は言った。だが、平気なふりも、そこまでしかできなかった。花束をおいた手は目に見えるほどふるえていた。

「ちょっと失礼します」

小声で言った奈津女は、ふりむきもせずに戸口を出ていった。

伊吹王が低い声で言った。

「けなげな子だ。ぐちひとつ言わん」

彼女の泣き場所はどこなのだろうと、狭也は考えた。

伊吹王が帰り、一人になると、狭也はふらふらする足を踏みしめて稚羽矢をさがしに外へ出た。奈津女がいたら、けっして許してくれなかったろうが、彼女はまだもどらなかった。外は黄色くまぶしく、また、いやに風の冷たさが身にこたえる。

空高くかけ声を響かせ、訓練をしている兵士たちがいたが、稚羽矢の姿はなかった。食料調達からもどってきた一団の中にもいなかった。いつか狭也は居住地を横切り、陰にひかれて泉へ向かっていた。

山の清水がわきだした泉はなみなみと淵をつくり、細い小川になって流れ下っていた。開都王がここを逗留地に選んだのも、この美しい泉のためだ。岸辺の岩をシダやヤマグルマがかこみ、頭上には、すんなりと丈高い桂の木が守りの精のように枝をのばしている。ひどく疲れを感じ、狭也は倒れこむように岩に腰を下ろした。そして腹立ちまじりに考えた。

(まったくあの薄情者は、病みあがりの者にこんなにさがしまわらせるなんて。見舞いに顔を出したってよさそうなものを、逆なんだから)

科戸王は彼が人の情《なさけ》をもたないと言った。それは本当かもしれない、と、狭也は陰気に考えた。認めたくはないことだが——

秋の清澄《せいちょう》さをたたえ、緑に透《す》いている水のおもてを見つめると、急にのどがかわいてきた。狭也は、岩からのり出し、冷たい水をすくいとろうとした。そして、鏡のような水に映る桂の影を見た。

思わず狭也は笑いだしてしまった。しばらく一人で笑ってから上を見上げた。

「そんなところで、いったい何をしているの？」

大樹の枝に、うずくまる鳥のように稚羽矢が腰をかけていた。彼は、フクロウのように目をぱちぱちさせて狭也を見下ろした。

「どうしてわかった？」

「水にちゃんと映っているわ。下りてらっしゃいよ」

稚羽矢はのろのろと身をおこしたが、そのわりにはすばやく狭也の隣に下り立った。改めて狭也を見た彼は言った。

「少しやせたみたいだ」

「具合が悪かったの。でも、もう平気――」

狭也は言葉をとぎらせた。稚羽矢がいまだに狼に嚙み裂かれたままの、破れた衣を着ていることに気がついたのだ。

「今までいったいどうしていたの？」

「木の上にいた。考えごとをしていた」

「ずっと？」

「ずっと」

あきれた顔で狭也は見つめた。

「何をそんなに考えることがあったの」

稚羽矢は、自分のゆらした桂の木の葉が落ちてきて、泉の上に小舟のようにうかんだのをながめた。

「一番よく考えたのは、明星が行ってしまった場所のことだ。豊葦原の生きものはみんな行ってしまう。なのにわたしだけ帰ってくる——帰ってきてしまう」

いくらかすねたように彼は言った。

「なぜわたしには許されないのか考えていたのだ。だれでも行くのに」

子どもがひがんでいるようだったので、狭也はおかしくなった。

「ないものねだりだわ。よくもまあ、そんなことをうらやんだりできるわね」

「だけど、いつまでもどこへもたどりつかないというのに、何をすればいいのだ？」

稚羽矢の問いには切実さがこもっていた。

「なぜ、このような身を与えられたのだ」

狭也は、少しためらってから答えた。

「あたしにも、そんなことはわからないわ。あたし自身のことだって。でも、たぶん、輝《かぐ》の大御神《おおみかみ》様、闇《くら》の大御神様は知っていらっしゃるにちがいないわ」

「天の父神か」

稚羽矢は小声でつぶやいた。そして、むしろ失望した様子で腰を下ろし、ひざをかかえた。

「狭也は、氏族の母神に会いたいと思えば会いに行けるのだろう。だがわたしは、天の父神に会うこともまたかなわないのだ。姉上や兄上とちがって」

「なぜ？」

「異形《いぎょう》だから、わたしは」

二人は顔を見あわせた。稚羽矢は静かに言った。

「わたしの存在は、天の父神を傷つけると姉上は言った。今なら、なぜ姉上がそのように言われたかよくわかるのだ」

狭也がたずねるより先に、稚羽矢は大蛇の剣を腰の鞘《さや》からぬいた。

「これをごらん。狭也にもわかるから」

狭也は驚いて叫びそうになったが、あわててこらえた。ぬいた剣は、輝きはしなかった。昼の日ざしに磨かれた刃のきらめきを映しているだけで、柄の宝石も黒ずんだままだ。稚羽矢は剣を岩の上にそっと横たえた。

「危ないから早くしまって」

落ちつけずに狭也はたのんだ。

「大蛇になれと、祈ってみる？」

「ばかをいわないで」

狭也は声を大きくしたが、稚羽矢は首をふって冗談でないことを示した。

「本当に祈ってかまわない。それでも大蛇は現れないだろう。きっと、もううなり声ひとつあげないだろう」

不審そうに狭也は剣を見つめた。

「どういうことなの？」

「もう大蛇は剣に宿っていないから」

狭也が目を丸くして見上げると、稚羽矢は自分の胸を指さした。

「大蛇はここにいる」

「ここって――」

「わたしの中だ」

「いつから？」

「あの夜から」

稚羽矢は目をふせた。

「狼が来た夜？」

「そう。あの夜、狭也は知らなかったろうが、大蛇は現れなかったのだ。いたのはわたし一人だった。気がついたら、大蛇とひとつになっていた」

狭也は息をのんでささやいた。

「どうしてそんなことに」

「わからない。わたしは、ただ……」

稚羽矢の声はおぼつかなげに小さくなった。

「明星をあのような目にあわせたものに、同じ思いを味わわせてやりたいと思ったのだ」

稚羽矢になんと言うべきか、狭也はまよった。剣の巫女としてどう返答するべきか——それは慎重に選ばなくてはならないのだ。

事はゆゆしいかもしれないし、そうではないかもしれない。おきてしまったことは、もう変えようがない。しかし、巫女がどの一面をとらえて宣告するかで、今後への影響が変わるのだ。ある意味では凶を吉に、吉を凶にする。狭也はそれを心得ていた。

「それでは、大蛇の剣はもうあなたなしで勝手に暴れることはなくなったのね？」

皮肉ではあるが、輝《かぐ》の宮でそのように教育を受けたのだった。

用心深く、狭也は念をおした。

「——そうだ」稚羽矢はうなずいた。

「今も大蛇はここにいる。巣くった虫のように、灰の熾火《おきび》のように、たえず感じられるんだ」

「それならあなたは、大蛇を閉じこめたのだわ。剣の鞘《さや》よりもずっとずっと深い、逃げ出すことの難しい場所に。それは進歩よ。いいことだわ」

狭也が言うと、稚羽矢は目を見はった。

「いいこと？　大蛇になることがか」

「二度と外へ出さなければいいのよ、あなた自身が鞘になれば。もしあなたが充分強ければ、永久に閉じこめてしまえるかもしれないじゃないの」

熱意をこめて狭也は言った。

「あなたが強くなればいいのよ」

「できるだろうか」

あやぶむように稚羽矢は狭也を見た。

「狭也はわたしがうとましくないか？　あれほど大蛇をうとんじていたのに」

「あなたは大蛇じゃないわ」

ほがらかに狭也はうけあった。

「あなたには目があり口があり、考えることができて、こうして話を交わせるでしょう？　大蛇より大きくなって、大蛇のかま首をおさえこんでちょうだい。きっとできるわ。あなたがおばば様の言う風の若子《わかご》なら」

稚羽矢は剣を取りあげ、ようやく鞘に収めた。

「狭也がそう言うのなら」

はにかんだようにちらっとほほえんで、彼は言った。

「――もう考えなくてすむ」

狭也もほほえんだ。

「あたし、あなたをさがしていたのよ。きいてほしいことがあるの。あたしも、あれからいろいろ考えたから」

言葉を切って、狭也は泉の周囲の静かな風景を見まわした。そのあいだも稚羽矢はじっと彼女の言葉を待っている。気づいた狭也は少しくすぐったくなり、肩をすくめてから言った。

「たいしたことではないの。ただ、今になってようやく、あたしにもあたしのすることがわかっただけなの。たとえばね、こういうことなのよ――」

狭也は桂の木を指さした。

「あなたもこの木を美しいと思うでしょう? もうじき木の葉は目のさめるような黄金色《こがねいろ》に変わるわ。それはすばらしいけれど、葉が落ちたあとの冬木立も、また、おごそかで美しいの。そして春がめぐってくれば、赤ん坊みたいにかわいい若葉がにぎやかに芽吹くのよ。たとえば、この泉の水は澄んでいるでしょう。こんなに清らかなのは、ここの水がたえず新しくわいて出て、いっときも淀んでいる暇がないからだわ。豊葦原の美しさはそういうところにあるの。生まれては亡《ほろ》びて、いつもいつも移り変わっていくところに。どんなになごり惜しくても、とどめようと手を出してはならないのよ。そうしたらその瞬間に、美しさも清さも、どこかへ失ってしまうから」

稚羽矢に向きあい、狭也は続けた。

「あなたがた輝《かぐ》の御子は、別の美しさをもっているわ。永遠で不変の。でも、それは天上のものであって、豊葦原には向かないものなのよ。豊葦原をこわさないでほしい。今のこの国が、今のままで、美しいことをわかってほしい——だから、あたしの氏族は戦っているんだわ。あたしもそうしなくてはならないのよ」

自分に言いきかせるように言ってから、狭也は稚羽矢のまなざしをとらえた。

「あなたは、豊葦原の美しさをわかってくれる人だわ。あたしに、花を見せてくれたからわかるの。その心があるなら、あたしたちのために、豊葦原を守るために力を貸してほしい。いっしょに来てほしいの。あなたの大蛇を操《あやつ》る力を、この国のために使ってちょうだい」

稚羽矢は、少し時間をかけて厳粛に狭也の言葉をのみこんだ。それから、ごく率直に答えた。

「狭也が、そう言うのなら」

3

闇《くら》の軍勢は一気に攻めのぼり、ついに中瀬川《なかせがわ》の河口に集結した。河を渡れば、輝《かぐ》の神降り立つ地であるまほろばは、わずか目と鼻の先だ。勝ち運にのった闇《くら》の軍は、勢力においてすでに都の軍隊を上《うわ》まわっていたが、さすがに輝《かぐ》の軍も一歩もひかぬかまえを見せ、おいそれと河を渡ることはできなかった。

また、たとえ死力をつくして突破しても、まれにみる堅固な要塞となりえるまほろばの宮へ攻めこむことは至難である。開都王《あきつのおおきみ》は慎重さを重んじてはやる軍をおさえ、対岸に腰をすえて敵勢をうかがった。動けば天下を決する最後の戦乱になることを彼は肝に銘じていた。

たびかさなる挑発にもかかわらず、戦線はいつか膠着《こうちゃく》し、河をはさんでの両軍のにらみあいが続いた。そのあいだに、山々は赤に黄に色を変え、初霜が降り、夜警のたいまつはいっそう長く切りとられるようになった。進むことも退くこともできないままはりつめた糸が切れるのを見守るような日々が長びくにつれ、闇《くら》の兵士たちのいらだちと不安がつのりはじめていた。

彼らにとって、最も不安であることのひとつに、照日《てるひ》、月代《つきしろ》の輝《かぐ》の御子《みこ》が、この期《ご》におよんでも姿を見せないということがあった。照日王《てるひのおおきみ》の金のかぶと、月代王《つきしろのおおきみ》の銀のかぶとはいつのときも輝《かぐ》の軍勢の先頭に輝いて敵を脅《おびや》かしたものであるだけに、その不在が不気味で、裏のあることのように思われた。

そんなある夜、後尾の拠点を固めていた一軍が急襲を受けたとあって、闇《くら》の軍はあわてふためいた。たくさんの物見が配置され、寸分もらさず輝《かぐ》の軍の動向をうかがっていたにもかかわらず、だれも河を渡る者を見なかったのだ。援軍は間にあわず、彼らは手痛い打撃をこうむった。多くの物資を失い、死者と、敗走者とを出した。

この敗北は、しかし、物質的な戦力よりも、軍の士気にとって深刻なものだった。憶測が野火のように兵士のあいだに広まり、公然と、輝《かぐ》の打倒は不可能であると説く者も現れた。いちはやく現地から総帥《そうすい》のもとへもどった科戸王《しなどのおおきみ》は、苦虫をかみつぶした表情で奥へ入り、開都王と話をかさねていたが、やがて軍議が招集された。

狭也《さや》はその場にまねかれなかった。そこに何かただならないものを感じ、不安に眠れないでいた。だが、翌朝聞かされた軍議の結果は——さらに信じがたいものだった。

狭也はすぐさま開都王その人のもとへ飛んでいった。

「なぜ稚羽矢《ちはや》を監禁するのです？　稚羽矢が何をしたというのです？　今度のことを

彼がひきおこしたとでもいうのですか」

「狭也」

開都王はつとめて穏やかに言ったが、その顔は暗くしずんでいた。

「われわれは今や大軍をかかえている。だが、寄せ集めの烏合《うごう》の衆であるともいえる。多くは住み慣れた土地を遠く離れ、将の人柄にのみ信をおいて馳《は》せ参じた者たちだ。土地も思惑《おもわく》もちがう大勢の人々に、輝《かぐ》と闇《くら》の真意が誤解なく行きわたるとは思えぬ。善は善、悪は悪、白黒つけねば彼らの心は動かせないのだ」

「だからといって、罪もない者を牢に入れるのが正しい裁きなのですか？」

狭也は激しく問いつめた。

「開都殿のなさることとも思えません。彼が輝《かぐ》の御子であることは、とっくに周知のことだったではありませんか」

「このままにしておいては、彼の立場が悪化するばかりなのだ。稚羽矢が輝《かぐ》の側に内通したと疑う者がいる。たとえ今、科《とが》なくすませても、この先ことあるごとに彼らは稚羽矢を名指すだろう。前々から恐れていたことだ——みんなの反感に火がつけられたのだ」

「そんな——」

狭也は声をとぎらせた。

「身勝手だわ。ここ何回かの戦《いくさ》では、稚羽矢はだれにも負けない働きをしているのに」

開都王のいかつい表情は動かなかった。だが、ささやきにまで落とした声音に、つらい心情がにじんでいた。

「それは知っている。だからこそ、怖れと不信が広がりだしたのだということがわからないか？　稚羽矢が功をたてればたてるほど、彼は輝《かぐ》の御子の優越性を見せつけるのだ。底知れない力と、不死の体をもつ者として——」

その言葉は、平手でたたかれたように狭也をたじろがせた。混乱し、泣き出しそうな声で狭也はたずねた。

「それでは稚羽矢は、いったいどうしたらいいんです？」

「許せ」

開都王はため息をついた。

「怖れを感じているのは、あるいはこのわしかもしれぬのだ」

なにを言ってもむだであることを、狭也はがくぜんとする思いで知った。開都王はとうとう断《だん》を下したのだ。

本隊の駐留する扇谷《おうぎだに》の水場近くに、風雨にえぐられた洞穴《ほらあな》がある。捕虜のための土牢《つちろう》がわりに使われていたその洞《ほら》に、稚羽矢は捕われることになった。

　この上なくみじめな気もちで、狭也は稚羽矢の手から大蛇《おろち》の剣《つるぎ》を受けとった。頑丈に組んだ樫《かし》の木の格子が扉に立てられ、念入りにくいが打たれた。しかし、格子をはさんで向かいあった稚羽矢は案外落ちついていた。

「大丈夫、狭也が思うほど苦になるわけではない。またしばらく一人にもどった、それだけだ。そのうちには、他のみんなもわかってくれるだろう」

　逆になぐさめるような稚羽矢の言葉に、狭也がいっそううちひしがれて土牢の前を離れると、そのあとを伊吹王《いぶきのおおきみ》が追ってきた。大きないかり肩を申しわけなさそうにすくめて、王《おおきみ》は言った。

「すまん。みんなを説得することができなかった。臆病なやつらの頭を冷やさせんことには、道理も見えん」

「なんてふがいないんでしょう――いいえ、伊吹殿がでなく、あたしを含めたみんながです」

　半泣きになりながら、狭也は憤《いきどお》りをこめた。

「稚羽矢は、豊葦原《とよあしはら》のために力をかすと言ってくれたんです。あたしたちといっしょに来ると。それなのに、かんじんのあたしたちがこんな心ない、おろかなまねをするなんて」

「疑いは暗くやっかいな影だ。見えるものを見えなくする」

太い眉根をよせて王は言った。

「今回の敗因の真相がわかれば、まだしも人々を納得させられるのだが。疑心暗鬼は始末におえない」

狭也は八つ当たり気味に彼にくってかかった。

「稚羽矢がやったかもしれないと、あなたまで思ってらっしゃるのね」

「とんでもない。わしは稚羽矢に、剣《けん》を教えた師匠だぞ」

驚いた様子で伊吹王は答えた。

「二十年このかた、若い者に武術を教えてきたが、いや、あれほどできの悪かった弟子ははじめてだ。それでいて――まったく、輝《かぐ》の御子であるということは因果なことじゃな。だがな、だれであっても、私心を捨てて剣一本交わして向きあえば、相手が見えるものだ」

いくらか気をしずめ、狭也は目をぬぐった。

「彼を、どう見ました?」

「やつは――そうだな、遠くの空を渡ってきた鶴《たづ》みたいなものだ。泥の中に足とくちばしをつっこんではみたが、心はまだ今までいた雲の上をただよっている。そんなやつに、どうして人をあざむくたくらみがくわだてられるものかね」

狭也たちは、来襲を受けた隊の救護に向かい、負傷した兵士の傷をいやし、荷馬を集めた。忙しく働いているうちに、狭也は、配給を行っている広場の方がさわがしくなったのに気がついた。何か叫んでいる奈津女《なつめ》の声がきこえる。驚いた狭也は、やりかけの仕事を放りだして駆けつけた。

息を切らしてたどりついてみると、兵士たちが見守る中で、奈津女が汚れきった小さな子どもをかかえて洗ってやろうとしていた。奈津女の腕の中で子どもは大声を上げて暴れ、ほとんど取っくみあいを演じているのだ。

「いや！　いや！」

「女の子でしょう、顔ぐらいきれいにしなさい」

おなかを蹴られそうになって、とうとう奈津女が手を放すと、ころがり離れた子どもは、反抗的な目つきで奈津女をにらみすえながら、両手に土をにぎって、ごしごしと自分の顔になすりつけた。

「どうしたの、この子」

目を丸くして狭也はたずねた。はね散らされた水で髪までびっしょりになった奈津女は、やれやれという表情でふり返った。

「調達部隊が、気絶したこの子を連れて帰ってきたのです。鹿とまちがえて矢を射かけたらしいんです。幸いけがはないようなのですが、目をさましたらこのさわぎですの」

見れば、五つか六つくらいの女の子だった。なかなかかわいらしい顔をしているようだが、髪はぼさぼさで、頭から足の先までまっ黒に泥がこびりついている。油断なく、人々をうかがう様子は人間の子よりは野生の生きものを思わせ、いくらか稚羽矢が鹿になったときを思い出させた。

「森の中にいたの？　一人で？」

「きっと、戦乱でなにもかもなくしたみなしごでしょう。自分の名も、親兄弟の名も言おうとしないんです」

思案顔に奈津女は言った。

「困ったひろいものですこと。どうしましょうか」

狭也は胸を打たれて見守った。子どもは周囲を見まわして、まだ気になるのか黒い手でほおをこすっている。狭也はそこに、昔の自分がいるような気がしてならなかった。

「あたしたちで養ってやれないかしら。とても置いて行けないわ」

狭也が言うと、奈津女もそのまわりの兵士も、うかない表情になった。奈津女は低い声で言った。

「そうできたらと思いますけれど、今はこれまでに増して兵糧《ひょうろう》もきびしい状態なのです。どんなにわずかでも、切りつめませんと……。それに、姫様、戦乱で親を失った子は、この子だけではないのですよ」

「でも、せめて――この子一人」

訴えるように狭也は言った。

「お願いよ、この子だけでも助けられない？」

兵士の一人がそのとき、小声で隣の者にささやいた。

「輝《かぐ》の御子の分をまわしたらいいんだ。やつは食べなくたって死ぬことはない。与えるだけむだにしているってもんだ」

狭也はきっと顔をふり向けた。

「今言った恥知らずはだれです。あたしの隊から出てお行き。そのようにさもしい人と、寝食をともになどしたくありません」

みんなは驚いて狭也を見た。彼女が兵士に向かって、これほど冷淡にものを言ったのははじめてだったのだ。見わたして狭也は告げた。

「この子には、あたしの食べる分を分け与えます。それならだれにも迷惑をかけないでしょう」

奈津女でさえ、いくらか気《け》おされて狭也を見つめた。急にへだたりを感じた狭也はむなしくなり、やり場のない思いをかかえて少女に目をやった。汚れた顔に、白目を異様に光らせた子どもが、めずらしいものを見るように見返してきた。

「あたしといっしょにおいで」

親しみをこめて狭也は呼びかけた。

「名前をなくしてしまったのなら、あなたを小鹿《こじか》と呼んであげよう。鹿とまちがわれたからよ。あたしの名前は、狭也。この名も、ひろわれたときについたの。あたしのいた笹やぶが、さや、さや、って鳴っていたのですって」

狭也とともにとりでへもどり、いっしょに天幕で寝おきするようになった小鹿は、数日のうちに落ちつき、意外と早く新しい場所に慣れた。ものおじせずに兵士たちのあいだで遊び、一人たあいのない好奇心をかかえて飛びまわっている様子は、子スズメがまぎれこんでいるようだった。だが、いつまでたっても、どんなに言ってきかせても、顔に泥をこすりつけることだけはやめなかった。幼いなりに何かの思い入れがあるのだろうと思い、狭也も後《のち》には注意するのをやめてしまった。

闇《くら》の人々にとっては、顔色のさえない日々が続いた。巻き返しもままならず、どんな打開の試みも功を奏さないまま、ずるずると戦況は停滞していた。おりから時雨《しぐれ》の薄暗く寒い天気が続き、空模様さえ陰鬱だった。稚羽矢のぬれぎぬは容易にはれそうになく、狭也もまた暗い心で日を送っていた。そのため、小鹿の無邪気さばかりが、わずかな気もちのなぐさめになった。

だが、小鹿にひかれたのは、狭也ばかりではなかった。顔は汚れていても愛くるしい少女であり、兵士たちは小鹿がそばにいるのを喜んだ。愛娘《まなむすめ》のことを思い出す者も多かったのだ。きびしい冬はそこまで来ており、戦いつかれた人々は、遠い故郷の暖かい炉ばたに思いをはせていた。

数日やまない冷たい雨を天幕から見上げ、狭也は、水場に近いじめついた岩場のこと、北風にさらされる吹きさらしの洞《ほら》のことをいつまでもくよくよと考え続けていた。そのとき、幕の中で遊んでいた小鹿が、何かを引きずりながらもってきた。何気なくふり返った狭也は、見てどきりとした。どうやって見つけ出したのやら、注意深くしまっておいたはずの大蛇の剣を小鹿が持っているのだ。

「なんてことをするの。これにさわったら、雷が落ちてきて死んでしまうのよ」

「なんともないよ。あたし、これ好き。これ欲しいの」

あわてて狭也は剣を取りあげた。

「いけません。これは決まった人のものなの。あなたのものにはならないし、今はあたしのものでもないのよ。持ち主にもどすまでそっとしておくの。いじるのは悪い子よ」

「持ち主って、だれ?」

狭也の口ぶりは重くなった。

「――岩屋の中にいる人よ」

小鹿は声をはりあげた。

「わかった。みんながカゴのミコと言っている人ね。カゴの中にいる人。つまんない。あたし、ほかで遊ぼうっと」

少女は小雨の中に飛び出して行った。狭也は止めようとしたが、思いとどまった。そして、手にした剣を見てため息をつき、こんどは別のところに隠さなくてはと思った。

少しして小鹿は、雨よけの下でたき火を囲み、栗を焼いている兵士たちを見つけ、得たりとばかりにわりこんだ。男たちは少女をひざの上にのせてやり、気にとめずに話を続けた。

「――そんなことを言ったって、死なないものをどうやって処刑すればいいんだ」

「だが、そうに決まっているんだ。あいつが照日王にもらしたんだ。金かぶとの王がいまだに盾の後ろにひかえているなんて信じられねえ。どこかに潜伏して、やっと連絡をとっているんだ。早く手を打たなけりゃ、おれたちは寝首をかかれるぜ」

「そりゃ、あいつを亡き者にできたら気が安まるだろうが、しかし飲み食いさせなくたってちゃんと生きているんだから……」

「まったくいまいましいぜ。水びたしの牢に、まるでなにごともないような顔色で座っていやがるんだ」

「おれの兄貴は輝《かぐ》の御子に殺されたんだ」

「おれの親父だってそうだ」

「なんで、やつだけ生き返ってくるんだ」

そのとき、ふいに小鹿があどけなく口をはさんだ。

「生き返らない方法もあるって」

男たちは、少女がきいていたとさえ思っていなかったので、全員ぎょっとなって小鹿を見つめた。小鹿も、目を丸くしてみんなを見まわした。

「どうしたの？　輝《かぐ》の御子が生き返らなければいいんでしょう？　前にとうさんが話していたもの。ひとつだけ方法があるって」

ひざをかした男がやさしくたずねた。

「なんだね、おちびさん。とうちゃんはなんて言っていた？」

小鹿はおかしそうにくすくす笑った。

「あのね、食べちゃうの。鰹《かつお》みたいに、刻んで刻んで食べちゃうのだって。そうしたら御子は不死でなくなり、食べた人に不死が宿るのよ」

人々の顔に一様に奇妙な表情がうかんだ。彼らはすぐ、後ろめたげに顔を見あわせたが、だれも口がきけずにいた。中で一人、小鹿だけが、なにくわぬ様子で一心に火の中の栗をつついていた。

「いやなうわさをきかないか?」

伊吹王が狭也のもとへ来て、めずらしく陰気な口調でたずねた。

「きくにたえんようなことを言うやつがおる。出どころがわかったら、つるしあげてやるんだが」

狭也は朝食の椀《わん》をおいて王を見つめた。

「どんなうわさですか? あたしにはよく——」

隣で粥《かゆ》の椀に鼻をつっこんでいた小鹿が顔を上げた。

「ねえ、『きくにたえん』ってどういうこと?」

「黙って食べるのよ」

狭也は言ってから、再び伊吹王にたずねた。

「なんのうわさなんです? あなたがそんなに怒るなんて」

「いやいや、知らんならそのほうがいい」

王は首をふりふり出て行った。

「わしの口からはとても言えんよ」

　その午後、いやに思いつめた様子の奈津女が狭也の天幕に入ってきた。小鹿は外で遊んでおり、狭也は一人だった。

「姫様、こんなことを言うのは心苦しいのですが……」

「どうしたの？　あなたらしくないわね」

「実は、小鹿のことなのです。あの子を姫様のもとへおくのはよくないことのように思えるのです」

　狭也はけげんそうに見た。

「それほど食料が大変なの？」

「いえ、そういうことではないんですけれど」

　奈津女は口ごもり、両手をさんざんもみしぼってからようやく言った。

「あたしはあの子に――禍々《まがまが》しさを感じるんです」

　狭也はびっくりし、そしてがっかりもして言った。

「氏族でないものはみんな、つまはじきにするのね、稚羽矢が疑われて、次は小鹿？」

「ちがいます。あたしも、稚羽矢殿のことはお気の毒だと思っています」

　奈津女はむきになって言った。

「あのかたに罪をかぶせるのは、あたしたちの恥です。みんなの気もちも、わからなくはありませんが――あたしだって、しばらくは憎く思いましたから。なぜあのかただけ帰ってくるのかと――でも、そんな考え方はまちがった、みのりのないものです。あたしは、憎まなくても人はたえられることを知りました。この子がいたからです」

ふくらんできた腹部を、奈津女は大切そうになでた。そのしぐさを、狭也はまるで女神のもののようだと思った。

「男の子であれ、女の子であれ、この子は柾《まさき》です。あの人が帰ってくるのと同じことなのです。今はそう思えます」

「本当にそうだわ」

狭也は心から言った。

「無事に産んでね、奈津女」

奈津女は感謝のほほえみをうかべたが、急にその顔をくもらせると言った。

「あの子、小鹿ですけれど、どうしてかあの子の両親を思いうかべられませんの。親から産まれた子ではないように、小鬼のように思えるんです。気になるのはそのせいかもしれません」

「たしかになまいきなところがある子だけれど、でも、かわいいものよ」

狭也が言うと、奈津女は首をふった。もともと性質のやさしい奈津女にしては、めずらしいいやがりようだった。

「小鹿はときどき、あたしをにらむのです。なんとも言いようのない、ぞっとする目をして。あれは災いをもたらす者の目つきですわ」

「考えすぎじゃなくて？」

しかし、奈津女はさらに続けた。

「犬でさえ、仔を産む雌犬《めすいぬ》にはやさしくふるまうでしょう？　あたしがこんな役立たずの身で戦場へ来ているのに、みんな、とてもいたわってくれます。けっして、そうしようと思ってするのではなく、生命《いのち》の証《あかし》を尊敬してくれるんです。感謝しています。それに甘えるつもりじゃないんです。ただ、あの子の目は、あまりにみんなとちがうんです」

狭也はいくらか不安になったが、だからといって、五つ六つの子を責める気にはならなかった。

「小さすぎて、何も知らないんでしょう。赤ん坊のことを知らずに、きっと、あなたにやきもちを焼いているのよ」

「そうでしょうか……」

たのむように狭也は言った。

「小鹿を、きらわないでほしいの。あの子は昔のあたしにそっくりなのよ。羽柴《はしば》の両親にひろわれたとき、あたしはあんな風だったにちがいないわ。たよるものをみんななくして、人が信じられなくて、すさんだ様子をして。そんな子を、羽柴の両親はいつくしみながら育ててくれたの。あたしたちだって、それができていいはずなのよ」

奈津女は静かに息をはいた。少し思いなおしたようだった。

「そうですね。姫様のおっしゃることもわかります。つまらないことを申して、おじゃまいたしました」

立ち上がる奈津女の重たげな体と、少し面《おも》やつれのした顔をながめ、狭也は、彼女が体の変調とともにいろいろなことに過敏になっているにちがいないと考えた。

(こんな殺伐としたところにいて、いいはずがない。あたしだってめいるくらいだもの、奈津女の体にはよくないにきまっているわ)

狭也の在所を出て裏へまわった奈津女は、ふと髪のほつれが気にかかり、立ちどまると、櫛《くし》をぬいてまげを整えなおした。おくれ毛をなでつけながら、何気なくわきの木立を見、そしてふいにぎくりとして手を止めた。ちょうど目線の高さの木のまたに、小鹿が腰かけて足をぶらぶらさせていた。ちょっと見には人形のようにかわいらしかったが、汚れた顔のまなざしは、貫くように冷酷だった。

声には似つかぬ口調で小鹿は言った。

「そなたは少し、勘が良すぎるね。身ごもっているせいか」

小さな口もとには、うすくゆがんだほほえみがうかんでいる。

「せっかく狭也があのように疑わないものを、よけいなことをされては困る。あと少しで闇《くら》の兵士どもを思うように操《あやつ》れるところなのだから」

奈津女の顔から血の気がひいた。後ずさりながら、彼女は口の中でつぶやいた。

「鬼――鬼が化けている――」

「とんでもない」

小鹿はかろやかに木から飛び降りた。

「鬼とは、野山に住む小汚《こぎたな》い神々のことであろう？　見くびらないでくれ。がまんしいしい、このようなむさくるしいところへ来てやっているのだ。しかし、まったく疲れる。変若《おち》の力をむだにする」

仔猫のようにあざやかな桃色の舌が小鹿のくちびるをなめた。

「一人で二つ分の生命はどんなに清めの役に立つであろうな」

じりじりと後ずさりを続けていた奈津女は身をひるがえした。ゆるんでいたまげが、ぱっとほどけて後ろになびいた。

「逃げるの？」小鹿はたずねた。

「だれに助けてもらうの？　だれが信じる？」

それ以上はきかず、奈津女は無我夢中で走った。雨が上がったばかりの冷えびえとした大気の中、水を含んだ落葉を踏み散らし、気が狂ったように駆け続けると、兵士の一団に行き会った。彼らは驚いて奈津女を抱きとめ、わけをたずねた。

「何があったんだ。そんなに走って、ころんだら赤子はどうなる」

「小鹿が――」

息を切らした奈津女はうわごとのように口走った。

「助けてちょうだい。小鹿があたしを殺しにくる」

「気が立っているね、奈津女、無理もないが」

気の毒そうに兵士は言った。

「こんな状況だが、あんただけはしっかりしていなくてはいけないよ。少し横になるといい。いい薬草を煎じてやろう」

何を言っても彼らはなだめるばかりだった。しかし、心から心配しているので奈津女もさからえず、その仮小屋に寝かされたが、彼らが行ってしまうと、再びいたたまれずに小屋を飛び出した。

恐怖に駆りたてられた奈津女の足はいつか小川へ向かった。そして、簡素な堰《せき》を作って水をためた水場をこえると、彼女は岩を登りはじめた。むきだしの岩にかこまれたそこには、格子をはめた寒い土牢があった。

稚羽矢は格子ごしに、遠く霧のかかる河口の景色に見入っていた。風の通るここからは、砂州のあたりがよく見えた。今は低くたれこめた灰ねず色の雲の下を、淋しい水鳥があてどもない様子で舞っている。

稚羽矢が鳥の気もちになろうとしていると、突然その姿を影がさえぎった。驚いてわれに返ると、格子の向こうに奈津女がいた。彼女はひざをつき、格子に指をからめ、すがりつくようなかっこうでささやいた。

「お願いです。あたしを助けてください。あたしとおなかのこの子とを、どうか」

必死の色をうかべた奈津女の顔を、稚羽矢は面くらって見つめた。

「助ける？　なぜ？」

「あの子どもが、あたしの生命《いのち》を奪おうとしているのです。みんなにはあれがわからない。でも、あなたにはきっとわかります。あなたはただの人ではないんですもの」

稚羽矢は少し顔をくもらせた。

「そう、あなたたちとはちがう。だから牢の中にいる」

「あたしたちのしうちを、怒っていらっしゃるのは当然です。あたしにも、同族のだれとも同じに罪があります。でも、この子は無垢です、なにも犯していない。どうかせめて、この子に免じて守ってください」

「しかし、どうやって――」

しはじめた。

奈津女は、尖った岩をひろいあげると、髪をふりみだして扉のくさびをこわそうと
「お願い。出てきて。輝《かぐ》の御子であるあなたが——力あるあなたが——こんな、木の格子に、閉じこめられるはずはないんです」

よわりきって稚羽矢はぼそぼそと言った。

「そんなことをされては困るのだ。もし、わたしが外に出たと知れたら、あなたの氏族は二度とわたしを信じないだろう」

とうとう奈津女は泣き出した。涙ははらはらとこぼれ、岩場にまでしたたった。

「お見すてになるんですか。あれは、人には立ちむかえない、あなたにしか互角に闘えないものなのに——」

「泣かないでくれ」

必死になったのは今度は稚羽矢の方だった。その涙を止められるものなら、何をしてもいいようにさえ思えた。

「落ちついて、もっとくわしく話してくれ。助けてあげたいが、まだ何がなんだかわからないのだ」

奈津女が、やっと口を開きかけたそのときだった。突然格子の外で奈津女の体が空《くう》をあおいでのけぞった。のばした両腕が泳ぐようにさまよう。鮮血に驚いた稚羽矢が

立ち上がると、奈津女の背には深々と剣がつきたてられ、その柄《つか》をにぎって、返り血を浴びた小さな少女が立っていた。

「奈津女！」

格子から腕を出してささえようとしたが、むだだった。ゆっくりと奈津女はくずおれていった。瞳の輝きは急速に失われ、もはや稚羽矢を見ても見えていない。けいれんするようなあえぎのあと、最後にもう一度だけ悲しげな瞳をめぐらせると、奈津女は息の下にささやいた。

「柾」

そして地に倒れ、こときれた。奈津女の体ごしに、稚羽矢は言葉もなく血まみれの少女を見つめた。すると、少女はにっこりとほほえみ、黙って立ち去りかけた。

「待て」

思わず格子をにぎる手に力をこめると、それはあっけなくはずれた。奈津女のしたことか、自分のしたことか、思いわずらう暇はなく、稚羽矢は少女を追って飛び出した。

彼の目の前で、少女はまるで空《くう》を舞うように、軽々と岩を飛んで渡り、たった三歩で水場の淵に降り立った。そしてあっというまに汚れた着物を全部脱ぎすてると、冷たい水の中に飛びこんだ。稚羽矢は淵まで追ったが、そこでいくらかためらった。少女はあわてる様子もなく、胸まで水につかって顔を洗っている。そして次に顔を上げたとき、彼女の泥の落ちた顔はぬけるように白かった。幼いながらも玉のように美しい。

少女が新しい顔で岩の上の稚羽矢を見上げ、再びうれしそうに笑いかけたので、稚羽矢はあっけにとられて動けなくなった。少女は今度は体を洗い出す。水をすくうごとに、少女の背はのびていった。髪ものび、みるみるうちに豊かに水の中に広がる。細い腕はしなやかに長く、肩はなだらかに丸く、胸は果実のように重たげにふくらむ。人であれば十数年かかる変化を、少女は水浴びを終える前にすませていた。彼女が岸に上がろうと向きを変えたとき、水の高さは乙女のくびれた腰のへその下だった。

恥じらいも見せずに乙女は水から上がり、ぬれた素肌をさらして稚羽矢の前に立った。その非のうちどころのない肢体は、たしかに隠すものを必要としないかもしれなかった。

「姉上」

稚羽矢はつぶやいた。

「よい清めになった。少しは気分がよくなった」

指で髪を梳《す》きながら照日王は言った。

「少女にもどるのもなかなか骨だな。非力なせいか、すぐ疲れる。変若《おち》を嗅ぎつけてくる下等な神々の相手もわずらわしいし」

「なぜ奈津女を犠牲《ぎせい》にしたのです」

「清めにはあれが一番効《こう》がある。二人分の生命《いのち》だから」

「姉上」

「怒っているのか、そなた」

驚いたように言い、照日王はまじまじと稚羽矢を見つめた。

「そなたは変わったな。見かけもなにも、見ちがえるようだ。いつまでも変わらないのがわたしたちの一族であるはずなのに。だが、まあいい。わたしはそなたを迎えに来たのだ。ここで口やかましいことを言うのはよそう」

まんざらやさしくなくもなく、照日王はほほえみかけた。比類ない双《そう》の乳房がまばゆくはえる。

「こんなことまでして闇《くら》の陣地にしのびこんだのも、そなたのためだ。なんであっても、そなたはわたしの弟だから。できることなら敵として戦いたくはない。わたしといっしょに宮へ帰ろう。ここの人間のおろかさは身にしみただろう？」

やや間《ま》をおいて、稚羽矢はたずねた。

「こんどの攻撃は、姉上のしかけたことだったのですか？」

「そう。少女の姿でまぎれこみ、まぬけなやつらを少しあおったのだ。手玉にとるようなものだったぞ」

岩に背をあずけ、腕を組んで姫御子は続けた。

「それから、疑いがそなたに向くように吹きこんだのもわたしだ。前に弓矢でそなたを襲わせたのもわたし。闇《くら》の者どもは、わたしの思うままにそなたに背を向けただろう。彼らなど、その程度の者なのだ。そして今度こそ、そなたはここにはいられないぞ。やつらはじきに歯をむいて、そなたを切り刻みにくる」

「なぜ？」

稚羽矢は信じられない顔をした。

照日王は白い肩をすくめた。

「やつらが下劣だからだろう。わたしは種をまいただけだ。刈りとる彼らが悪いのだ」

身をかがめると、照日王は岸辺においた剣《つるぎ》をとり、水で血をよく洗い落とした。そして刃《やいば》を調べながら、つぶやくように言った。

「すっかりただの剣だ。ぬけがらだ。そなたは封印をかたっぱしから破ってしまったのだな。今はもう、おのれのことを知っているのか」

「少しは」

小声で稚羽矢は答えた。

「知らないほうがよかったのに」

ため息まじりに姫御子は言った。

「それならば、なぜわたしたちが全力でそなたを倒さねばならなくなるか、そなたにもわかるはずだな。そなたは父の子であって、しかも父の最大の脅威なのだ。もし、敵となるなら——だが、今ならまだ間にあう」

照日王はなかば懇願し、なかば威圧するまなざしで弟を見つめた。

「わたしを敵にまわすな。宮へもどれば、わたしがもう一度守ってやる。そなたを、そなた自身から。それがそなたには必要なことなのだ」

稚羽矢は長いあいだためらっていた。彼の心がゆれ動いているのを知り、照日王はじっと答えを待った。しばらくして、ついに稚羽矢は口をきった。

「わたしは——」

口ごもりながら彼は言った。

「わたしは、先に狭也と約束したのです。豊葦原のために力をかすと。それをすぐに破ることはできません」

それをきくと、照日王の瞳にさっと怒りがさした。声を冷たくして姫御子は言った。

「このわたしのたのみより、子ども同士の約束をとるというのか。あいかわらずおろかだな。それなら、ここに暴徒が押しよせてそなた一人に襲いかかっても、まだそれが言えるかどうかためしてみるがいい」

大蛇の剣を稚羽矢につき返すと、照日王は憤然と背を向けた。

「せいぜい身を守るがいいぞ。わたしは彼らに嘘は言わなかった。われわれとて、こまぎれになってまで生きてはいないのだ。しかし、そなたが彼らの手をのがれたなら、いつかはわたしがそうしてやる。今からは姉でも弟でもないと思え。照日のたのみは一度きり。あとにも先にも、二度めはないのだ」

まばたきするあいだに、照日王の姿はかき消えた。どのような技によるものか、稚羽矢もよく知らなかった。いくらか混乱し、ぼんやりと稚羽矢は手わたされた剣をながめた。そのときだった。

「そこを動くな。重罪人め。よくも女を殺したな！」

頭上から怒りに濁った叫びが浴びせられた。はっとしてふりあおぐと、二人の番兵が血相《けっそう》をかえて槍をかまえていた。

「ちがう。わたしじゃない」

稚羽矢の声にかさなって、緊急を告げる呼子笛《よぶこぶえ》が大気を切り裂いて鳴り響いた。

4

「大変なことになった」

狭也《さや》のところへ駆けこんだのは科戸王《しなどのおおきみ》だった。いつも落ちつきはらっている彼の顔色がすっかり変わっていた。

狭也はぬいものをしながら、小鹿《こじか》はそろそろ帰ってきてもよさそうなものだと考えていたが、そのかわりにたれ幕を引きちぎる勢いで科戸王が入ってきたので仰天し、彼を見つめた。王は苦労して息をしずめながら、低い声で告げた。

「稚羽矢《ちはや》が牢から脱走した。すぐにつかまえられたが、逆上した人々がつめかけて、手がつけられない。稚羽矢をすぐにも処刑しろとさわいでいるのだ」

狭也の手から針と布が落ちた。

「今、どこに？」

「水場の前の空地だ。伊吹王《いぶきのおおきみ》が駆けつけて、みんなをしずめようと手を焼いているが、いきりたったやつらは彼にもなぐりかかるほどの剣幕《けんまく》なのだ。そなたは巫女《みこ》だが、人間も鎮《しず》めることができるか?」

「そんなこと、わからないわ」

それ以上は言葉を交わす余裕もなく二人が駆けつけると、榛《はん》の木の林にかこまれた窪地は怒声を上げる人々で埋めつくされていた。輝《かぐ》の御子《みこ》を殺せ、輝の御子を切り刻めと口々に叫んでいる。酔ったようなその興奮はどこから来るのかと狭也は驚いた。

目のすわった人々は大きな渦の中におり、冷静ないさめの言葉になど耳をかせる状態ではない。現に、狭也や科戸王の姿さえ目に入らず、人垣をぬけて中央に出ようとした二人はあっというまにもみくちゃになった。どよめきは溶けあってひとつになり、狂ったように怒りと飢えだけを訴える耳慣れない言語のようだ。

(一匹の大きな狂暴なけものだわ)

狭也はおしあいへしあいする中で、前に出ようともがきながら考えた。

(この飢えを鎮めるには、言葉などより刺激の強いものがいる。でも、血であってはならない。それでは狼とおんなじだ。ああ、ここにいる全員の頭に、桶《おけ》一杯の水を一人ずつ浴びせられたらいいのに)

上のほうで、だれかがなぐられる音がした。

「どこに目をつけている。剣の姫様に、なんということをするんだ」

太い腕がのびてきて狭也をかかえ取り、畑から作物を引きぬくように人混みから引きぬいた。伊吹王だった。

「大丈夫かね」

「大丈夫よ。それより——」

乱れ落ちた髪をかきあげて狭也はあたりを見まわした。稚羽矢の姿は葉の落ちた沢グルミの木の下にあり、兵士に取りまかれていた。腕は幹にまわして縛りつけられており、狭也にはまだ気づかず遠くに目をさまよわせている。その横顔に切り傷があり、ひざも胸もひどく汚れていた。兵士たちは槍をかまえていたが、むしろその槍は激昂《げっこう》する人々から稚羽矢を守っているのだった。すでに何人もの男たちが、彼らにつかみかからんばかりにして言い争っている。

「なぜ、変若《おち》をもっている彼を処刑だなどと言いはじめたのです?」

伊吹王にたずねると、王ははりつめた声で答えた。

「八十に切り刻んで別々に埋めれば、輝《かぐ》の御子はよみがえらないのだそうだ。真偽のほどは知らんがな」

思わず狭也は息をのんだ。

「稚羽矢を——」

「たとえ彼が何をしたにしろ、裁くのは総帥《そうすい》である開都王《あきつのおおきみ》であるべきだ。こんなところで、虐殺のように処刑することは許されん。開都殿の在所まで彼をつれていかねばならぬ。狭也殿、みんなをしずめる手助けをしてくれないか」

狭也がまだ、何をしたらいいか思いさだまらないうちだった。ふり返った狭也は、槍で群集を押し返している兵士たちの、足もとに横たわる筵《むしろ》で覆った遺体に気がついた。覆いの陰から、色を失った女の手がのぞいていたのだ。

「よしなさい」

伊吹王があわててひきとめようとしたが間にあわなかった。狭也は飛び出していって、筵をはねのけ、覆い隠されていたものを見た。それは、奈津女《なつめ》の変わりはてた姿であり、そのわきに並べて横たえられた大蛇《おろち》の剣《つるぎ》だった。

知らないうちに狭也は悲鳴を上げていて、気づいてからも止められなかった。かん高く細いその悲鳴は人々の怒号をついてよく響きわたり、わめいていた男たちもはっと気づくほどだった。

「奈津女、どうして、どうして、どうして」

遺体の上に身を投げ、むなしくゆさぶりながら、狭也は身もだえして叫び続けた。ほんの今しがた、神のようなほほえみを浮かべておなかに手をやっていた奈津女ではないか。柾《まさき》が帰ってくると、自信をもって言っていた奈津女ではないか。叫んでいないとたえられなかった。目にしたものを受け入れることができなかった。

「どうしてなの。だれがこんなことを」

「あの輝《かぐ》の御子がえじきにしたのだ」

だれかが口を開いた。

「われわれにいつもあだをなす、あの変若《おち》の者がやったのだ」

「殺せ」

「これ以上、悪をわれらのもとにとどめるな」

「彼らは人ではない。人として裁くことはない。人として生かす必要はない」

「八つ裂きにしろ」

人々の口から再び上がったわめき声は、煮えかえる硫黄の熱湯に似てわきあがった。

「耳を切れ。指を切れ。八十の細切れにして死なせるのだ」

がんがんと耳をうつ声の中で狭也はようやく奈津女から顔を上げ、稚羽矢を見た。今度は稚羽矢も気づいていた。狭也のまなざしをとらえたとき、その表情が変化するのが見てとれた。はじめはただ驚き、そして、見つめるにつれて徐々に深い失望に変わり――狭也は、鏡を見るように、稚羽矢の顔の上に自分の表情が映っていると思った。そしてそのことに打ちのめされながらも、どうすることもできなかった。

　二人は耳をおおう怒号にかこまれながら、見知らぬ者であるように互いの顔を見つめた。もとより声はとどかなかったが、音よりももっと深い切り口をもって断たれた断崖の両端から見つめあっていた。

狭也は失ったものの大きさに驚きながら顔をそむけた。これ以上見つめていたら、稚羽矢の顔に、次には不信と嫌悪がのぼるのを見てしまう。それだけは見たくなかった。鏡であろうと、稚羽矢のものとして目にしたくはなかったのだ。

次の瞬間、おしよせていた人々の輪がくずれた。抑制を失った人々は、われを忘れて手に手ににぎった凶器をふり上げ、なだれのように稚羽矢のいる木のもとへ駆けた。激流をさえぎろうとして巻きぞえになった衛兵が、なぐられ、突かれ、倒れて見えなくなった。狭也も突きとばされ、あやうく人々の足の下になるところだったが、きわどいところで科戸王がかかえ出した。狭也は気を失いかけていたが、われに返り、口がきけるようになるやいなや科戸王にたのんだ。

「みんなを止めて、早く」

「無理だ」

科戸王は半狂乱の狭也を無視し、おしひしぎあう人々から彼女を遠ざけようと努力しながら答えた。

「もう、一人二人の力ではどうにもならない。へたをすると、命を落とすぞ」

「止めて。止めないと――」

わななきながら狭也は言った。

「死ぬのはこの人たちなのよ」

「なんだって」

　科戸王が思わず足を止めて狭也を見たときだった。目もくらむ青い雷光が空を走り雲を変え、その瞬間、豊葦原《とよあしはら》そのものをうちゆるがすような轟音が地を打った。強い衝撃に、立っていることのできる者はなく、人々はかさなりあうように倒れふした。彼らが恐怖に青ざめた顔を上げたとき、その目前で、稚羽矢の立っていたクルミの大木が火を吹いていた。ひとかかえもある幹の根もとまで瞬時にして黒変させたその木は、激しく炎を上げ、炭化した枝に真紅の火の花を咲かせながら、死の使いのように人々の上へ倒れかかってきた。

　逃げ遅れた者の哀れな悲鳴が、高く響きわたる。だが、それですんだわけではなかった。稲妻は追討《おいう》ちをかけるように次々と閃《ひらめ》いた。いつか空は墨を流したようにどす黒く変わっており、猛烈な嵐が襲ってきた。突風とともに、いきなり滝のような雨が降り出し、落雷の直撃は続いてさらに惨状をきわめた。

　まるでねらい定めて落ちてくるような雷に、水は多くの人々の命取りとなった。何十人もが一度に倒れた。いくらもたたないうちに、あたりはどんな激戦地でも例を見ないほど無残な様相を呈してきた。泥の中に死者が倒れ、負傷者がうめき、混乱して逃げる者たちがそれらを踏みにじった。

　狭也は輪の外にいたことが幸いして、早くに岩陰へのがれることができたが、たたきつける雨の中のこの悪夢に、なすすべをなくしていた。ただひたすらに恐れることしかできなかった。黒雲をよせ、雷を従わせる、すさまじい怒りの神。それが今、制するなにものもないまま暴れ狂っている――

ふいに肩をつかまれて狭也は飛びあがりそうになった。科戸王が、狭也と同じに全身からしずくをしたたらせ、髪をはりつかせて、わきに立っていた。彼は最初からそこにいたのだが、気の転倒した狭也にはおぼえがなかったのだ。

「あれが真相なのか」

科戸王は低い声で言った。その口調にも顔つきにも力がなかった。彼も恐れているのだった。

「大蛇《おろち》となるのは、稚羽矢なのか。剣と稚羽矢とは、それでは同一のものなのか……」

狭也はうなずき、すすり泣きをかみ殺したのどがふるえるのを感じた。あたりの岩は、激しく降り続く雨に水けむりをあげ、いく筋もの銀の流れを作っている。小川はすでに堰《せき》をこわし、膨れあがって不気味な茶の濁流と化している。

たのむように科戸王は言った。

「鎮めてくれ、狭也。このままでは、われわれは輝《かぐ》と対決する前につぶされてしまう」

ふいに感情のおさえがきかなくなり、狭也は悲鳴のように高い声で叫んだ。

「どうやって？　どうやって鎮めろというの。あたしたちが何をしたかわかっていながら」

「そなたは、剣の巫女ではないか」

「あたしたちは稚羽矢を失ったのよ。それがわからないの？」

狭也は思いきりなじりたかった。あたしを見てわからないの、と言いたかった。彼女がどんなに怯《おび》えているか、どんなに絶望しているか、どんなに途方にくれているか——だが、その憤《いきどお》りは自分自身に向けるべきものであることは、わかっていた。

しのつく雨を雷光が照らし出す中、大男が雨しぶきを散らしながら、腕をかかげて駆けてきた。伊吹王だった。

「ここにいたか、科戸殿、狭也殿。歩ける者をつれて高台へ避難させてくれぬか。この低地は危険だ。川があふれだしたらあっという間だ」

「しかし、上には大蛇が。落雷は続いています」

「案じるな。あれの相手はわしがする」

落ちついた口調で言う伊吹王に、科戸王も狭也も驚きの目を向けた。

「巫女である狭也にもできないことを。どのようになさるつもりなのです」

伊吹王は、ちらと狭也を見た。

「あれは稚羽矢だ。そうだな？　稚羽矢ならわしの弟子だ。師匠として、いさめる義務がある」

幅広の剣の柄《つか》をカチリと鳴らし、王は言った。背を向けようとする彼を、狭也は必死でひき止めた。

「待ってください。剣でかなうものではないのです。死んでしまいます。大蛇には目もない、心もない。彼にはあなたを見わけることができません」

「やってみなくてはわかるまい？」

白い歯を見せて伊吹王は言った。豪胆な古強者《ふるつわもの》の顔だったが、けっしてそればかりではなかった。

「わしはそうやすやすと倒れはしない。稚羽矢に、仲間に牙を向けるようなことをするなら、まずこのわしを倒してからにしろと言ってやるわい」

狭也はしがみついたまま、ささやいた。

「行かないでください。ここであなたを失ったら、あたしたちはどうしたらいいんです？」

伊吹王は、ききわけのない幼子《おさなご》にするように、狭也の頭を大きな手でなでたきりだった。そして彼女の手をそっとはずすと、はげしく降る雨の中、黒雲の中の大蛇と対決しに岩場を登っていった。

「狭也」

おぼえのある声が彼女の名を呼んだ。雨あがりの、しめやかな夕暮があたりに静けさをもたらしていた。ようやく切れはじめた雲間から、赤い夕日が今さらに射し、紅葉した木立の先端だけをかすかに染めている。放心して小屋の外に腰を下ろしていた狭也は、うつろな顔をふりむけたが、人の姿はなく、開都王たちのつないだ馬がひしめいているだけだった。

「狭也ったら」

やっと、柵にとまった声の主を見つけると、狭也の顔にはいくらか生気がもどった。

「鳥彦《とりひこ》」

「もう忘れられたのかと思ったよ。ちょっと留守しただけなのに」カラスは言った。

「今までどこへ行っていたの？」

「あちこちさ。兵隊をたくさん集めたんだ。数でいえば開都王さえかなわないよ。おれもこれからは鳥王《とりのおおきみ》と呼んでもらわなくちゃ」

鳥彦はおどけて言ったが、狭也がのらないので羽ばたいてやめにした。

「元気を出しなよ。大蛇は鎮まったんだろう」

「鎮めたのは伊吹王よ」

「王《おおきみ》の容態は、どう？」

狭也は黙って首をふった。それから、急にこらえきれなくなったようにうめいた。

「鳥彦、あたし、もうだめ」

「そんなことないって」

「だめよ。おしまいだわ。何ひとつできない――肝心なことは何ひとつできないあたしが、どうして巫女なの？」

両手で顔をおさえてしまった狭也を、鳥彦は心配そうに見つめた。

「おれ、ずっとそばにいるべきだったよ」

少しして、小屋の中から従者が出てきて狭也に小声で告げた。

「王様がお目ざめになりました。姫様と話したいと言っておられます」

狭也は従者に続いて戸口をくぐった。薄暗い部屋には、開都王をはじめとする名のある武将たちが、表情を固くし、黙りこくって座り続けていた。彼らの顔つきは、伊吹王に回復の望みがまったくないことをいやおうなしに教えるものだった。あらたになえてゆく気もちをかかえて、狭也は巨体を横たえた伊吹王を見つめた。

王の髪とひげは焼けこげ、全身に火傷《やけど》を負い、白い布をあてた下に、痛々しくただれた皮膚が見えた。彼は両目も失っていた。薬師《くすし》もすでに処置のしようがなく、ただ冷たい水でぬらした布を目の上にあてがって、せめても苦痛をやわらげようとしている。狭也が立ちつくしていると、伊吹王は黒ずんだくちびるを動かして言った。

「そこにまいられたのは狭也殿かな？　足音が軽かったが」

地声《じごえ》の大きな伊吹王とは思えない、かすれてききとりにくい声だった。泣き出しそうになるのを必死にこらえ、狭也はひざまずいて答えた。

「はい、あたしです。傷は痛みますか？」

「たいしたことはない。なあ、狭也殿、わしは稚羽矢と話したぞ。最後にはやつもわしがわかったのだ」

精いっぱい愉快気に伊吹王は言った。

「だからわしは言ってやった。生涯で一番不出来な弟子だと思っとったが、師匠を倒せるまでになったのなら安心したぞ、とな」

「あたしがいたらなかったのです。王様」

狭也はつぶやいた。

「狭也殿、やつを見限らんでやってくれ。これはわしからのたのみだ。やつはまだ自身の力を操《あやつ》れず、やみくもに暴れただけなのだ。まだ何がおきたかも知っていなかったのだ。彼は悪ではない。けっしてない。われわれも彼にひどくあたったのだ」

「ええ——わかります」

狭也はうなずいた。涙があふれだし、もう命じても止まらなかった。このようにすべてにおいて大きな人を、むなしく失ってしまうかと思うと、じだんだを踏んで叫びだしたい。だが、声を殺して泣くことしかできないのだ。伊吹王はすでに女神のもとへ足を踏み出し、その途中で狭也をふり返っているのだった。

「もし、そなたが稚羽矢を見限ったら、稚羽矢もおのれを見限るだろう。そのときこそ、恐ろしいことになる。彼は真に禍々《まがまが》しいものに——大蛇に、なりはててしまう。許してやりなさい。気の毒な娘の死に、そなたは傷ついたろうが、稚羽矢もまた傷ついたのだ。許しこそ、そなたの大きな力となるものなのだから」

「はい」

涙の中から狭也は答えた。

「それでこそ、水の乙女だ」

急に疲れを感じたように、伊吹王は長いため息をついた。

「わしはひと足先に女神のもとへ休みに行くが、そなたたちのことを忘れはしないよ。またどこかで、別の形で会いたいと、稚羽矢にもそう伝えておくれ」

伊吹王は眠りにおちた。そして、みんなの見守る中で、静かに息をひきとった。


夜になると空は晴れわたり、降るような星月夜《ほしづくよ》となった。上弦《じょうげん》の月は冴えざえとした光を投げ、秋の草むらに陰影を刻む。伊吹王のためには殯《もがり》が行われ、真新しい垣で囲んだ安置場に遺体をおさめて、人々は通夜をすごした。彼の死を悲しまない者はなく、戦線へのいたでを嘆かない者はなかった。多くの人々がつめかけた小屋で、狭也は長いあいだすみに座り続けていたが、ふいにたえられなくなって、真夜中に一人外へすべり出た。

　白菊が月の光にさみしくうかんでいた。空気には霜の匂いがただよう。明け方にはきっと、一面まっ白になるだろう。だが、今の狭也には肌を刺す冷気がむしろ、ふさわしいように思えた。葉が透いて、まだらに月の影をおとす桜の木に寄り、ずきずきするこめかみを幹におしつけた狭也は、そっとつぶやいた。

「もう、とりかえしがつかない……」

　その言葉だけが、先ほどから頭の中で鳴り響いていたのだった。思いうかんでくるどんな事柄も最後はそのひと言で終わった。

（あたしは稚羽矢を失い、剣の巫女であることを失ったのだ。あたしがばかだったのだ。奈津女も伊吹王も、あたしをおいていってしまったというのに、何をささえにしたら、この先暮していけるのだろう）

　ふと、闇《やみ》の中をひそやかに歩み来るものの気配がした。ぎくりとした狭也は木から離れた。

「だれ？　そこにいるのは」

　月の下に歩み出た人影はたいそう小さく、ほとんど小鹿の背丈しかなかった。だが、髪は淡い光に透いて霜よりも白く輝いた。

「岩姫《いわひめ》様」

意外さに狭也は声を大きくした。

「いつお着きだったんです。もう知らせがとどいていたのですか？」

「わしは、いつでもみんなのそばにおるのじゃよ。だれも気づかぬだけのことじゃ」

岩姫はなぞめいたことを言いながら狭也のそばまで寄ってきたが、いきなりたずねた。

「娘や、なぜ恐れたりしたんだね？　稚羽矢と大蛇がひとつのものであることは、もうせんからわかっていたことじゃろうに」

狭也にはすぐに答えることができなかった。老婆はこともなげに、まっ先に事の核心を突いたのだ。だが、岩姫の底知れぬ瞳を見つめるうちに、老婆が何もかも知っていることがわかってきた。すると、答えは言葉より、涙のほうがよほど狭也の気もちを表せた。母の前で失意の子どもが泣き出すように、狭也はわっと泣き出した。

「信じなかったんです。どうかしていたんです。奈津女を見て——稚羽矢のしわざと真《ま》にうけるなんて。稚羽矢は、剣をあたしにあずけて牢に入ったのだったというのに。天幕から剣を持ち出せる者がいるとしたら、小鹿くらいしかいないというのに」

「その、そなたがひろった子どもは、十中八九照日王《てるひのおおきみ》じゃ。大胆な姫御子《ひめみこ》ならやり

「そうなことじゃ」

奈津女は、小鹿をきらっていました。あんなに——」狭也はつぶやいた。

「彼らは、人の弱みに乗じるのが得意じゃ。そなたの同情をかって潜入し、画策をこらしたんじゃろう」

「あたしがもっとしっかりしていたら、奈津女も伊吹王も死なずにすんだのですね」

岩姫は大きな目でゆっくりとまばたいた。

「おきてしまったことを言っても、なんにもなるまい」

「言わずにいられません。あまりにおろかなので、もうすっかり自分で自分に愛想がつきたんですもの」

こらえきれないように狭也は続けた。

「なにより――なによりあのときの稚羽矢の顔が忘れられません。あのようなせとぎわで、あたしは稚羽矢を見離したのです。なんて目で彼を見てしまったことか。伊吹王が、息をひきとる間際に心をつくして言ってくださったことも、すべて遅すぎるものにしてしまったのです。稚羽矢は行ってしまいました。もう、とりかえしがつかないんです」

岩姫は、狭也のすすり泣きがしずまるまでひとしきり待ってから、やさしく言った。

「すてばちになってはいけない。誤ちを認めるのに、一番よくない方法じゃ。つぐなおうにも、つぐなえないものもこの世にはあるが、それを知っていることと、努力をしないことは別じゃよ」

狭也はようやく涙をぬぐった。

「つぐなえる望みが少しでもあるなら、なんでもやってみせます。ほんのわずかでも機会が与えられるものなら」

「娘や」

慎重な口ぶりで岩姫は言った。

「稚羽矢は輝《かぐ》の宮へ帰ってはおらぬと、わしは考えておる。居場所まではわしにもわからぬが、たぶん、そう遠くないところでさまよっているはずじゃ」

「本当でしょうか」

ぬれた目を見はって狭也は老婆を見つめた。

「こんなことになってもまだ、稚羽矢は豊葦原をいとわずにいるでしょうか」

「なぜなら、彼はもう目ざめておるからじゃ。稚羽矢はすでに姉御子に言われるままに従う幼子《おさなご》ではない。みずから考え、おのれが納得してから動こうとするじゃろう。もちろん、二度とは自分から闇《くら》の陣地へ来るまいが――」

「でも、会いに行けば、会えるかもしれないんですね」

せきこんで狭也はあとをひきとった。

「その望みがあれば、あたしは行きます。稚羽矢をさがしてみます」

「そうじゃな。再び手をとることもできなくはない。だが、そなたも今度はよくよく考えてものを言わねばならんぞ。稚羽矢はそなたの言いなりにもまた、ならんじゃろうからな」

しかし狭也は息を吸いこみ、背筋《せすじ》をのばした。すべてを失ったわけではないという気がしてきたのだ。

「あやまるだけでもいいのです。このまま、誤解のままに遠くへだたってしまうのでなければ。稚羽矢をさがしてみます。そうしなければならないんです」

固い決意をこめて狭也が言うと、岩姫は目を閉じて一人遠くへ思いをはせるようだった。そして、ゆっくりと、しみじみとした声音《こわね》で言った。

「狭也、輝《かぐ》の力が地におよんで三百余年の時がたつ。そのあいだわしらは彼らに対抗して戦い続けてきた。何代もの水の乙女が生まれ、その何代もの水の乙女が、輝《かぐ》にこがれてその身を滅ぼした。剣をいだく乙女の、呪わしいさだめとさえ思えるものじゃった。だが――そなたは稚羽矢を見出した。そなたは風の若子《わかご》に出会った最初の乙女なのじゃ。わしには、それがすべてを変えていくように思える。水の乙女はそなたの代で、ようやく求めるものの本質を見出したのじゃ」

狭也は畏怖の目で老婆を見た。そのように言われると、いくらか空恐《そらおそ》ろしく思えた。

「あたしは考えなしで、失敗ばかりしていますけれど——たとえ稚羽矢に出会ったのはあたしがはじめてでも、一歩まちがえば、あたしもまた、身を滅ぼすということでしょうか」

「臆したかね」

岩姫は笑いを含んで言い、やや意地悪くたずねた。

「今でも稚羽矢が恐ろしいかね」

「いいえ」

狭也がむきになって言うと、岩姫は首を横にふった。

「いやいや、それはうそじゃ。彼は大蛇じゃもの、恐れないのは偽りだし、大きな誤ちじゃ。だがしかし、すべてを恐れうとんじるのは正しくない。彼は悪ではないからじゃ。誠実に接することができれば、きっと誠実に返すじゃろう。彼が大蛇でありながら、なお大蛇をこえる者になるためには、そなたは恐れ、なお恐れを克服せねばならないのじゃ」

第六章　土の器

天《あま》つ風　雲の通《かよ》ひ路《じ》　吹きとぢよ
乙女の姿　しばしとどめむ

『古今集』僧正遍昭《そうじょうへんじょう》

1

車座に座った武将たちは開都王《あきつのおおきみ》をうかがった。狭也《さや》の申し出に対して、王《おおきみ》がどのように答えるか耳をそばだてたのだ。

開都王は、判断をひきのばす様子でゆっくりと口を開いた。

「そなたの言うことはよくわかった。稚羽矢《ちはや》には、罪がなかったということもわかった。だが、さがしに出て何を得られるというのだ。彼はもはや、再びわれわれの側につくことはあるまい。われらは互いに、二度と顔むけできぬふるまいをしてしまったのだから」

「いいえ、水に流すことはできるはずです。あたしたちがそうすれば、彼もきっと。不死に目のくらんだ人たちも、今は後悔していますし、なにより、すべて照日王《てるひのおおきみ》の手くだに踊らされてのことだったと、みんなが知っています」

けんめいに狭也は言った。岩姫《いわひめ》は座に加わらず、部屋のすみでじっと目をつぶってきいている。

「そんなにまでして、稚羽矢を味方にもどす必要はあるのか？」

科戸王《しなどのおおきみ》が鋭くたずねた。

「ありますとも。大蛇《おろち》の剣《つるぎ》は、闇《くら》の氏族が守ってきたものです。彼が剣だったのです。あたしたちの、最大、最強の力となるものです」

「そなたは稚羽矢を失ったと言ったはずだ」

「ええ」

いくらか身をすくめた狭也は小声で答えた。

「――だから、もう一度見出しに行きます。あたし自身で」

科戸王は言いつのった。

「どこにいるのか見当もつかぬものを、ふらふらさがしに行けると思うか。この、一触即発で大戦乱にもなろうという状況のもとで。輝《かぐ》の側の伏兵はどこにでもいる。捜索など不可能だ」

「おれが狭也といっしょに行くよ」

しきりに羽づくろいしていた鳥彦《とりひこ》が頭を上げて言った。

「今だって、もうおれの部下が空からさがしに出かけている」

科戸王は眉をひそめた。

「鳥彦、そなたとて、われわれの欠くことのできない戦力だぞ。部署を離れるつもりか」

「飛んで帰れば連絡はつくさ」

カラスはけろりとして言った。

「それに、思い出してほしいな。おれはもともと狭也のために鳥にとどまったんだぜ」

思いあぐねるように開都王は狭也を見つめた。

「もうしばらく待てぬか。今少し状勢がさだまるまで。今はとても兵を割《さ》くわけにはいかんのだ。守りもなくそなたを出すことはできぬ」

「待つことはできません。お願いです」

必死になり、身をのり出して狭也は訴えた。

「あたしを行かせてください。鳥彦さえいてくれれば、自分の身は自分で守ります。今すぐでなくてはならないのです。時がたつほどに、稚羽矢は離れていってしまう――」

ふいに科戸王は狭也にたずねた。

「そなたは、いったい稚羽矢をどう見ているのだ。あの輝《かぐ》の者を。あの異形《いぎょう》の大蛇を。たしかに稚羽矢をわれわれのもとへつれてきたのはそなただが、身をすててまで再びつれもどそうとする執心はなんのためだ。そなたの態度はまるで、恋人のあとを追う娘だぞ。まわりがまったく見えていないのだ」

　狭也はとまどい、むしろあっけにとられた顔で科戸王を見た。それほど彼の言葉は狭也の意表をついていた。

　そのとき、すみから岩姫の声がした。

「そうとも」

　老婆ははじめて目を開いてこちらを見ていた。

「狭也は剣の巫女《みこ》だからじゃ。巫女であるとはそういうこと。人の身であって、神の嫁となれる者のことを巫女と呼ぶのじゃ」

　科戸王はさっと血をのぼらせ、声に怒りをこめた。

「狭也の仕える神は稚羽矢だと言われるのか。わたしは認めんぞ、断じてあのような——」

「仕える神とは言わぬ」

　岩姫はすばやくさえぎった。

「だが、大蛇の剣を中において、狭也と稚羽矢が両極の一対であることは、そなたも認めねばならぬぞ。半身のようなものじゃ。与えあうにしろ、奪いあうにしろ、完全ではないお互いの、相手の部分を求めねばならぬ。神は巫女を得ずには神にはなれぬし、巫女は神を得ずに巫女にはなれぬということじゃ」

科戸王はそれきり黙りこんだ。狭也は、七日間だけ意をかなえることが許され、鳥彦が毎日報告に飛ぶという条件のもとに、食料と馬を与えられた。

座を離れると、鳥彦は狭也の肩へとまりに来て言った。

「科戸の君はさぞ気落ちしたろうね。おれには彼こそ恋する輩《やから》に見えるもの。むくわれない思いには同情するな」

狭也は小さなため息をついた。

「なんのことかわからないとは言わないわ。でも——でも、やっぱりだめ。あのかたには悪いと思うけれども」

「ばあさまの言ったこと、狭也はどう思う?」

「考えてみたこともなかったわ」

うつむいた狭也はためらいがちに言った。

「岩姫様の口からきくと、そうなのかとも思うけれど、実感はあまりないの。だって、あたしには稚羽矢のことがよくわからないもの。あの人のすることは、いつだって、予想がついたためしがない」

狭也は口をつぐんだが、しばらく歩いてから急につけ加えた。

「それでも、あたしをおいて、他のだれもあたしよりよくはわからないだろう、って気はするわ」

カラスは翼をすくめた。

「おれはどちらでもいいけどね。狭也がそれでよければ」

「どちらでも、って？」

たずねる狭也に、鳥彦は言った。

「恋人でも、巫女でも、ってことさ。どちらにしろ、鳥がくちばしをはさめる問題じゃないもんな」


炎より赤く染まったツタの葉、はだかの枝に鈴なりの赤い実をつけた灌木《かんぼく》があざやかに目をひく。木《こ》がらしは低く吹きすぎ、色変わりした木々はそのたびに葉を散らした。落葉は森の底を厚くし、日に日に骨ばった小枝があらわになる。鳥は去り、鳥は来た。渡りの鳥たちが旅を終えたのだ。

白い大鳥が連なって高い空を横切るのを見上げ、鳥彦は言った。

「あいつらはだめだ。部下にならない。水を渡ってくるものだから、豊葦原《とよあしはら》に執着が——忠誠心がないんだな」

「海の向こうにも、どこかにはまた別の国があるのね」

馬上から狭也は、広がる砂州のかなたを見やった。海は近い。風にもそれが感じられる。

「あちらへ行ってみない？」

「海岸へ？　思いあたることがあるのかい」

「別に。でも、なんとなく、海をまたながめたいわ」

カラスは、身を隠すものもないような場所へ、気まぐれで行かれては困るというようなことをぶつぶつ言ったが、さっと飛び立つと、すぐにまたもどってきた。

「今、偵察隊をやったから、それからだよ」

ゆれる葦《あし》の原の手前で、彼らはしばらく待った。すると、鳥彦の偵察隊が報告にもどってきた。それは二十羽ほどのカワラヒワの群れで、灰緑《はいみどり》と黄色の翼をうちたたいて、次々と現れた。人なつこい丸い目をしたヒワたちは、鳥彦を肩にのせた狭也を見つけると、われさきに舞い降りてきて、恐れもせずに腕に指にとまり、うれしげにピーチクと話しかけてきた。

「よし、わかった。行こう」

鳥彦が人の言葉で言うと、小隊は再び飛び立ち、狭也はいくぶんなごり惜しい気もちで彼らと別れた。

馬の足を進めると、やがて干潟に出た。なにもない、うらわびしい光景の中で、渡りの途中のシギだけが、羽を休めて泥をついばんでいる。彼らから得るものはなく、鳥彦が開けた場所を危険視したので、狭也はやむなくひき返し、沿岸の黒松林に道を選んだ。松林は帯状に続き、やがて、浜を登って、梢のあいだから切りたった崖下に、岩にくだける白い波が見えるようになった。

　数夜を狭也は野宿にすごし、ほとんど一日中を一人ですごした。鳥彦は細心の注意をはらってついてきてくれたが、同時に八方手をまわして稚羽矢の行方をさがしていたため、始終西に東に飛びまわっていたのだ。暗くなってくると、狭也は適当な木の根もとに馬をつなぎ、自分で枯れ枝を集めて細々としたたき火を作った。せっかく落葉を集めた寝床に身を丸めても、よく眠れないことが多かった。寒さや寂しさよりなにより、行くべき場所に気づかず背を向けて、どんどん遠ざかっていやしないかという不安が、夜とともに胸をさいなんだのだ。

「一人になってみると、いろいろわかることがあるわね」

　狭也は舞い降りてきた鳥彦に言った。

「ふしぎね、あたしは、いつも自分が一人ぼっちだと思っていたのに、本当の意味で一人になったことはないんだわ」

「心細いのかい？」

　鳥彦がたずねると、狭也は首をふった。

「そのせいで心細いのじゃないわ。だけど、なんだか、羽柴《はしば》へ来る前のあたしにもどったような気がするの」

羽柴で目ざめたその日から、自分は夢の中に現れる怯えた女の子をきらい続けていたのだと狭也は思った。彼女の恐怖とみじめさを憎み、見すてられ、なすすべのないありさまを軽蔑していた。それを自分のものとはけっして認めたくはなかった。だが、それはまちがいだったのだ。今もなお、狭也はみじめであり、恐怖にうちひしがれており、みっともないほど、温かな愛情を乞い求めているではないか。夜の中をさまよっている少女から、少しもへだたっていないのだ。受け入れなくてはならなかったのだと狭也は気がついた。受け入れなくては乗りこえることもできず、先に進むことはできないのだ。

(あの女の子がいつまでたってもたどり着くことのできなかった場所とは、あたし自身だったのかもしれないわ)狭也は静かに思った。

夜、風にのるかすかなどよめきに、木《こ》の間を透かし見ると、遠い浜に狐火のように点々とたいまつがまたたいていることもあった。鳥彦の集める情報によって、戦いはまだ局地戦に限られていることは知っていたが、血なまぐさいことはたしかだった。ふけゆく秋の静謐さをよそにして、闇《くら》と輝《かぐ》の、豊葦原を賭けた最後の一大決戦がこれからはじまろうとしているのだった。

翌朝、海岸線で例になくカモメが舞っていたが、その白い翼の群れをつきぬけて、興奮した鳥彦が矢のように飛んできた。

「見つけた！」

開口一番叫んだ彼の声を聞いた狭也は、突然体中の血が熱く駆けめぐり、めまいがしたのに驚いた。

「どこなの？」

「岬の岩の下の浜だ。千鳥《ちどり》のばかめが、水死人とまちがえて黙っていたんだ」

岬の崖は鼻のようにつき出しており、下へくだるにはかなり苦労して岩をつたわなくてはならなかった。しかし下りきると、浅くくぼんだ入り江を荒い砂浜がかこんでいた。稚羽矢の姿がやっとのことで目に入ったとき、狭也は、千鳥を責めることはできないとまず思った。波打際に身を横たえ、体半分をよせる波に洗われている彼の様子は、どう見ても流れついた水死人だった。

長いあいだ身じろぎもせずそうしていることは、砂にうもれかけていることからも、小ガニが平気で登り下りしていることからもわかる。手足にはうちよせられた海草がからみつき、塩にいたんだ衣は黒ずんでほころびかけていた。ひと足近づくごとに、狭也の胸は狂おしく鳴りたてた。千に一つ、万に一つ、輝《かぐ》の御子《みこ》も死んでしまうことがあるのかもしれない——

だが、足を止めた狭也が手をふれるのをためらううちに、稚羽矢は目をあけ、彼女を見上げた。

口をついて出た問いは、いささかばかげて響いた。

「おきてるの?」

「疲れた」

稚羽矢は弱々しくつぶやいた。

「わだつみの底がこれほど遠いとは知らなかった」

狭也は思わず鳥彦とあきれた顔を見あわせた。

「そんなところへ行っていたの?」

「わだつみの神に会おうと思って——でも、行きつかなかった」

「立てないの?」

「——いや」

稚羽矢はようやく身をおこしたが、いかにもたいぎそうで、歩くには手をかしてやらなくてはならなかった。

「どうしてここがわかった? 最後にはどうでもよくなって、潮に流されてきたのに」

「鳥彦に見つけてもらったの」狭也は答えた。

「六日間、あちこち歩いたわ。そして見つけてからここまでもう一日。もうすぐ日が暮れるわ。もらった七日間を使いきったのよ」

狭い浜を少し行くと、崖下に、雨よけ程度のくぼみをもつ岩穴があったので、狭也たちは稚羽矢をそこへ運んだ。鳥彦は狭也に言った。

「おれ、日が落ちる前に王たちに知らせてくるよ。できたら人手をかりてくる。この調子じゃ、簡単に岩場を登れそうにないからな」

カラスが飛び去るのを見送ったあと、狭也は乾いた流木をさがし集めにまわった。薪《たきぎ》をかかえてもどってくると、稚羽矢は岩にもたれて、また寝入っているようだった。だが、狭也が火打ち石を出そうと荷物をまさぐっていると、ふいに口を開いた。

「剣《つるぎ》を持っているんだね。それを持ち運ぶのを、あんなにいやがっていたのに」

袋からはみ出している大蛇の剣の柄《つか》を見て、狭也はほほえんだ。

「お守りがわりにしたのよ。これを持っていれば、会えそうな気がしたから」

「なぜさがしにきた？」

たずねるともいえないような小声で稚羽矢はつぶやいた。

「あやまろうと思って」

「あやまるって？」

「あなたが――奈津女《なつめ》を殺したと思ってしまったことを」

「あやまるって、何をすることだ？」

困って彼を見た狭也は、稚羽矢が本当にわかっていないことに気がついた。

「ごめんなさいって言うことだけど——知らないの？」

「はじめてきく」

真顔《まがお》で稚羽矢は言った。

「どういう意味？」

「まあ——困ったわ」

狭也は、今になってやっと輝《かぐ》の宮の巫女の教えがふに落ちたと思った。なぜ神の機嫌を損じた巫女は、みずから命を絶つほど重い責《せめ》を負わされるのか。それは、天《あま》つ神には許すという行為がないからなのだ。しくじったら、やりなおすことはできない。二度めはない。輝《かぐ》の御子にはそれが当然なのだ。

（顔をそむけることを望みもせず、許されもしない——）

照日王の言葉が思い出された。誤ちをかえりみることさえ、彼らにとってはまがったことと映るのだろうか。

急に自信をなくした狭也は、うつむきながらためらいがちに言いはじめた。

「とても悪いことをしたと思っている——しなければどんなによかったかと思っていると、相手に言うことがあやまることよ。そして、この気もちに免じて、罰せずに、怒りをといてほしいとたのむこと、すぎたことをしこりにせずに、忘れてほしいとたのむことだわ。たしかに、とても虫のいいことではあるわ。でも、あたしたちのあいだでは、まちがっていたとさとったら、まずあやまるものなの……」

狭也の声は消え入るようにとぎれた。稚羽矢はじっと黙っている。狭也が、わかってもらえないのだと確信する寸前になって、稚羽矢はふいにたずねた。

「それなら、わたしも、あやまれば忘れてもらえるものなのだろうか。伊吹王《いぶきのおおきみ》に」

「伊吹王は、あやまるよりも先にあなたを許していたわ」

やさしく狭也は答えた。

「彼に会えるだろうか」

「――いいえ」

「死んだのか」

狭也がかすかにうなずくのを見て、稚羽矢はそっと言った。

「じゃ、許されないのと同じだ」

「そんなことないわ」

急いで狭也は言いつのった。

「そんなことない――伊吹王は息をひきとる前に、あなたにまた会いたい、って言ったのよ。今度は別の形で、って。あたしたちには『もう一度』って言葉だってあるのよ」

「わからない」

稚羽矢は顔をふせ、ひざの上で組んだ腕へ額をおしつけてしまった。

「みんな死んでしまう。奈津女も目の前で死んでいった。彼女はわたしに助けを求めたのに、ただ見ていることしかできなかったんだ。わたしは異形《いぎょう》だ。姉上たちのようにはなれず、闇《くら》の人々からはうとまれる。いつも豊葦原にあだばかりなしてしまう。あやまれば、神も人ももとへもどせるか？　そんなことはできやしない。黄泉《よみ》の国へあやまりにいくわけにはいかないのだから」

ささやくように狭也は言った。

「あなたが、たった一人だと感じているのならまちがいだわ――あたしがいるもの」

「そういう狭也だって、きっと死んでしまうのだ。わたしをおいていくだろう」

「それは――そうね、いつかは」

息ひとつついて狭也は言った。

「ううん、明日にもそういうことになるのかもしれない。だから、あやまっておきたかったのよ。許してもらえなくても――あなたと離れてしまう前に、せめて」

くぐもった声で稚羽矢は答えた。

「あやまるのだったら、怒ったり罰したいと思っている者のところへ行けばいい。だれか知らないが、それはわたしじゃない。だれがいったい、狭也のことをそんなふうに思っているのだ？」

「それじゃ――」

狭也は言いかけたが、急に何も言えないことに気がついた。ついで笑いたいような泣きたいような気分に襲われたが、それもなかなかできなかった。とうとう最後に狭也は言った。

「――何か食べましょう。そうしたらきっともっと気分がよくなるわ」

流木は塩を含み、ときおり若草色になるふしぎな炎を上げた。ものめずらしく、どんどんたいたので、岩穴の中はたいそう明るく、暖かくなった。狭也は、栃《とち》の実や栗、クルミ、竹筒に入れた木の実酒など、持ち歩いていた食料の残りを全部並べて二つに分けた。栃の実の団子をたき火であぶってさし出すと、受けとった稚羽矢は感慨深げに言った。

「ものを食べるのは久しぶりだ。ずっと忘れていた」

「でも、あなたはいつだってふつうに食べていたでしょう」

びっくりして狭也はたずねた。

「それとも、照日王や月代王《つきしろのおおきみ》のように、食べるのをやめてしまったの？」

「姉上たちは、若さを一定にとどめるためにひかえているのだ。地上のものをあまり食べると、調子がよくないらしい。わたしも神殿にいるころはめったに食べさせてもらえなかったが――」

ふと気づいたように彼はつけ加えた。

「そのせいかな。姉上がわたしを変わったと言ったのは」

「そればかりではないと思うけど――」

ちらちらと燃える炎の向こうに稚羽矢を見ながら、狭也は言いしぶった。稚羽矢の今の身なりは、昔、狭也が土ぐもとはこうもあろうと思っていたものにそっくりなので、無理もなかった。

「でも、そういえば少し背がのびたような気がするわ。さっき並んだとき気がついたのだけれど」

「このまま食べ続ければ、成長して翁《おきな》にもなれるだろうか」

「さあ」

想像して思わず狭也は笑った。

「ずっと翁のままですごしたら、骨が痛んで苦労すると思うわ。村の年寄りがよくこぼしていたもの」

稚羽矢は笑わず、考えこんだ様子でつぶやいた。

「わだつみの神の声は、しかし、翁のようだった。たいそうな老人の声だ」

「なぜ、会いに行こうなどとしたの？」

狭也はたずねた。さっきからずっとしてみたかった質問だ。

「彼はわたしのことを知っていたからだ。わたしなどより、ずっとよく――」

稚羽矢は、狭也がけげんな顔をするのを見て続けた。

「前に一度、海岸へ出たときのことをおぼえているかい？　わだつみの神の使者と、砂浜で出会ったときのことを」

「和迩《わに》のことね。夏の盛《さか》りだった。まあ、まるで遠い昔のよう」

「あのとき、わたしは人ちがいをされたと思って、言葉にもあまり気をとめなかったんだ。年寄りは、たまにぼけるから――神殿の巫女たちみたいに。ところが、そうではなかった。わだつみの神は、わたしが大蛇《おろち》だということをちゃんとわきまえていたのだ。わたし自身気づいてもいなかったのに。そして言った。そなたの道は二つしかない、親を殺すか、殺されるかだ、と」

「なんですって」

狭也はいくらか青くなった。

「どういう意味なの？」

「だからたずねに行ったんだ」

稚羽矢は指を組んだ。

「だが、無理だった。海の底をどんどん行くと、底知れない亀裂がさらにあって――そこを降りていったんだが、途中で気を失ってしまったんだ。闇《やみ》よりもっと酷《むご》い暗黒で、輝《かぐ》の力も闇《くら》の力もとどかないわけがよくわかったよ」

その場に居合わせたように狭也は身ぶるいした。

「よくもどってこれたのね」

「追い返されたのかもしれない。気がついたら、はるかな沖にういていた。あの老人は、お互い孤立無援だって言っていたっけ。自分のことは自分で考えろということなんだろう」

稚羽矢は、ふいに勢いよくのびあがった緑の炎に見入っていたが、目を移してたずねた。

「狭也はどう思う？　親を殺すか親に殺されるかということを」

「――それは、輝《かぐ》の大御神《おおみかみ》様をさすことなのかしら」

「だと思う」

狭也は口ごもった。

「あたし――あたし、考えたくないわ。そんなに恐ろしいこと」

「それでも、道は二つしかないとしたら？」

稚羽矢の瞳に炎が光を点じ、金粉でもおとしたように見える。汚れて破れた着物も、砂まみれの乱れた髪も、そうしていると、一切関係なかった。彼は輝《かぐ》の御子であり、そのすぐれた資質は衣を透かしてうかびあがっていた。急に狭也は、稚羽矢のどこにも、もう少女らしさが残っていないことに気がついた。

（岩姫様の言ったとおりだわ――稚羽矢は、もう、目ざめているのだ）

狭也への問いも、従うためにたずねたものではないことが感じられた。思いきって狭也は言った。

「どうしても選ばなくてはならないのなら、言うわ。あたしは、あなたが殺されるのはいやよ。それくらいなら、輝《かぐ》の大御神を殺してほしい」

思いがけないことに稚羽矢はほほえんだ。久々に見る笑顔だった。瞳の奥にあった金の輝きを、あたりにふりまいたように見えた。

「気がすんだ。もうまよわずにすむ。それが避けられないさだめなら、手をつかねて待つよりは、刃《やいば》をもってでも立ちむかおうと思う。姉や兄と、真向《まっこう》から対決することになっても――それが、わたしの道なのだろう」

狭也は、自分もほほえみ返しているのを知って、内心びっくりした。稚羽矢が決意を表したとき、狭也の心にも晴れやかに、一条の光が射しこんだように思えたのだ。その瞬間に、狭也はこれが自分に是非のくだせる問題ではないことをさとった。決断は稚羽矢のものだ。なんであれ彼にゆだねるべきものだった。

「今こそ、この剣を返せるわ。あなたはもう鎮《しず》めおく巫女を必要としないのよ。あなたはふるわれる剣そのもので、剣には剣の生きかたがあるんだわ。きっと、それでいいのだと思うの。だって、今、あなたははじめて本当にあなたらしく見えるもの」

稚羽矢は剣を受けとりながら、いくらかとまどって狭也を見た。

「どう見えるのだろう、わたしらしくとは」

「わからない?」

狭也は小さく笑った。そのまままぎらしてしまおうかとも思ったが、やめて、まじめな口調で言った。

「今ほどあなたが輝《かぐ》の御子らしく見えることはないわ。あたしたちにはまばゆいほど、強く、率直で、容赦のない——そして美しい——それなのに、あなたは照日王や月代王とはまるでちがうの。あなたは死んだ人々を悼《いた》むことを知っているし、殺しあいを憎むことを知っている。あなたは不死なのに、ふしぎとあたしたちが情《なさけ》と呼ぶものを知っているのよ。あなたは、許すことさえできる。だから、あなたが恐ろしい力をもっていても、もうあたしは怖いと思わないわ。今ならよくわかるの。水の乙女が長いあいだ求め続けた人が、なぜあなたなのか——」

稚羽矢の顔に、喜びたいが、それでも喜べないという表情がうかんだ。

「そのように言ってもらう資格はないのだ。もう多くの人を殺《あや》めたし、これからも、どうなることかわからない——」

剣の柄《つか》をなでながら、稚羽矢はうつむきがちに言葉を続けた。

「狭也が言ったのは、わたしがあいかわらずこの世でただ一人の異形だということにすぎないのかもしれない。父や兄姉《きょうだい》と対決することになれば、きっとまた同じに狭也を怯えさせてしまうだろう」

「いいえ、なにがおころうと、もう二度とあなたを見失いはしないわ。見てらっしゃい」

自信をこめて狭也は言った。

「あたしだって、歩みよることができるのよ。あなたを異形と呼ぶなら、あたしも喜んで異形になるわ。剣の姿を見つけ出した乙女もこの世でたった一人だもの」

薪《たきぎ》がはぜて、若草と金の炎がひときわゆらぎ、洞穴《ほらあな》の壁にはりつく影を踊らせた。浅い穴の外は真の闇《やみ》、浜に打ち寄せる波の音ばかりが、昼と同じ外界《げかい》の形を保っている。岩も海も夜の漆黒に溶けあっていた。星も月も見えなかった。ふいに、狭也はこの洞穴だけが変化し続ける豊葦原でただ一点不動のものに感じ、その中心に自分たちがいるような、胸おどる錯覚におちいった。

絶えまなくうつろいゆくこの世界は、せわしく、ふりこのようにゆれながら、時をめぐって舞っているが、狭也の前には、それらすべてに匹敵するたしかなもの――炎の色を映して、狭也を見つめ続ける稚羽矢の瞳があった。

自分のまわりを覆っていた薄絹《うすぎぬ》の帳《とばり》が、突然切って落とされたように、狭也はついに自分が理解したのを知った。瞳と瞳を見かわすとき人々はみな、何を感じていたのか。何をさとっていたのか——

2

夜が明けると、東の空を、朝焼けが見事な深紅に染め変えた。空と水の境はまるで大量の血を流したかのようだ。やがてその中から熟れた果実のような太陽が昇ると、波も雲もまたたく間に金に移ろったが、見慣れないことに、太陽にはかげろうのように淡く、白い虹がかかっていた。

一人波打際に出て、日の出に見入っていた狭也《さや》は、これには何か意味があるのだろうかといぶかったが、妖《あや》しくはあっても美しいものに思えた。不安が胸をかすめたのは一瞬で、狭也は再び楽しい思いにかえっていった。

(この世に、美しくないものなどひとつもないわ……)

満足げに狭也は考えた。足もとに寄せてくる波のように、くり返し、寄せてくる幸福感に狭也はひたっていた。あまりにぬくぬくとしているのが後ろめたくなるほどだ。

凍《い》てつくような夜明けの風が肌を刺すのも気にはならず、狭也は両腕をしっかりかかえこみ、胸の内のぬくもりを抱きしめるようにして、吹きさらしの浜に座り続けた。

稚羽矢《ちはや》をもう一度さがし出そうと決心したときも、まさかこれほどの心の満足を得られるとは思ってもみなかった。だが、昨夜、狭也は突然、さがし続けていた自分の居場所がこれほど間近な所にあることを知ったのだ。手をのばせば、そのままふれられる所に——それは、なんて驚くべきことだったのだろう。

（変われるということは——ありがたいことだわ）

かみしめながら狭也は思った。まだまだ変わっていくだろう。狭也も稚羽矢も、閉ざされていた扉の開け方をようやく知りはじめたにすぎないのだから——そのこともまた、寄せる幸福の一部だった。

カモメの群れが、白く輝きながら明るくなった空へ飛び立った。海は新しい一日を迎えるため、青く胸もとを開きつつある。その豊かなうねりに、億万の銀の小魚を宿し、生と死を宿し。ふと、狭也は、今なら狭由良《さゆら》姫のことも抵抗なく受け入れられることに気づいた。

（狭由良姫が、宮に足跡《あしあと》を残すことで、あたしを稚羽矢のもとへ導いてくれたのだ。狭由良姫には、その先代の水の乙女が道を示したのだ……何人もかけて、あたしたちはひとつの道を歩いてきたのだわ。でも、今日が昨日のくり返しではないように、あたしは狭由良ではない。あたしは狭也だ。そして、稚羽矢を見つけた……）

「狭也」

いつのまにか、後ろに稚羽矢が立っていた。見上げると、朝日を浴びた彼の顔は明るく、活気をおびて見えた。

「この浜を出よう。狭也は少しでも早くもどるべきだ」

「あなたの体は？　もう大丈夫なの？」

「平気だ、もう充分動ける。早く上まで行こう、狭也の馬が、まぐさ袋を空《から》にしていてかわいそうだ」

狭也はびっくりし、それから笑いだした。崖の上に馬をつないできたことはひと言も話したおぼえはないのだ。

「まったく、あいかわらずなのね」

軽くなった袋を背負い、狭也たちは洞《ほら》をあとにした。崖までもどり、あらためて見上げると、険しい岩場ははるかかなたまでそそり立って見え、同じ場所を下ったことが信じられないほどだった。昨日は気がせくあまり、あとのことなど頭になかったのだ。しかし、他に登りやすそうな場所もなく、二人は覚悟を決めて岩にとりつき、長い登りにいどみはじめた。半分も行かないうちから息切れがし、衣は汗にぬれ、体がもちあがらなくなる。

二人は、足場が狭いため、座ることもできないままに、立ちどまって休まなくてはならなかった。狭也は岩に頭をもたせかけてひと息ついたが、急に自分たちのしているることがおかしくなった。稚羽矢は空を舞う鳥を目で追っていたが、彼女が小声で笑いながらつぶやくのをきき、ふり返った。

「今、なにか言った？」

「——妹《いも》と登れば険《さが》しくもあらず」

狭也はくり返したが、稚羽矢がとまどうのを見て説明した。

「嬥歌《かがい》の歌のひとつよ。どんなに険《けわ》しい山も、あなたといっしょなら険しくありません、という歌なの。いい歌でしょう？　みんな、よく歌っていたわ」

稚羽矢はあいまいな笑顔を向けた。どうも、よくわかっていない顔だった。そこではじめて、狭也はまだ大きな問題が残っていることに気づいたのだった。

（稚羽矢は本当のところ、あたしをどう見ているのだろう……）

稚羽矢が、男ならだれでもするように、手に贈り物をささげもって、狭也に問いにくるところは、狭也にもちょっと想像ができなかった。この発見は狭也の気をくさらせ、稚羽矢は狭也が突然うかない顔で黙ってしまったわけがわからずに、頭を悩ませることになった。

ともかく当面は崖を征服しなくてはならなかった。休んだあとは再び力を得て、彼らはじりじりと昇る日を背にうけながら、忍耐強く登り続け、ついに平らな地面を見た。すでに昼近くになっていた。二人は草の上にのびてしまい、しばらくは馬をさがす気力もなかったが、ようやく立ちあがると、木立の茂る方へ向かった。林の中は枝が透いて明るかったが、見わたしても生きものの気配がなく、しんと静まっている。

「おかしいわね。このあたりなのに。つなぎ方が甘かったのかしら」

首をかしげて狭也は言った。

「足跡をさがそう。きっと遠くへは行っていないと思う」

しかし、狭也が地面に目をこらしはじめていくらもたたないうちに、固い声で、稚羽矢は言った。

「逃げろ、狭也」

「え?」

「走るんだ」

手をとられ、わけもわからず走り出すと、立ち枯れたやぶの陰から次々と武器をもつ兵士が現れた。かぶとの額に銅色の円盤をつけた輝《かぐ》の兵だ。追われて開けた場所へ飛び出すと、正面から騎馬兵の群れが、くつわを並べてせまってくるのが見えた。きびすをかえした二人がのがれる場所はもうなかった。

崖のふちまで走ったが、そこで追いつめられ、取りまかれた。刃《やいば》をかざす兵士たちを前にして、稚羽矢は大蛇《おろち》の剣《つるぎ》をぬき放った。青白い火花を飛ばす剣の威容《いよう》に、兵士たちはさすがに数歩後ずさる。だがかこみを解こうとする者はなかった。いっときにらみあう中に、ふいに涼しげな声が響きわたった。

「そなたは暴れたいだけ暴れることができよう。だが、われらの多勢を見るがいい。必ず狭也は死ぬぞ。それでもよいのか」

見ると、弓をつがえた騎馬隊の中に一人だけ、かぶとさえつけず、全身を白い襲《おすい》に包んでいる姿があった。神殿の巫女のように顔の前にひだを垂らしている。だが、中の面《おも》だちはほの見えるだけで充分であり、また彼の乗る丈高い灰白《はいじろ》の雄馬《おうま》は、狭也のよく知っているものだった。

(月代王《つきしろのおおきみ》が——どうして、ここに)

稚羽矢にもそれがわからないはずはなかった。光をおびた切先《きっさき》は、いくらか自信なげに下がった。顔を隠したまま、月代王は再び口を開いた。どことなく喪に服す人のように見えた。

「なぜもどってきたのだ。そなたがわだつみへ向かったことは知っている。なぜ、帰った。とうとうわたしたちは、そなたを手にかけなくてはならなくなる」

「逃げることができなかった、それだけのことです」

おさえた声で稚羽矢は答えた。

「しかし、わたしのさだめは、兄上に殺されることではないはずです」

「父神はもうまもなく降臨されるぞ。同じことならこの手のほうがよいと思わぬか？照日でさえ、父神にくらべれば情深《なさけぶか》いはずだ」

近くにいた兵士が、やにわに狭也の腕をつかみ、力ずくでひき寄せようとした。狭也が声をたてるかたてないかのうちに、稲妻のような剣の青い一閃《いっせん》が人々の目を射た。叫び声を上げて狭也を離した兵士が、斬《き》られてではなく、髪と体から炎をふいてどうと倒れると、兵士らは驚きにどよめいた。しかし、仲間の死を目のあたり《ま》にしたことにより、さらに恐怖と怒りをつのらせた彼らは、次の瞬間意味のない叫びを上げてなだれるように二人に襲いかかっていた。無数の剣《けん》や槍がくりだされるのを見、思わず目をつぶった狭也がよろめくのを、だれかがすばやく抱きとった。

「剣をひかえよ、わからないのか。二度とこの乙女に会えなくなるぞ」

声は耳の間近できこえ、はっとした狭也が目を開くと、月代王の腕の中にいた。しかも灰白の雄馬の鞍《くら》の上だ。まばたきするあいだに何がおきたのか、五十歩も離れた場所に移されたのだった。動転して狭也は叫んだ。

「稚羽矢！」

交差する槍の柄《え》ごしに稚羽矢はふりむき、王を激しいまなざしでにらみつけた。

「狭也に何かしたら、みんな殺してやる。あなたでも、父でも、だれであっても」

「大蛇《おろち》が言いそうなことだ」

月代王は鼻先であしらった。

「前後を考えてものを言え。今のそなたに、それだけの力はないはずだ。時間をかければ、われわれは必ずそなたを八つ裂きにするだろう。だが、あいにくと、今のわたしはこの場で死闘をくりひろげる気分ではない。ここへ来たのは、ただ狭也が欲しかったからなのだ。取り引きしよう。狭也をつれていくかわりに、そなたを見のがす。狭也には危害を加えぬと誓うから、かわりにそなたはこの場を引きさがれ」

「いやだ」

稚羽矢はすぐに答えた。

「わきまえたほうがよいぞ。われらの誓いは絶対だが、豊葦原《とよあしはら》の人の生命《いのち》はもろくはかない」

月代王は片手をゆっくりと狭也のあごにまわした。狭也はもがこうとしたが、腕をおさえられると、もう身じろぎもできなかった。

「この手に少し力をこめただけでも、そなたは狭也を見失う。追っていくこともできない彼女の国へ帰ってしまう」

「狭也をつれていって、どうするつもりです」

稚羽矢は小声でたずねた。

「別にどうもしない。この娘はもともとわたしの采女《うねめ》だ。妃《みめ》にしようと思っていた」

「ばかなことをおっしゃらないでください。妃になどなりません」

狭也は怒って口をはさんだ。

「欲しがってもいらっしゃらないくせに、よく——」

月代王は急に笑い声を上げた。

(気をつけて——あまり信用しないで)

稚羽矢に伝えたかったが、大声が出せない。けんめいに目で訴えようとしたが、稚羽矢は気づかずにためらっていた。とうとう、彼は言った。

「誓えるのなら……」

「よろしい。誓うぞ」

言うなり、月代王は襲《おすい》をはねのけた。白い布が地面に舞い落ちるより早く、王は弓をおこし矢を手ばさんで《た》いた。弓弦《ゆづる》が鳴り、矢羽は稚羽矢の胸もとに深々と突きたった。

「人でなし」

狭也は金切声を上げた。あとを見とどけようともせず、月代王はひらりと馬をかえして、狭也もろとも走りだした。

「うそつき。それが御子《みこ》のすることですか」

ふり返ろうと夢中でもがきながら、狭也は叫び続けた。

「言葉をたがえたわけではない。すぐあとを追えないようにしただけだ」

平然と王は答えた。

「でも、輝《かぐ》の兵が――」

「残念ながら切り刻むところまでいかぬだろう。そなたの仲間がやってくるのが見えたからな」


稚羽矢は目を開いた。口の中に金《かな》くさいひどい味がした。

「あ、気がついたよ」

鳥彦の声に、近づいてきた男は科戸王《しなどのおおきみ》だった。いつのまにか輝《かぐ》の兵の姿は消えていて、まわりにいるのは、見慣れた黒い胴巻きの兵ばかりだった。彼自身は、松の木のもとの黄ばんだ草の上に横たえられている。

あわてて身をおこそうとすると、突然たえられないほどの痛みが襲いかかってきた。見ると、胸の矢傷はまだかわきもせず、まっ赤に衣を染め続けている。他の切り傷はいくらでもしのげたが、この深手はこたえた。そうとう長く眠らなくてはならないが、しかし、変若《おち》の夢見心地に入っていけないほど気がかりなことがあった。

「狭也が……」

言いかけて稚羽矢は顔をそむけ、血を吐いた。

日に焼けた科戸王の眉間のしわは深く刻まれ、石のようにこわばっていた。

「狭也はつれ去られた。そなたをさがすために一人で敵に身をさらし、案にたがわず、捕えられたのだ。ばかげたふるまいを許したのがまちがいだった」

稚羽矢は口もとをはらい、くいいるようなまなざしを上げた。

「必ずとりもどす」

「そなたがか」

「わたしがだ」

やや間《ま》をおいてから、科戸王は低い声で言った。

「わたしがそなたをどう思っているか、耳にしたくはないだろうな」

「いや、わかる」

けんめいにおきあがろうとしながら稚羽矢は答えた。

「輝《かぐ》の兵にかわって切り刻みたいと思っているのだろう。だが待ってくれ。兄は、狭也をつれ去るときに、父神がまもなく降臨すると言った。それが本当なら——兄たちはあざむくことはあっても、いつわりは口にしない。大変なことになるぞ」

「なんだと」

科戸王は耳を疑い、ききとりにくい稚羽矢の声をきこうと身をかがめた。

「今言ったのは、輝《かぐ》の大御神《おおみかみ》のことか？」

稚羽矢の顔はこれ以上ないほどに青ざめ、汗をうかべて、目ばかり見開いて見えた。傷口に押しあてた手は早くも鮮血に染まっている。

「父神がいつか天降《あまくだ》ることは、わたしたちにはわかっていた。でも、それがいつのことかは、占《うら》をする姉上にも長いあいだわからなかったのだ。父神が地上に降りたつとなれば、戦いはもうあり得ない。闇《くら》の勢《ぜい》に勝ち目はない。豊葦原は父のものだ。輝《かぐ》の軍がこのところ絶えて目立った動きをしないのは、そのためだったのだ」

顔色を変え、科戸王は声をひそめて言った。

「それが真実だとすると、これ以上の凶報はないぞ。われわれは終わりだということか」

「まだ時がある。宮へ攻めこみ、降臨の儀式を中断するのだ。開都王《あきつのおおきみ》に知らせなくてはならない。今はすべてをかえりみずに攻め上《のぼ》る時だと――」

稚羽矢の声はかすれ、あえぎにとだえかけたが、再び気力をかき集めて言った。

「わたしを陣へつれていってくれ。どういうあつかいでもかまわない。だが、わたしなら、開都王に攻略の道筋を示すことができる。あなたたちの不信はわかっているが」

「言われなくてもつれ帰る」

不機嫌な顔で科戸王は告げた。

「そうでなくては、狭也の苦労がむだになるだろうが。狭也を救うためだけでも、わたしは今すぐ攻め上ってやるぞ。とにかく、その傷をなんとかしろ。かりにも不死の者が、見苦しい」

しかし、稚羽矢は歯をくいしばって首をふった。

「開都王に会うのが先だ。一度変若《おち》に入ると、すぐには目ざめることができなくなる」

梢にとまった鳥彦は、科戸王が歩いてくるのを見て言った。

「わかっているよ。開都王のところへ飛べって言うんだろう」

科戸王はいらついた様子であごをなでた。

「まったく――いまいましい」

「無理もないね。せっかく一軍そろえてそばにいたのに、狭也はさらわれてしまって、憎いかたきを助けたとあってはね。おれだって報告に行く翼が重いや。でも、稚羽矢があのありさまで、あんたも少しは胸のつかえが下りたんじゃないかい?」

「だから気分が悪いのだ」

いっそういらいらして科戸王は歩きまわった。

「あれ、同情――しているとか?」

カラスは好奇心に目を光らせて見下ろした。

科戸王は鳥彦をにらみつけたが、急に顔をそむけて言った。

「あれが不死身ということなのか。苦痛は変わらないのに、断末魔を人の何回分も味わうことが」

「そうらしいね」

鳥彦はめずらしく調子にのらずに答えた。

「死ぬほうが、ずいぶん楽そうだね」


帳《とばり》をうちはらって歩みでた開都王を見て、科戸王は立ち上がった。

「稚羽矢は？」

「奥へ運ばせた。精魂つきたようだ。だれも手をふれぬように言ってある」

きびしい表情をいくらかゆるめて、開都王は彼を見た。

「そなたの手柄だ。よくぞ稚羽矢をつれ帰った」

科戸王は首をふり、いやなことを思い出したように顔をぬぐった。

「ここへたどり着くまで、ずっと臨終につきあってきたような気分でしたよ」

開都王はかすかに笑った。

「わしも、いまわの際《きわ》の言葉をきく思いがしたぞ。死にはしないとわかっていても、かなわんものだな」

科戸王は固い表情をくずさなかった。

「なんであれ、人にはあれほど苦痛にたえる力はない。あれほど激しい意志はない。そのことは思い知らされましたよ」

真顔でうなずいた開都王の声には、かすかに畏怖する調子があった。

「それだからこそ、彼には、輝《かぐ》の大御神さえ倒す力がそなわっているのかもしれぬ。どうやらわれわれは心得ちがいをしていたようだな。稚羽矢こそ、輝《かぐ》の支配からこの国を救う最後のとりでなのだろう」

「軍をおこしますか？」

「そうとも。今から軍議だ」

大またに歩きはじめた総帥《そうすい》に、科戸王は続いた。

「稚羽矢の言葉を信じれば、われわれに味方する唯一のものは時だ。そして、わしは彼を信ずるつもりだ。三手、四手――五手の軍勢が必要だ。そして、輝の宮に潜入し、内側から門を開けることができる者を選ぶ」

「わたしがまいります」

科戸王は、すでに決定したことのような口調で言った。

鳥彦が報告をもって飛んできた。稚羽矢が闇《くら》の陣へもどった翌日の午後のことだ。

「川上の陣にいた輝《かぐ》の大隊は、みんな宮へひきあげた。やけに宮の警備を固めはじめたようだ。それと、都のあちこちで、若い娘が呼び集められて宮の内門をくぐっていく。トラツグミが言うには、采女を募っているということだけど、今までそうまでして狩り集めたことってあったかな」

「火災のいたでが尾をひいているとみえるな」開都王がつぶやいた。

「晦《つごもり》の大祓《おおはら》いか——気になるな」

「大御神の降臨はそのときでしょうか」

おののいた様子で武将の一人がたずねた。

「あるいは」

「では、あと十日あまりしかない」

天幕のうちはざわめいた。科戸王は早くも立ち上がりかけて言った。

「進退のすみやかさは、わが軍の長所であったはずです。一刻も早く動くべきです。これ以上の遅滞は命とりだ」

開都王は彼に鋭い視線をなげた。

「よろしい。ならば、行ってもらう。出立《しゅったつ》の時は？」

「今です」

「手勢は？」

「五名」

「事足りるのか」

「多くてはかえって足がつきます」

「では――」

そのとき、帳《とばり》の向こうから声がした。

「もう一名だけ加えてもらえませんか」

稚羽矢が現れた。真新しい衣に身を整え、なにごともなかったように落ちつきはらっている。

科戸王は顔をしかめた。

「そなたにはこの役は無理だ。宮へ入れば、たちまち見あらわされる」

「目をくらます方法はいくらでもあります」

開都王はたずねた。

「体はよいのか」

稚羽矢はうなずいた。

「行かせてください」

やや考えて、ひとつ目の王は言った。

「命運は、門を開くか開かぬかにかかっている。潜入する者に勝敗のかぎがにぎられているのだ。そなたの力を必要とするかもしれぬ。行って科戸王に手をかしてくれ」

開都王の在所を並んで出ると、科戸王は腹を立てた様子で稚羽矢に向きなおった。

「傷のあとを見せてみろ」

「もうなおっている」

「では、見せてみろ」

王が胸首《むなくび》をつかみそうになると、稚羽矢はさせまいとして後ずさった。

「そらみろ」

険しい口調で科戸王はきめつけた。

「つけもしない嘘をつくな。そんな顔色で何が言える」

「たいしたことはない。本当ならもう消えていい傷だ」

言いわけがましく稚羽矢は言った。

「輝《かぐ》の御子《みこ》でも、無理をすればたたるとみえるな。だが、今回われわれはどんな失敗もしでかすわけにはいかないのだ」

「わかっている」

同情の余地なく科戸王は言いわたした。

「足手まといになるのは許さん。それだったらここで寝ていろ」

「なるものか」

稚羽矢は言い返した。

彼らを、これといった特徴がなく、年齢もどこかあいまいな三人の兵士が迎えた。潜入の部隊となる彼らを、科戸王は稚羽矢に示した。

「八尋《やひろ》、筒緒《つつお》、潮満《しおみつ》だ。技を持つ者たちだ。彼らは木にも岩にもなれる。これまでにも間者《かんじゃ》としてよい手柄をたてている」

稚羽矢はすっかり感心して彼らを見つめた。

「わたしは、けものと鳥と魚にはなったことがあるが、木や岩にはなれなかった」

言葉につまってから、科戸王は言いそえた。

「わたしが言ったのは、気配を消せることのたとえだ」

お互いに面くらったところへ、鳥彦が飛んできた。

「——そして、言わずもがなの鳥彦と。これが輝《かぐ》の宮へしのびこむ顔ぶれだ。鳥彦はよいとして、あとの者は全員、ちがったものに身をやつさなければならない。そして、それぞれの経路でしのびこむ。分散したほうが勝算が高いからな」

「おそれながら——」

八尋だか、筒緒だか、潮満だか、やや年かさと思われる一人がひかえめに口を開いた。

「そちらのかたは、お見うけしたところ、どのようにしても人目をひくと思われますが」

　科戸王が答える前に、稚羽矢が言った。

「それなら、人目をひくものに扮すればいい」

「どうするつもりだ」

　けげんな顔の人々に、稚羽矢はにっこり笑いかけた。

「釆女に選ばれてみせよう。きっと、できるはずだ」


「そう怒るな」

　様子を見にやって来た月代王は、狭也が壁を向いて正座したきり、食事にも手をつけようとしないのを見て言った。

　思わず狭也はとがった声で答えた。

「笑えと言うのですか。敵に捕えられ、無理矢理おしこめられた者に」

「わたしは敵か？」

「どうかなさっています」

　ふりむいた狭也は言いつのった。

「あたしはもうあなたの釆女にはなれません。光よりも、豊葦原に生きるものたちを愛しています。あなたを敵に、戦っています。憎んでくださってもかまいません。あ

「たしかに、もし弓矢があれば、あなたに向けて放っていたでしょうから——稚羽矢がうたれたときに」

月代王は武具を脱ぎ、柔らかな薄青の衣ばかりになっていた。かろやかに細く、ふしぎなほど武人には見えなかった。先ほど弓をひいた同一の人とは信じられないほどだ。だが、狭也はなおも言った。

「ここから出してください。でなければ殺してください。捕われのまま生きていたくなどありません。稚羽矢のところへかえして」

「困ったものだ」

かすかに笑って王は首をふった。

「乙女心は変わりやすいとは言うが、ほんのわずかのあいだに、これほど変わってしまうとはな」

「お忘れですか。あたしは自分から望んで宮を出ていったはずです」

「だが、今でもわたしを慕っていると言い残したはずだ」

狭也はいくぶんたじろいで口をつぐんだ。それはたしかであり、また、目の前にいる月代王の姿は、いやおうなく狭也の胸を打つものだった。はじめて出会った嬥歌《かがい》の夜から少しも変わってはいない。どれだけ多くの血にまみれようと、その神々しさは変わらないのだ。だが、彼の永遠の清さは狭也の手には入らないものだった。

狭也は低い声でつぶやいた。

「あとから正しい答えがわかることもあるのです」

「らちもないことだ」

月代王は笑った。

「稚羽矢のことを心にかけているようだが、あれも輝《かぐ》の御子ではないか。光に敵対すると言いながら、そなたは光にひかれ続ける。それがそなたの性分なのだ」

狭也は顔を赤らめた。

「でも、稚羽矢はあなたがたとはちがいます。学び、乗りこえ、変わっていきます。そしてあなたがたの手から、この国を守るつもりです」

「あれは、前からできの悪い弟だった。稚羽矢が何をしてもむだだ。豊葦原を救うことなどできない」

「言いきれるのですか」

「そうとも。なぜなら、稚羽矢こそ父神をこの地にまねく本人だからだ」

御子の声は冷酷に部屋に響いた。

「稚羽矢には、生まれたときに輝《かぐ》の大御神みずからかけた封印がある。もしそれが解ければ、父神は天降《あまくだ》るのだ。稚羽矢には、どうすることもできない」

がくぜんとしていた狭也は、ようやくあえいだ。

「そんな——」

月代王はいくらか悲しげに狭也を見た。

「そして、狭也、そなたもだ。実はそなたも父神をまねく。すべて照日《てるひ》の占《うら》に出たことだ。姉上は数日前からこもりきりで占を続けているのだ」

わけがわからないままに、じわじわと恐怖がしのびよってきた。両手を口にあてたまま、狭也は動くこともできなかった。いつのまにからめとられたのか、がんじがらめの見えない糸を感じる。人々の意志にもよらず糸を紡ぎ出す、巨大な糸車をかいま見たような気分だった。

蒼白になった狭也に向かい、月代王はささやきかけた。

「照日はそなたを、大祓いの形代《かたしろ》にする気でいる。だが、わたしは一歩先んじてそなたをわたしのもとへつれてきた。わたしのもとへもどっておくれ。もし、そなたがわたしに心をささげるなら、わたしはそなたに変若《おち》を与え、形代からまぬがれさせることができる。心変わりもそなたの性《さが》なら、今ひとたびも変えられるはずだ」

狭也はわずかに後ずさりした。目は月代王にすえながら、ゆっくりと首をふる。

「輝《かぐ》の大御神の降臨をとどめるためと言っても、拒むか？」

「ええ」

ききとれないほどの声で狭也は答えた。

「心はおのずから動くものです。思いどおりにはなりません」

ふいにまったく別の声が狭也に賛同した。

「そうとも。無理にきまっている」

狭也も月代王も、息をのんでふり返った。戸口に、腕をもたせかけて照日王が立っていた。白ずくめの衣に白いはち巻きをしめ、結わずに流した髪は強風にあおられたように乱れかかっている。瞳は異様なほど輝き、どこか狂乱した者のように見せていた。

「そなたが最後に邪魔をする者になろうとは、さすがに思いつかなかったぞ、月代の君。なんの気まぐれで今度は父の降臨をはばむのだ」

動揺を見せまいと、さりげなく月代王はたずねた。

「神殿から一歩もお出にならなかった姉上が、なぜまた急にここへ？」

照日王は唐突に高い声で笑った。

「ばかげたことだ。狭也の行方を占ったら、なんと宮の内と出るではないか。まあ、さらいに行く手間がはぶけたので助かるが」

笑いやめた照日王は、弟御子に殺意に近いまなざしをなげた。

「申しひらきがあるならするがいい。なぜ、狭也を横から奪おうとした。大事な形代と知っていてするからには、理由がないはずはない」

月代王がすぐには答えないのを見て、姫御子は続けた。

「返答によっては、容赦しないぞ。あとひと息で地上の務めを果たそうというときに、邪魔をする者はだれであれ敵だ」

「この期《ご》におよんで、姉上はまだお気づきでないのですね」

月代王はそっと言った。

「落胆させたくはなかったが、それなら言いましょう。高光輝《たかひかるかぐ》の大御神が、なぜ地上に降り立たれるのか、本当のわけを知っているからです。父神は、闇《くら》の女神を地上へ呼びもどすために来られるのだ」

照日王の眉がつりあがった。

「根も葉もないことを」

「いいえ。あなたは占師《うらし》であるのに、いちずに父神を思うあまり、すべての占が語っている隠されたひとつのことを見のがしたのです。知ろうとしなかったと言ったほうがいい。はじめから、父神のご意志は闇《くら》の女神にあったのに」

「わたしたちは、闇《くら》の息のかかったものを地上から一掃するためにつかわされたのだぞ」

「わからないのですか。闇《くら》の力を滅ぼすことはすなわち、死を滅ぼすことだ。死を滅ぼせば、女神はよみがえり、われわれの前に現れるでしょう」

月代王の声には、あきらめを知っている者のような響きがあった。

「父神はすべてをもとへもどし、天と地を、分かたれぬ混沌にもどして、一からはじめるおつもりなのだ。かたわらに女神をおいて――それはわれわれの判断をこえたことだが、ふと、わたしはもう少しだけ豊葦原をながめていたくなったのです。これはこれで、美しいものですから」

あっけにとられたような表情が、照日王の顔に広がった。

「輝《かぐ》の神と闇《くら》の神は相反するものだ。そんなはずはない。お互いに憎みあっておられるはずだ」

進み出て、月代王の間近に立ち、照日王はたずねた。

「それでは、そなたは、わたしたちが地を清めようと長いあいだ努力してきたことはすべて、闇《くら》の女神のためだったと言うのか」

「わたしが言うのではありません。真実がそうなのです。なぜ最後の形代に選ばれるのが狭也なのか、よく考えてみてください」

照日王はしばらく言葉を返さなかった。それから、妙に静かにたずねた。

「そなたはいつ、そのようなことを知った」

「うすうすとは――かなり前から」

月代王が答えると、姫御子は突然叫んだ。

「そなたにはあきれる。いつもいつも、あきれてばかりだ」

「姉上」

「それでどうして、今まで戦ってこれたのだ」

低い声で月代王はつぶやいた。

「戦う以外の何がわれわれにできるでしょう」

照日王は自分の腕をつかみ、指を噛み、おののく身をしずめようとした。

「わたしは信じないぞ。われわれの戦《いくさ》がないがしろにされていたなどと信じない。父神の御目《おんめ》が濁った闇《やみ》を見つめているなどと信じない。天《あま》つ神は穢《けが》れなく清らかなものであるはずだ。それをたたえるためにわれわれがいるはずだ」

声が急に弱くなった。ひとり言のように照日王はつぶやいた。

「父神は、われわれをいとおしんでくださるはずだ」

姫御子の顔が乱れかかる髪の陰に見えなくなってしまった。月代王は手をのばし、なだめるようにそっと、その髪をかきあげてやった。

「それはもちろんです。父の子ですから」

照日王は顔を上げずに言った。

「そなたは言葉が軽い」

「なんとでも。嘆くあなたは見るにたえない」

少しして、照日王は気をとりなおしたが、ぐいと頭をふった。

「なすべきことはまだたくさんある。戦は終わっておらぬし、儀式は滞っている。舎《しゃ》殿《でん》は再建されないし、大祓いの次第《しだい》にも変更が必要だ」

狭也を見、月代王を見て姫御子は言った。

「形代の変更はしないぞ。どちらにしろそなたには狭也に変若《おち》を与えられまい。囮《おとり》としてもこの娘は役に立つ。稚羽矢は必ずここへやってくるだろうからな」

3

狭也《さや》が閉じこめられた部屋は、御所《ごしょ》と御所をへだてる高殿《たかどの》の最上階にあった。さぞながめがいいはずだが、窓は小さなものが明かりとり程度に天井近くについているばかりで、のぞけるのは空だけだ。むきだしの四面の壁にかこまれていると息もつまりそうな気がして、狭也は籠にこめられた小鳥がはばたいて体をぶつけるように、飽きもせずにぬけ穴をさがしまわった。しかし、いたずらに指先を痛めただけで、みのりはなかった。

ときどき思い出したように泣いたが、泣きしずみはしなかった。絶望してしまわなかったのは、照日王《てるひのおおきみ》が必ず稚羽矢《ちはや》は来ると言いきったからだった。占《うら》の予言は、絶望以上に恐ろしいことのようにも思われたが、とにかく狭也はもう一度稚羽矢に会いたかった。なにがあろうと、どのようになろうと、会いたいという望みを打ち消せるものではなく、会ってもう一度笑顔が見たいという願いをそこなえるものではなかった。

一夜ごとに気温は下がっていき、火の気もない高殿はしんしんと冷えた。牢番が見かねて毛皮をさし入れてくれたが、それにくるまってもまだ凍えるように寒かった。窓の色が移ろうのを見上げて、昼夜の交替を知るだけの日々が何日続いたろうか、あるたいそう寒い朝、狭也ができるだけ手足を縮めて壁ぎわにうずくまっていると、かけ金のはずれる音がした。

牢番が食器をとりに来たのだと思い、昨夜《ゆうべ》の水さしにはった氷を見るといいと狭也が考えていると、びっくりしたことに、入ってきたのはほかならぬ照日王だった。息も白くなる寒さの中で、薄く白い単衣《ひとえ》のみ身にまとい、見ているほうが凍えそうだ。だが、本人は少しも気にする様子はなく、色白の肌は冴えてかすかな桜色ににおっている。

警戒した目で見返した狭也に、照日王はさわやかな声をかけた。

「水の乙女を、あやうく氷の乙女にするところだったか。そうか、そなたには、炭が必要だったのだな。まあいい、雪が降ったぞ」

夕方からみぞれが雪になったことは狭也も知っていた。高窓からいくらか吹きこんできさえしたのだ。何が言いたいのだろうとあやしみながら、狭也は次の言葉を待った。

「初雪がこれだけ積もるのはめずらしい。出てくるがいい。雪見をしよう」

うれしそうに言った照日王は一瞬少女に見え、小鹿《こじか》をしのばせた。狭也は思わずあきれたが、突拍子もない無邪気さもまた、姫御子《ひめみこ》にはどこかふさわしかった。不本意ながらも心をさそわれて、狭也は照日王の後ろに続いた。

急な階段をかじかんだ足で危なっかしげに下りると、柱廊《ちゅうろう》ばかりの吹きぬけの階がある。そこからは心ゆくまで四方の景色が見わたせた。雪雲は去り、明るい銀色をした空の下、地表はぬり変えたように白一色だった。雪のかさは多くはないが、あらゆるものの上に、小さなすき間に、くまなく降り積もっていた。舎殿《しゃでん》の黒い檜皮《ひわだ》ぶきの屋根、丹《に》塗《ぬ》りの柱は、白い雪を抱《いだ》いてしっとりとうるおい、老いた松の緑はもの思わしげに見える。夏のままに黒こげの柱の残された焼け跡さえ、雪の中では美しく見えた。もの音は真綿に吸いとられたようにしずまり、まほろばの朝はひっそりと明るい別世界のようだった。

「雪は好きだ。花より好ましいくらいだ」

勾欄《こうらん》から身をのりだした照日王は晴ればれと言った。

「天から降る雪はなんと白いのだろう。冷たさも好きだ――清さのうちだ。憂いをみな眠らせるようだ」

「子どもたちも雪が好きです。しもやけを作ってもはしゃぎまわって遊びます」

狭也は言った。

「そなたも好きか?」

「ええ。でも花も。夏も、秋も、すべて」

照日王はうっすらと笑って狭也を見た。

「豊葦原《とよあしはら》を愛していると言いたいのだろう。だがな、形はちがうかもしれないが、わたしもまたこの国に良かれと思って力をつくしてきたのだぞ」

なかばひとり言のように姫御子は続けた。

「天《あま》つ神の子に生まれながら、わたしもまたこの国しか知らない。降る雪を見ると、天上の宮はこのようなところかと、よく想像したものだが、やはりこれも地上の光景だから好ましいのであろうな」

再び景色に見入る照日王の背中を狭也は見つめた。いつもの尊大さが感じられず、思いにしずんだ後ろ姿だった。ふと、すなおな気もちで狭也は言いかけていた。

「今からでも遅くはありません。輝《かぐ》の大御神《おおみかみ》の降臨を止めてくださいませんか」

「――それはできない」

照日王は低く答えた。

「ご意志をまげることなど、だれにもできない。わたしとて、半神の子にすぎないのだ」

「でも、あなたがたにもおわかりではありませんか。豊葦原を滅ぼしてしまおうとなさる大御神のご意志は正しくありません。この地をいつくしみ、はぐくんでくださってこそ、光の御方《おんかた》、親神であられるのに」

照日王は考えていたが、答えずに、逆に狭也にたずねた。

「闇《くら》の大御神とはどのようなかたなのだ。美しい女神か？　いや、光もささない地の底に住まい、ありとあらゆる地上の汚穢《おわい》をひきうけられる女神が、美しく清らかとは思えない。父神は、死の国でご覧になったものに怖気《おぞけ》をふるわれて、千引《ちびき》の岩でふさがれたはずだ。それなのになぜ、呼んでおられるのだ」

狭也はためらい、首をふった。

「わかりません。黄泉《よみ》へ行った者でない限り、女神のお姿は知らないのです」

狭也は部屋へもどされたが、牢番が火桶《ひおけ》を運んできた。

(照日王。あのかたがあたしの両親を殺し、奈津女《なつめ》とその子を殺し、罪のない多くの生命《いのち》を葬ったのだ。そしてこれから、ためらいなくあたしを殺し、稚羽矢をも殺そうとしている)

狭也は自分に言いきかせた。憎んでもたりないほどなのだが、どこか哀れに思えてならなかった。姫御子は、きかん気の子どものように手あたり次第滅ぼしながら、何をしたのかわかっていないのだ。すべてを失ったときはじめて驚き、それに気づくのかもしれない。

(でも、それでは遅い。むざむざと、殺されるわけにはいかない。ああ、あたしにも自分の生命《いのち》を闘い取るだけの力があったなら)

悶々《もんもん》と思い続けていた狭也の耳にかすかな翼の音がとどいた。彼女は顔を上げたが、深くは期待しなかった。いやというほど空耳《そらみみ》にきいた音だったのだ。だが、高窓の格子からつややかに黒いくちばしと頭がのぞいた。そして翼をたたんですりぬけると、ぽとりと床に降り立った。

「来たよ」カラスは言った。

狭也は胸がつまって、すぐには返事もできなかった。

「——信じていたわ。でも、うれしい」

「本当はもっと早くに来るはずだったんだ。ところが、近ごろおれも名が売れていて、このまわりにかすみ網が仕かけてありやがるの。穴をあけるのにひと苦労したよ」

「あなたのほかにも、だれか？」

「科戸王《しなどのおおきみ》、稚羽矢、それから影の三人。みんな、なりすまして宮中《きゅうちゅう》にひそんでいる。科戸王は例によって楽人《がくじん》に、三人は下男や兵士に、稚羽矢は一番けっさくで――照日方《てるひかた》の釆女《うねめ》になっているんだ。明日おれたちは日没に門を開く。闇《くら》の軍が攻めこんでくるんだよ」

「大祓《おおはら》いは――」

「あさってだ。狭也を形代《かたしろ》になどさせやしないからね。あれほど胸《むな》くそ悪い儀式ってなかったぜ」

「お願い、させないで。輝《かぐ》の大御神をまねく張本人になどなりたくないの」

狭也は急にふるえてくるのを感じた。今になって怯《おび》えるとはおかしなことだったが、希望が見えたからこそ恐怖も倍加するらしかった。

「稚羽矢は大丈夫なの？　釆女だなんて――照日王をあなどってはならないのに」

「平気、平気、うまいこと化けている。ちょっと見てもわからないくらいだよ」

翼を広げて愉快そうに鳥彦は言った。

「彼はばかじゃない。以前はそう見えたこともあったけれどね」

「そうね」

狭也はほほえもうとし、数日のうちにほおがすっかりこわばっていることに気づいた。

「おれは、部下を総動員して狭也をここから出すよ。いい役だろう？　すごい光景が見られるよ。一生かかっても見きれない数の鳥が集まる。そしてみんなで狭也を下へ降ろすんだ」

「そんなことができるの？」

狭也は目を丸くした。

「お楽しみに」

鳥彦は羽を鳴らすと、窓のわくまで飛びあがった。

「わくわくするわ」

元気づいてくると、今度は、自分には何ひとつ役に立つことができないことが残念でならなくなってきた。ただ救出を待ちかねているなど、一番損な役だと狭也は思った。

「その意気だよ。それじゃ、入れかわりにキツツキたちが来るから。少々うるさいけれどがまんしてくれ」

「待って」

どうしても何かしたい衝動にかられて、狭也は鳥彦を呼びとめた。そして首に手をまわし、水の乙女の勾玉《まがたま》をはずすとさし出した。

「これを稚羽矢にわたしてほしいの。会えるときまでと、言って」

　カラスはもどってきて、青い勾玉をくわえ取った。

「わかった。あずかるよ」

　鳥彦が行ってしまうと、その言葉にたがわず、数羽のキツツキが群れながらやって来た。そして、窓わくにとりつくと、辛抱づよくコツコツとたたきはじめた。


　翌日もまた寒く、消え残りの雪はまだだいぶ残っていた。稚羽矢が縁に出て庭をながめるふりをしていると、あたりに人気《ひとけ》のないのを見すまして、朱《しゅ》の楽人の衣装をつけた科戸王が、さりげなく前の廊下を通りかかった。

「正午から宴《うたげ》が開かれる」

　科戸王はすばやくささやいた。

「この潔斎《けっさい》の最中に？」

「照日は知らぬ。月代王《つきしろのおおきみ》の催しだ」

　稚羽矢は一瞬考えてから答えた。

「われわれにとってはかえって動きやすくなる」

「では、あとの三人に指示をたのむ。わたしはぎりぎりまで楽席にいるつもりだ」

科戸王は表情も変えずに廊下を行きすぎた。稚羽矢はもう少し待ってから腰を上げ、月代の御所のほうへしのんでいった。渡殿《わたどの》を、あわただしげな人々がしきりに行きかっている。火災以来、いつも人手のたりない宮の内からは、以前の雅《みや》びやかさが影をひそめつつあった。古参の者が、世も末と嘆くのもあながちぐちばかりではない。御所の周辺は今も壮麗なたたずまいを保っているものの、輝《かぐ》の宮では、どこかで何かがこわれ去ってしまったのだった。

二人の御子《みこ》が、宮をかえりみなくなったことが大きいのもたしかだった。照日王など、もう長きにわたって御所へ立ち寄ることもせず、再建された神殿にこもっている。そのおかげで稚羽矢は疑われもせずに新参《しんざん》で通しているのだが、規律が乱れ、すさんだ采女寮《うねめりょう》の様子を見るのはあまり快いことではなかった。

(闇《くら》の軍にかからなくても、ここはおのずから滅びるだろう。そのほうがいい)

渡殿のすみにたたずんで人々をながめながら、稚羽矢は考えた。

「そこのあなた、もし、お手すきでしたら、手伝ってくださらない?」

突然、見も知らぬ采女から声をかけられた。まだ初々しい娘で、おそらく彼女も新参なのだろう。

「こんな日に宴があるとはきかされていなかったので、お支度をどうしたらいいかわからないの」

実際、少女は泣き出しそうに困って、顔をまっ赤にしていた。

「だれも人のことを思いやってはくれないの。宮にのぼって間もないのに、舞姫をつとめろだなんて。どの扇をもてばいいかさえわからないのに。それでいて、そそうをしたらその場でお手打ちだと言うんですもの」

稚羽矢はうけあった。

「それなら大丈夫。わたしが教えてさしあげます」

少女はさっと顔を輝かせた。

「まあ、なんてご親切なんでしょう。あなたも舞《まい》にお出になるの?」

「いいえ」

少しはにかんだように少女は稚羽矢を見上げた。

「そんなのおかしいわ。わたしなどよりよほど舞姫にふさわしくいらっしゃるのに。おきれいで——お背が高くて」

「わたしは、照日方の采女ですから」

稚羽矢が言うと、少女は口を覆った。

「まあ、わたし、いけないことをお願いしたのね」

稚羽矢はにっこり笑った。

「でもそのことは、あなたもわたしも、黙っていましょうよ」

真昼の太陽はくもった空を透かし、ぬくもりのない白銀の円だった。気温は上がらず、どこを見ても寒々しい風景ばかりだったが、管弦の音は凍《い》てつく大気に冴え、玄《げん》妙《みょう》に響きわたった。

南に面した御所の縁に席をもうけ、人々を集めた月代王は、内庭に舞姫を舞わせ、回廊に楽人のさじきを作って楽をかなでさせたが、当人は少しも楽しげなそぶりを見せなかった。むしろ何かを思いつめるように、脇息《きょうそく》に腕をあずけ、じっと宴に見入っている。主《あるじ》の気分は自然と楽師たちにうつり、舞姫のあでやかな衣装とうらはらに、楽はいつのまにかもの悲しい調子をおびていた。

(別れの宴《うたげ》だな)

笙《しょう》の笛を吹き鳴らしながら、科戸王は考えた。

(勝敗がどう傾こうとも、これは輝《かぐ》と闇《くら》の、最後の惜別の宴なのだ)

「そこの楽人」

目を向けようともせずに月代王は言った。

「音色が濁っている。わたしに管楽の心得のあるのを知らないか」

言葉の含みに気づく暇もあらばこそ、武装した兵士の一団が控えから飛び出し、ばらばらと楽人のさじきを取りかこんだ。楽師たちは驚きあわてて楽器を取り落とし、曲ははたとやんで、舞姫たちはおののいて立ちすくんだ。

兵士たちは槍で楽人たちをおさえつけたが、王がだれを示したかはわからないとみえて、たずねた。

「どれが間者《かんじゃ》でありますか」

「本人が知っておろう」

月代王は答えた。兵士の長《おさ》は問いただしたが、名のる者はなかった。

ものうく月代王は言った。

「かまわぬ。はしから首をおとせ」

まっ青になった笛の老人が、胸《むな》ぐらをつかまれてさじきから引っぱり出された。そして、剣《けん》がぬかれ、ふりかぶられたとき、科戸王は立ちあがった。

「わたしだ」

兵士がふり返るより早く、科戸王はさじきを蹴って飛び出していた。老人の首に斬《き》りつけようとしていた兵士は切先《きっさき》を返して彼に打ちかかったが、科戸王はすばやく笙の笛でうけとめていた。たがが切れ、小竹が音をたててはじけ飛ぶ。一瞬目のくらんだ兵士は蹴りとこぶしをくらい、手にもつ剣を落とした。奪いとった科戸王は、その大ぶりの剣をかまえ、群れなす兵士たちに向かって、すて身で打って出た。気迫におされてしりごみする者が出てくる。

「弓を」

あいかわらずあわてる風もなく、月代王は申しつけた。そしてさし出された弓をとると、片袖脱いで矢をかまえた。科戸王がいかに敏捷であっても、月代王にとって的をあやまる距離ではない。

科戸王がはっと気づいたときには遅かった。矢は鋭い音をたてて放たれた。だが、そのとき何者かが扇を投げた。矢は扇の柄《え》を貫き、わずかに道をそれて、科戸王のわきの柱につき立った。人々が信じられない表情でふりむくと、庭の五人の舞姫のうち、一人だけ手にもつものをなくしていた。

月代王はあきれたように言った。

「そこにいたのか」

舞姫のあざやかな翡翠《ひすい》と紅《くれない》の裾が、ふわりとふくらんだかと思うと、稚羽矢は軽々と人々の頭上をこえていた。そして目を疑う人々をしり目に、科戸王のすぐ隣に降り立った。

科戸王は怒って言った。

「見あらわされた者はすておくという申しあわせのはずだぞ、ばかが」

稚羽矢は答えた。

「番外のわたしは知らぬ。それに、そなたには借りもある」

深い失望をこめた口調で月代王は言った。

「どこまでもおろかな弟だな。思惑《おもわく》のとおりにのこのことこの場に来るとは。わたしが狭也のために宴を開いていることがわからないのか」

はっとして稚羽矢は兄を見た。

「照日は狭也を形代《かたしろ》にはしない。姉上なら、祓《はら》いまで狭也を生かしておきはしないだろう」


キツツキの一隊は今は数十羽となり、大工さながらに木をけずり続けていた。はめ板はすでに二枚めも取れかけ、体を通すことができそうだ。ところが、突然彼らは緊張し、いっせいに音をたてるのをやめた。鳥たちがわれ先に飛び離れたのと、狭也が軽い足音をききつけたのは同時だった。かけ金がはずれた。あわてて狭也は立ちあがり、自分の体でキツツキの作業のあとを隠そうとした。その前に照日王が立った。落ちついた静かな表情だった。

「狭也」

いくらかしずんだ声で、照日王はよびかけた。

「そなたは何にかえても豊葦原を存続させたいか?」

「はい」狭也は答えた。

「わたしも考えた。この国を混沌に返すのは、あまりに心ないことだと思えてならぬ」

狭也は少しびっくりして目を見はった。

「わたしたちの双方がそう思うのなら、戦《いくさ》は必要なくなるのです。輝《かぐ》の大御神の降臨を止めてくださいますか？」

「父神が天降《あまくだ》られたとしても、女神が死の国を離れさえしなければ、地上の生は保てるのだ。そうであろう」照日王は言った。

「二柱《ふたはしら》の大御神が出会ってはならない。いかに父神のご意志とはいえ、闇《くら》の女神を父神のもとへ呼んではならぬのだ。この一点だけわたしは占《うら》にそむこうと思う。大祓いはそなたなしで行う。なぜなら、そなたは父神とともに闇《くら》の女神までまねいてしまうからだ。わたしは、地上に降りられた父神が、われら以外のものにまなざしをそそぐのを見たくはない。長い努力の末がそれでは、たえることができない」

狭也の胸のうちに明るい希望がともったが、その矢先だった。照日王は静かに腰の長剣をぬき放った。冬の日ざしに白刃《しらは》は冷たい光をおびる。目の前にかざされたその冷酷な鋼《はがね》を見つめ、狭也は青ざめて後ずさった。背中はすぐに壁板にさえぎられた。

「なぜです――」

声にならない声で狭也はささやいた。

「そなたは、わたしに父の降臨を止めよと言う。しかし、わたしにとって邪魔であるのは闇《くら》の女神のほうなのだ。よみがえってほしくない。だが、わたし自身は父の命《めい》に逆らえぬ。だれも、父の命には逆らえぬ——ただ一人闇《くら》の女神その人をのぞいては」

あくまで静かな声で照日王は続けた。

「だから、そなたに、祓いの前に女神のもとへ行ってほしいのだ。父神の呼びかけに否《いな》と言うよう忠言してくれ。そなたなら、やってくれるな？　ひいては豊葦原を救うことにもなるのだから」

「この場で殺すと——おっしゃるのですか」

狭也のくちびるはふるえた。氷のような刃《やいば》は形に見える死として彼女を脅《おびや》かし、彼女の若い体は全力でそれを拒んでいた。今すぐ死ぬことなどできるはずがない。こんなに狭い場所で、こんなにあっけなく、稚羽矢にも会えずに——

照日王の白い素足が、すっと間《ま》をつめた。

「わたしが女神に会いに行けるものなら行っている。だが、闇《くら》の道は闇の者にしかたどることができないのだ」

「いや！」

姫御子が剣《つるぎ》をふりかざすのを見て、狭也は悲鳴を上げた。のがれるすべもない狭い部屋で、なおのがれようとし、壁をつたい、身をよじった。助けを求め、稚羽矢の名を、鳥彦の名を呼んだ。だが――

剣の切先《きっさき》があざやかな弧をえがいてふりおろされた。手際のよい、見事なひと打ちだった。一瞬窓が目に入り、狭也は白く遠い空を見た。それから、おだやかに美しい照日王の顔を見た。人を殺す瞬間にも、この人の表情は清らかなのだと、狭也ははるかに羽柴《はしば》の巫女《みこ》を思いおこしながら考えた。それが最期《さいご》だった。

狭也の倒れた床のかたわらに、照日王は敬虔《けいけん》な巫女のようにひざまずいた。そして息をひきとった少女から、最後のぬくもりが失せていくのをじっと見守っていた。祈っているようにさえ見えた。

ところが、なにものも動かないその沈鬱な小部屋に、突如として極彩色の幻がうかび、すぐに実体を結んだ。それは舞姫の衣装をつけたままの稚羽矢だった。金の飾りをゆらめかしているが、足ははだし、さし櫛《ぐし》をみななくして髪はくずれ、ひどく息をきらしている。

「そなたも、ようやく時のはざまを駆けることを覚えたか」

驚く様子もなく、低い声で照日王は言った。だが稚羽矢は答えなかった。彼は狭也だけを見ていた。茎を折られた花のように、無残に横たわる少女を――

「ほんの少し来るのが遅かったようだな。狭也はすでに、かの国へ旅立った」

「あなたを許さない」

稚羽矢はききとりにくい声でつぶやいた。

照日王は笑った。

「あいにくだが、それはこちらで言いたいことだ。そなたが父の脅威であろうとするかぎり、われわれはそなたを生きて父の前に立たせるわけにはいかない。しかし、それは覚悟の上で来たのであろう?」

ふいに風がおこったように、照日王の髪はざわめきたった。

「この国の人々は、輝《かぐ》の御子が全力を出して戦うとどうなるかを知らない。そなたは雷よりすさまじいであろうが、わたしたちはその姉と兄だ。日と月だ。日と月とがあわせて力を解き放てば、何がおこるか見てみるがいい」

すごみのある笑いをうかべて稚羽矢を見ると、照日王は後ろむきに時のはざまにすべりこんだ。ためらう暇なく稚羽矢はそのあとを追った。

はざまの光景というのは形容しがたいが、何もないわけではなかった。いろいろなものの影が浮遊している。そのあいだをすりぬけて矢のように進む照日王は、尾をひく金色の影になって見えた。少しして稚羽矢は、別方向から近づく、やはり輝く銀の影に気づいた。月代王にちがいない。金と銀の光の影は除々にあいだをせばめ、やがてまったくひとつにあわさった。

そのとき、はざまの世界そのものがはじけ飛ぶような光が炸裂した。白熱した光をはるかにこえる熱と力をもつその光は、黒色となって見え、あるものすべてを貫き、砕き、燃やし、溶かしつくした。

中空《ちゅうくう》の太陽が、突然なんの前ぶれもなくくらいつくされた。真昼というのに地平の四隅からは闇《やみ》がわきおこり、空を覆って、ついには墨を流したようにまっ暗になった。

宮は大混乱に陥り、輝《かぐ》の兵たちは持ち場も定められずに右往左往した。しかし、それは進軍途上の闇《くら》の兵にとっても大差なかった。馬は怯えて暴れ、足をすくませた人々は隊を乱した。そこへもってきて、各地で激しい地震がおこった。山くずれがふもとの里をつぶし、大津波が浜の漁村をさらった。人々は立ち上がることさえできずに地に腹ばい、天変地異が一時的なものであることを祈るのが精一杯だった。

(稚羽矢はばらばらになったか?)

(ならない)

(なにが稚羽矢に守りを与えているのだ。父神か?)

(そんなはずはない)

(とにかく、長くはわたしたちの身がもたない)

照日王と月代王は、いくつものはざまをぬけ、はざまに入って駆け続けた。地表に出るたびに、暗い空の下に稚羽矢の雷鳴がとどろくのがきこえた。とうとう最後に、彼らは岩と雪しかないこの世離れした場所に出た。空気は驚くほど希薄で、寒さは氷点をはるかに下り、容易に降り積もろうとしない雪の結晶が舞いふぶいている。だが、そばの岩壁《がんぺき》からは熱い噴煙が立ちのぼり、その周囲だけは雪がなく、黒い岩肌の鬼気せまる様相を見せていた。

「ここはどこだ」

照日王はたずねた。

「不二《ふじ》の火口です」

噴煙を見て月代王は言った。

「今の地震で少し活気づいたようだ」

「行くぞ。このようなところにはおられぬ」

照日王が言うと、月代王は少々からかいをこめた。

「少し休んでは？　ここは天上の宮に最も近い場所ですよ」

「冗談を言うな。地底の臭気で鼻がまがりそうだ」

不機嫌な答えが返ってきたので、月代王は腰を上げ、新たなはざまへすべりこんだ。

「では、今少しましな場所へ」

彼に続こうとしてはざまに入りかけた照日王は、突然はじき返された。はずみで斜面から足を踏みはずした姫御子は、火口の内側へすべり落ちそうになって、さすがに顔色を変えた。体をのり出した拍子に、噴煙を吹きあげる奥の、煮えたち輝く朱《しゅ》の熔岩を見てしまったのだ。

「いくら姉上でも、そこへ落ちれば変若《おち》を保つことはできないでしょう」

静かに言う声がした。ぎくりとして照日王はあたりを見まわした。月代王の姿はない。知らずにはざまの向こうなのだ。

孤立した姫御子の前に、稚羽矢の影が噴煙にかすんでうかび出た。手には青く輝く剣《つるぎ》をもつ。姫御子には得物《えもの》がなかった。はざまの闘いには剣が使えなかったからだ。うかつなことをしたと彼女は悔やんだ。稚羽矢は今は間近に立っていた。火口のへりに倒れたまま、照日王は弟を見上げた。

「そなたが――このわたしを――ここまで追いつめるのか」

声にはふしぎそうな調子がこもっていた。

「許さないと言ったはずだ」

稚羽矢が答えると、照日王はうっすらと笑った。

「りりしいな。わたしはそういうのが好きだ」

彼が剣を向けると、未練がましくはない口調で姫御子はたずねた。

「ひとつだけきいておきたい。なにがそなたを守っていたのだ」

「なにもない」

「わたしと月代が力をあわせたのに、そなたは倒れなかった。そなた一人にできることとは思えない」

「わたしを守ってくれるものなど――」

稚羽矢は言いかけて、ふいに口をつぐんだ。片手で胸をおさえると、衣の下の、ちっぽけな勾玉《まがたま》が手にふれた。

稚羽矢がおし黙って立っているので、照日王はため息をついた。

「早くどうにかしてくれないか。殺すものを長く待たせるのは礼儀に反するぞ」

突然、稚羽矢は言った。

「やめた」

あっけにとられた照日王は目を見開いた。

「正気か、そなた」

見下ろした稚羽矢の表情は、照日王が信じられないもの、輝《かぐ》の御子として、思いもつかないものだった。

「姉上を殺しても、狭也は帰ってこない」

稚羽矢は剣を収めて背を向けると、そのままはざまへ消え去った。

稚羽矢が開け放たれた門の前に立ったときは、すでに夜も遅かった。人々の喧噪はまだ混乱に満ちていたが、すでに戦闘はなく、宮は闇《くら》の軍のものだった。たいまつの照らす中を歩いていくと、鳥彦が見つけて飛んできた。

「輝《かぐ》の軍は敗走中だ。将を見失って、もうばらばらだよ。おれたちが勝ったんだ」

ひと息にそれだけ言った鳥彦は、稚羽矢の顔を見て、わずかに言葉をとぎらせた。

「どこへ行っていたんだい、稚羽矢。あの天災で高殿《たかどの》がくずれ落ちたんだよ。でも、鳥たちが決死で狭也を運び出した」

それでも稚羽矢が答えられずにいると、鳥彦は見るかげなく羽をすぼめて言った。

「――狭也に会いに行ってやってよ。あちらで殯《もがり》が行われている」

殯の新垣《あらがき》の中では、大の男たちが外聞もなくすすり泣きをしていた。かざる花もない真冬の死の床《とこ》で、狭也の遺体はそれほどに、白く、小さく、いじらしく見えた。稚羽矢はじっと見つめたが、これが狭也に会いに来たことにはならないとわかっていた。狭也はここから離れ、彼には行きつくことのかなわないかなたへ駆け去ってしまったのだ。会えるときまでと言って、稚羽矢に勾玉をあずけたそのまま――

にぎりしめた手を開いて、淡い空色の勾玉を見つめ、稚羽矢は一人つぶやいた。

「どうしたら、これを返すことができるんだ」

狭也を横たえた台の足もとで、そのとき何かが動いた。あまり小さいので人がいると思っていなかったが、白髪頭《しらが》をふりむけたところを見ると、それは岩姫《いわひめ》だった。老婆はしわのよったまぶたをひきあげて稚羽矢を見た。

「それは水の乙女の宝じゃよ。なくては狭也も困るじゃろうに」

稚羽矢はやっとの思いでうなずいた。

「狭也はわたしを守ってくれたのだ。わたしは狭也を助けられなかったのに――一人死なせてしまったのに。さっきまでわたしは、自分はいつも一人だと思っていた。おぼえのあるかぎり昔から一人だったから。けれど、どうしてもっと早くに気づかなかったのだろう、狭也がわたしのもとへ来てくれたことに。狭也は何度も来てくれた。くり返し――死んでからでさえ。今はわかる。狭也がいなくては、わたしは一人でさえないのだ――」

稚羽矢の声がとぎれると、岩姫は、いくらか興味深そうに若者を見つめてたずねた。

「ほう、そなたにわかるというのかね。狭也が必要だということが」

「狭也に会うまで、わたしは何者でもなかった」

小さな声で稚羽矢は言った。

「狭也がわたしをいざなったのだ。豊葦原を教え、さらにはわたし自身を教えてくれた。するべきことに気づかせてくれた。でも、まだまだたくさん知らなくてはならないことがある——狭也がいなくては、わたしは盲目《もうもく》の大蛇《おろち》のままだ」

「だが、そなたは自分でやっていくんじゃな。狭也はすでに女神のもとじゃ」

すげない口調で老婆は言った。稚羽矢は口をつぐんだが、それまで黒い穴をうがったようにうつろだった瞳に光がさし、ほんのわずかに怒りが宿った。

「なぜ、狭也を追っていくことはできないのだ？　黄泉《よみ》だろうとなんだろうと、狭也の行くところに行けないことがあるだろうか。あの父神でさえ、一度は女神をたずねて闇《くら》の国まで行ったのだ。わたしにだって、行けないことがあるものか。狭也はいつもわたしをさがしに来てくれた。今度はわたしがさがす番だ」

岩姫は鼻を鳴らした。

「どうやって？」

稚羽矢は、はたと当惑し、小さな老婆を見下ろした。

「なにかいい方法があるか？」

岩姫は、逆立った白髪をふりたててそっぽをむいてしまった。

「たとえ知っていてもじゃな——」

そこで稚羽矢はやっと気づき、あわてて床《ゆか》に座ると、剣をおき、神妙に手をついた。

「お願いします。教えてください。なんとしても闇《くら》の国へ行きたいのです」

稚羽矢は言い、さらにつけ加えた。

「狭也をとりもどすためなら、何ひとつおしくはありません」

「心からの言葉か？」

「はい」

「はじめからそう言えばいいものを」

　向きなおった岩姫は機嫌をなおして言った。

「わしも、輝《かぐ》の者を黄泉へつかわすような横紙やぶりの技は知らぬ。だが、狭也はそなたに勾玉をあずけていった。二人のきずなが充分に強ければ、方法はないことはない」

「どんな方法です？」

　腰をうかしかける稚羽矢に、岩姫はきびしい表情でくぎをさした。

「確実なことはなにも言えぬぞ。狭也は見つかるかもしれぬ、見つからぬかもしれぬ。二度ともどってこれぬかもしれぬ、こられるかもしれぬ。闇《くら》の道は影深く危険だらけなのじゃ」

　稚羽矢はきっぱりと答えた。

「かまいません。望みがあるなら」

「それでは、その手にある勾玉をのみこむがよい。それは狭也の一部、どんなに離れていても狭也の魂とひきあうはずじゃ。たどれるかたどれないか、闇《くら》の道をどこまで進むかはそなた次第じゃ」

翌朝になって、人々は殯《もがり》の宮の中で、稚羽矢が台の下に倒れたまま冷たくなっているのを見出した。呼吸はなく、心臓も打たず、変若《おち》の気配もまったくなかった。輝《かぐ》の軍の残党を追って帰ってきた科戸王は、驚いて叫んだ。

「輝《かぐ》の御子が死ぬはずはない。きっとまたもどるに決まっている」

開都王は低い声で言った。

「だが、狭也を追いたい気もちはわかる。二人ならべて殯の宮に寝かそう。狭也もそのほうが淋しくないだろう」

4

狭也《さや》は、明るい沼のほとりに立っていた。夏草は高く茂り、水辺のガマは茶色の穂を出している。水に姿を映しながら、薄青いシオカラトンボがすいと飛ぶ。夕焼けの赤さが空に残り、あたりにはたそがれのやさしさがただよっていた。狭也の耳に、おだやかな心温まる声がきこえた。

『どこまで遊びにいったの、狭也。帰っていらっしゃい。夕ごはんですよ』

（かあさんの声だ）

ふりむくと、ほころびかけた月見草が点々とうかぶ草原《くさはら》を分けて一本の道が続いており、そのかなたに、細くたなびくかまどの煙の上がった家々が見えた。駆けて帰れば、慣れ親しんだ炉ばたがある。とうさんが作ってくれたお椀がある。まろやかなひざをした、かあさんが迎えてくれる——

だが狭也は足を踏み出せなかった。そうするかわりにわっと泣き出した。

『せっかくもどってきたのに、なにを泣くのです。どうして悲しいの？　なにがしてほしいの？』

泣きながら、狭也は訴えた。

「あたし、帰りたい」

『困った人ね。いったいどこへ帰るというのです。ここがあなたの家なのに』

ようやく気づいた狭也はあたりを見回し、声の主をさがそうとした。だが、沼のほとりにいるのは狭也一人だ。涙をぬぐうと、狭也は小声でささやいた。

「あなたは、闇《くら》の女神様ですね」

そして、とまどい気味につけ加えた。

「あたしは——死んだのですね」

『そうです。ここは黄泉《よみ》の国。でも、帰ったばかりのあなたがたは、痛手が重く、安らかな心で眠りにつけないものですから、まずこうしてわたくしが、一人一人癒してさしあげるのです』

「お姿を見せてはくださらないのですか?」

狭也がたずねると、ため息のような風が水辺の草を吹きすぎた。

『この風景すべてがわたくしです。あなたの愛してやまないもの、それがわたくしの腕、わたくしのひざだと思ってください。わたくしに体はないのです——すて去ったのです。遠い昔、あのかたにうとんじられてから。しかし、そのかわり、一度に多くに存在できるようになりました』

「慈悲深い女神様、輝《かぐ》の大御神《おおみかみ》はあなたをよみがえらせ、地上に呼ぼうとなさっています」

狭也は言った。どちらを向いて話していいものやらわからなかったので、水に映った自分の影を見つめながら言うことにした。

「天《あま》つ神は豊葦原《とよあしはら》のわたしたちを、かえりみてはくださらないのです。消し去り、混沌に返すおつもりです。でも、あなた様は、いつくしみの女神であらせられます。地上の国を、あわれんでくださいますね?」

『きくまでもないことです』

闇《くら》の大御神はきっぱりと答えた。

『わたくしは豊葦原のすべてを産みおとした者ですよ。わが子をいとおしまぬ母がどこにいます。おのれ自身のことよりも、わたくしは豊葦原を思っています』

狭也はやっとほほえんだ。

「ありがとうございます。これで、安心することができます」

『それでは道をお行きなさい。あなたの忘れていたおかあさんに会えますよ』

うながされて狭也は歩きだしたが、数歩でまた立ち止まってしまった。

『まだ悲しいことがあるようですね』

甘やかすように闇《くら》の女神は言った。

『何がしてほしいか、かまわず言ってごらんなさい。どうにでもかなえてあげるから』

狭也はしばらくためらっていたが、やがて思いきったように口を開いた。

「もう一度、松虫草の原が見たいのです。見せてくださいますか？」

夏景色が少しかげったかと思うと、早くも沼は草の原となり、季節は秋だった。肌に冷たい高原の風がほおをなで、雲が動いてゆく。そして、思い出と寸分たがわずに、薄紫の花の群れがそよいでいた。窪地を埋めつくす花々の見事さは、あるいは現実以上なのかもしれなかったが、狭也の心の中にはそのようにしまってあったのだった。

（あたしったら、ばかだ）

花々の美しさが錐《きり》のように胸を刺し、狭也はあっという間に後悔した。稚羽矢のいない場所でこの原を見かえして、いったいなんになるというのだ。自分で傷口に塩をぬりこむようなものだ。狭也は泣くに泣けないみじめな気もちで立ちつくした。

秋風はなごやかに花々をそよがせ、狭也の髪をも、いとおしむようになでた。燃えるように激しい心痛が通りすぎると、残り火の中に、かすかにけだるいあきらめが生まれて狭也をひたしはじめた。なぜなら、薄紫の花々は首をふりながら沈黙のうちに語っていたのだ。ここは静かな国、ここは安らぎの国、ここで苦しむのは理にかなわぬことです――と。

（きっと、妄執というのだわ。恥ずべきことなのだわ。この痛みは無益なだけだもの。稚羽矢とあたしとは、二度と手のとどかない、絶対の距離にへだてられてしまったのだ。だからあたしにできることは、受け入れることだけなのだ）

ぼんやり狭也は考えた。どこかで、狭也の心をしずめよう、しずめようといざなう女神の御手《みて》が感じられる。すべてを女神にゆだね、忘却の流れにのって眠りの底深く沈めば、どんなに甘美であるかもわかってきた。だが――狭也はなおもがんこに自分自身の痛みにすがりついた。

（稚羽矢にひと目だけ会えたら――もうひと目だけ会えたら忘れられるのに……）

ふと、窪地のふちに人影がさした。

丈の高い草に見え隠れしながら斜面を下ってくる。気づいたとたん、狭也は驚きのあまりしびれたように動けなくなった。闇《くら》の大御神の癒しが慈悲深いとはいえ、これほどまでにとは考えられもしなかったのだ。稚羽矢《ちはや》がいぶかしげにあたりを見まわしながら現れた。知らない土地へ来た旅人のようだ。狭也は声もかけられずに、ただ見つめるばかりだった。だが、稚羽矢はついに花の中に立っている狭也に気づき、その足は一気に地面をけった。

彼が駆けよる数歩前になって、やっと狭也の体は自由になった。そして唐突に前へ出たものだから、ひどい勢いで胸に飛びこんだ。そのように現身《うつしみ》が感じられることだけでも驚異だった。なんでもできるような気がして口づけも交わした。夢であろうと幻であろうと、これほど心を満たされるものならいっこうにかまわないと狭也は思った。

「追いかけてきたんだ」

腕をまわしたまま、耳もとで稚羽矢が言った。

「狭也がいるなら、二度と地上にもどらなくたってかまわない」

（そう言ってほしかったわ。思い残すことはない）

狭也はほほえんだ。

「鳥彦は勾玉をとどけたかしら。ずっとずっと持っていてね――あたしが忘れてしまっても」

「勾玉のおかげでここまで来れたんだよ」稚羽矢は言った。

「岩姫が教えてくれた。この玉は狭也の一部だから狭也とひきあうはずだって。でも、よくもたどり着けたと自分でも思うよ」

狭也はようやく変だと感じはじめた。幻の稚羽矢なら、言いそうにないおかしなことだ。体を離すと、目を丸くして彼の顔を見つめた。

「まさか――本当に来たの？　闇《くら》の女神様が見せてくださる夢ではないの？」

「本当に来たよ、黄泉《よみ》の国へ」

「どうして？」

稚羽矢もきょとんとして見返した。

「だから今、言ったのに――」

そのときだった。息もつかせぬ突風がみまい、花をひきちぎり枯草を舞い上げた。草の葉に打たれて身をかばった二人が、吹きすぎたあとを見上げると、空はまっ黒な雲がとってかわりうずまき流れていた。

『ここにはいるべきでないものがいる。水と油のようにわたくしの国にはそぐわぬものが。そなたはだれじゃ。まねかれざる者が、なぜまいった』

先ほどのやさしい声とはうって変わり、怒りを含むすごみをおびた闇《くら》の大御神の声が響いた。

このような雲行きには鈍感な稚羽矢は、なにためらうことなく答えようとした。

「わたしは稚羽矢です。輝《かぐ》の大御神がわたしの父です。ここへ来たのは、狭也に会うためで、できることならつれて帰りたく――」

あわてて狭也はひじでおすと、さえぎって口をはさんだ。

「あたしのせいなのです、母なる女神様。あたしがこの人に勾玉をわたしたために、それを持ってさがしに来てくれたのです」

『なんということをしてくれたのです』

闇《くら》の大御神の声は、狭也に対しても険しかった。

『そなたのもっていた玉は、わたくしが水の乙女のしるしとして与えた勾玉。わたくしに返すのが本来ではありませんか。それを、こともあろうに輝《かぐ》の御子《みこ》に与え、われわれが何より秘め隠すべき闇《くら》の道をあばかせてしまうとは』

狭也は驚き、やや青くなった。

「申しわけありません。けっしてそのようなつもりは――」

『輝《かぐ》の大御神――わたくしはあのかたを許すつもりでした。あのかたがわたくしを恐れうとみ、顔をそむけて逃げていったことも。通い路《かよいじ》を石で塞《ふさ》ぎ、絶縁を言いわたされたことも。それなのに、あのかたは、地上のわたくしの子らを酷《むご》く殺し、わたくしを苦しめるのです。それでもまだ、許すつもりはありました。ところが、それをよいことに、あまつさえわが国まで侵しにかかるとは、わたくしにも限度があります』

声はどんどん殺気だち、きく者にはらわたがよじ切れるような恐怖を与え、その恐ろしさは地上の荒ぶる神の比ではなかった。ふるえあがりながらも、こらえて狭也は言った。

「稚羽矢は輝《かぐ》の大御神の手先ではありません。わたしたちとともに戦った者です」

「むだだ」隣で稚羽矢が言った。

「耳をかしやしないよ」

二人がきびすを返して逃げ出すと、黒雲はうねりながら襲いかかってきた。泥のように濃密な、漆黒の闇《やみ》が触手をのばし、あわやというときにだれかが彼らをまねいた。

「早く明星《あかぼし》に乗りなさい」

額の星輝く明星が、前足をかきながら待っていた。はやる馬をおさえているのは伊《い》吹王《ぶきのおおきみ》だ。

「わしが目くらましを使うから、そのあいだに逃げろ」

言葉をかわす暇もなく馬の背に飛び乗ると、明星は、暗い黄泉《よみ》の空を天馬のように駆けた。茫漠とした黄泉の空には、じっとまたたかない星が散りばめられている。中にはクルミの実ほどに大きく見えるものもあり、かすかに色づきながら光を放っている。時は数えられないものの駆けに駆けた黒馬は、むきだしの岩棚のようなところに降り立った。星明かりより他に照らすものはなく、たいそう暗い。だが、すでに伊吹王がそこにいて、彼らを迎えた。

「そなたたちにこんなにすぐ会うことになるとは思わんかったぞ。だがまったく、地下でもまた大さわぎをやらかしてくれるではないか」

かざり気のない口調で王は言った。

「あなたにお会いしたかった」

せきこんで、稚羽矢は言いはじめた。

「会って、わたしはいろいろと――」

「わかるから言わんでいい。今はそれどころではないだろう。そなたはこの国で女神を怒らせているのだぞ。女神の目から隠れる場所はない。ここにいられるのもほんのしばらくだ」

くるりと狭也のほうに向きを変えると、伊吹王はたずねた。

「そなたの鎮《しず》めの玉は？　今こそ何にもまして鎮めの技が必要だ。女神の立腹を受けたら苦しみは永劫《えいごう》だからな。この国では死んですむわけにいかんのだ」

狭也は急いで稚羽矢に言った。

「あの青い勾玉《まがたま》のことよ。持っているでしょう?」

「持ってきたことは持ってきたのだが……」

稚羽矢は困った顔になって言いよどみ、自分の腹を指さした。

「この中にあるんだ。わたす方法を考えるのを忘れた」

狭也と伊吹王はあきれて口をあけた。狭也は小声でたずねた。

「そういう場合はどうしたらいいですか?」

伊吹王はうなった。

「きかんでくれ。わしもたんなる死者だ」

左の方角から星がひとつずつ消えはじめた。中空をひしがせるような脅威に満ちた暗黒が頭上を覆いはじめた。

「逃げなくちゃ」

おののいて狭也は稚羽矢の袖をつかんだ。

「同じことだ。逃げまわってものがれることができないなら」

隠れていく星を見つめながら稚羽矢は言った。

「それよりこちらから出向こう。たしかに女神の裁断をあおいでしかるべきなんだ」

「だめよ」

狭也の制止を稚羽矢はきかなかった。岩棚を軽くけると、彼の体は苦もなく空を駆け昇った。

「伊吹《いぶき》殿」

必死の顔つきでふり返った狭也はたずねた。

「あたしにも空が飛べると思います？」

「気のもちようだな。地上ではないのだから」

伊吹王は答えた。


稚羽矢は充分な距離と思えるところまで近づくと、黒い影に向かって話しかけた。

「闇御津波《くらみつは》の、黄泉をしろしめす大御神様。おききください。父の子であっても、あなたを慕い、闇《くら》にあこがれる者もいるのです。なぜなら——」

細い蛇のような闇《やみ》がのびてきて首や手足にからみつき、じわじわとしめあげるのを感じたが、稚羽矢は無視して続けようとした。

「生まれたときから、わたしはあなたのもとへ来る道をさがし続けていたのです。ついには狭也が導いてくれましたが、たとえそのことがなくても、わたしはあなたにお会いしたく——」

ふいに闇《やみ》がひしぐ勢いでしぼりあげたため、稚羽矢は口がきけなくなった。

『心にもないことを言うのはおよしなさい。変若《おち》をもつ者が、なぜ朽ちはてるさだめのものにこがれたりするのです。わたくし自身でさえ、最初から望んできたわけではないというのに』

稚羽矢はのがれようと努力したがむだだった。大蛇《おろち》の力をふるうわけにはいかないと承知はしていたものの、一方的にきめつけられることに徐々に怒りもこうじてきた。いまにも爆発しそうになったとき、かろやかな小さな手が彼にふれた。狭也の手だった。

「慈悲深い女神様、どうぞお怒りをお鎮めください」

勇気をふるって狭也は言った。狭也にとって、これが最後で最大の、大胆な御魂鎮《みたましず》めだった。

「それがかなわぬならば、どうぞわたしにもいっしょにおとがめをください。わたしも闇《くら》の氏族でありながら輝《かぐ》にこがれ、輝の宮に仕えたのです。輝と闇とは相容《あいい》れぬものではありますが、女神様の御手《みて》がなくては生きていけないわたしたちにとっても、御光《みひかり》はやはり慕わしいのです。地上で見られる、最も清く美しいもののひとつだからです。

稚羽矢とは輝《かぐ》の宮で出会いました。最初彼は大蛇《おろち》の剣《つるぎ》を祀《まつ》っていました。女神様が黄泉へ旅立たれたとき、輝《かぐ》の大御神《おおみかみ》が火の神をお斬《き》りになった剣です。でも、稚羽矢がわたしのような鎮め手ではなく、ふるわれる剣そのものであることがわかったとき、わたしたちは彼を恐れもしました。でも、まちがいだったのです。稚羽矢は、あるいはわたしなどよりずっとまっすぐに、女神様を見つめ続けていたのでした。それは彼が剣の子だから——輝《かぐ》の大御神が女神様を悼《いた》んでふるわれた剣の息子だからではないでしょうか」

狭也の声は空中に吸いこまれ、最後の余韻もどこかに消えた。眠りのような沈黙があたりを満たしたそのあとで、闇《くら》の大御神はささやくように言った。

『あのかたはわたくしを悼まれたかもしれない。でも、地下の国のわたくしを見て、顔をそむけてお逃げになった。それからわたくしを、憎み、うとみ、忌《い》み嫌っておられます』

「いいえ、忌むものならば、はるばる天《あめ》の宮を出て御《おん》みずから迎えに来ようなどと思い立たれるはずはありません」

身をのりだして狭也は言った。

「輝《かぐ》の大御神は今も女神様をお望みなのですもの——豊葦原をかえりみないほどに」

『それでそなたはその者に勾玉を与えたというのですか』闇《くら》の大御神はたずねた。

「——いいえ」

いくらか気勢をそがれて狭也は答えた。

「考えなしだったのです。ただ、稚羽矢と離れたくなかっただけなのです。巫女《みこ》としてではなく、水の乙女としてではなく——ただ」

稚羽矢は、もう口がきけるようになっていることに気づき、言った。

「わたしは、父神に、闇《くら》の大御神のもとへ行き、地上へ導くように命じられて世に送り出されました」

狭也はびっくりして顔を上げた。

「稚羽矢」

「そのことは封じられていて、あなたに対面するまでわかりませんでした。なんのためにこのような身に生まれたのか、ずっとふしぎに思っていました。でも、今なら思い出せます。わたしは父の伝令だったのです」

「それでは豊葦原をどうするの」

狭也はささやいたが、稚羽矢は闇《くら》の大御神に向かって続けた。

「ただ、危険な伝令でもあったのです。わたしに、闇《くら》の国へいたる力を与えたため、わたしは、父にとって返す刀にもなり得るものになりました。もしあなたのもとへ行き着けなかった場合は、父に向かい、殺し殺されるまで戦ったでしょう。でもわたしは来ることができました。狭也が、輝《かぐ》と闇《くら》の憎しみの壁をこえさせてくれました。父の思いもあなたにとどいたでしょうか」

木立をぬける風のような声で女神はつぶやいた。

『剣《つるぎ》の子。あなたは本当にあのかたに似ていること。ただ一人来て、おじけもせず、悪びれもせず。でも、あのかたと同じではない。そなたの身には、水の乙女の勾玉が溶けあっているから』

　そして、おだやかに続けた。

『そなたたちはわたくしの怒りを鎮めました。そなたたち二人を見ていると、あのかたがわたくしに会いたいと望んでおられることも、いくらか信じられます。剣の子による伝言はしかと受けとりました。けれども、それでもわたくしは、ぬぎすてた体をもう一度まとってまで会いに出て行くつもりはないのです。ですから御子は父神のもとへおもどりなさい』

「得るものもなく、また一人でひき返せとおっしゃるのですか？」

　稚羽矢は不服をとなえた。

『そなたの父神はそうなさいましたよ』

「それくらいならここにとどまります」

『それはそなたにできることではありません。死の国の住人にはなれない身です』

「狭也をおいては帰りません。けっして」

　稚羽矢は狭也の手をとってきっぱりと言った。

「勾玉だけ持ち帰ってしまうわけにはいきませんから、狭也もつれていきます」

「無理よ。あたしは本当に死んだのですもの」

狭也が小声で言ったとき、そばで急に女神とは別の声がした。

「いいから豊葦原へおもどり」

あわてて狭也はあたりを見回した。

「その声は――」

「変若《おち》には形代《かたしろ》が必要じゃ。わしがそれになろう。わしも長く生きすぎた。休息を求めても罪はないはずじゃ。しかしそなたにはすべきことがある。稚羽矢とともに地上へお帰り」

岩姫の声だった。かぼそく奇妙な、しかしきき慣れるとこの上なく温かい声。狭也が驚いて問いかけようとしたときだった。稚羽矢が強く腕をひいた。

「帰ろう。狭也」


気がつくと、手足がしびれるほどに凍えていた。牢番にもらった毛皮をどこへやったのだろうと思いながら目を開くと、そこは高殿《たかどの》などではなく、闇《くら》の氏族の人々が大勢まわりをとりかこんでいた。開都王《あきつのおおきみ》も科戸王《しなどのおおきみ》もいる。鳥彦もいる。そしてみんなといっしょに稚羽矢も、何くわぬ元気な顔で見下ろしていた。

「遅かったね。どこで道草をした？」

稚羽矢はほほえんで言った。

「闇《くら》の女神様が……」

狭也はつぶやいた。のどが変で声がうまく出ない。

開都王が感慨をこめて口を開いた。

「おばば殿の言われたとおりになった。必ず二人とももどると言いのこされたのだ」

「岩姫様にお会いしました。伊吹殿にも」

言ったとたん、死から舞いもどったのだという実感が強く胸を打った。ありえないことだのに、呼吸ができる。脈が打つ。感覚がよみがえり言葉が詰せる。ふと泣けてきて、涙は冷えきったほおに焼けるように熱く感じられた。稚羽矢が、こわれもののようにそっと彼女を抱きおこした。こんなに人目が多くなかったら、そのまま腕の中で心ゆくまで泣けるのに、と狭也は残念に思った。

岩姫の小さななきがらは、同じ殯《もがり》の宮に安置してあった。しなびてもろく、はかなげで、生前の人を圧する大きさを感じさせた気迫はどこかへ消え去っていた。

「いくつともわからぬほどのお歳だったのだ。天寿かもしれぬ」

開都王が静かに言った。だが狭也は首をふった。

「いいえ、あたしのかわりに、あたしのために黄泉《よみ》へ行ってくださったのです。あたしにはまだするべきことがあるから、と」

鳥彦がたずねた。

「するべきことって？」

「闇《くら》の女神様が、帰ろうとしたあたしを呼びとめられて、こうおっしゃったの……」

狭也が言い終えないうちだった。粗くふいた屋根のすきまから輝く金銀の粉が舞い落ちてきた。それはあまりに強烈に射した光が一瞬そう見えたのであり、またたく間に屋根を貫く白光《はっこう》の矢となった。小屋の中はぐんぐんと明るくなり、驚く人々をよそに真夏の真昼の海岸よりまぶしくなった。壁も人も白く輪郭を失っていくようだ。恐怖して人々は互いに顔を見あわせた。

「輝《かぐ》の大御神《おおみかみ》の降臨か？」

「まさか。二人の輝の御子は姿を消したままだ」

「豊葦原は終わるのか」

「われわれは勝ったのではなかったのか」

うろたえ叫ぶ人々を分けて、稚羽矢はまっ先に小屋の外へ飛び出した。戸を開けると、外は信じがたいほどの光の洪水だった。空は真珠の白さに色変わりし、他のものすべて色を失って見える。まほろばの山々は亡霊のようになり、山の端《は》に幾重《いくえ》もの虹を作っている。地面も砕いた水晶より輝き、凹凸《おうとつ》さえ見きわめがたい。そして、物の影がどこにも落ちないことに稚羽矢は気づいた。ためしに片足を上げてみたが、まぶしくて自分の足もとさえよく見えなかった。目をかばいながら、稚羽矢は少しずつ顔を上げていった。東の山並に、峰の虹につつまれて上半身ばかりをのぞかせる、巨大にそびえ立った黄金の姿がほの見えた。後ろに、狭也が追ってきた気配がした。

「見てはいけない」

鋭く稚羽矢は狭也に言った。

「父神を目にした者は必ずその目をつぶす。いいと言うまで、目を開いてはだめだ」

びっくりして狭也は両手で目を覆ったが、それでもまぶたの裏に、金に黒に焼けつく光が感じられた。危ないところだった。

頭上から、太い弦《げん》の響きに似た胸を打つ声がふりそそいだ。

『大蛇《おろち》の子よ。そなたは黄泉《よみ》の国の大御神を地上へ呼ぶことをかなえたか』

「いいえ」

力なく稚羽矢は答えた。

「女神はおいでにはなりません」

『そなたが黄泉へ下るのをわたしは見た』

輝《かぐ》の大御神の声はやや不興をおびた。

『それではなんのために黄泉まで下ったのだ。なぜむなしく帰って来などした』

急に狭也が前へ進み出ると、両目をおさえたまま、輝《かぐ》の大御神に呼びかけた。

『いとしきわが那背《なせ》のみこと』

稚羽矢は狭也の肩に手をかけてひきとめようとしたが、あわてて手を放した。狭也の体は石のようにこわばっており、夢うつつにしゃべっていた。そしてその言葉は、狭也の発するものではなかった。

『ここにいるのは、黄泉からもどった稀有な娘です。御神《みかみ》のためにわたくしは、固い闇《くら》のおきてを二度だけ破ることになりました。一度はあなたの息子を死の国へ入れたこと。一度はわたくしの娘を地上へ帰したこと。それでわたくしは自分にもほんの少しだけわがままを許したのです。娘の体を借り受けて、ほんのしばしあなたにお会いすることを』

『いとしきわが那妹《なにも》のみこと』

輝《かぐ》の大御神の声はかすかにゆれた。

『しばしでは不足だ。今こそもう一度そなたの手をとるために、わたしはこうして来ているのだ。姿を見せておくれ。そなた自身の、黒髪流れるたおやかな姿を』

悲しげに闇《くら》の大御神は答えた。

『まだおわかりではないのですか。わたくしの体はとうに朽ちはてたということが。それがさだめであり、そうあるべくして天と地が分かれたことが』

『だから時をもどすのだ。天も地も原初の海にもどし、並んで立ったあのときに帰ろう。わたしにはそなたが必要だ』

女神はかすかなため息をついた。

『剣《つるぎ》をおよこしになりましたね。なぜ今になってあのように危ないまねをなさるのです』

『わたしはそなたを忘れた日はなかった。だが、そなたがわたしを憎んでいることは知っていた』

あきれたように闇《くら》の大御神は声を大きくした。

『あなたこそわたくしをお嫌いになったのではありませんか。離縁してからは、地上の子たちまでもことごとくお憎みになって』

『そなたがわたしのかたわらよりも、その暗い穴にいることを好んでいるからだ』

『わが那背《なせ》のみこと』

思いにあふれる声音《こわね》で女神は言った。

『豊葦原の生命《いのち》は、めぐりめぐって時とともに歩むものです。そのため母が必要なのです。産み育て、いつくしむ者が。時をさかのぼらせたり、とどめたりすることはできません。子どもたちがみな生命を失ってしまいます』

『わたしのことより豊葦原のことを心にかけるというのか』

『わが那背のみこと』

女神のやさしい呼びかけの口調は、怒《いか》り出そうとする輝《かぐ》の大御神を、やんわりとだが確実に封じるものだった。

『わたくしは剣を受けとりました。ご気性の激しいあなたの、ご自身さえ滅ぼしかねない熱い思いを知りました。ですからわたくしは、あなたのなさったことすべてを水に流すことができます。そうしてこれからも、何度でも流すでしょう。わたくしたちは、これほどに、お互いを求めあっていたのです。思うほどわたくしたちは隔たっていなかったのです。豊葦原の子らは、わたくしたちより先にそのことに気づいていました。ここにいる、あなたの息子とわたくしの娘をごらんください。彼らが結びつくことは、わたくしたちがお互いの手をとりあったことも同然ではありませんか』

輝《かぐ》の大御神が沈黙を守っていると、女神はさらに続けた。

『豊葦原をおいつくしみください。わたくしは体を失いましたが、わたくしの手は豊葦原のすべての場所にあります。あなたをお慕いしてさしのべています。子どもたちが、土を水でこね、火で焼いて器《うつわ》を作るでしょう。火と水ほどに相容れぬものでさえ、一体となることがあるように、わたくしたちはひとつに結びあうことができるのです』

天《あま》つ神は低くつぶやいた。

『土の器か。豊葦原そのもののことのようだな。もろくこわれ、何度もこねなおし、焼きなおす。だが、そなたは彼らからその営みを奪うなと言うのだな』

『そうです、あなた。怒りにまかせて砕いては、それまでにそそいだ二人の心血が水の泡となります。そうではなく、しるしとなさってください。わたくしとあなたとの形見に』

『そなたの心はわかった』

輝《かぐ》の大御神はついに言った。だが、その声はたいそう悲哀をおびていた。

『しかし、そなたには、かたわらに寄る者もなく広大な天《あめ》の宮に座る身の淋しさがわかるまい。高い天の何ひとつない冷たさがわかるまい』

いたわりをこめて女神は言った。

『あなたにはすぐれた御子たちがいらっしゃるではありませんか』

稚羽矢は丘の上に兄と姉が姿を見せていることにようやく気づいた。天《あま》つ神の放つ光にやや目が慣れてきたのだ。父神の手前にある小高い場所に並び立った二人は、二柱《ふたはしら》の陽炎《かげろう》のように燃え立って見えた。目を伏せた照日王《てるひのおおきみ》のほおは白く白く透きとおっている。ついに迎えた父神を前にして、つつましげな乙女のように見える。月代王《つきしろのおおきみ》はこちらを見ているようだったが、稚羽矢の目にはまだまぶしすぎてたしかめることはできなかった。

輝《かぐ》の大御神もまた、双子の御子たちをしばしながめた。

『地上につかわしたわたしの子どもたちよ』
静かに父神は語りかけた。
『そなたたちの苦労にむくいたいが、さて、何を望む？　なんなりと申してみるがい
い。照日、そなたはどうだ』
照日王は顔を上げた。涼やかな、明るい声で姫御子は答えた。
「何も望みませぬ。ただ、父上の天《あめ》の宮へお供《とも》しとうございます」
『月代は？』
「わたしも照日と同様に」月代王は答えた。
『よろしい、二人とも、ともにわたしと来るがよい』
輝の大御神は最後に稚羽矢を見た。そのまなざしを浴びると、稚羽矢は再びあたり
が光に染まって見えなくなるのを感じた。
『では、末の子は。わたしの剣の息子は何を望む？』
稚羽矢はいくぶん驚いたが、すなおに答えていた。
「わたしは、死を賜《たま》わりたいと思います。できることならば、豊葦原の人々と同じよ
うに生き、同じように年老い、死んで女神のもとで憩うことのお許しを」
輝の大御神の返答には少し間《ま》があった。だが天《あま》つ神は言った。
『かなえてとらそう』

稚羽矢がさっと顔を輝かせると、輝《かぐ》の大御神はどこか愉快そうに言った。

『そなたが、このような形でさだめをまっとうすることになるとは、わたしも思いもよらなかった。みずから父に死を願いでるとはな。だが望むというならそれもよい』

稚羽矢は、遠い丘に立つ照日王の声が耳もとに響くのをきいた。はざまによせて送ったのかもしれなかった。

「最後までちがう道を選ぶのだね、しようのない弟。だが、それがそなたなのだろう。心の底ではかわいいと思っていた。母にはなれないが、それに近い思いを抱いたこともあったのだよ」

さまざまな思いが稚羽矢の胸をよぎったが、そのひとつも口には出せなかった。ただひと言、美しい姉に、別れの言葉をつぶやいた。

「いつまでも、お変わりなく」

いくらかへだたったところから、月代王の言葉もきこえた。

「もし闇《くら》の女神がよみがえられていたなら、きっと、狭也によく似ておられたのだろう。父上ではないが、そう思うぞ」

稚羽矢は狭也を見たが、狭也はまだ両目をつぶったまま立っていた。声をかけようかと思ったが、まだ女神がおられては失礼になるので気がひけた。

光は東に束《つか》ねられ、白くまばゆい天《あめ》の柱のように立ち昇った。そして、そのほかの場所からは徐々にうすれていった。空は青みをとりもどし、山々の輪郭は定まり、建物が影を落としはじめる。雲を貫いた光は、一瞬それらをあざやかな黄金に染めたが、すぐにもとにもどった。それでも地表はまだ白くきらめいている。知らないうちにまた雪が降り積もっていたのだった。

ようやく目をあけた狭也が見たのは、そのひっそりした雪景色ばかりだった。雪が包んだ田の刈り跡にスズメの群れが舞いおりて、わずかな雪間でえさをついばんでいる。どこかで犬がほえだしたが、静けさに臆したようにすぐやめてしまった。何ひとつ変わってはいない。夢でも見たようだった。

「輝《かぐ》の大御神は行ってしまわれたの?」

狭也は稚羽矢にそっとたずねた。

「そうだよ。これですべてが終わったんだ。豊葦原は無事だ。姉上兄上も旅立たれた」

稚羽矢は答え、少したためらってからつけ加えた。

「兄上は、最後まで狭也を見ていた」

「まあ、なぜもっと早く言ってくれないの?」

狭也は思わず声を大きくした。

「二度と会えないのに。あたしは言われたとおりにじっとこらえて目をつぶっていたのよ」

「言いたくなかったんだ」

稚羽矢は言い、一人で笑い出した。

「ひどいわ」

「うらむ？」

「うらむわよ」

建物の中からようやく人々が顔を出し、つれだって外へ出てきた。みんな奇妙な表情であたりを見まわしている。なにごともおきなかったということが、すべてもとのさやにおさまったということが、なかなか信じられない様子だった。鳥彦が舞いあがり、木の枝をゆさぶって、みんなの頭の上に雪を落としてまわった。

「終わった終わった。もう輝《かぐ》も闇《くら》も、敵も味方もなくなるんだ。みんな、することがなくなって困るだろう。雪合戦でもやったら？」

「することは山ほどあるぞ、ばかもの」

えり首に雪を入れられた科戸王が、こぶしをふりあげた。

「新しい国を建てなおさなくてはならんのだぞ。みんなが同じ王《おおきみ》をいだく統一された国を」

開都王が、稚羽矢と狭也の二人の前に立った。

「そなたたちが、新たなすべての者の王だ。大御神にかわる、豊葦原の父と母とになるがよい。二人が仲むつまじければ、土の器もこわれることはないだろう」

これほど驚いたことはなく、狭也は自分の耳を信じなかったが、稚羽矢も同じようなものであるらしく、当惑した顔で開都王にたずねた。

「何をしろというんです？」

開都王はあごに手をやった。

「まず手はじめは——祝言《しゅうげん》だな」

「祝言？」

「そうだとも」

わきから狭也が口をはさんだ。

「でも、あたしはまだ稚羽矢から妻問《つまど》いの宝をもらっていません」

稚羽矢は一瞬つまってから言った。

「剣《つるぎ》をあげた」

「もらったうちに入らないわ」

「剣のほかには何ひとつもっていないんだ」

「そういえばそうね」

狭也ははじめて気づいたという顔で見上げた。

「あたしたち、二人ともなにももっていないわ。まあ、身ひとつの者たちを王にだなんて、きいたこともない話だわ」

「館を建てるといい」開都王が言った。

「大地にうかがいをたて、要《かなめ》の石を深く埋め、真木柱《まきばしら》を建てて屋根を高く上げるのだ。みんなが手に手に材をもって手伝いにくるだろう。りっぱにできあがるころには春も来る」

狭也はこっそり稚羽矢にささやいた。

「祝言には、羽柴《はしば》の両親を呼ぶわ。そして、いやほどたくさん孫の顔を見せてあげると言うの」

「きいちゃった」

頭上で鳥彦が羽ばたきながら言いたて、あやうく狭也に雪玉をぶつけられそうになった。

稚羽矢は笑っていたが、そのあとになってたずねた。

「ところで、はじめてきくが、祝言とはなんのことだろう」

文庫版あとがき

『空色勾玉』は、１９８８年8月福武書店（現ベネッセコーポレーション）から初めて刊行した、私のデビュー作になります。１９９６年に徳間書店から新装版を出しなおし、後にノベルス版も出していただきました。

今回、文庫版を刊行するにあたり、最初のあとがきに記した、私が「自分の一番読みたいものは、ひとに期待せず、自分で書けばいいのだ」と思うに至ったきっかけ――C・S・ルイスの言葉の典拠を引いておきたいと思います。

より正確に記せば、「ナルニア国物語」作者を読者に紹介する瀬田貞二氏の文章です。『ライオンと魔女』巻末にあるこの文が、小学生の私の心に強くしみついたのでした。

……ルイスによると、子どものために本を書く人には三通りあるそうで、その一つは、子どもにへつらう人、これは駄作ばかりになります。またつぎには、あるきまった子ども、じぶんの子とか、友だちの子のために書く人たちで、これには傑作ができることが多く、ルイス・キャロルやケネス・グレアムやトールキンがそうだといいます。そして第三に、子どものために空想というものを使って書くという、物語の形式が、じぶんの気に入っているためにそれを試みるごくわずかな人がいて、このなかにじぶんははいると、ルイスはいうのです。(中略)けれどもルイスは、一面、「私は、じぶんが読みたがるような本を、じぶんで書いたのです。私がものを書く理由は、いつもそこにあります。ひとが、私の読みたい本を書いてくれないから、私がみずから書かなければならないのです。」とのべています。……

(C・S・ルイス作・瀬田貞二訳『ライオンと魔女』訳者あとがき・岩波書店)

これを、ひょいと思い出したのは高校2年の3月でした。

刊行を待ち焦がれた「プリデイン物語」最終巻『タラン・新しき王者』(ロイド・アリグザンダー作・神宮輝夫訳・評論社)を読み終えてしまい、もう続きが出ず、待つものがなくなって淋しくてなりませんでした。それから、読みたいファンタジーがもうないと嘆くくらいなら、自分で書けば？　と考えたのです。C・S・ルイスならそう言ったと。

それまで私は、読書好きでも、自分で創作できるとは考えなかったのでした。幼少時代から作家志望というわけではなかったのです。

「プリデイン物語」がケルト神話を素材にしたファンタジーだったことから、私が書くなら日本神話を素材にしようと、そのときに考えました。でも、思いつきを楽しんだだけで、実際には何もしませんでした。大学受験準備突入の時期でした。ある意味、その暗鬱からの逃避に考えていたところもありました。

私の創作が、日本神話ファンタジーとして何とか形になったのは、それから10年たってのことです。よくしつこく覚えていたなと、われながら思います。

『空色勾玉』は、幸運にも第22回日本児童文学者協会新人賞をいただきましたが、当時この長さは、新人が刊行する本として常識はずれでした（今もか……）。

単行本『空色勾玉』が、極力改行を少なくして文字を詰めこんでいるのは、ページ数を減らすための編集上の措置でした。今回、なるべく改行をもとに戻しています。読みやすくなっているといいのですが、やっぱり分厚くなりましたね。

荻原規子

解説　神話とファンタジー――『空色勾玉』をめぐって――

中沢新一

　ほとんどの神話は「昔々」と語り出される。別の語り口では、「昔、人間と動物がまだ同じことばをしゃべっていたとき」とか「人間と動物がまだ仲良しで、おたがいをことばによって理解しあっていたとき」と語り出されることもある。現代人の感覚では、「昔々」と言えば、過去に溯った時間のことをさしていることになるが、神話が哲学でもありコミュニケーションでもあり宗教でもあった「自然民族」の間では、この表現はまったく別の意味ももっていた。神話の冒頭で語られる「昔々」という表現は、時間を遡行《そこう》するだけではなく（それは表面上の効果にすぎない）、時間そのものを無化し、消滅させてしまおうとする、もっと重要な働きをもっていた。

　ことばは基本的に時間の軸にそって語り出されるものである。「私は走った」というなんでもない表現で、いましゃべっているはずの「私」は、「走った」という動詞の過去形によって過去の時間と結びつけられ、この二つの単語が結びついて、発話の主語である「私」は過去――現在――未来という構造のうちの過去に位置づけられる。

そのとき、この表現を全体として理解している「私」は、現在から離れた過去に置かれることになるから、空間的に「いま」から離れた場所に分離されることになる。このように、ことばはどんなに簡単な表現であっても、ことばを使う人の意識のなかに、空間と時間の秩序を入れていく。ことばは物事を過去——現在——未来という時間の軸にそって並べ、距離の感覚を入れることによって、物事を空間的に秩序づけていく。こういう働きをすることばが、人間の意識の働きの本質をなしている。

神話はこういうことばを使って語られる。ふつうのことばの用法では、それで意識のなかに時間と空間の秩序がたえまなくつくりだされていくのだが、神話はことばが生み出すその時間と空間を（当のことばによって）消滅させていこうとするのである。「昔々、人間と動物がまだ仲良しで、おたがいをことばによって理解しあっていたとき」と神話は語り出すが、そのとき神話を語っている人々は、心の中では、「現実には人間は動物たちがコミュニケーションしあっていることばを理解できなくなっているために、おたがいの意思疎通ができず、人間と動物は敵対しあう関係になっている」という、厳然たる事実を認めた上で、この表現をしている。

神話はそのとき、人間と動物の間にコミュニケーションが途絶しているという現実（人間と動物の間に距離があるという現実）を反転しようとして、「昔々」と語っている。つまり、この「昔々」は、時間を反転させて、過去——現在——未来の時間秩序を壊して、それといっしょに、空間的な距離も無化することで、現実を反転させようとしているのである。神話を語ることを好んだ「自然民族」は、けっして現実感覚を欠いたファンタジストなどではなかった。彼らは現実の世界（とくに昼間の現実世界）がどんな仕組みでできているかを、よく知り抜いていた。昼間の現実世界では、物事の間には距離があり、人間と動物は別々の存在としてディスコミュニケーションのまま生きており、すでに過去に繰り込まれてしまった物事は、簡単に現在に呼び戻すことなどはできない、ということをよく知っていた。

それにもかかわらず、いやそれだからこそ、彼らは神話を語ろうとしたのである。夜更けて、火のまわりに集まった彼らは、語り部の語り出す物語に、真剣に耳を傾けた。昔々……、するとたちまち、話に耳を傾けている人々の心の中で、妖《あや》しい変化が起こり始める。現実の世界の秩序を生み出してきたことばの働きが急に止んで、それとは別の「神話の論理」で動く、心の別の層の働きがむくむくと立ち上がってくる。人間と動物、人間と物を隔てていた距離が溶け出し、人間が動物への変化を起こし始める。動物が人間のことばでしゃべりだし、物がまるで人間のように動き始め、踊り始める。

こうして神話の空間が心の中で活動を始めるのである。神話は現実世界の成り立ちやそこに起こったこと、起こっていること、これから起こることを、そのままの構造で語り出すことをしない。「現実」として実現されている世界の奥に、一種の可能世界として、かつて存在したこともないし、今も存在しないし、これからも存在しないであろう「別の現実」の中で、現実とは別の「神話の論理」にしたがって、人間や動物や植物たちがくり広げる物語を、神話は滔々《とうとう》と語り出す。神話に心奪われながら、耳を澄ませてそれに聞き入っている間、人々の心は現実論理を否定して、別の成り立ちをした空間で、心ゆくまで自由に戯れていることができる。神話が語っているような可能世界は実在することはないけれど、それについて思考することによって、人間は現実を相対化して、心の自由を確保することができる。

その意味では、どんなに幻想的に見えても、「自然民族」のもとで語られている神話は、妄想でもでたらめでもなく、別の論理で構成されたひとつの「現実」にほかならない。神話は環境世界を巨大なデータバンクとして、そこから主題ごとに引き出された情報に、「神話の論理」にしたがって変形や変換や反転の操作を加え、それらを組み合わせて、ほとんど無限と思えるほどに多様な物語を生み出してきた。神話の背後には、たしかな現実の世界がある。人々は神話の中で、思考によってそれを解体変形して、別のかたちに再構成してみせた。そのため、神話はつねに夢に充《み》ち、自由な想像力に強力な翼を与えることができた。人間が神話というものを持たなかったとしたら、おそらく人間の社会には人間を特徴づける生命的飛躍も、もたされることはなかっただろうと思えるほどなのである。

＊＊

十九世紀末の英国に「ファンタジー文学」が出現したときの事情も、「自然民族」が倦《う》むことなく神話を生み出し続けてきた事情と、多くの共通点をもっている。ファンタジー文学という近代文学のジャンルの創始者でもあるウィリアム・モリスという人は、知る人ぞ知る社会主義者だった。当時のイギリスは近代産業の発達の真っ最中で、貨幣経済は人々の間から豊かな人間的つながりを急速に奪いつつあったし、中世以来の相互扶助にもとづく村の生活は、立ち直りできないほどの破壊を受けていた。

そういう時代に、モリスは産業社会の現実を批判し、否定するために、彼の「ファンタジー文学」を紡《つむ》ぎ出したのである。『ユートピアだより』でモリスは、産業社会をつくりだしている諸原理を反転して、中世の村の生活がもっている美点で構成された、彼のユートピアを描いた。そのようなユートピアは存在しないし、これからも存在しないだろう。しかし、現実を反転し変形するファンタジーの論理が描いたユートピアのおかげで、私たちは自分たちが生きている世界を相対化し、可能世界への夢を紡ぐことができる。このとき近代のファンタジー文学が生み出そうとしていたのは、神話が思考によってつくりだそうとした時空を超えた空間というものと、まったく同じ性質をもっている。

二十世紀の二つの大きな戦争が、ファンタジー文学のさらなる発達を促した。その時代のファンタジー文学を代表するトールキンは、産業社会の矛盾がつくりだした現代戦争の現実を、まざまざと見届けた人だったが、彼が創造したファンタジー文学にも、現代化された神話思考の活動の跡をみることができる。トールキンは戦争の暴力を無化するために、神話の想像力を駆使している。

彼は先輩のモリスと同じように、中世の農村を人間の暮らしの理想状態と考えていた。ホビットが暮らすその世界には、国家の権力というものがない。そのために大量殺戮をともなう戦争もない。産業社会はまだ発達していないから、たくさんの人々を殺す近代兵器もない。そのような理想のホビット世界に、地上の力の象徴である指輪が潜り込んでくることから、世界には全面戦争の危機が襲いかかってくるのである。どうしたら指輪を消滅させることができるか。この問いに真っ正面から応《こた》えられるのは、現実をつくる論理を反転することのできる神話の思考だけである。

ファンタジー文学の多くは、中世を舞台にすることが多いが、それは中世が近代産業社会を準備しながらも、まだそれがはらんでいる矛盾に、全面的に入り込んでいないからである。中世はファンタジー文学にとっての理想状態であると同時に、現代世界が直面する問題のすべてを萌芽《ほうが》のかたちで内蔵するという意味では、現代に直結している巨大データバンクをなしている。ファンタジー文学はこのデータバンクから主要な情報を取り出しては（ダウンロードしてきては、と言いかえてもいい）、それに変形を加えたり、反転を加えながら物語を紡ぎ出してきた。その意味では中世を舞台とするヨーロッパのファンタジー文学は、神話の思考によって製作されたまぎれもない「現代の文学」なのである。

このようなファンタジー文学の影響が、日本人のもとに及んでくるのは、カウンターカルチャーの七〇年代だった。トールキンやルイスの影響で神話を題材にしたファンタジー作品が、いくつも書かれることになったが、その多くが模倣の域を出るものではなく、本格的な意味での成功作があらわれるのは、荻原規子によるこの『空色勾玉』まで待たなければならなかった。

カウンターカルチャーは、それまでの産業的な社会の現実をつくりだしてきた価値や原理を、否定的に乗り越えようとした運動であったから、ユートピア的な要素をもつファンタジー文学は、若者たちから熱い支持を受けていた。カウンターカルチャーの政治化された言説があまりにも貧弱だと感じていた若者たちには、同じ主題を想像力豊かに語り出す能力をもったファンタジー文学のほうが、ずっと魅力的に思われた。

しかし、ヨーロッパ人が彼らの中世世界に求めたものを、日本人は自分たちの受け継いだ伝統の中の、どこに見いだしたらよいのだろうか。

とうぜん人々の関心は、日本神話に向けられた。しかしその中のどこに焦点を合わせ、ファンタジー文学にとって本質的な情報をそこから引き出し、それに創造的な変形を加えて、新しい物語をつくりだせばよいのか。この問いに答えるためには、ヨーロッパのファンタジー文学が主題としてきた問題の真実の対応物を、日本神話のうちに見いだすことができなければならない。『空色勾玉』はこの問いかけに、じつに興味深い解決を与えることができた。そのおかげで、この作品は日本のファンタジー文学にひとつの新しい地平を開くことができたのである。

＊＊

『空色勾玉』というファンタジー作品は、『古事記』と『日本書紀』を主な情報体として、そこから古代日本人の思考についての、多くの情報を引き出している。そのさいに、作者は日本人の神話思考が語り出したいと願っていた隠れた主題を、自然と文化の対立とその対立を調停できる存在の探究というかたちで、抽出《ちゅうしゅつ》してきている。神話学者ならばいざ知らず、この点に着目した作家は、そんなにたくさんはいない。おそらく作者は、『指輪物語』のような作品に触発されて、日本にもファンタジー文学をつくりたいと願ったときに、ヨーロッパ人のファンタジー文学が中心主題としてきた考え方と、日本人が神話をとおして表現しようとした考え方の違いに気づくことによって、そのような視点にたどり着いたのではないか、と想像する。

西欧ファンタジー文学とその原型である北欧神話群では、力（権力）の起源はどこにあるかということが、もっとも大きな主題になっている。そこでは理想状態は、中世社会を思い起こさせるホビットの暮らしに象徴されている。ホビットは国家をもたない人々であるが、彼らの生活は文化によってきちんと律せられている。その文化は自然からそれほど離れていない。動物や植物、自分自身の身体におこる生理的な出来事、感情の豊かな動きなどを抑圧したり、過剰にコントロールしないやり方で、ホビット的な文化は営まれている。国家をもたないかわりに、彼らの文化は自然との調和を保っていた。

ところがそこに、そういう暮らしを破壊する力が出現してくる。ホビットは相互扶助しあう自然な共同体をつくっているが、そこに力を侵入させてくる存在は、共同体の上に立って共同体をまるごと支配しようとしているわけであるから、その本質は国家と同じなのである。そのとき、過剰な力の集中がおこなわれる。兵器がそれを象徴する。つまり過剰な力を身につけた文化が、王のような存在を中心に国家の組織をつくって、ホビット的な相互扶助社会を自分の中に飲み込んでしまおうとする。

文化がこのとき野蛮に変わる。文化的兵器で武装した強者が、自然と調和する暮らしをしていた人たちを圧倒して、征服するのである。じっさいヨーロッパ（そこには『マハーバーラタ』に描かれたあの大戦争を古代に体験したインドも含まれる）では、そのようにして王権や歴史が築かれてきた。北欧神話群と近代のファンタジー文学が主題にしているのも、文化が野蛮にいつ反転しないともかぎらない、彼らの社会の本質にほかならない。そのために、文化（文明）が野蛮を生み出した第一次世界大戦の体験から、そこにはファンタジー文学というものが誕生したのだった。

ところが、日本国家の起源を描いたと考えられる『古事記』『日本書紀』をよく読んでみると、そこにはヨーロッパのものとは違う、文化や国家の考え方が表現されているのがわかってくる。日本神話の主題は力による他者の圧倒ではないらしいのだ。これらの神話は、さまざまな部族や家系に伝承されてきた神話群をもとにして、そこに天皇家の歴史を重ねていくという手法で編み上げられている。集められた伝承神話群は、日本列島にたどり着いた最初の新石器人であった人々の記憶を、残している。彼らの先祖は、インドネシアあたりから海洋に乗り出した人々である。

天皇家の先祖が朝鮮半島から日本列島にたどり着いたとき、そこにはすでに高い文化的な社会を営んでいる原日本人が住んでいた。縄文社会には組織的な水田耕作も技術が導入され、高熱で焼く薄手の新しい土器が、広く用いられるようになっていた。

南中国と朝鮮半島からは、たえまなく移住者の群れが列島の海岸にたどり着き、比較的に平和な手段で、新旧住民はこの列島での共生をはじめていた。そこに武力と計略に巧みな天皇家の先祖が、国家の考え方を携えてあらわれたのである。インドやヨーロッパでは、ここで征服戦争の開始が予想されるところである。ところが、日本列島では、大規模な征服戦争はおこらなかった。戦争によるのではなく、結婚という手段によるネゴシエーションをつうじて、国家の基礎がつくられていった。

そのためここでは国家は力ではなく、むしろ輝かしい文化（文明）の原理の体現者として、人々の前にあらわれたのである。文化は啓蒙《けいもう》の光であり、その光によって権力も支えられていた。皇室の先祖たちは、アマテラスという女神を自分たちの祖神とした。多くの民族の神話では、女性の神は黄泉の国と深いつながりを考えられている。ところが、アマテラスはその名前の通り、まばゆいほどの光の神なのである。

黄泉の国とつながりのある神々は、死や病気や生理や腐敗と関係があるのが普通であるのに（じっさい原日本人の神話では、あきらかにそうであった）、女性の神でありながら、アマテラスは光の神として、そうしたものとの接触を拒絶する。輝かしい文化＝アマテラス女神＝光という結びつきは、『古事記』『日本書紀』の神話体系に、ひとつの解決不能な矛盾を持ち込んでいる。

この矛盾は、『空色勾玉』のはじめの部分に、未来を約束された仲介者でありながらまだ自分の使命に気づいていない狭也と、超古代伝承の継承者である岩姫との対話に、鮮やかな形でつぎのように表現されている。


老婆は奇妙にやさしい声で言った。

「すべての生命をはぐくむのは大地であろう。そして、その大地をうるおすのが水なのじゃ。水は高みからそそいで諸々《もろもろ》の地をいやし、はては黄泉へと流れこむ。これは女神の道じゃ。そして地上に生きるものはすべてこの道をたどる」

（……）

「ちがいます、それは」

狭也はあわててさえぎった。

「ちがうわ、国のすみずみまで光で照らし、ひとつに統治することは悪くないわ。戦がおこるのは、大御神の光の大切さに感じ入らない強情者がはむかうからでしょう」（本書、四十三〜四十四頁）

解決不能とは、光である文化の原理と死が象徴する自然的生命の原理とを調停できる存在が欠けていることを意味している。文化（文明）は、死の矛盾をはらんだ生命の原理を抽象化して、のっぺらぼうにしてしまう。この抽象化の力を象徴するのが光なのであるが、闇の原理との結びつきを欠いた光は、自然的な生命の世界の豊かさを、戦争のような野蛮によるのではなく、むしろ合理化され、脱魔術化された文化であることによって、破壊してしまう。記紀には、神話体系としていちばん重要なはずのその仲介者の存在を、はっきりと描くことに失敗しているのである。

荻原規子は処女作であるこの『空色勾玉』で、日本神話の体系に見失われている、この仲介者を発見する物語を描き出そうとした。『古事記』『日本書紀』をデータバンクとしながら、そこに描かれていなければいけないはずなのに描かれていない仲介者を、そのデータを変形することによって、物語の表面に出現させること。日本人のファンタジー文学はこの作品によって、西欧ファンタジー文学のような力の除去を主題とするのではなく、光である文化と死をはらんだ自然とを仲介する存在の探求として、創造されたのである。ここに、『空色勾玉』のいちばんの独創性と手柄があると、私は思う。

＊＊

じっさいそのような視点でこの作品をよく読んでみると、その全編が仲介者の探求として出来上がっていることに、私たちは気づくことになる。

「豊葦原の中つ国に生まれた者ならだれでも知っている」はずの創世神話が、そもそも仲介の失敗のエピソードからはじまっている（これは記紀神話そのものである）。男神と女神は最初に協力して国土（豊葦原の中つ国）を生み、そこを無数の神霊で充たした。あらゆる自然物には生き生きとした霊が宿り、宇宙は喜びに充《み》たされていた。このはじまりの状態では、万物は霊によって仲介されて分離されたところなどはどこにもなく、男性的原理と女性的原理の間にも愛の霊が充たされ、すべては調和の取れた媒介状態にあった。

ところが、火の神の出産がもとで女神は、死の国である黄泉に隠れてしまう。男神は女神をとり戻そうと黄泉の国にでかけていくが、そこで男神は愛する妻の変わり果てた腐乱死体を目にして、おぞましさに地上に逃げ帰り、通路を大岩で塞《ふさ》いでしまう。「そのとき から二柱《ふたはしら》の神々は天上と地下に分かれて憎みあうようになった」。こうして、生と死、光と闇というそれぞれの原理は、間をつなぐ仲介を失って、たがいに分かれて敵対しあうようになったのである。

敵対関係は、戦争にまで発展するようになった。天上の男神は、照日王（太陽）と月代王（月）という、昼と夜の光の体現であり、死の原理に染まっていない不死の子供たちを地上に遣わして、女神が産み落とした無数の霊を殺し始めた。精霊で充たされた原日本の宗教を破壊して、光の原理で統一された啓蒙国家を、この豊葦原の中つ国につくりだそうとした。この国家は、神話の思考からすれば、あらゆる部分で仲介を欠き、自然的秩序を失った不毛の世界にしか見えない。しかし、肉体的生理を欠如したあまりに美しい身体イメージの持ち主である光の御子たちには、そのことにたいする感受性がまったく欠如してしまっている。

このようにして物語は、徹底して仲介を欠如している、美しく秩序だってはいるが生命の豊かさを失った世界（豊葦原の中つ国）が陥っていた状態から、語りだされる。このバランスを失った世界には仲介者の出現が求められている。黄泉の国に去ったと言ういにしえの女神の末裔《まつえい》である狭也に、その使命は託される。そこで、分離した世界につながりが再発見されるためには、彼女はどうしても敵対者である光の国の真っ只中に入り込んでいく必要があった。

仲介者出現のいちばん最初にあらわれた兆候は、鳥彦の鳥への変身である。鳥彦はいったん死んで鳥に生まれ変わっている。分離されていた天と地、生と死との間に、ささやかな仲介が実現された（鳥は空を飛ぶものとして、天と地の間にいる生きものである）。こののち、この空を飛ぶ仲介者は、交通不能となった二つの国の間を自由に行き来して、小さな情報を伝達していく働きをになっていくことになる。鳥彦という存在は、狭也が将来おのが身に実現しなければならない機能を、あらかじめ予見させている。

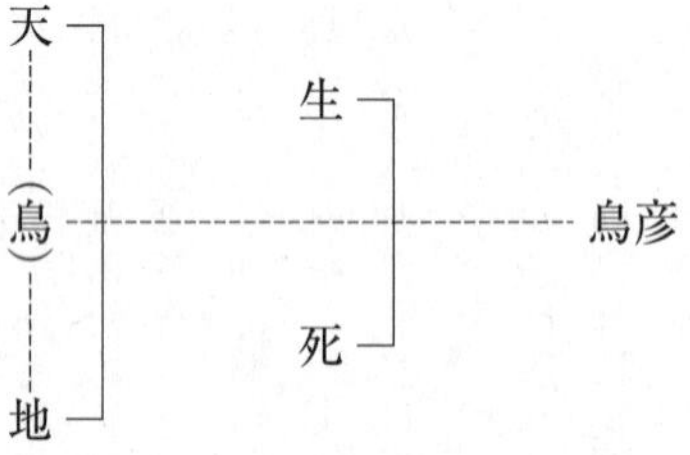

しかし、この世界が抱えた最大の「瑕疵《かし》」は、男性的原理と女性的原理の間の反発と争いにある。この問題は鳥彦では解決できない。それができるのは狭也と、光の国の高貴な人々の一員でありながら、狭也たちの属していた自然的世界に生きることに幸福を見いだすようになった稚羽矢の二人だけであり、この二人の間に失われた愛の絆が再発見されるとき、原初のときこの宇宙にふりかかった不和と不調和の呪いは、ようやく解かれることになるだろう。

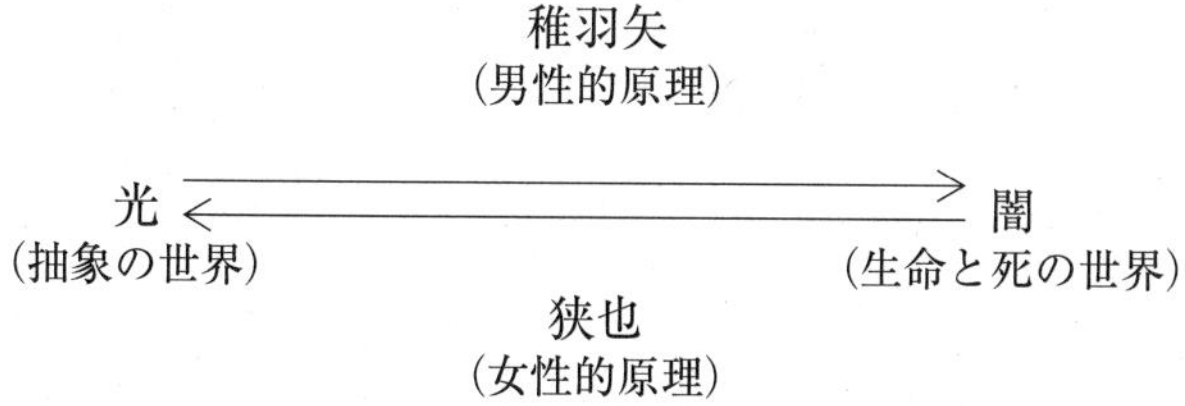
稚羽矢
（男性的原理）
光
（抽象の世界）
闇
（生命と死の世界）
狭也
（女性的原理）

物語はこのようにして、宇宙を構成する諸対立の間に、仲介された状態を生み出そうとする試みが繰り返されていく過程として、展開していくことになる。『空色勾玉』の背景になっている『古事記』『日本書紀』のヤマトタケル神話サイクルでは、仲介され調和のとれた状態を実現しようという試みは散発的にはおこなわれるものの、全体としては、原初におこった仲介の欠如、交通の途絶という状態が、回復されることはなかった。『空色勾玉』がめざしたのは、そこに仲介者を力強く出現させることであった。

＊＊

日本国家の骨格をつくりだそうとした神話が果たせなかった大きな問題を、現代のファンタジー作家が引き受けて、その問題に別の形で解決をもたらそうとしたのである。それはちょうど、北欧神話やニーベルンゲンの歌に解決不能なままに放置されていた権力発生をめぐる重大な問題を、第一次世界大戦を体験したヨーロッパで、一人のファンタジー作家がまったく新しい形で表現し、それに別の形での解決をもたらそうとしたのに似ているかも知れない。

『空色勾玉』がつくりだした光である文化と死をはらむ自然とを仲介できる「クニの

かたち」というものを、日本人は歴史的現実としては、満足のできるようなかたちでは生み出すことができなかった。何度もそれを実現しようという試みはあったけれど、少しはうまくいったかと見えた試みも、長くは続かなかった。

しかし、神話とは「かつて存在したこともないし、いまも存在せず、たぶんこの先も存在することはないだろう」（レヴィ＝ストロース）人間世界のありうべきかたちを、「昔々」と語りだす物語をつうじて、人々の心のなかに、可能性の世界として出現させようとする試みなのである。『空色勾玉』が描き出そうとしたのも、そのような可能性としての日本にほかならない。日本のファンタジー文学は、このようにして、日本神話のまぎれもない創造的な一異文（ヴァージョン）として、生み出されたのだった。

（２０１０年６月　徳間文庫版解説再掲）

本書は2010年6月に刊行された徳間文庫の新装版です。

徳間文庫

空《そら》色《いろ》勾《まが》玉《たま》

〈新装版〉

2024年11月15日　初刷

著者　荻《おぎ》原《わら》規《のり》子《こ》
発行者　小宮英行
発行所　株式会社徳間書店
東京都品川区上大崎三―一―一　〒141―8202
目黒セントラルスクエア
電話　編集〇三(五四〇三)四三四九
　　　販売〇四九(二九三)五五二一
振替　〇〇一四〇―〇―四四三九二
印刷
製本　株式会社広済堂ネクスト

ISBN978-4-19-894977-8　(乱丁、落丁本はお取りかえいたします)

ファンタジーの女王
ダイアナ・ウィン・ジョーンズの代表作

ハウルの動く城
シリーズ

ハウルの動く城1
魔法使いハウルと火の悪魔

単行本《既刊》
徳間文庫
（解説：荻原規子）

呪いをかけられ、90歳の老婆に変身してしまった18歳のソフィーと、本気で人を愛することができない魔法使いハウルの、ちょっと不思議なラブストーリー。スタジオジブリ・宮崎駿監督作品「ハウルの動く城」の原作。

ハウルの動く城2
アブダラと空飛ぶ絨毯

単行本《既刊》
徳間文庫

魔神にさらわれた姫を救うため、魔法の絨毯に乗って旅に出た若き絨毯商人アブダラは、行方不明の夫を探す魔女ソフィーとともに雲の上の城へ…？　アラビアンナイトの世界で展開する、「動く城」をめぐるもう一つのラブストーリー。

ハウルの動く城3
チャーメインと魔法の家

単行本《既刊》
徳間文庫

さまざまな場所に通じる扉を持つ魔法使いの家。留守番をしていた少女チャーメインは、危機に瀕した王国を救うため呼ばれた遠国の魔女ソフィーと出会い…？　失われたエルフの秘宝はどこに？　待望のシリーズ完結編！

Howl's Moving Castle